Ruth Ware

Ruth Ware est née en 1977 dans le Sussex et vit aujourd'hui dans le sud de l'Angleterre. Après des études d'anglais à l'université de Manchester, elle a enseigné cette matière à Paris. Elle a également travaillé en tant que libraire et attachée de presse d'un grand éditeur anglais, avant de passer à l'écriture. Son premier thriller, *Promenez-vous dans les bois... pendant que vous êtes encore en vie* (Fleuve Éditions, 2016), a été traduit dans plus de 30 pays et est actuellement en cours d'adaptation cinématographique ; il a reçu le prix NPR Best Book of the Year en 2015. Avec son deuxième roman, *La Disparue de la cabine n° 10* (Fleuve Éditions, 2018), elle s'impose définitivement parmi les reines du suspense psychologique. Elle poursuit avec les parutions de *La Mort de Mrs. Westaway* en 2019, *Les Cinq Règles du mensonge* en 2021, *La Clé du sang* en 2022, et *Le Chalet des disparus* en 2023, toujours chez le même éditeur. Ses ouvrages sont repris chez Pocket.

LE CHALET DES DISPARUS

ÉGALEMENT CHEZ POCKET

PROMENEZ-VOUS DANS LES BOIS…
PENDANT QUE VOUS ÊTES ENCORE EN VIE
LA DISPARUE DE LA CABINE N° 10
LA MORT DE MRS. WESTAWAY
LES CINQ RÈGLES DU MENSONGE
LA CLÉ DU SANG
LE CHALET DES DISPARUS

RUTH WARE

LE CHALET DES DISPARUS

Traduit de l'anglais (Royaume-Uni)
par Héloïse Esquié

fleuvenoir

Titre original :
ONE BY ONE

Première publication par Harvill Secker en 2020

ISBN : 978-2-266-33988-9
Dépôt légal : février 2024

À Ali, Jilly et Mark,
qui m'ont fait découvrir la Vallée secrète.

Sur la page « À propos de nous » du site web de la compagnie Pister

Salut ! Nous, c'est Pister. Viens nous rencontrer, nous écrire, nous pister. On est bien cool. Et toi ?

Topher St Clair-Bridges

Qui est l'heureux papa ? Si quelqu'un mérite ce titre, c'est bien Toph, le cofondateur de Pister (avec son ex-copine, @evalution, mannequin, artiste, killeuse dans son job). C'est là que tout a commencé. S'il n'est pas à son bureau, il est sans doute en train de faire du freestyle à Chamonix, de teufer comme un fou au club Berghain à Berlin, ou de chiller. Sur Pister, tu peux le trouver avec son ID @xtopher ou le contacter via son assistant, Inigo Ryder – le seul mec à pouvoir dire à Topher quoi faire.

Écoute : Oscar Mulero/« Like a Wolf »

Eva van den Berg

D'Amsterdam à Sydney, de New York à Londres, la carrière d'Eva l'a emmenée dans le monde entier

– mais désormais, elle s'est établie dans le quartier de Shoreditch, à Londres, où elle vit avec son mari, le financier Arnaud Jankovitch, et leur fille Radisson. En 2014, elle a cofondé Pister avec son compagnon d'alors, @xtopher. Le concept est né d'un désir unique : celui de rester connectés par-delà 5 000 km d'océan. Topher et Eva ne sont plus en couple, mais leur lien demeure : Pister. Crée à ton tour un lien avec Eva @evaluation, ou contacte-la via son assistante, Ani Cresswell.

Écoute : Nico/« Janitor of Lunacy »

Rik Adeyemi
Sousous-chef

Rik est le banquier, celui qui compte les sous, le gardien des clés – vous voyez le tableau. Il fait en sorte que Pister garde les pieds sur terre depuis les premiers jours, et il connaît Topher depuis encore plus longtemps. Que dire ? Pister est une affaire de famille. Rik vit à Highgate, à Londres, avec sa femme, Veronique. Tu peux le pister avec son ID @rikshaw.

Écoute : Willie Bobo/« La Descarga del Bobo »

Elliot Cross
Nerd en chef

La musique a beau être le cœur vibrant de Pister, le codage est son ADN, et Elliot est le maestro du code. Avant d'être un logo rose sur votre téléphone, Pister était une suite de lignes de JavaScript sur l'écran de quelqu'un – et ce quelqu'un était Elliot. Meilleur ami de Toph depuis avant qu'ils aient du poil au menton, il est scandaleusement cool pour un geek. Piste-le @ex.

Écoute : Kraftwerk/« Autobahn »

Miranda Khan
La tsarine

Miranda a une passion pour les talons aiguilles, la mode la plus pointue et l'*excellent* café. Quand elle n'est pas occupée à savourer un café du Guatemala traité par macération carbonique ou à surfer sur Net-à-Porter, elle est le sourire de Pister. Tu veux écrire nos louanges, nous contacter, nous casser ou juste nous dire bonjour ? C'est par Miranda qu'il faut commencer. Pister sait qu'on ne peut jamais avoir assez de *followers* – ou d'amis. *Friende* Miranda ! @mirandelicious.

Écoute : Madonna/« 4 Minutes »

Tiger-Blue Esposito
Championne du cool

Tiger est l'incarnation du chill. Elle conserve son attitude zen en toutes circonstances grâce à ses séances de yoga et de *mindfulness* quotidiennes et – bien sûr – à un *stream* régulier de Pister dans ses écouteurs *oversize*. Quand elle n'est pas en train de réaliser la posture *Bhujapidasana* ou de se relaxer dans la posture *Anantasana* (qui consiste à s'allonger sur le côté et à lever la jambe, pour les non-initiés), elle huile les rouages de la machine Pister afin qu'on soit toujours au top et que le message circule. Chille avec elle @blueskythinking.

Écoute : Jai-Jagdeesh/« Aad Guray Nameh »

Carl Forster
L'homme de loi

On ne peut pas le dire autrement : Carl nous maintient sur l'étroit chemin de la droiture, s'assurant que, quels que soient les territoires où nous allons pister, nous restions toujours du bon côté de la loi. Diplômé d'UCL, Carl a fait son stage à Temple Square Chambers. Il a ensuite travaillé dans plusieurs firmes internationales, principalement dans l'industrie du spectacle. Il vit à Croydon. Piste-le @carlfoster1972.

Écoute : The Rolling Stones/« Sympathy for the Devil »

Extrait du site web de BBC News
Jeudi 16 janvier

Tragédie dans une station de ski : 4 Britanniques trouvent la mort

Saint-Antoine, station de ski française ultra-sélect, a été secouée par la nouvelle d'une seconde tragédie cette semaine, quelques jours après l'avalanche qui a coûté la vie à six personnes et privé la région d'électricité pendant plusieurs jours.

Aujourd'hui, on apprend qu'un chalet isolé, coupé du monde par l'avalanche, s'est transformé en véritable « maison de l'horreur » ; quatre citoyens britanniques sont décédés, et deux autres hospitalisés.

L'alerte n'a pu être lancée que quand les survivants sont parvenus à parcourir plus de cinq kilomètres dans la neige pour appeler les secours ; on ne peut que s'interroger sur la lenteur des autorités françaises à rétablir l'électricité et la couverture mobile après l'avalanche de dimanche.

Étienne Dupont, chef de la police locale, a refusé de commenter les événements, si ce n'est pour préciser qu'« une enquête est en cours », mais un porte-parole de l'ambassade britannique à Paris a déclaré : « À ce stade, nous pouvons confirmer la mort de quatre ressortissants britanniques dans le département de la Savoie, dans les Alpes françaises ; la police locale a ouvert une enquête pour meurtres. Toutes nos condoléances aux familles et amis des victimes. »

Les familles des victimes ont été prévenues.

Il semble que les huit survivants, qu'on pense eux aussi britanniques, aident la police dans son enquête.

Cette année a été marquée par des chutes de neige inhabituelles. L'avalanche de dimanche est la sixième depuis le début de la saison de ski, et elle porte le nombre des victimes dans la région à douze.

Cinq jours plus tôt

LIZ

Pister ID : ANON101
Écoute : James Blunt/« You're Beautiful »
Pisteurs : 0
Abonnés : 0

Dans le minibus qui part de l'aéroport de Genève, je garde mes écouteurs enfoncés dans mes oreilles. J'ignore les regards pleins d'espoir de Topher et les coups d'œil d'Eva, qui me surveille par-dessus son épaule. La musique m'aide à faire taire les voix dans ma tête, *leurs* voix, qui me tiraillent dans tous les sens, et me flagellent avec leurs loyautés et leurs querelles incessantes.

Je laisse James Blunt les noyer et me répéter encore et encore que je suis belle. L'ironie de cette phrase me donne envie de rire, mais je me retiens. Il y a quelque chose de rassurant dans ce mensonge.

Il est 13 h 52. Derrière la vitre, le ciel est gris acier, et les flocons de neige volètent, hypnotiques, derrière nous. C'est étrange. Sur le sol, la neige est d'un blanc absolu, mais avant de toucher terre, elle paraît grise. On dirait presque de la cendre.

Nous commençons l'ascension. À mesure que nous gagnons de la hauteur, la neige s'épaissit et cesse de fondre en heurtant les fenêtres : elle colle et glisse le long des vitres, et les petits tas projetés par les essuie-glaces viennent former des rigoles horizontales sur les fenêtres côté passagers. J'espère que le bus a des pneus neige.

Le chauffeur change de vitesse : nous approchons encore d'un virage en épingle à cheveux. Tandis que nous négocions la courbe étroite, le sol s'enfonce d'un coup, et un instant, j'ai la sensation que nous allons tomber – une vague de vertige me soulève l'estomac et me fait tourner la tête. Je ferme les yeux, faisant disparaître le monde, et je me perds dans la musique.

Puis la chanson s'arrête.

Et je me retrouve seule. Il ne reste plus qu'une seule voix dans ma tête, et je ne peux la faire taire. C'est la mienne. Et elle murmure une question que je me pose depuis le moment où l'avion a décollé à Gatwick.

Pourquoi suis-je venue ? *Pourquoi ?*

Mais je connais la réponse.

Je suis venue parce que je ne pouvais pas me permettre de refuser.

ERIN

Pister ID : N/R
Écoute : N/R
Abonnés : N/R

Il neige *encore* – de gros flocons blancs qui volètent paresseusement pour venir se poser doucement sur les cimes, les pistes et les vallées de Saint-Antoine.

Il est tombé trois mètres de neige ces deux dernières semaines, et la météo annonce que ce n'est pas fini. L'apocalypse de neige, comme dit Danny. L'Arneiggedon. Les remontées mécaniques ont été fermées, puis rouvertes, puis refermées. Pour l'heure, pratiquement toutes celles de la station sont closes, mais le fidèle petit funiculaire qui monte à notre minuscule hameau opère encore. Il est protégé par un tunnel de verre, donc même les chutes les plus terribles ne l'affectent pas : le manteau de neige recouvre les parois sans atteindre les rails. Et tant mieux – car dans les rares occasions où il ferme tout de même, nous nous retrouvons complètement coupés du monde. Il n'y a pas de route qui mène à Saint-Antoine 2000, du moins pas en hiver. Des pensionnaires du chalet au moindre aliment servi au petit déjeuner, tout doit transiter par le funiculaire. À moins d'avoir de quoi se payer un héliportage (cela dit, croyez-moi, ce n'est pas incongru ici). Mais les hélicoptères ne décollent pas quand les conditions sont trop mauvaises. En cas de blizzard, ils restent dans la vallée.

Ça me fait une drôle d'impression si j'y réfléchis trop – une espèce de claustrophobie en contradiction avec les grands espaces que l'on voit du chalet. Ce n'est pas seulement la neige, ce sont des tonnes de mauvais souvenirs qui me pèsent. Si je me pose plus d'une minute ou deux, les images apparaissent spontanément, et m'envahissent – des doigts gourds griffant la neige durcie, la lueur du soleil sur une peau bleue, l'éclat mouillé de cils gelés. Mais heureusement, je n'ai pas le temps de m'arrêter aujourd'hui. Il est 13 heures passées et je suis encore en train de faire le ménage dans l'avant-dernière chambre lorsque j'entends le son tremblant du gong au rez-de-chaussée. C'est Danny. Il crie mon nom, et une phrase que je n'entends pas.

— Quoi ? je lance, et il recommence à crier, la voix plus claire à présent.

Il a dû se poster au bas de l'escalier.

— J'ai dit, la soupe est prête. Velouté de panais à la truffe. Alors ramène tes fesses, fainéante.

— Oui, chef, je réponds, ironique.

En vitesse, je renverse la poubelle de la salle de bains dans mon sac-poubelle noir, en installe un neuf, puis descends l'escalier en colimaçon au petit trot avant d'atterrir dans le hall, où le fumet délicieux du velouté de Danny émanant de la cuisine m'accueille au son de « Venus in Furs ».

Le samedi est à la fois le meilleur et le pire jour de la semaine. Le meilleur, parce que c'est le jour du roulement – il n'y a pas de pensionnaires, et nous avons le chalet pour nous tout seuls, Danny et moi. Nous sommes libres de nous prélasser dans la piscine, de transpirer dans le sauna en extérieur et de passer la musique que nous aimons aussi fort que nous voulons. Et le pire, parce que c'est le jour du roulement, ce qui signifie les draps de neuf grands lits à changer, neuf salles de bains à nettoyer – onze en comptant les toilettes au rez-de-chaussée et la douche à côté de la piscine –, dix-huit casiers à skis à briquer et à aspirer, sans parler du salon, de la salle à manger, du boudoir, de la salle de jeux et de l'espace fumeurs en extérieur, où je dois ramasser tous les mégots dégoûtants jetés systématiquement n'importe où, en dépit des énormes poubelles métalliques et des seaux mis à disposition. Au moins, Danny se charge de la cuisine, même s'il a du pain sur la planche lui aussi. Le samedi soir, il y a toujours un grand dîner. C'est qu'attention : il faut impressionner les nouveaux pensionnaires.

Pour l'heure, nous nous installons tous les deux à la grande table de la salle à manger et je parcours les infos que Kate m'a envoyées par mail ce matin entre deux cuillerées de soupe. Elle a un goût sucré, un bon goût de terroir, avec des petits morceaux croustillants éparpillés sur le dessus – des pelures de panais rôties dans l'huile de truffe, je crois.

— Il est trop bon, ce velouté, dis-je, sachant ce que j'ai à faire.

Danny lève les yeux au ciel, comme pour dire : « Ben, évidemment. » La modestie et Danny, ça fait deux, c'est sûr. N'empêche qu'il est vraiment un excellent cuisinier.

— Tu penses qu'ils vont aimer, ce soir ?

Il part à la pêche au compliment, mais je ne peux pas le lui reprocher. Danny, c'est une diva de la cuisine, il n'en a pas honte et, comme n'importe quel artiste, il a besoin d'appréciation.

— Mais oui. Il est sublime, super-réconfortant et, euh… complexe.

Je peine à mettre le doigt sur la qualité gustative exacte qui rend la soupe si bonne. Danny aime les compliments *précis*.

— C'est l'automne dans un bol. Tu leur fais quoi d'autre ?

— D'abord, j'ai des amuse-gueules.

Danny énumère les plats en comptant sur ses doigts.

— Ensuite, pour l'entrée, le velouté à la truffe. Puis un cuissot de chevreuil pour les carnivores et des raviolis aux champignons pour les végétariens. Et une crème brûlée en dessert. Et du fromage, bien sûr.

La crème brûlée de Danny est son atout majeur, et elle est à tomber. J'ai littéralement vu des clients en venir aux mains pour la dernière portion.

— Ça m'a l'air parfait, je commente, encourageante.

— À condition qu'il n'y ait pas de putain de vegans qui ne se sont pas déclarés, cette fois, dit-il d'un ton morose.

Il ne s'est pas encore remis de la semaine dernière : l'un des pensionnaires s'est révélé non seulement vegan, mais intolérant au gluten. Je crois que Danny n'a pas encore pardonné à Kate.

— Kate a été *très* claire. Un intolérant au lactose, un régime sans gluten, trois végétariens. Pas de vegan. Ça va être simple.

— Je parie que non, fait Danny, qui prend plaisir à jouer les martyrs. On va découvrir qu'il y en a un qui ne veut pas de glucides, ou je sais pas quoi. Ou un qui fait un régime tout-fruit. Ou un qui ne se nourrit que d'air pur.

— Bah, s'il y en a qui ne se nourrissent que d'air pur, c'est pas ceux-là qui vont t'embêter, je lui fais observer, raisonnable. C'est pas l'air qui manque, par ici.

Je montre d'un geste l'immense fenêtre qui domine le mur sud de la pièce. Elle donne sur les pics et les crêtes des Alpes, offrant un panorama époustouflant ; bien que j'habite là désormais, je me surprends encore à m'arrêter net pour le contempler, certains jours, le souffle coupé par sa beauté. Aujourd'hui, il n'y a pas tellement de visibilité : les nuages sont bas, et l'air trop chargé de neige. Mais les bons jours, on voit presque le lac Léman. Derrière nous, au nord-est du chalet, s'élève La Dame blanche, le plus haut sommet de la vallée de Saint-Antoine, qui surplombe tout.

— Relis-moi les prénoms, dit Danny, la bouche pleine de soupe, sauf qu'il avale aussi ses mots.

Son accent est *sarf London* à fond, c'est le cockney du sud de Londres – même si je sais qu'il a en fait grandi à Portmouth. Je ne sais pas jusqu'à quel point tout cela fait partie de son numéro. Danny est un comédien, et plus j'apprends à le connaître, plus je suis fascinée par le complexe melting-pot d'identités qui se cache sous la surface. Le petit marlou londonien qu'il incarne pour les clients n'est que l'une d'elles. Les soirs de sortie, à Saint-Antoine, je l'ai vu passer d'un Guy Ritchie plus vrai que nature à un RuPaul superbement flamboyant en l'espace de cinq minutes.

Mais bon, je ne suis pas vraiment en position de critiquer. Moi aussi, je joue un rôle. On le fait tous, à un certain degré, j'imagine. C'est l'une des joies de venir ici, dans un endroit comme celui-ci, où tout le monde est de passage. Ça permet de repartir de zéro.

— Faut pas que je me plante, cette fois, dit-il, interrompant mes réflexions.

Il actionne juste à peine le moulin à poivre noir au-dessus de sa soupe, la goûte, et prend un air approbateur.

— Je peux pas refaire le coup de Madeleine. Kate va m'étriper.

Kate est la représentante du secteur, c'est elle qui coordonne toutes les réservations et la logistique pour les six chalets de la boîte. Elle tient à ce qu'on retienne le prénom des clients dès le premier jour, pour les accueillir. C'est ce qui nous distingue des grosses chaînes, dit-elle. La touche personnelle. Mais avec un roulement hebdomadaire, c'est plus difficile que ça en a l'air. La semaine dernière, Danny a sympathisé avec une certaine Madeleine ; sauf que quand les formulaires de satisfaction sont arrivés, il s'est avéré qu'il n'y avait personne du nom de Madeleine dans le groupe. Pas une seule femme avec un prénom commençant par un M. Il n'a toujours aucune idée de l'identité de la personne à qui il a parlé toute la semaine.

Je suis la liste que Kate nous a fait parvenir avec le doigt.

— Alors, c'est une fête d'entreprise, cette fois. Une compagnie de tech qui s'appelle Pister. Neuf personnes, chacune leur chambre. Eva van den Berg, cofondatrice. Topher St Clair-Bridges, cofondateur. Rik Adeyemi, sousous-chef. Elliot Cross, nerd en chef.

Danny recrache un peu de velouté par le nez, mais je poursuis.

— Miranda Khan, la tsarine. Inigo Ryder, le boss de Topher. Ani Cresswell, chef dompteuse d'Eva. Tiger-Blue Esposito, championne du cool. Carl Forster, homme de loi.

Quand j'arrive à la fin, Danny pleure littéralement de rire. Il s'étrangle avec sa soupe.

— C'est vraiment ce qu'il y a écrit ? Sousous-chef ? Tiger… quoi déjà ? Je savais pas que Kate avait le sens de l'humour. Où est la vraie liste ?

— C'est la vraie liste, m'efforçant de ne pas me moquer du visage déformé et luisant de larmes de Danny. Prends une serviette.

— Quoi ? Tu te fous de ma gueule ?

Il hoquette, se radosse à son siège et s'évente.

— En fait, je retire ce que j'ai dit. C'est bien le genre de Pister.

— Tu as entendu parler d'eux ?

Je suis surprise. Danny n'est pas spécialement au taquet sur ce genre de choses. Nous recevons toutes sortes de gens, ici, beaucoup de fêtes privées, de temps en temps un mariage ou un anniversaire, mais un nombre étonnant de séjours d'entreprise aussi – j'imagine que le prix est plus facile à avaler si c'est la boîte qui paie.

On a beaucoup de firmes d'avocats, de fonds de pension et de boîtes parmi les cinq cents plus riches. C'est la première fois que Danny en connaît une dont je n'ai jamais entendu parler.

— Ils font quoi ?

— Pister ? Tu vis dans une caverne, ou quoi, Erin ?

— Non, c'est juste… je n'ai jamais entendu parler d'eux. Ils bossent dans les médias ?

Je ne sais pas pourquoi j'ai choisi ça. Les médias semblaient être le genre de domaine propice à employer une « Tiger-Blue Esposito ».

— Non, c'est une appli.

Danny me jette un regard soupçonneux.

— C'est vrai, t'en as *jamais* entendu parler ? Tu sais bien, « Pister – l'appli ». Ça te permet… eh bien, de pister les gens. C'est un peu l'idée.

— Je ne vois absolument pas de quoi tu parles.

— Pister, Erin, répète Danny, plus acide cette fois, comme si, en répétant ce mot, j'allais me donner une claque sur le front et m'exclamer : « Ah oui, tu veux dire Pister ! »

Il sort son téléphone et fait défiler ses applications jusqu'à un logo représentant deux yeux sur un fond rose vif. Ou peut-être deux rouages, c'est difficile à dire. Il clique sur l'icône et l'écran devient rose vif, puis noir, avec les mots « Pister. Les vrais gens, en temps réel » en lettres fuchsia.

Cette fois, les deux yeux deviennent les roues d'une cassette audio.

— Genre tu connectes ça à ton compte Spotify, explique Danny tout en explorant les menus, comme si des listes aléatoires de célébrités allaient tout éclairer. Et comme ça, tes listes d'écoute deviennent publiques.

— Mais quel intérêt ?

— C'est donnant-donnant, hein ? fait Danny, qui s'impatiente. Toute l'idée, c'est que personne n'a envie d'être écouté, mais si tu t'inscris, tu peux écouter les autres. « Le voyeurisme pour vos oreilles », c'est le slogan (officieux) de Pister.

— Alors… je peux voir… je sais pas… ce qu'écoute Beyoncé ? Si elle était dessus.

— Ouaip. Et Madonna. Et Jay-Z. Et Justin Bieber. Et qui tu veux. Les célébrités adorent. C'est le nouvel Instagram. Genre, tu peux créer un lien, tu vois ? Mais sans donner trop d'infos.

Je hoche lentement la tête. C'est vrai, quelque part, je vois l'attrait de la chose.

— Donc en gros, ce sont des playlists de célébrités ?

— Pas des playlists. Tout le truc, c'est que c'est en temps réel. Tu vois ce qu'ils écoutent *sur le moment*.

— Et s'ils dorment ?

— Dans ce cas, tu n'as rien. Ils n'apparaissent pas dans la barre de recherche s'ils ne sont pas en ligne en train d'écouter un truc. Et si tu pistes quelqu'un, mais qu'entre-temps il arrête d'écouter sa musique, alors ton *feed* s'arrête aussi et on te propose quelqu'un d'autre à pister.

— Donc si tu pistes quelqu'un qui met une chanson en pause pour répondre au téléphone…

Danny hoche la tête.

— Ça coupe.

— C'est vraiment nul, comme idée.

Il secoue la tête en riant.

— Nan, tu comprends pas. Toute l'idée, c'est…

Il s'interrompt, tentant de formuler un concept quasi impossible à décrire.

— Toute l'idée, c'est le lien. Tu écoutes la même musique au même moment qu'eux, mesure pour mesure. Tu sais que Lady Gaga, où qu'elle soit dans le monde, écoute exactement la même chose que toi. C'est comme…

L'inspiration vient, et son visage s'illumine.

— C'est comme, tu sais, quand tu sors avec quelqu'un pour la première fois, et que tu partages une paire d'écouteurs, un écouteur dans l'oreille de l'autre, un dans la tienne ?

Je hoche la tête.

— Eh bien, c'est pareil. Toi et Lady Gaga, vous partagez des écouteurs. C'est hyper puissant. Quand tu es allongée dans ton lit, et qu'elle coupe la musique, tu sais que quelque part elle fait sans doute la même chose que toi, elle se retourne, elle s'endort… c'est super-intime, tu vois ? Mais c'est pas seulement les célébrités. Si tu es dans une relation à distance, par exemple, tu peux pister ton mec et écouter la même chanson en même temps. À condition que tu connaisses son ID sur Pister, bien sûr. La mienne est réglée sur privé.

— OK, je réponds lentement. Alors… genre… ton *feed* est public, mais personne ne sait que c'est toi ?

— Oui, du coup j'ai genre deux abonnés, parce que je n'ai connecté personne parmi mes contacts. Attention, certains des Pisteurs les plus populaires sont totalement incognito. Il y a un mec en Iran, HacT, il se fait appeler. Il est dans le top 10 des Pisteurs quasiment tous les mois. Enfin, je dis qu'il est en Iran, y a pas moyen de vérifier, en fait. C'est juste ce qu'il y a écrit sur son blog Pister. Il peut très bien être en Floride, en réalité.

Une alerte sonne sur son téléphone, et il consulte l'écran.

— Ah tiens, voilà, tu vois ? Cette fille, là, je suis abonné à son compte, Msaggronistic. Une Franco-Canadienne de Montréal. Elle écoute des trucs punk hyper cool. L'alarme me prévenait qu'elle vient de se connecter et qu'elle écoute…

Il fait dérouler la notification.

— … les Slits, apparemment. Je sais pas si c'est ma tasse de thé, mais justement, c'est tout le principe. Peut-être que si. Je sais pas encore.

— D'accord.

Je ne suis pas certaine d'avoir mieux compris, mais je commence à voir un peu l'idée.

— Enfin bref, reprend Danny qui se lève et débarrasse nos assiettes de soupe. C'est ce que je voulais dire. Ces compagnies de tech, on les imagine parfaitement appeler leur banquier « Sousous-chef », ou une connerie comme ça. Pour eux, ça fait genre décalé. Café ?

Je regarde ma montre. 14 h 17.

— Pas le temps. J'ai encore deux chambres à faire, plus la piscine.

— Je peux t'en monter un.

Je me lève, m'étire, tentant de dénouer mes épaules et mon cou. C'est un travail physique, le ménage. Je ne m'en étais jamais vraiment rendu compte avant de commencer ce taf. Monter et descendre les aspirateurs dans l'escalier, récurer toilettes et carrelages, préparer neuf chambres d'affilée, ça vaut une bonne séance de gym.

Je termine la piscine quand Danny entre avec une tasse. Il porte le même maillot de bain que d'habitude – le truc le plus moulant que j'ai jamais vu en vrai. Jaune banane. Et quand il se retourne pour poser mon café sur la chaise longue, on voit qu'il y a écrit BAD BOI en lettres rouges sur les fesses.

— Attention aux éclaboussures, lui dis-je, tandis qu'il se tient au bord de la piscine, bras levés. J'ai pas l'intention de repasser la serpillière.

Il ne dit rien, se contente de tirer la langue, puis effectue un plongeon parfait, sans projeter la moindre gouttelette d'eau, du côté le moins profond. Il n'y a pas vraiment assez d'eau pour plonger de ce côté-là, mais il rase le fond et remonte de l'autre côté sans se faire mal.

— Allez, ça y est, c'est assez clean, putain. Viens piquer une tête.

J'hésite. Je n'ai pas encore passé l'aspirateur dans la salle à manger, mais je ne sais pas si ça se voit.

Je consulte ma montre. 15 h 15. Les clients sont censés arriver à 16 heures. Je suis dans les temps.

— Bon, OK.

C'est notre rituel hebdomadaire. Une baignade de dix minutes une fois le ménage terminé, comme pour reprendre notre territoire, nous rappeler à nous-mêmes qui, dans le fond, commande dans ce chalet.

Je porte mon bikini sous mes vêtements. Je retire mon tee-shirt plein de sueur et mon jean couvert de taches et m'apprête à plonger. Je suis sur le point de m'élancer lorsque je sens une main saisir ma cheville et me tirer en avant. Avec un cri aigu, je tombe à l'eau.

Je remonte à la surface, postillonnant, et j'écarte mes cheveux de mes yeux. Il y a de l'eau *partout*.

— Espèce d'abruti ! J'avais dit pas d'éclaboussures !

— Relax.

Danny part d'un rire tonitruant. L'eau étincelle comme des perles sur sa peau sombre.

— Je passerai la serpillière. Je te le jure.

— Je vais te buter si tu le fais pas, je te préviens !

— Je le ferai ! Je viens de te le dire, enfin. Je m'en occuperai pendant que tu te sécheras les cheveux.

Il montre son crâne presque rasé, me rappelant qu'il a une longueur d'avance sur moi sur ce point.

Je lui donne un coup de poing à l'épaule, mais je ne peux pas rester longtemps fâchée contre lui et, pendant quelques minutes, nous nageons et nous bagarrons comme des petits chiots jusqu'à nous retrouver haletants, forcés de nous arrêter pour reprendre notre souffle.

Danny sort de l'eau. Souriant jusqu'aux oreilles, essoufflé, il se rend à la cabine pour se rhabiller afin d'accueillir les clients.

Je devrais le suivre. Je le sais. Il y a encore beaucoup de choses à faire, différentes tâches à terminer. Mais pendant un instant, juste un instant, je m'autorise à flotter, bras et jambes écartés sur l'eau bleue transparente. Du bout des doigts, je caresse la cicatrice en travers de ma joue, longe la ligne dentelée où la peau est plus fine, encore sensible, et je contemple le ciel gris à travers le plafond en verre, observe les flocons de neige qui tombent en voletant.

Le ciel est *exactement* de la couleur des yeux de Will.

Nos clients vont arriver d'un instant à l'autre, et j'entends Danny commencer à passer la serpillière dans la cabine. Je devrais sortir, mais je ne peux pas, je n'arrive pas à détourner les yeux. Allongée là, mes cheveux bruns flottant autour de moi, je regarde le ciel. Et je me souviens.

LIZ

Pister ID : ANON101
Écoute : Piste EDSHEERAN Ø
Pisteurs : 0
Abonnés : 0

Nous sommes en altitude à présent. Le minibus traverse de petits villages alpins qui ressembleraient à des cartes postales si le ciel était bleu plutôt que de cette teinte ardoise menaçante. La neige fondue de la vallée a laissé place à de gros flocons blancs, et le chauffeur a mis les essuie-glaces à fond, afin de les écarter au fur et à mesure. En dessous de nous, le goudron noir mouillé s'est mué en stries grises et gelées, et les pneus émettent un cliquetis étrange en s'y engageant. De chaque côté de la route, d'énormes congères constellées de boue ont été formées par les chasse-neige. On a l'impression de rouler dans un tunnel. Ça me donne un drôle de sentiment de claustrophobie, et je baisse les yeux sur mon téléphone, parcourant les applications pour essayer de me distraire, avant de revenir à Pister.

Après avoir quitté la boîte, j'avais effacé l'appli. Je voulais tourner complètement la page, et je n'aimais pas l'idée que Topher, Eva et les autres continuent de me suivre informatiquement. Mais quelques semaines après, je l'ai de nouveau téléchargée. Ce n'est pas pour rien que Pister vient de dépasser les cent millions d'usagers : c'est addictif. Mais cette fois, mon profil est aussi privé que possible, et le compte est relié à une adresse mail bidon, si bien que même Elliot, qui a accès à toutes les infos masquées, ne peut pas savoir que c'est moi. Ce n'est pas que je sois parano. Je ne m'imagine pas qu'il épluche les dossiers utilisateurs tous les jours pour chercher *Liz Owens*. Mais je tiens à mon intimité. C'est normal, non ?

Topher me dit quelque chose par-dessus son épaule. Je retire mes écouteurs.

— Pardon, tu as dit quoi ?

— J'ai dit, tu veux boire un coup ?

Il me tend une bouteille de champagne ouverte. Je secoue la tête.

— Non, merci.

— Comme tu voudras.

Il boit une gorgée directement à la bouteille et je fais de mon mieux pour ne pas tressaillir. Il avale, s'essuie la bouche, puis reprend :

— J'espère que le ciel va se découvrir. À ce compte-là, on risque de pas pouvoir beaucoup skier.

— Ah bon, on ne peut pas skier sous la neige ? je demande.

Il rit, comme s'il me prenait pour une imbécile.

— Ben si, mais c'est pas très marrant. C'est comme courir sous la pluie. T'es jamais allée au ski, ou quoi ?

— Non.

Je m'aperçois que je suis en train de ronger la peau morte au coin de mon ongle, et me force à baisser la main. Tout à coup, j'entends très nettement la voix inquiète de ma mère : « Liz, ne fais pas ça, s'il te plaît. Tu sais que papa n'aime pas. » Je hausse la voix pour couvrir la sienne.

— Enfin, pas vraiment. J'en ai fait sur de la neige artificielle à l'école, une fois, mais j'imagine que c'est pas la même chose.

— Tu vas adorer, dit Topher, avec sa confiance insupportable.

La vérité, bien sûr, c'est qu'il n'a aucun moyen de savoir si je vais aimer le ski ou pas. Mais inexplicablement, quand il fait ce genre de déclaration, vous le croyez. Quand il dit : « Votre argent sera parfaitement protégé », « C'est un investissement magnifique » ou « Vous n'aurez jamais des termes aussi avantageux », vous lui faites confiance. Vous signez le chèque. Vous faites le dépôt de fonds. Vous mettez tout entre ses mains.

C'est pour ça qu'il est qui il est, je suppose. Cette confiance en lui à un million de dollars. Beurk.

Je ne réponds rien. Mais il n'attend pas de réponse. Il me fait un grand sourire éclatant, boit une autre gorgée de Krug, puis se tourne vers le chauffeur.

— On doit être presque arrivés, non ?

— *Comment**[1] ? répond l'homme en français.

Topher sourit avec une patience exagérée, puis répète, plus lentement :

— Presque… arrivés ?

---

1. Les mots en italique suivis d'un astérisque sont en français dans le texte. *(N.d.T.)*

— *Presque**, fait le chauffeur avec brusquerie.

Je traduis à mi-voix, puis le regrette aussitôt.

— Je ne savais pas que tu parlais français, Liz, fait Eva.

Elle se retourne pour me regarder. Elle sourit. Elle prononce ces mots comme si elle me décernait une médaille.

Il y a beaucoup de choses que tu ne sais pas sur moi, Eva, me dis-je.

Je marmonne :

— Niveau collège. Pas très bien.

— Tu es vraiment bourrée de talents cachés, fait-elle d'un ton admiratif.

Je sais qu'elle essaie de me flatter, mais ses mots ont un accent condescendant, surtout quand on sait que l'anglais est sa deuxième langue, après le néerlandais, et qu'elle parle couramment l'allemand et l'italien par-dessus le marché.

Avant que je ne sois obligée de répondre, les pneus crissent dans la neige et le minibus s'arrête. Je regarde autour de moi. Au lieu du chalet que j'attendais, on voit une ouverture sombre dans la colline enneigée et une pancarte qui annonce : « *Funiculaire de Saint-Antoine** ». Une remontée mécanique ? Déjà ?

Je ne suis pas la seule à être surprise. Carl, l'avocat corpulent, a l'air affolé aussi. Le chauffeur sort du véhicule et commence à descendre les valises.

— Mais on monte à pied, ou quoi ? demande Carl. J'ai pas pris mes chaussures de neige, putain !

— On dort à Saint-Antoine 2000, explique l'assistant de Topher.

Il s'appelle Inigo, je l'ai appris dans l'avion. Il est américain, blond, et extrêmement beau. Il parle à Carl, mais aussi à nous autres.

— Là, on est à Saint-Antoine-le-Lac, mais il y a beaucoup de petits hameaux un peu partout, qui se résument parfois à deux ou trois chalets. Celui dans lequel nous sommes est à presque sept mille pieds – je veux dire deux mille mètres d'altitude, dit-il d'une voix pressée, tandis qu'Eva lève les yeux au ciel. Il n'y a pas d'accès par la route, donc nous devons faire la dernière partie du trajet en funiculaire.

Il montre de la tête l'entrée plongée dans l'ombre, et quand mes yeux s'ajustent, je devine à l'intérieur un tourniquet et un homme en uniforme qui a l'air de s'ennuyer, jouant sur son téléphone à un petit guichet.

— J'ai vos billets, ajoute Inigo, brandissant une liasse de papiers.

Il nous les distribue tandis que nous descendons du minibus et posons le pied dans la neige molle. Nous regardons vers le sommet. Je remue les doigts nerveusement dans ma poche, sentant mes jointures craquer, même si je ne les entends pas. Il est 16 h 07, mais les nuages sont tellement lourds de neige que le ciel est presque noir. Nous prenons chacun une valise et le chauffeur ferme la marche, apportant le reste. Pendant un moment un peu gênant, nous attendons. Le funiculaire est invisible, quelque part en haut du tunnel, trop loin, même si nous entendons le bourdonnement de l'énorme câble d'acier à mesure qu'il approche.

— Comment ça va, Liz ? dit une voix derrière moi.

Je me retourne : c'est Rik Adeyemi, le contrôleur financier de Pister. Il a une bouteille de champagne à moitié vide coincée sous le bras. Rik est une des seules personnes que je reconnaisse, à part Eva, Topher et Elliot. Il fait un grand sourire, soufflant un nuage blanc dans l'air froid, et me donne une claque bien ferme sur l'épaule. Ça me fait mal. J'essaie de ne pas faire la grimace.

— Ça fait un bail !

— Ça va, je réponds.

Ma voix est raide, guindée. Je m'en veux beaucoup, mais je ne peux pas faire autrement. Je parle toujours comme ça quand je suis nerveuse. Et Rik m'a toujours rendue nerveuse. C'est en partie à cause de sa taille. J'ai du mal avec les hommes en général, et en particulier avec les grands qui me surplombent nettement. Mais il n'y a pas que ça. Rik est tellement… lisse. Beaucoup plus que Topher, bien qu'ils viennent du même monde. Littéralement. Lui, Topher et Elliot se sont rencontrés quand ils étaient pensionnaires dans un collège privé huppé. Apparemment, Elliot était déjà un génie, à l'époque. On est loin de Campsbourne Secondary, à Crawley, où je suis allée à l'école. Je sais que je suis une créature d'une autre planète à leurs yeux. Étrange. Bizarre. La « classe ouvrière ».

Je plie les doigts et fais de nouveau craquer mes jointures. Rik grimace puis pousse un petit rire gêné.

— Sacrée Liz. Tu fais toujours tes craquements chelous.

Je ne réponds pas. Il fait passer son poids d'un pied sur l'autre, remontant distraitement sa Rolex en argent, et jette un coup d'œil vers le haut de la pente, en direction du wagon invisible qui vient vers nous.

— Et comment ça va, alors ? demande-t-il.

J'ai envie de lever les yeux au ciel. *Tu viens de me le demander*. Mais je ne dis rien. Je suis en train d'apprendre qu'en fait, on a tout à fait le droit de faire ça, de temps en temps. D'ailleurs, c'est très amusant d'observer la réaction des gens.

Rik me jette un coup d'œil, attendant le « Très bien » que souffle mon conditionnement social, et comme ça ne vient pas, il enfonce sa main libre dans sa poche, l'air déconcerté.

Tant mieux. Qu'il attende.

ERIN

Pister ID : TITEMU
Écoute :
Abonnés : 0

— « Titemu » ? demande Danny, regardant par-dessus mon épaule pendant que j'entre mon nom d'utilisatrice tout neuf.

Il prononce comme si c'était deux mots : *tite émue.*

— Qu'est-ce que ça veut dire, putain ?

— Pas Tite Émue. Petite Mu. C'est un personnage des Moumines.

— Les mous quoi ?

— Les Moumines ! C'est une série de livres… Bah, laisse tomber, dis-je, voyant son expression déconcertée. Et toi, c'est quoi ?

— Je ne te le dirai pas, dit-il, offensé. Tu pourrais me pister.

— Oh, alors tu as le droit de connaître le mien, mais j'ai pas le droit de connaître le tien ?

— Parfaitement. Tu vas écouter quoi ?

Je clique sur un profil au hasard. NEVERMINDTHEHORLIX. C'est quelqu'un qu'a suggéré l'appli à partir de ma liste de contacts, et même si je ne peux en être certaine, je crois que c'est une fille avec qui j'étais au lycée. « Come and Get Your Love » de Redbone remplit la pièce. Je n'ai jamais entendu parler de ce groupe, mais je connais cette chanson.

— Quelqu'un a regardé *Les Gardiens de la galaxie*, marmonne Danny avec une note de dérision, mais ses hanches se balancent en rythme sur le beat tandis qu'il traverse la pièce pour aller regarder la neige par la fenêtre.

Il n'y reste qu'une seconde avant de pivoter de nouveau vers moi. Il prend une bouteille de champagne dans la glacière sur la petite table et fait sauter le bouchon qui sort avec un bruit de coup de feu.

— Ils sont là, j'ai vu le funiculaire qui montait.

Je hoche la tête et fourre mon téléphone dans ma poche. Pas le temps de bavarder maintenant. Je dois passer en mode action.

Dix minutes plus tard, postée dans l'entrée du chalet Perce-Neige, plateau de verres dans une main, je regarde un petit groupe descendre le sentier du funiculaire à la porte en chancelant et en dérapant. Aucun d'entre eux ne porte des chaussures adaptées, et ils ne maîtrisent pas la marche dans la neige : il faut faire de petits pas, en faisant peser son poids sur la jambe avant, jamais celle de derrière. L'un d'entre eux, un très beau mec noir, porte ce qui ressemble à… oui, c'est ça. Une bouteille de Krug vide. Génial. Ils sont déjà saouls.

Un grand blond arrive le premier à mon niveau. La petite trentaine, beau gosse et trop conscient de l'être.

— Bonjour, je m'appelle Topher, annonce-t-il avec un sourire clairement destiné à me charmer.

Son haleine sent l'alcool, et il a la même voix que tous les mecs qui ont été en pension dans des lycées privés rupins. Son visage me dit quelque chose, mais je ne vois pas où je l'aurais déjà vu. Peut-être qu'il me fait penser à un acteur ? En tout cas, si on faisait un casting pour le rôle du président d'une start-up Internet tendance, c'est exactement ce genre de type qu'on engagerait.

— Ravie de vous rencontrer. Je m'appelle Erin, je suis votre hôtesse dans le chalet pour la semaine. Champagne ?

— Si vous insistez…

Il saisit une coupe sur le plateau et la siffle d'un trait. La prochaine fois que je prépare les verres à l'avance pour ce groupe, je me promets de servir du prosecco. À les descendre comme ça, il ne fera jamais la différence.

— Merci.

Il repose la coupe vide sur le plateau et jette un coup d'œil autour de lui.

— Très beau site, au fait.

— Merci, on aime bien aussi.

Les autres arrivent à leur tour. Une femme d'une beauté stupéfiante, avec la peau caramel et les cheveux blond platine, avance à grand-peine.

— Eva van den Berg, annonce Topher lorsqu'elle est à notre niveau. Ma complice.

— Bonjour, Eva. Nous sommes enchantés d'accueillir votre groupe au chalet Perce-Neige. Vous voulez laisser vos sacs ici et entrer vous réchauffer ?

— Merci, ce serait super, dit Eva.

Dans sa voix, on devine une inflexion pas tout à fait britannique. Derrière elle, l'un des hommes glisse dans la neige et se met à pester dans sa barbe. Elle tourne la tête et lui jette négligemment :

— Ferme-la, putain, Carl.

J'ai un mouvement de recul, mais Carl ne semble rien remarquer d'anormal, et il se contente de lever les yeux au ciel, de se remettre debout et de suivre ses collègues à l'intérieur où il fait bon.

Dans l'entrée, un feu rugit dans le grand poêle à bois émaillé. Les nouveaux arrivants époussettent leurs manteaux couverts de neige et se frottent les mains devant le feu. Je pose le plateau de verre à portée de main et déplie la liste des noms avec les numéros de chambre correspondants. Je les regarde tour à tour en tentant d'associer les gens à leur patronyme.

Eva et Topher, c'est bon. Carl Forster, le mec qui a glissé dans la neige, est un Blanc grassouillet d'une quarantaine d'années, avec la boule à zéro et une expression pugnace, mais il vide joyeusement son champagne et ne semble pas ruminer l'incident devant la porte. À en juger par son nom, Miranda Khan est sans doute la femme orientale très élégante à côté des escaliers. Elle porte des talons de quinze centimètres et parle au mec avec le Krug, qui a troqué sa bouteille vide contre un verre plein.

— Oh, Rik, dit-elle avec une touche de flirt dans la voix. Il n'y a bien que toi pour dire ça.

Rik Adeyemi. En voilà encore un. OK, ça en fait cinq. Les quatre restants sont plus énigmatiques. Il y a une femme menue âgée de vingt-cinq ans environ, avec des mèches ombrées dans ses cheveux courts. Elle a, curieusement, un tapis de yoga roulé sous le bras. Ensuite vient un garçon d'un peu plus de vingt ans, qui ressemble fortement à Jude Law jeune. Américain, d'après ce que j'ai entendu de son accent quand il a pris sa coupe de champagne. Derrière lui se tient une fille aux cheveux jaunes bouffants – avec une texture de duvet de pissenlit et une teinte bouton d'or qui ne peut pas être sa couleur naturelle. Elle porte d'énormes lunettes rondes et jette des regards émerveillés dans l'entrée ; avec son expression, combinée à ses cheveux, elle me fait penser à un poussin particulièrement adorable. Ça doit être Ani, ou Tiger. Elle ne pourrait pas ressembler moins à un tigre, donc je décide que c'est sans doute Ani.

Le neuvième et dernier compère est un homme de haute taille, l'air gauche, qui regarde par la fenêtre, les mains dans les poches. Son attitude réservée contraste curieusement avec celle des autres, qui bavardent tous amicalement avec l'aisance qui n'existe que lorsqu'on travaille ou fait la fête ensemble depuis longtemps.

Non, attendez. Il y en a une autre, à l'écart. Une femme, un peu moins de trente ans, qui se tient voûtée dans un coin près du feu, comme si elle espérait passer inaperçue. Elle porte des habits sombres et se fond si bien dans le décor que je ne l'avais pas encore remarquée. Elle a presque l'air… *tétanisée*, c'est le mot qui me vient à l'esprit, et s'il me semble trop fort, c'est le seul qui corresponde vraiment. Son malaise apparent tranche nettement avec l'attitude des autres, qui rient et remplissent déjà de nouveau leurs verres, bien qu'on leur ait recommandé de prendre le temps de s'acclimater à l'altitude. Mais ce n'est pas uniquement son langage corporel qui la différencie – c'est un tout. Contrairement à ses collègues, ses vêtements ont plus l'air de venir de H&M que de D&G, et même si elle n'est pas la seule à porter des lunettes, celles des autres ressemblent à des accessoires venus d'un studio hollywoodien. Les siennes ont l'air de vieilles montures de la Sécu. Elle me fait penser à un oiseau, elle aussi, mais pas un petit poussin duveteux. Il n'y a rien de mignon chez elle. Cette femme ressemble plutôt à une chouette – une chouette traquée, paniquée, prise dans les phares d'une voiture.

Je m'apprête à m'approcher d'elle pour lui proposer une coupe quand je m'aperçois qu'il n'y en a plus sur le plateau. En ai-je oublié un ?

Je regarde de nouveau autour de moi, je compte les têtes. Il y a dix personnes, pas neuf.

— Euh… excusez-moi, je souffle discrètement à Topher. Est-ce que l'une de vos invitées dort ailleurs ?

Il me regarde sans comprendre.

— Je n'ai que neuf personnes sur la liste. Vous êtes manifestement dix. Ce n'est pas vraiment un problème… nous pouvons loger jusqu'à dix-huit personnes. Mais nous n'avons que neuf chambres, alors je me demandais juste…

Je laisse ma phrase en suspens.

Topher se donne une claque sur le front et se tourne vers Eva.

— Merde.

Il parle si bas qu'il est quasiment inaudible.

— On a oublié Liz.

— Quoi ? dit-elle d'une voix agacée, renvoyant ses cheveux soyeux en arrière d'un mouvement de tête.

Elle retire le long foulard en lin enroulé autour de son cou.

— Je n'ai pas compris ce que tu viens de dire.

— On a oublié *Liz*, répète-t-il sur un ton plus pressant.

Le visage d'Eva se décompose, elle regarde la fille près de la cheminée, avant de murmurer *merde* à son tour.

Topher nous attire toutes les deux à l'écart et fait signe au jeune sosie de Jude Law de nous rejoindre. De près, la ressemblance se dissipe, mais l'impression de beauté saisissante s'intensifie. Il a la peau mate, des pommettes slaves, bien dessinées, et les yeux bleu topaze les plus extraordinaires que j'aie jamais vus.

— Inigo, siffle Topher. Inigo, on a oublié Liz.

Pendant un instant, Inigo regarde Topher sans comprendre, puis les mots font leur chemin et il blêmit.

— Oh mon Dieu.

Son accent est américain, californien à vue de nez, même si je ne suis pas très forte pour ce jeu-là. Il place sa main sur sa bouche, horrifié.

— Topher, je suis… je suis vraiment trop con.

— Ce n'est pas ta faute, dit Eva, acerbe. C'est Topher qui l'a oubliée quand il a dressé la liste. Mais il fallait que ce soit…

— Si t'es si foutrement efficace, gronde Topher, les dents serrées, tu aurais peut-être dû demander à Ani de s'occuper d'une partie des préparatifs, plutôt que laisser Inigo se taper toutes les corvées ?

J'interviens à la hâte :

— Ce n'est pas grave.

Cela ne se passe pas comme prévu. Le premier jour, c'est censé être repos et relaxation – se détendre dans le sauna, boire du *vin chaud** et apprécier les petits plats de Danny. La dure réalité n'est censée refaire surface que plus tard, avec la présentation PowerPoint.

— Franchement, on peut s'accommoder. Le seul problème, c'est la répartition des chambres. Nous n'en avons que neuf, donc deux personnes vont devoir en partager une.

— Faites-moi voir la liste, répond Topher.

— Non, faites-la voir à moi, coupe Eva. Tu as déjà merdé une fois, Topher.

— Bon, d'accord, fait Topher, agacé.

Eva prend la feuille de papier et parcourt la liste du bout de l'index. Pendant ce temps, je remarque qu'il y a ce qui ressemble à des trous de brûlure dans son pull. On dirait qu'elle a fait de la soudure avec, mais quelque chose me dit qu'elle l'a acheté comme ça, et sans doute à un prix exorbitant.

— Liz peut dormir avec Ani, propose aimablement Inigo, mais Eva fait non de la tête.

— Non, jamais de la vie. Liz ne peut pas partager sa chambre, sinon tout le monde comprendra ce qui s'est passé.

— Et Carl ? marmonne Topher. Tout le monde s'en fout de lui. Il pourrait dormir avec quelqu'un.

— Mais qui ? Rik ne voudra jamais, n'est-ce pas ? Quant à Elliot…

Elle désigne le type mal à l'aise qui tourne le dos aux autres.

— Oui, OK, fait Topher précipitamment. Ça ne va pas marcher non plus.

Leurs deux regards convergent vers Inigo, qui examine la liste avec inquiétude. Sentant des yeux sur lui, il lève la tête.

— J'ai loupé un truc ?

— Oui, répond Eva sèchement. Tu partages ta chambre avec Carl. Maintenant, va lui annoncer la nouvelle.

Le visage d'Inigo se décompose.

— Je vais devoir intervertir les chambres, dis-je, passant mentalement en revue les pièces qui peuvent accueillir un second lit. Liz devra prendre la chambre prévue pour Inigo, c'est la plus petite, ça ira ? Miranda peut prendre celle de Carl, et Carl et Inigo peuvent partager celle de Miranda, c'est une des seules où loge un second lit.

— Où est Miranda ? demande Topher, regardant autour de lui.

Je jette un coup d'œil vers les escaliers. Rik parle avec le poussin duveteux – forcément Ani, j'ai déduit – et la grande et belle Miranda a disparu. Eva pousse un soupir.

— Zut, elle est sans doute déjà montée dans sa chambre. Bon, elle ne va pas être ravie d'être forcée d'en prendre une plus petite, mais il faudra qu'elle s'y fasse. Allons la trouver avant qu'elle ait défait ses valises.

— Je vous accompagne. Faut quelqu'un pour porter les valises.

Je sens une migraine poindre derrière mes yeux. Soudain, j'ai comme l'impression que la semaine va être très longue.

LIZ

Pister ID : ANON101
Écoute : hors ligne
Abonnés : 0

Il s'est passé quelque chose à notre arrivée. Je ne sais pas quoi au juste, mais j'ai vu Topher, Eva et Inigo en conciliabule dans un coin avec la fille du chalet. Et j'ai entendu mon prénom, j'en suis certaine. Ils parlaient de moi. À voix basse.

Je n'arrive pas à décrocher : je pense constamment à ce qu'ils pouvaient bien dire, et me demande pourquoi ils jetaient des coups d'œil de conspirateurs par-dessus leurs épaules.

Oh putain, je déteste cette situation.

Non. Ce n'est pas vrai. Je ne déteste pas *tout*. Ce lieu – cet incroyable chalet, avec sa piscine, ses panoramas, ses tapis en peau de mouton et ses canapés en velours – ce lieu, c'est le rêve. Je ne crois pas avoir jamais posé le pied dans un endroit aussi luxueux, en tout cas pas depuis que j'ai quitté Pister. Si j'étais ici seule, je serais parfaitement heureuse, plus qu'heureuse, en fait. Je devrais me pincer pour y croire.

C'est *eux* que je déteste.

Une fois dans ma chambre, enfin, je plonge sur le couvre-lit brodé à la main, enfonce la tête dans les oreillers en plume et ferme les yeux.

Je devrais me lever, fouiner dans la pièce, admirer les paysages montagneux magnifiques, tester les fonctions spa de la baignoire, m'émerveiller de la chance que j'ai d'être ici. Au lieu de ça, je reste couchée, les yeux fermés, et je me repasse encore et encore ce moment atroce de tout à l'heure.

Je devrais y être habituée. Être habituée à ce qu'ils m'oublient, à ce qu'ils me considèrent comme quantité négligeable, à ce qu'ils m'ignorent. J'ai vécu ça pendant une année entière chez Pister. Une année où les gens allaient boire des verres tous ensemble après le bureau, sans jamais m'inviter. Douze mois de : « Dis, Liz, tu veux bien réserver une table pour quatre chez Mirabelle ? », en sachant pertinemment que je ne faisais pas partie des quatre. Une année complète d'invisibilité. Et ça ne me dérangeait pas. Mieux. Ça m'arrangeait.

À présent, trois ans après mon départ, tout a changé. Je suis très, *très* visible. Et je ne sais pas pourquoi, les efforts de Topher et Eva pour me charmer, leurs regards insistants, sont plus pénibles à vivre que le temps où ils m'ignoraient.

Il est 17 h 28, heure française. J'ai environ quatre-vingt-dix minutes avant le dîner. Une heure et demie pour me laver, me changer et essayer de trouver dans ma valise *une* fringue qui ne me donnera pas l'air d'une mendigote à côté de la nouvelle assistante d'Eva et de cette Tiger du marketing.

Je n'envisage même pas de me mettre sur le même plan qu'Eva et l'autre femme en talons hauts – comment s'appelle-t-elle, déjà ? Miranda. Elles ne sont pas seulement plusieurs catégories au-dessus de moi sur le plan du physique, elles le sont aussi par le salaire. Eva a été top model, et avant même que Pister commence à décoller, son budget chaussures excédait le montant de mon salaire mensuel. J'ai toujours su que nous évoluions dans deux univers différents. Mais ce serait agréable de pouvoir descendre dîner dans une tenue qui me donne l'air d'être à ma place parmi les autres.

Je défais la fermeture éclair de ma valise à roulettes informe et fouille parmi les piles de vêtements que j'y ai fourrées tôt ce matin. Finalement, presque au fond, je trouve une robe qui pourrait faire l'affaire. Je la passe par la tête, puis me plante devant le miroir et je lisse le tissu en me regardant. La robe est noire, avec du stretch, et je l'ai achetée parce que j'ai lu dans *ELLE* que toutes les femmes avaient besoin d'une petite robe noire. C'était la moins chère dans le style.

Mais je ne sais pas pourquoi, elle ne ressemble pas à la robe des photos qui illustraient l'article. Elle s'est froissée dans la valise, et même si je ne l'ai portée que deux ou trois fois, le tissu peluche déjà sous les bras, ce qui lui donne l'air de sortir d'une boutique de fripes. Il y a ce qui ressemble à des poils de chat dans le dos. Pourtant, je n'ai pas de chat. Peut-être viennent-ils de mon écharpe.

Je sais qu'une fille comme Tiger n'aurait eu aucun problème, si elle avait choisi cette robe dans une fripe, à l'accessoiriser avec un truc outré comme un gilet en cotte de mailles et des bottes de moto : elle aurait eu l'air fabuleuse.

Si je portais un gilet en cotte de mailles, il me pincerait la peau sous les bras et ferait *clang clang* à chacun de mes pas. Des inconnus se moqueraient et me demanderaient : « Tu te mets à la joute, mon canard ? » Et il rouillerait à cause de ma sueur dans les maillons, et tacherait mes habits, et je me détesterais encore plus que d'habitude.

Je suis encore en train de me contempler dans le miroir, le regard vide, quand on frappe à la porte.

J'ai un frisson. Je ne peux pas les affronter. Je ne peux pas les affronter, tous autant qu'ils sont.

— Qui… qui est-ce ?

Ma voix se brise sur la dernière syllabe.

— C'est Erin, je suis votre hôtesse au chalet, j'entends faiblement à travers le bois. Je voulais juste savoir si vous aviez tout ce qu'il vous faut ?

J'ouvre la porte. C'est la fille qui nous a accueillis tout à l'heure. Je n'ai pas eu l'occasion de bien la regarder quand nous sommes arrivés, mais maintenant je le fais. Elle est jolie et bronzée, avec des cheveux brillants couleur noisette, et elle porte un chemisier blanc, bien propre, rentré dans un jean bleu foncé. Elle a l'air posée, sûre d'elle, tout ce que je ne suis pas.

Une seule chose semble dépasser – la fine trace rose d'une longue cicatrice qui court le long de sa pommette droite et disparaît dans ses cheveux. La ligne s'agrandit quand elle me sourit et je suis… étonnée, disons. On croirait que c'est le genre de personne à couvrir une balafre pareille avec du maquillage. Mais… elle ne l'a pas fait.

J'ai envie de lui demander ce qui lui est arrivé, mais je crois que ce n'est pas le genre de questions qu'on peut poser à brûle-pourpoint. Dans le temps, je l'aurais fait quand même. Mais j'ai appris à la dure que quand on est directe, comme ça, les gens en concluent simplement qu'on est bizarre.

— Bonjour, dit-elle sans cesser de sourire. Je m'appelle Erin. Je voulais juste m'assurer qu'il ne manquait rien dans votre chambre, et vous dire qu'un apéritif sera servi dans le salon ce soir à 18 h 45, suivi d'une brève présentation.

— Une présentation… Sur la région ?

Je tire sur l'ourlet de ma robe.

— Non, une présentation professionnelle, je crois. Elle ne figure pas sur votre planning ?

Je fouille dans ma valise et en sors le programme plié et froissé qu'Inigo m'a envoyé par mail il y a quelques jours. J'ai passé pratiquement chacune de mes secondes de liberté, depuis, à l'éplucher, à tenter de deviner comment allait se dérouler cette semaine, donc je sais parfaitement que rien n'était prévu pour le premier soir, mais j'ai tout de même besoin de me rassurer sur ma santé mentale.

— Il n'y a rien d'indiqué, dis-je.

Je ne parviens pas à retenir une note accusatrice dans ma voix. La fille hausse les épaules.

— Sans doute un ajout de dernière minute ? Votre collègue, Ani, c'est ça ? Elle vient de me demander d'installer le vidéoprojecteur dans le salon.

J'ai envie de répliquer qu'Ani n'est pas ma collègue. Je n'ai jamais travaillé avec elle. D'ailleurs, je ne les connais pratiquement pas, tous, à part les quatre fondateurs, Rik, Elliot, Eva et Topher. Mais je suis trop occupée à me demander ce que tout ça signifie.

Ani est l'assistante d'Eva. Donc cette présentation doit être une initiative d'Eva. Or Eva est la plus grande stratège que je connaisse. Elle n'oublierait jamais de mettre quelque chose au planning par accident. Autrement dit, elle l'a fait à dessein. Elle est en train d'exécuter un plan, forcément.

Mais lequel ?

— Vous savez quel est le thème ? De la présentation ?

— Non, désolée. Je ne connais que l'horaire, rien de plus. Apéritif à 18 h 45, présentation à 19 heures.

— Et… comment je dois m'habiller ?

Je ne devrais pas le lui demander, mais je commence à perdre mes moyens.

— Comment ça ? Nous sommes très relax à Perce-Neige, personne ne s'habille pour le dîner. Mettez-vous à l'aise, c'est ce qui compte.

— Mais c'est ce qu'ils disent toujours !

Les mots s'échappent de ma bouche malgré moi.

— Ils disent : « Oh, portez ce que vous voulez », et quand vous arrivez, il y a un dress code secret que tout le monde a l'air de connaître à part moi. Si je m'habille trop chic, ils sont tous en jean et j'ai l'air d'en faire des tonnes. Si je m'habille décontracté, ils sont tous en costume et robe de soirée. C'est comme si tout le monde avait la consigne, sauf moi.

Aussitôt que j'ai prononcé ces mots, j'ai envie de les reprendre. Je me sens toute nue, insupportablement à vif. Mais c'est trop tard. Je ne peux pas les effacer.

Elle sourit de nouveau. Son regard est bienveillant, mais j'y lis sa pitié. Le sang me monte aux joues, mon visage devient rouge brique, brûlant.

— C'est vraiment décontracté, ici. Je suis sûre que la plupart des invités ne vont même pas se changer. Vous serez très jolie, quoi que vous mettiez.

— Merci, je réponds piteusement.

Mais je ne le pense pas. Elle ment, et nous le savons toutes les deux.

ERIN

Pister ID : TITEMU
Écoute : Piste XTOPHER
Abonnés : 0

Tandis que les membres du groupe se rassemblent dans le salon, la chanson qui ne cesse de me trotter dans la tête n'est pas le R&B chilien que j'écoutais avant qu'ils entrent – oui, je pistais Topher –, mais « Rotterdam » de Beautiful South. Certes, tout le monde n'est pas blond. Mais tout le monde est beau, sans conteste. C'en est presque absurde. Il y a l'assistante d'Eva, la jolie petite Ani, avec son visage en cœur et ses cheveux couleur bouton d'or. Inigo, l'assistant de Topher, dont les joues s'auréolent à présent d'une ombre de barbe qui font tant ressortir ses pommettes qu'on le croirait sorti d'un plateau de cinéma. Même Carl, l'avocat, qui est sans doute le moins conventionnellement attirant du groupe, avec son expression bovine et sa carrure trapue, possède un magnétisme indéniable.

— *Belle bête*, murmure Danny dans mon oreille d'un air appréciatif en passant devant moi avec un plateau d'amuse-gueules. J'hésiterais pas, et toi ?

— Carl ? Euh... jamais de la vie, je réponds en chuchotant.

Danny rit, un rire de gorge, profond et délicieusement contagieux.

— Qui, alors ? Le petit programmeur, là ?

Il montre d'un signe Elliot, qui se tient au même endroit qu'il s'est choisi en arrivant, évitant délibérément de croiser le regard des autres. Je ris et secoue la tête, mais ce n'est pas parce que je ne trouve pas Elliot attirant. OK, il a l'air d'un écolier empoté, mais il arrive quand même à être sexy, dans le genre geek-chic. Ce genre de corps qui donne l'impression que ses os sont trop grands pour sa peau, tout en poignets qui ressortent et pommettes saillantes, chevilles noueuses qui dépassent de son pantalon trop court. Mais ses lèvres sont étonnamment sensuelles et, lorsqu'une de ses collègues se faufile près de lui, elle glisse au passage un bras autour de sa taille d'une manière qui semble... intime, disons. Et Elliot ne sursaute pas comme je l'aurais cru.

— Allez, lance Topher par-dessus la clameur. Que la fête commence ! Carl, Inigo, est-ce que l'un de vous peut regarder comment fonctionne la sono ? On croirait pas qu'on est une boîte de tech, hein.

De la musique jaillit subitement. David Bowie, « Golden Years », par les enceintes Bluetooth. Je ne sais pas qui a mis ça, mais c'est un choix pertinent, presque jusqu'à la caricature. Il y a vraiment un côté jeunesse dorée, dans ce groupe. Ils semblent intouchables.

— Salut.

La fille qui a frôlé Elliot s'est frayé un passage jusqu'à Danny et moi à travers l'assistance. Elle ondule en rythme, vêtue d'une toute petite robe-pull qui expose des jambes minces, bronzées, raccourcies par ses Dr Martens. L'espace d'un instant, je ne vois pas du tout d'où elle sort, mais je remarque les mèches ombrées et le piercing au nez. C'est la femme qui est arrivée avec un tapis de yoga et je me rappelle aussitôt son nom en y repensant. Yoga. Tiger. Tiger-Blue Esposito. Championne du cool.

— Salut, Tiger, dis-je.

Je lui présente le plateau de cocktails.

— Je peux vous offrir un verre ? C'est du martini-gin à la mûre sauvage, ou à gauche, du Old fashioned à la marmelade.

— En fait, je suis venue chercher un truc à manger.

Elle me fait un sourire charmeur, dévoilant des dents très blanches et régulières, et une fossette dans ses joues de pêche. Sa voix est rauque – un peu comme un ronronnement, et son curieux prénom semble soudain lui convenir plutôt bien.

— Désolée, je sais que ça ne se fait pas de s'empiffrer d'amuse-gueules juste sortis de la cuisine, mais le dernier plateau était trop bon, et je meurs de faim. Il n'y avait pas de repas dans l'avion, donc je n'ai rien avalé depuis le petit déjeuner, à part du Krug.

Elle fait une pause, puis part d'un rire étonnamment chaleureux.

— Bah, qu'est-ce que je raconte ? Je suis juste pathologiquement goinfre.

— Ne vous excusez pas, fait Danny.

Il lui présente le plateau, où les canapés qu'il a préparés avec soin sont alignés comme de petits bataillons.

— J'aime les filles qui ont bon appétit. Là, ce sont des profiteroles au Gouda (il montre les minuscules chaussons aériens sur la gauche), et sur la droite, des œufs de caille à la ricotta fumée.

— Les deux sont végétariens ? demande Tiger, et Danny confirme d'un signe de tête.

— Sans gluten ?

— Seulement les œufs de caille.

— Super, sourit Tiger.

Les fossettes apparaissent de nouveau, elle prend un œuf de caille et se le fourre tout entier dans la bouche. Elle ferme les yeux voluptueusement en mastiquant.

— Oh mon Dieu, soupire-t-elle en avalant. C'était un orgasme en forme de canapé. Je peux en avoir un autre ?

— Bien sûr, répond Danny avec un sourire. Mais gardez de la place pour la suite.

Elle en prend un autre, puis dit, la bouche pleine :

— Pitié, enlevez-moi ça avant que je parte en mode Homer Simpson, je vais me mettre à saliver par terre.

Danny fait une petite révérence mi-sérieuse et se dirige vers Elliot. Tiger le regarde avec intérêt. Je ne peux pas lui en vouloir. Danny est un mec gentil, un cuisinier extraordinaire, et il est follement mignon.

— Tiger, fait une voix guindée, qui sent l'argent, derrière nous.

Je me retourne : c'est la responsable des relations publiques, Miranda, qui s'avance. Ses cheveux noirs sont détachés tel un rideau de satin sombre dans son dos, elle porte une combinaison en soie noire à tomber, cintrée juste comme il faut afin de souligner sa taille de guêpe, et des escarpins bleu nuit. Je remarque avec un tressaillement que les pointes de ses talons aiguilles laissent de petites marques sur le plancher verni, mais je ne peux pas franchement protester. Je lui tends le plateau de boissons. Miranda prend un verre sans me regarder et laisse une brochette de canard fumé à demi mangée à la place.

— Il faut qu'on parle, dit-elle à Tiger.

Sa voix est aiguë et coupante, son accent cristallin – à quelques syllabes près, on croirait entendre la princesse Margaret.

— Bien sûr, fait joyeusement Tiger en s'essuyant la bouche. Dis, tu as essayé les œufs de caille ? Ils sont mortels.

— Laisse tomber, Tiger. Écoute, il faut qu'on prenne un temps avec tout le monde pour discuter de la stratégie de com' sur la fonction GéoPister que va lancer Elliot. Ce petit emmerdeur d'Unwired vient de m'appeler pour m'interroger là-dessus. Super-lourd.

— Quoi ? demande Tiger, qui a l'air déconcertée. Comment ça s'est ébruité ? C'est même pas encore en bêta, si ?

— Aucune idée, mais je crains fort qu'Elliot ait ouvert sa grande gueule. Il n'a jamais été capable de se tenir à un embargo, et il explique à qui veut l'entendre à quel point ça va être « cool », dit-elle en mimant les guillemets avec ses doigts. Je crois que j'ai calmé Unwired pour le moment, mais ça va se savoir tôt ou tard, et je m'inquiète sérieusement de l'image que ça va donner de nous dans la presse. J'ai pas besoin de te dire que le respect de la vie privée sur les réseaux est un sujet à la mode. Je ne sais pas si quelqu'un a déjà remarqué le changement dans les autorisations utilisateurs, mais ce n'est qu'une question de temps. Bon sang, quelqu'un pourrait couper ce boucan atroce ?

Elle me regarde en massant ses tempes du bout des doigts, et je réalise qu'elle veut parler de la musique.

— C'est un des invités qui l'a mise, je réponds, tentant de ne pas me mettre sur la défensive, mais je vais baisser le volume.

— Je pense qu'on a besoin d'avoir deux approches, continue Miranda tandis que je pars en quête de la télécommande des enceintes. Un plan A qui tient compte d'une sortie à une date annoncée, à savoir marketing, RP, buzz sur les réseaux, etc. Tous les trucs qu'on a déjà esquissés, en gros. Mais aussi un plan B en cas de fuite prématurée, auquel cas la question, c'est de savoir si on reprend les aspects de la campagne marketing pour défendre notre discours. C'est absolument *essentiel* qu'on soit maîtres du débat sur les réseaux.

Elles se lancent dans des questions techniques et la conversation se noie dans le fond sonore. Je retrouve la télécommande sous une serviette sale, baisse un peu le volume, puis jette un œil à la pendule sur le manteau de la cheminée. Il est 18 h 55. Ils devraient passer bientôt à la prochaine étape, mais on dirait qu'il manque quelqu'un.

— Ah, enfin, putain ! dit une voix masculine par-dessus mon épaule.

Topher se tient derrière moi.

— On pourrait mourir de soif en attendant d'être servi, ici.

Il secoue la tête pour écarter ses cheveux blonds de ses yeux, puis adoucit sa grossièreté par un sourire charmant, juste ce qu'il faut.

— Vraiment désolée ! dis-je en lui tendant le plateau, masquant mon agacement par un sourire poli. Martini aux mûres sauvages ?

Topher en prend un, et le vide à une vitesse inquiétante. Je me retiens de lui préciser qu'il contient à peu près 50 % de gin.

— Carl ?

Je présente le plateau à son collègue, qui hoche lourdement la tête et prend le dernier Old fashioned.

— Santé. Même si je n'ai pas besoin de boire davantage, pour être honnête… C'est de la nourriture que je cherche. Il reste des chaussons au fromage ? Je suis mort de faim.

— Des chaussons au fromage ! (Topher renâcle avec mépris.) C'est pas comme ça qu'on se prépare physiquement au ski, Carl.

Il tapote la taille généreuse de Carl, qui tend sa chemise écossaise.

— Le plein de glucides, mon vieux, réplique Carl en me gratifiant d'un clin d'œil. C'est une étape essentielle de mon entraînement.

— Danny circule avec les canapés, je suis sûre qu'il va arriver dans une seconde, je réponds, même si je vois par-dessus l'épaule de Carl que Danny s'est fait coincer par Elliot qui rafle méthodiquement les profiteroles et les engloutit comme si c'était des chips – j'espère qu'il en reste dans la cuisine.

Topher a remarqué aussi, et à présent, il se dirige vers Elliot et lui prend le bras.

— Elliot, mon vieux, arrête d'accaparer le serveur. Carl fait le plein de glucides, dit-il.

J'en profite pour m'éclipser afin d'aller surveiller le reste de la salle.

Il est 19 h 05 d'après la pendule de la cheminée, mais quand je compte les têtes, il n'y a toujours que neuf présents. Quelqu'un est en retard, et je ne suis pas la seule à l'avoir remarqué. Eva tape du pied en jetant autour d'elle des regards nerveux.

— Où est Liz, putain ? je l'entends siffler à Inigo, qui répond dans un souffle, d'un air contrit.

Puis son visage s'illumine et il touche le bras d'Eva qui lève les yeux vers le palier, à l'étage. Liz se tient là, en haut de l'escalier en colimaçon. Elle a les bras croisés, comme pour se cacher, et à côté d'une gêne pareille, Elliot a l'air presque à l'aise.

— Liz ! lance Eva, accueillante. Viens prendre un verre !

Lentement, presque à contrecœur, Liz descend les marches. Elle porte la robe noire déformée, peu flatteuse, que j'ai vue en entrant dans la chambre tout à l'heure, et j'ai mal pour elle. Elle est très mal coupée pour sa silhouette, on dirait que Liz est vêtue d'un sac à patates, et on voit à sa manière de se tenir, les doigts crispés sur les plis formés par sa culotte, qu'elle le sait. Au bas de l'escalier, elle marque une pause et fait craquer ses jointures, comme s'il s'agissait d'un tic. On entend un crépitement, comme du bois dans un grand feu, étonnamment désagréable.

Je m'apprête à m'avancer avec un verre, mais à ma surprise, Topher me devance. Il rafle un martini aux mûres sauvages sur mon plateau et se précipite vers Liz pour le lui offrir avec une expression de chiot empressé.

Ça lui ressemble si peu que j'ai un temps d'arrêt.

Qui est donc cette femme ? Pourquoi tiennent-ils tant à rester dans ses bonnes grâces ? C'est presque comme si… Je fronce les sourcils, perplexe. C'est presque comme s'ils avaient peur d'elle.

Mais c'est absurde.

LIZ

Pister ID : ANON101
Écoute : hors ligne
Abonnés : 0

Ils attendent tous, massés au pied de l'escalier lorsque j'arrive dans le salon – Eva, Topher, Inigo, Rik. Eva porte une robe longue en laine blanche, sans doute du cachemire, et je me sens vraiment mal fagotée à côté d'elle. Topher est en jean et en chemise, col ouvert. Il me brandit un verre de martini au visage.

— Cocktail, Liz ? propose-t-il avec un sourire.

— Non merci.

— Allez, quoi. (Sa voix est son meilleur atout charme.) C'est une occasion spéciale : les grandes retrouvailles du gang au complet !

Je devrais sourire, mais je n'en ai aucune envie. Ma robe est trop serrée. J'ai mis des dessous Spanx pour tenter de compenser, mais ils me pincent et ça me fait mal au ventre. Et puis la musique est trop forte.

— Merci, mais j'ai mal à la tête.

Je ne veux pas dire la vérité à Topher – que je ne bois plus d'alcool. Il risquerait de se demander pourquoi – et ce qui a changé d'autre depuis que j'ai quitté Pister.

— Oh, ma pauvre. Attends, je vais te donner un truc. J'ai de l'ibuprofène dans ma chambre. Inigo…

— Non merci, je répète.

Les battements de mon cœur sont irréguliers, ça me donne un peu la nausée.

— Je ne veux pas de médicament. Je crois qu'un verre d'eau fera l'affaire.

— C'est sans doute l'altitude, fait Eva avec sollicitude. Et l'air sec. C'est très facile de se déshydrater avec un climat pareil. Tu fais vraiment bien de ne pas boire d'alcool, bravo.

Topher fait les gros yeux à Inigo et lui désigne la cuisine d'un signe de tête. Inigo se dépêche de s'y rendre. J'imagine qu'il est parti me chercher de l'eau. C'est tellement dégueulasse, tout ça. C'était sur moi qu'aboyait Topher autrefois. Et franchement, je préférais ça. Je préférais être invisible.

Quand Inigo revient, Topher lui prend le verre et dit aux autres :

— Laissons Liz respirer un peu.

Puis il me guide jusqu'à un petit canapé où il me fait signe de m'asseoir. Je ne vois pas comment y couper, alors je m'exécute. Topher s'installe à côté de moi, trop près, et me prend une main.

Une panique monte en moi.

Je sais de quoi il veut me parler.

— Liz, je voulais juste te dire… commence-t-il.

Je regarde autour de moi, affolée. Je me demande si je n'ai pas une sorte de défaillance cardiaque tellement mon cœur fait des bonds. Topher m'explique à quel point il est fier de m'avoir permis de faire mes débuts, me raconte que je sortais du lot lors de l'entretien, me parle de ma contribution à Pister, de notre « voyage ensemble ».

Ses mots sont noyés par la musique de fond réglée trop fort et un sifflement bizarre dans mes oreilles. Mais je n'ai pas besoin d'entendre les mots pour savoir ce qu'il dit, en réalité.

J'ai pris des risques pour toi.

Je t'ai donné ta chance.

Tu ne serais pas là sans moi.

Tu m'es redevable.

Et il a raison. Je sais qu'il a raison. C'est le pire. Parce que je m'apprête à trahir tout ça.

Il est tellement gentil que j'ai envie de vomir. Mais en même temps, je sens son haleine chargée d'alcool, et la chaleur de son corps trop près du mien, et je n'arrive à penser qu'à une chose : mon père, en train de se pencher sur moi.

Je suis sur le point de faire craquer nerveusement mes jointures lorsqu'une voix s'invite dans ma tête : *Si tu fais encore ce bruit immonde…*

Je tressaille, malgré moi.

— … et j'en suis tellement fier, termine Topher.

Je ne sais pas du tout quoi dire. Avant que je trouve quelque chose, un tintement aigu retentit à l'autre bout du salon. C'est Ani, l'assistante d'Eva. Elle porte une robe en soie qu'on dirait faite de deux foulards noués ensemble et, sur la pointe des pieds, elle entrechoque deux flûtes de champagne. Le *ting ting ting* retentit dans toute la pièce.

Tout le monde se tait, à part Elliot qui continue de parler à Rik. Sa voix de basse monotone résonne dans le hall silencieux.

— … des problèmes de serveur avec le lancement de GéoPister, si nous ne pouvons pas…

Rik donne un coup de coude à Elliot, qui lève les yeux. Il s'arrête au milieu de sa phrase, confus.

À côté de moi, Topher s'est complètement raidi et il a l'air décontenancé. Ça doit être la présentation d'Eva. Mais on dirait que Topher n'était pas du tout au courant.

Tout à coup, je sais ce que c'est. Je sais ce qu'il se passe. C'est une embuscade.

Non. Ce n'est pas le mot.

C'est un coup d'État.

ERIN

Pister ID : TITEMU
Écoute : hors ligne
Abonnés : 1

— Pisteurs ! lance Eva d'une voix suraiguë, artificiellement gaie.

Elle se tient sur la première marche de l'escalier en colimaçon, pourtant elle n'a pas besoin de hauteur supplémentaire, et elle est magnifique dans son fourreau en cachemire impeccable, comme une flûte de champagne étroite.

— Je sais que ce n'était pas au programme, mais Ani et moi voulions vous accueillir tous ici et commencer la semaine en mettant en avant les grands moments du voyage Pister, juste pour vous rappeler à quel point vous êtes formidables, le chemin qu'on a parcouru et ce que vous, toutes et tous, vous avez apporté au phénomène Pister. Vous voulez bien nous suivre au petit salon quelques minutes ? Vous pouvez apporter vos verres.

Il y a un peu d'agitation, et une électricité bizarre dans l'atmosphère, que je n'arrive pas tout à fait à décoder.

En promenant mon regard dans la pièce, je vois bien, à la réaction de chacun, et à leur expression, que le groupe se divise en trois camps.

D'abord, il y a la petite clique d'Eva – Rik et Ani, à première vue. Ils étaient au courant, et ils attendaient son signal. Ils s'étaient approchés avant même qu'elle fasse son annonce, et maintenant qu'elle a parlé, ils ont l'air tendus, comme prêts à livrer bataille.

Il y a ensuite le groupe neutre : les gens qui sont surpris, mais agréablement, et se réjouissent de la diversion sans penser à mal. Dans ce groupe, Tiger, Miranda et l'avocat, Carl. Ils prennent leurs verres, bavardent, totalement inconscients, dirait-on, des tensions qui circulent autour d'eux.

Enfin, il y a le petit clan de Topher. Ils sont surpris aussi – mais c'est une mauvaise surprise. Son assistant, Inigo, fait la tête d'un enfant qui vient de marcher dans une crotte de chien avec des chaussures neuves et s'apprête à se faire gronder par son père. Elliot, le nerd, se tient dans un coin, les bras croisés, l'air buté. Il tape du pied et jette des regards exaspérés derrière ses lunettes, comme quelqu'un qui vient de se faire bluffer au poker. Topher, quant à lui, s'est levé du canapé où il parlait à Liz, et a l'air totalement affolé. C'est la première fois que je vois son charme enfantin vraiment ébranlé, et je m'aperçois que sous l'assurance qu'il projette, sous le charisme, il y a autre chose. Mais je ne sais pas trop quoi. Sa surface lisse cache-t-elle un petit garçon apeuré ? Ou est-ce une chose très différente, plus dangereuse peut-être ? Pendant un instant, il me semble voir un éclair de rage passer sur son visage.

Enfin, il y a Liz. Et je ne sais pas dans quel camp elle est. Elle ne rentre dans aucun, mais j'ai l'impression qu'elle sait ce qui se trame. Son visage est vide d'expression, ses lunettes reflètent la lumière du plafond, si bien que je ne peux voir son regard. Mais elle n'a pas l'air contente. En fait, elle s'entoure de ses bras comme pour se protéger d'un coup.

— Attends une seconde, Eva… fait Topher, tentant de reprendre son ton autoritaire habituel, mais c'est trop tard.

Eva s'empresse de faire entrer les autres dans le petit salon, et il n'a pas le choix : soit il les suit avec Elliot, soit il reste en retrait.

— Eva, putain, qu'est-ce que…

Puis la porte se referme derrière eux.

LIZ

Pister ID : ANON101
Écoute : hors ligne
Abonnés : 0

Tandis qu'Ani nous guide à l'intérieur, j'ai un frisson de panique. Le petit salon est étriqué et sombre. Les stores sont baissés. La seule lumière vient de l'entrée et de la projection du logo de Pister sur le mur blanc. L'image rose vif donne aux visages des autres une teinte étrange de jambon fumé. Je m'installe sur un canapé et, quand la porte se ferme doucement, j'ai l'impression que l'atmosphère se resserre sur moi comme un poing.

C'est une atmosphère que je n'ai pas sentie depuis près de trois ans.

L'argent. Les privilèges. *L'ambition*.

Cette odeur est aussi réelle que celle du parfum sur mesure de Topher, toujours la marque que je devais commander dans une petite parfumerie de la rue des Capucines, à Paris, bégayant sa commande dans mon mauvais français appris au collège. Je la sens à présent, bien que Topher soit à l'autre bout de la pièce.

J'éprouve une brusque montée d'angoisse.

Je crois que je pourrais vomir.

— Tiger, dit Eva une fois que tout le monde a trouvé une place pour s'asseoir. Tu voudrais bien nous proposer une brève méditation guidée ?

— Bien sûr !

La voix de Tiger est un peu voilée. Il me semble qu'elle parle toujours comme ça, mais ça me donne envie de me racler la gorge. Je résiste à l'envie de tousser tandis qu'elle promène le regard sur le groupe.

— Mettez-vous à l'aise, tout le monde, la position qui vous fait du bien. Que ce soit assis, adossés, debout, enlacés.

Je ne peux pas m'empêcher de tressaillir à ce dernier mot, mais mieux vaut ma réaction que le ricanement méprisant de Carl. Eva lui décoche un regard assassin et il l'évite en remuant sur son coussin. Le rembourrage crisse et siffle sous son poids.

Tiger inspire profondément paupières closes.

— Fermez les yeux, chuchote-t-elle, et prenez un moment pour vous recentrer.

Le silence règne dans la salle à présent. Je ferme les yeux, mais ça n'apaise pas mon sentiment d'être piégée ; si ça se trouve, même, ça l'empire. Je sens la chaleur de l'épaule d'Inigo sur ma gauche et la cuisse de Rik appuyée contre la mienne à ma droite. Ils ne peuvent pas faire autrement – le canapé est trop petit pour trois – mais ça ne m'aide pas à me détendre. Je transpire. J'ai les mains qui collent. Tout mon corps est raide à cause de la gêne. Je ne veux pas être ici. Je ne veux *pas* être ici.

— Prenez un moment pour vous remercier, reprend Tiger d'une voix grave et douce. Remerciez votre corps de vous avoir emmenés là, vos os de vous porter, vos muscles de vous soutenir, votre esprit de vous libérer.

Je ne veux remercier personne pour ça. Je veux *sortir*. Il y a un nouveau bruissement quand Carl remue, mal à l'aise, et soudain c'en est trop pour moi, la claustrophobie est trop forte. J'entrouvre les yeux, tentant de dissiper un peu mon inconfort. Je m'apprête à les refermer quand je m'aperçois que je ne suis pas la seule à regarder. En face de moi, les yeux de Topher s'ouvrent un moment. Il les promène dans la pièce, perplexe, tentant de comprendre ce qui se passe. Nos regards se rencontrent. *Je te vois.* Il hausse un sourcil. Je referme les yeux à la hâte.

— Prenez un moment pour remercier l'univers, poursuit Tiger-Blue. Pour le cadeau qu'est votre être, le cadeau qu'est votre être *ici*, le cadeau de ce lieu, la majesté des montagnes qu'il nous est donné de partager pour quelques jours seulement.

À côté de moi, j'entends la respiration d'Inigo, rapide et superficielle. Quand je jette un coup d'œil vers lui, on dirait qu'il grince des dents, et un muscle tressaute dans sa joue. Il déteste ce cirque autant que moi et, de toute évidence, il n'était pas plus au courant que Topher. Je sais, de l'époque où j'étais son assistante, comment Topher réagit quand on le laisse en dehors du coup. Quelqu'un va se faire incendier tout à l'heure. J'ai de la peine pour Inigo, mais mon émotion principale, c'est le soulagement : ce n'est pas moi qui vais prendre.

— Et prenez un moment pour remercier Pister, reprend Tiger. Cette entité que nous constituons, et qui est plus grande que nous tous. Pour tout ce que nous sommes, pour tout ce que nous avons, pour mettre les gens en contact, et pour apporter la musique dans nos vies. Pour les petits miracles qu'elle engendre chaque jour.

Je remercie le Ciel de ne plus bosser pour Pister, c'est tout ce que j'arrive à formuler dans ma tête.

Je ne sais pas si elle a terminé, mais il se fait un bref silence. Je sens mon pouls dans ma gorge. Juste au moment où le battement devient presque intolérable, Eva prend la parole.

— Merci Tiger-Blue, c'était magnifique. Et ça m'amène à ce que je voulais vous dire, à savoir *merci à toutes et tous* d'être venus ici, pour tout ce que vous avez fait pour moi, pour Topher, pour Pister et pour la musique. Merci pour la musique.

— Bien dit ! lance Topher.

Les yeux s'ouvrent dans la pièce et il lève son verre, si bien que nous devons tous boire, que nous en ayons envie ou pas. Je prends une gorgée d'eau.

— Maintenant, vous me pardonnerez pour la surprise, mais je ne pouvais pas laisser commencer la semaine sans une petite célébration de nos triomphes, de ce que *vous* avez accompli ces quatre dernières années, reprend Eva.

Elle ne me regarde pas en disant ces mots. De toute façon, il m'est impossible de ne pas voir que je suis en dehors du coup. Je suis la seule personne du groupe à ne pas travailler pour la compagnie.

— Ani ? fait Eva.

Ani lance quelque chose sur l'ordinateur posé sur ses genoux. Il y a un craquement dans les enceintes. De la musique démarre fort, c'en est désagréable. Des images mouvantes illuminent le mur d'en face.

Je devrais regarder le film, mais je ne peux pas me concentrer. Le volume sonore est trop important. Ça me donne mal à la tête. Les images sont trop lumineuses. Elles se succèdent trop rapidement. Il y a une espèce d'intensité désespérée, frénétique. Ma migraine, qui avait commencé à s'éteindre, revient et cogne dans mes tempes. J'ai l'impression d'avoir un élastique qui me serre le front.

Des chiffres et des graphiques apparaissent à l'écran – bénéfices et pertes, profils d'utilisateur, taux de croissance, concurrents. Je presse mes orbites avec mes doigts pour cacher les images qui défilent, mais je ne peux pas barrer la voie à la musique tonitruante, alors que s'enchaînent les plus gros tubes de Pister dans un sample épileptique.

Eva parle par-dessus la musique. Elle parle de la présence sur les réseaux et des influenceurs clés. Le reste du groupe garde le silence. Même les yeux fermés, même à l'autre bout de la pièce, je sens Topher bouillir de ressentiment.

Puis la musique s'arrête. Un poids se retire de mes épaules, comme si on venait de cesser de me hurler dans les oreilles. J'ouvre les yeux. Il y a un seul tableau sur le mur, par-dessus le logo de Pister. Il est couvert de chiffres. Eva nous explique chaque série en détail. Pourcentages, projections, frais permanents… puis j'entends. Le mot que nous évitons soigneusement depuis près de douze heures.

Rachat.

Je sens l'élastique autour de mon crâne se resserrer encore, insupportable. Je ne suis pas prête.

Elle parle de l'offre. Elle explique ce qu'elle pourrait signifier en matière d'expansion pour la boîte, d'opportunités pour les employés. Mais elle en est à peine à la fin de la seconde série de chiffres que Topher l'interrompt :

— Non, non. Juste non, putain, Eva.

— Je te demande pardon ?

Il se lève. Son visage cache une partie de la projection, si bien que son profil se découpe en noir, net, sur le mur, et les chiffres se superposent à sa joue comme une sorte de tatouage grotesque.

— Ce n'est que la moitié de l'histoire, et tu le sais. Où en serions-nous si nous avions cédé notre IP à Spotify comme ils le réclamaient au début ? Nulle part, voilà où on en serait, Eva. On serait une petite appli de streaming bidon dont personne n'a entendu parler, comme il y en a tant.

— Topher, on parle de tout autre chose, là.

Eva se tient dans l'ombre, à l'écart du vidéoprojecteur. Elle parle avec une colère contenue, comme si elle devait lutter pour s'exprimer de façon raisonnable.

— Tu le sais parfaitement.

— En quoi c'est différent ? Je refuse de terminer comme Friendster et toutes ces merdes.

— Si on continue à chercher des financements comme on le fait, on va finir comme Boo.com, à ce rythme, réplique Eva.

Puis elle prend une profonde inspiration. Je vois bien qu'elle se donne du mal pour dissimuler son exaspération.

— Écoute, Toph, tu as des arguments valides, mais je ne crois pas que ce soit le moment ni le lieu…

— Pas le moment ni le lieu ?

Lui grésille de colère. J'ai la nausée. Il me vient un violent flash-back de mon enfance : mon père qui surplombe ma mère, menaçant, parlant d'une grosse voix. Je ferme les yeux plus fort. Je sens que je commence à trembler.

— C'est *toi* qui as décidé de lancer la semaine avec ton petit film de propagande.

— Les amis…

Les coussins remuent sur ma droite et Rik se lève. J'ouvre les yeux. Il se fraie un chemin pour aller se placer entre eux, littéralement.

— Je crois qu'Eva essayait juste de…

— Je sais exactement ce qu'Eva essayait de faire ! hurle Topher.

Je lutte contre la pulsion de me boucher de nouveau les oreilles.

— Elle essaie de tirer la première. Pas question, putain.

— Topher…

À sa voix, Eva a l'air au bord des larmes, mais je ne sais pas si c'est vrai. Il est difficile de dire si elle est réellement bouleversée ou si c'est une diversion stratégique. Si c'est du cinéma, elle est très convaincante.

— Toph, *s'il te plaît*. C'était censé être une célébration…

— C'était censé être une foutue embuscade, oui, réplique Topher.

— Non, absolument pas, jamais de la vie.

Ses mots expriment la conviction. Mais avec cette phrase, elle pousse le bouchon trop loin. Tout le monde dans la pièce sait qu'elle ment. On entend un frémissement. Les gens remuent, mal à l'aise, les regards se fuient.

— Les amis ! s'écrie Rik en désespoir de cause. Les amis, *de grâce* ! Ce n'est pas comme ça qu'on devrait commencer cette semaine. Il faut qu'on arrive à un résultat dont tout le monde est content.

— Content ? lui renvoie Topher. Content ? À ce rythme, on pourra s'estimer heureux si on en sort vivants !

Là-dessus, il pose bruyamment son verre vide sur la table basse et part en claquant la porte.

ERIN

Pister ID : TITEMU
Écoute : Loyle Carner/« Damselfly »
Pisteurs : 2
Abonnés : 3

J'ai mes écouteurs quand Topher sort du petit salon en trombe et rafle une bouteille de whisky dans le honesty bar du hall. Je suis prise au dépourvu, en train de mettre la table, tapant du pied en rythme. Je ne m'attendais pas à les voir ressortir avant dix minutes au moins et, en retirant les écouteurs à la hâte, j'entends la fin de sa remarque.

— … qu'à mettre ça sur la note de cette pute hollandaise.

Oh merde. Qu'est-ce qui s'est passé, là-dedans ? Pendant une seconde, je reste plantée là, regardant le dos de Topher qui s'éloigne, puis les autres sortent, un à un, l'air penaud, et je dois commencer à leur indiquer leur place à table.

La grande porte en verre du hall claque encore, après que Topher est sorti dans la neige. Où croit-il aller comme ça ? Il était en jean et chemise, et il fait −11 dehors. Il n'y a pas de restaurant ni de bar dans notre petit hameau. Saint-Antoine 2000 se résume à une poignée de chalets. Les gens qui ont envie de sortir le soir doivent descendre à Saint-Antoine-le-Lac, où il y a des restaurants, cafés et boutiques. C'est facile d'accès à ski – une piste bleue qui descend sans encombre jusqu'au centre du village. Mais la seule manière de remonter, à cette saison, c'est le funiculaire, or celui-ci ferme à 23 heures.

Quelqu'un met de la musique sur les grosses enceintes de la salle à manger, The1975, une musique chatoyante, gaie, peut-être pour tenter de remonter le moral des troupes. Mais quand je commence à servir les amuse-bouches de Danny – gratin de champignons sauvages dans de petites cuillères en porcelaine –, l'absence de Topher fait l'effet d'un nerf irrité. Les gratins passent sans problème – comme toujours avec les petits plats de Danny – mais, de toute évidence, je ne suis pas la seule à stresser à son sujet, et l'atmosphère est tendue. Il y a une place vide en bout de table, entre Inigo et Miranda, qui échangent des regards inquiets chaque fois qu'un nouveau plat arrive et repart sans que Topher ait réapparu.

Elliot, dos au mur, mange tête baissée, sans parler à personne. Il enfourne les cuillerées à toute vitesse, comme si c'était une course. Les cuillerées, c'est vraiment le mot. En entrée, avec le velouté de panais à la truffe, c'est logique. Mais quand je tente de changer les couverts en prévision du plat principal, Elliot me reprend vivement sa cuillère en me fusillant du regard, comme s'il m'avait surprise en train de lui voler sa montre. Quand le gibier arrive, il l'attaque avec sa cuillère à soupe, faisant fi de la fourchette et du couteau à steak de part et d'autre de son assiette. Entre les plats, il garde la tête baissée, fixant les nœuds du bois de la table, ignorant Tiger à sa gauche qui bavarde avec Miranda comme si tout était parfaitement normal. Carl, à sa droite, l'ignore de même, s'orientant ostensiblement vers Ani et Eva.

Eva, à l'autre bout de la table, picore à peine, jetant des regards anxieux à sa montre et, par la fenêtre, à la neige qui tombe. On voit sur son visage toute l'angoisse que je m'efforce de dissimuler. Quand Carl lui fait une remarque anodine, elle réplique avec une agressivité qui me fait sursauter, mais il semble l'accepter sans broncher.

Liz est toute pâle, elle a l'air franchement dépitée, et refuse systématiquement le vin. À un moment, Rik essaie de parler avec elle. Je ne sais pas ce qu'il dit, je n'entends pas la première phrase, mais elle secoue violemment la tête, et lorsqu'il rouvre la bouche, elle le coupe : « Pardon, je vais aux toilettes », et repousse brusquement sa chaise qui racle sur le carrelage.

Une fois qu'elle est partie, Eva jette un regard noir à Rik, et articule en silence des mots que je ne suis pas sûre de comprendre, mais qui doivent être : *Je t'avais prévenu.*

Même la crème brûlée de Danny échoue à ranimer la soirée et, après le dîner, le groupe se disperse, prétextant qui un mal de tête, qui une envie de se coucher tôt, qui un mail à envoyer. Tandis que je traverse le hall pour aller regarnir le poêle, je remarque que deux autres bouteilles ont disparu du honesty bar.

Le mystère de l'une d'elles, au moins, est résolu, quand je me rends dans le salon, où je trouve Rik et Miranda blottis dans un coin du grand canapé moelleux, une bouteille d'armagnac bien entamée posée sur la table, et une espèce de jazz cubain filtrant par les enceintes, provenant sans doute du téléphone de l'un d'eux. Rik me voit regarder la bouteille et sourit.

— Ça ne vous gêne pas, si ? On l'ajoutera au registre à la fin de la soirée.

— Pas du tout, je réponds sincèrement. C'est comme ça que le honesty bar fonctionne. Je peux vous apporter autre chose ? Fromage ? Café ? Petits fours ? Danny fait des pruneaux enrobés de chocolat incroyables, ils vont extrêmement bien avec un verre de cognac.

Rik regarde Miranda et hausse un sourcil, dans un échange muet qui en dit plus long sur leur intimité qu'une caresse. Il y a quelque chose qui se trame, là. Ils sont plus que de simples collègues, qu'ils s'en soient déjà rendu compte ou non.

C'est Rik qui répond pour eux deux.

— Non, ça ira, merci.

— Pas de problème. N'hésitez pas, si vous changez d'avis.

Je me mets à empiler des bûches dans le feu ; Rik se penche vers Miranda et reprend la conversation comme si je n'étais pas là.

— Tu as vu le regard assassin qu'elle m'a lancé quand j'ai parlé des actions à Liz ? J'ai été obligé de vérifier qu'elle n'avait pas fait de trous dans ma chemise.

— Je sais, répond Miranda en se prenant la tête dans les mains. Mais honnêtement, Rik, qu'est-ce qui t'a pris ? Eva a bien précisé…

— Je sais, je sais, dit-il en secouant la tête, dépité. Mais ça m'a mis hors de moi de voir Eva se comporter comme si elle était la seule à savoir parler à Liz, putain. Je la connais depuis aussi longtemps qu'elle. On s'entendait très bien, avant tout ce bordel.

— Qu'est-ce qui s'est passé, en fait ? Comme je n'étais pas encore là, je n'ai jamais bien compris.

— Il faut savoir qu'on ne tenait qu'à un fil, à l'époque. Les six premiers mois, c'était une blague. Aucun de nous n'était payé, même si Elliot s'en foutait royalement. Il ne dépenserait pas un centime si Topher ne l'y poussait pas. Il était déjà comme ça au lycée. Mais nous, on ne s'en foutait pas. Eva claquait tout le fric qu'elle avait gagné quand elle était top model, comme s'il n'y avait pas de lendemain. Topher avait tellement énervé ses parents qu'ils lui avaient coupé les vivres, et il dormait sur le canapé d'anciens potes de fac. Je travaillais à KPMG la journée et à Pister le soir, et j'arrivais au bout de mon découvert autorisé. Et Liz, c'était juste une secrétaire qui avait répondu à une petite annonce en ligne et qui se satisfaisait de bosser pour un salaire de merde. Je veux dire, même à l'époque, elle s'habillait un peu comme une mormone, mais elle était efficace, et elle ne se plaignait pas d'être dans un bureau pourri sans climatisation à South Norwood.

— Je ne parlais pas de ça, je me demandais comment elle était devenue celle dont tout…

— J'y viens. On était à environ deux semaines du lancement quand on s'est retrouvés à court de fonds. On était fauchés comme les blés, on n'avait plus aucun recours. Cartes de crédit, découvert, amis, famille… on avait épuisé toutes les possibilités, et on devait trouver dans les 10 000 livres si on ne voulait pas mettre la clé sous la porte. Topher avait même vendu sa Ferrari, mais ça n'avait pas suffi. Pendant quatre jours environ, on a tous cru qu'on allait dans le mur : les factures affluaient, les contrats qu'on avait signés s'empilaient, on recevait des lettres de « dernier avertissement avant procédure » et des avis de passage d'huissiers en veux-tu en voilà. Là-dessus, sans crier gare, la petite Liz nous apprend que sa grand-mère vient de mourir et lui a laissé 10 000 livres. Et elle annonce qu'elle veut bien les investir dans la boîte. Mais elle veut une sécurité. Pas des intérêts, elle veut des actions. Et pas des actions ordinaires, mais des parts qui lui donnent droit au vote. On laisse aux avocats le soin de faire la répartition, mais au final, Topher hérite de 30 % des actions, Eva de 30 %, Elliot et moi de 19 % et Liz de 2 %.

— 2 % ? D'une compagnie qui n'avait levé aucun capital et qui était à peine solvable ? Ça ne représente pas une sécurité formidable, pour 10 000 livres, il me semble.

— Certaines personnes seraient sans doute d'accord, dit Rik, pince-sans-rire. N'empêche qu'en définitive, il n'y a plus vraiment matière à se moquer d'elle, maintenant. Ses 10 000 livres vaudront dans les 12 millions si le rachat est finalisé.

Sidérée, je laisse échapper une bûche. Elle tombe avec un fracas sur l'âtre d'ardoise, renversant une petite poterie qui contient des briquettes de charbon. Le pot se brise avec un bruit absurdement puissant, et je retiens un petit cri, prête à m'excuser. Mais Rik et Miranda semblent avoir à peine remarqué, alors je recommence à empiler mes bûches plus attentivement tandis qu'ils continuent de parler.

— Oh putain ! fait Miranda, et elle rit, mais elle semble un peu sidérée elle aussi, comme si c'était la première fois qu'elle entendait ces chiffres. Je savais que l'offre était bonne, mais… (On dirait qu'elle fait des additions dans sa tête.) Donc si Liz obtient 12 millions, ça fait que toi…

— Tu sais compter, répond Rik un sourire en coin. Mais c'est tout le problème. C'est *si* le rachat est finalisé. Les investisseurs commencent à perdre patience, et je ne crois pas qu'ils vont attendre une nouvelle série de subventions. Si Topher continue comme ça, il nous fout tous dedans…

— Ouep. Pigé, fait Miranda. On revient à la case départ, avec les procédures d'insolvabilité. Mais pour Liz, la question ne se pose pas, si ? OK, Elliot votera pour Topher, on le sait tous. Mais si Liz fait marcher sa cervelle et vote avec toi et Eva, par ici la monnaie.

Elle fait le geste de palper des billets.

— Ouais, c'est juste dommage qu'Eva soit une telle garce, marmonne Rik à mi-voix. Parfois, elle rend ça compliqué, de faire le bon choix.

J'essaie de ne pas être indiscrète, mais c'est difficile de ne pas entendre ce qu'ils disent, malgré la musique. Le temps de ramasser tous les éclats de poterie, j'en sais plus que je n'aurais jamais pensé en apprendre sur les mauvais traitements infligés aux sous-fifres par Eva, l'instabilité de Topher et la situation financière précaire de Pister. C'est presque un soulagement quand ils changent de sujet – ils projettent d'aller skier demain, parlent de la Wi-Fi merdique, de la femme de Rik qui semble lui causer des problèmes. À un moment donné, ils montent le son de la musique, et je ne distingue plus très bien leurs paroles.

Mais quand je me relève, sentant mes reins protester après cette longue journée à soulever des objets lourds et à me courber en deux, j'entends cette phrase de Miranda en réaction aux propos de Rik.

— Eh bien, tu as sans doute raison. Mais dans ce cas, on va devoir la *forcer*, n'est-ce pas ?

Ces mots ne me quittent pas quand je ferme doucement la porte derrière moi et me rends dans le hall pour contempler la neige qui tombe toujours.

On va devoir la *forcer*.

De qui parlent-ils ? Liz ? Eva ? Ou quelqu'un d'autre, la femme de Rik, peut-être ?

À première vue, ses mots n'ont rien d'extraordinaire. C'est une expression qu'on peut entendre n'importe où. Pourquoi donc la calme détermination dans la voix de Miranda me reste-t-elle en tête ?

LIZ

Pister ID : ANON101
Écoute : Piste XTOPHER
Pisteurs : 0
Abonnés : 0

Il est 23 h 02. Je suis montée dans ma chambre. Je suis dans mon lit, en chemise de nuit, mais je ne dors pas. Je piste Topher. Pas parce que je veux écouter sa musique – il écoute toujours des trucs de club expérimentaux bizarroïdes –, mais parce que j'essaie de deviner s'il va bien.

Il n'y a pas de fonction localisation sur Pister. On sait seulement où les gens habitent quand ils choisissent de le mentionner dans le bref paragraphe de description attaché à leur nom d'utilisateur. Cependant, quelque part, j'espérais que ses choix musicaux me donneraient un aperçu de sa psyché.

Je ne sais pas ce que j'avais imaginé. Des solos de guitare tristes ? « All by Myself » en boucle ? En fait, il passe une liste interminable de punk-rock espagnol en colère. Ou peut-être portugais. On entend de l'énervement. Mais c'est tout ce que je sais. Bon, au moins, il écoute quelque chose, donc on peut supposer qu'il est en vie. Même si, à la réflexion, je ne peux même pas en être sûre. On ne peut pas savoir si son téléphone n'est pas en train de passer de la musique dans un caniveau gelé. Au bout de quelques minutes, je réduis la fenêtre de l'appli avec un soupir.

Le souvenir de notre conversation sur le canapé me laisse un goût amer. Je sais à quoi jouait Topher. Il voulait me faire culpabiliser. Me rappeler tout ce que je lui dois.

Cette idée devrait me mettre en colère, et c'est le cas, en un sens. C'est un rejeton de l'enseignement privé chic, arrogant, qui a eu la chance d'avoir une idée géniale et, avant toutes choses, une maman et un papa qui étaient prêts à le financer – au moins les premières années. Il est tout ce que je ne suis pas. Riche. Sûr de son bon droit. Plein d'assurance.

Mais en dessous de ma colère se logent des éléments plus troubles. Le fait qu'il ait pris le risque d'engager une jeune femme empotée, maladroite, de guère plus de vingt ans, à qui personne n'accordait un regard. Une fille de Crawley, qui sentait la fripe, les habits de récup et le désespoir… Il n'a pas arrêté son regard à ça, il a vu la personne à l'intérieur.

Et surtout, quand j'ai proposé d'investir l'héritage de ma grand-mère dans Pister, c'est *lui* qui m'a soutenue dans ma décision de demander des actions, plutôt que des intérêts. Rik, Eva, ils ont tous les deux tenté de m'en dissuader. Ils disaient qu'il n'y avait pas de garanties, qu'il était fort possible que Pister se casse la figure sans avoir jamais rien rapporté. Mais Topher m'a assuré que c'était dans mon intérêt. Et il avait raison.

C'est à cause de Topher que je suis là aujourd'hui. Je ne sais toujours pas si je dois lui en être reconnaissante ou lui en vouloir. Les deux, peut-être.

Cette fille, Erin, nous a dit que le funiculaire cesse de circuler à 23 heures. S'il l'a pris, il ne devrait pas tarder à rentrer. Mais c'est la question : l'a-t-il pris ?

Fébrile, je me rends à la fenêtre, regarde les flocons de neige qui continuent de tourbillonner. La météo prévoyait des températures minimum de -20 °C cette nuit. On peut mourir par un froid pareil.

Le coup à la porte me fait sursauter. Je resserre la ceinture de ma robe de chambre et vais à la porte, que je déverrouille le cœur battant.

C'est Eva.

— Liz, je peux entrer ?

Elle a retiré la robe en lainage blanc qu'elle avait au dîner. À présent, elle porte un pantalon de yoga en stretch qui lui fait des jambes interminables. Son parfum s'attarde derrière elle comme une traînée d'huile. *Poison*, je crois.

— Euh… OK.

J'ai l'impression d'être prise en embuscade et je lui en veux un peu. Je n'ai pas tellement envie qu'elle entre dans ma chambre, mais je ne sais pas comment le lui dire sans avoir l'air bizarre.

Elle me dépasse et va se poster à la fenêtre, où elle contemple la vallée. Je remarque que la porte de mon placard est entrouverte, laissant voir un des cintres garnis d'habits minables, pas repassés et mes deux valises. La plus grosse dépasse un peu et empêche la porte de se fermer complètement. Je la pousse du pied pour cacher l'intérieur.

Eva se tourne au moment où le déclic se fait.

— Est-ce que ça va ? demande-t-elle brusquement.

Je suis déconcertée par la question, et je ne sais pas trop quoi répondre. C'est sans doute une simple formule de politesse, mais je ne suis tout de même pas habituée à ce que les gens, Eva moins que personne, se préoccupent de ce que j'ai dans la tête. Je me sens étrangement à nu. Je ne trouve pas quoi dire, mais ça n'a pas d'importance, car Eva a déjà repris la parole.

— Je voulais m'excuser d'avoir imposé cette présentation sans prévenir personne, mais si je l'avais ajoutée au programme, Topher aurait trouvé le moyen de faire valoir son point de vue en premier…

Oh. Elle est encore venue pour tenter de me persuader.

— Eva, s'il te plaît.

Ma migraine, qui s'est éclipsée après le dîner, reprend de plus belle. Mon pouls cogne dans ma tête à chaque battement de cœur.

— S'il te plaît, je n'ai pas envie de me lancer là-dedans maintenant.

— Ne t'en fais pas, dit-elle en prenant mes mains dans les siennes, qui sont froides et puissantes. Je comprends tout à fait. Moi aussi, je serais déchirée à ta place. Tu éprouves de la loyauté envers Topher, je comprends très bien, je te jure. Mais nous savons toutes les deux…

Elle laisse sa phrase en suspens. Elle n'a pas besoin d'en dire plus.

Et en fait, elle n'a pas vraiment besoin de plaider sa cause. Les faits parlent en sa faveur.

Il y a douze millions de raisons de se ranger du côté d'Eva. Inutile d'en ajouter une.

— Je sais, dis-je dans un murmure. Eva, je sais, c'est juste que Topher…

Topher, qui m'a donné ma première chance, qui m'a conseillé de demander des actions plutôt que des intérêts. Comment puis-je lui annoncer que je vais le trahir ? Que va-t-il *faire* ? Pour la première fois, j'en prends conscience : j'ai peur.

— Liz, tu *sais* ce que tu veux faire, ce que tu *dois* faire, dit Eva d'une voix cajoleuse, comme si elle parlait à une enfant effrayée. Franchement, je ne t'ai pas toujours soutenue ? On ne s'est pas toujours serré les coudes ?

Je me rappelle la question de Rik au dîner, la question qui m'a poussée à me lever pour quitter la pièce. « Alors, Liz, comment tu comptes dépenser le bonus des actions que tu vas récupérer ? » C'était tellement grossier, tellement culotté, tellement présomptueux.

Eva est plus subtile. Elle sait que l'argent me terrifie. Pour quelqu'un comme moi, qui ai grandi en devant mettre de côté le moindre penny que mon père ne gaspillait pas dans les machines à sous, c'est une somme inimaginable. Inconcevable. Une métamorphose. Un truc qui va bouleverser *ma vie*.

Eva sait que ce qui me persuadera. Ce n'est pas l'argent, mais autre chose. Une chose plus personnelle, entre elle et moi ; un appel au passé que nous partageons. J'ai aussi été son assistante, à l'époque où Pister pouvait tout juste s'en payer une. D'une autre manière, je dois autant à Eva qu'à Topher. Même plus.

Mais en réalité, elle sait ce que sait Rik, ce que sait Carl, ce que tout le monde semble accepter à part Topher et Elliot : ce n'est nullement un choix.

Il n'y a qu'une seule réponse sensée à la question qu'on me présente. Ma loyauté envers Topher n'entre pas seulement en concurrence avec 12 millions de livres, mais aussi avec tout autre chose : la perspective d'une vie très différente de celle à laquelle je suis habituée. Au final, ce qui est en jeu, c'est ma liberté. Être libérée du travail, de l'inquiétude, de la nécessité de me surveiller en permanence… Être libérée de tout cela.

— Je sais, Eva, dis-je à voix très basse. Je sais. C'est juste… c'est dur.

— Je comprends.

Elle presse de nouveau ma main. Ses doigts sont froids contre les miens, et très insistants dans le message que transmet leur étreinte.

— Et je sais que c'est dur. Moi aussi, bien sûr, j'éprouve cette loyauté envers Topher. Mais je peux compter sur toi, n'est-ce pas ?

— Oui. (Ma voix est presque inaudible, même à mes propres oreilles.) Oui, tu peux compter sur moi.

— Bien.

Elle fait son grand sourire, un sourire magnifique. C'est un sourire qui resplendissait autrefois sur des milliers d'affiches et sur les podiums de toute l'Europe.

— Merci, Liz. Je sais ce que ça représente. Et tu peux compter sur moi aussi. On va se serrer les coudes, n'est-ce pas ?

J'acquiesce d'un hochement de tête, elle me prend brièvement dans ses bras et quitte la pièce.

Une fois qu'elle est partie, j'ouvre la fenêtre pour me débarrasser de son odeur. Je me penche dehors, et je laisse exploser l'angoisse contenue dans ma poitrine, jusqu'à ce qu'elle devienne énorme, presque écrasante. Je visualise la réunion, le vote, je me vois en train de lever la main pour soutenir le rachat, et je vois l'expression de Topher se rendant compte de ma trahison… Puis j'imagine ce qui se passera si je ne le fais pas, et je suis prise d'une puissante nausée.

Parce que Eva a raison. C'est vrai qu'il n'y a qu'une solution. Je sais ce que j'ai à faire. Je dois juste trouver le courage.

Et une fois que je me suis décidée, une étrange paix descend sur moi.

Tout ira bien. C'est sûr.

Je ferme la fenêtre, me recouche et éteins Pister. Puis, complètement immobile, j'écoute le murmure de la neige qui tombe sur mon balcon. Oblitérant tout le reste.

ERIN

Pister ID : TITEMU
Écoute : Piste ITSSIOUXSIE
Pisteurs : 5
Abonnés : 7

Quand mon réveil sonne, j'émerge à grand-peine d'un rêve profond et perturbant – un cauchemar où je creuse, creuse, creuse dans une neige durcie, les mains engourdies par le froid, tremblante, du sang chaud dégoulinant dans le cou. Je sais ce que je vais trouver – à la fois j'ai hâte, et je le redoute. Mais je me réveille avant d'atteindre mon but.

C'est un soulagement d'ouvrir les yeux et de me retrouver dans ma petite chambre, avec l'alarme de mon téléphone stridente dans le silence, jusqu'à ce que je trouve le bouton « *Snooze* » pour l'éteindre. L'horloge dit 6 h 01, et je reste allongée une minute, clignant des yeux, encore à moitié endormie, à tenter de me débarrasser du malaise que m'a laissé ce rêve.

Ce n'est pas parce que c'est le week-end que nous ne nous levons pas avec les poules. À tour de rôle, Danny et moi nous levons à 6 heures pour lancer la machine à café, préparer le petit déjeuner et débarrasser ce qui reste de la veille au soir, tandis que l'autre peut dormir un peu plus longtemps. Aujourd'hui, c'est à moi de me lever, et je n'arrive pas à m'empêcher de bâiller en sortant du lit pour enfiler mes vêtements. Certaines personnes souffrent d'insomnie en altitude. Pas moi. Au contraire.

En passant devant la porte de Topher, je fais une pause pour voir si j'entends un bruit qui prouverait qu'il s'y trouve. Est-il rentré sans problème ? Je n'ai rien entendu, mais j'avais laissé la porte du chalet ouverte, et quand je suis descendue vérifier à minuit, il y avait des empreintes de pas dans le hall.

Je retiens ma respiration quand soudain, un énorme ronflement déchire le silence, et je pousse un rire nerveux. En tout cas, il y a *quelqu'un*, même si ce n'est pas Topher.

En bas, tout est calme, il ne reste du feu que des braises rougeoyantes derrière la vitre du poêle. J'introduis une bûche par-dessus les cendres, puis j'entreprends de ramasser les restes de la soirée.

Pister n'est pas pire que beaucoup des groupes qui séjournent ici, mais je ne sais pas pourquoi, je me sens particulièrement blasée en vidant l'armagnac vieux de trente ans dans l'évier et en ramassant du camembert fondu sur la moquette de la salle à manger. Quelqu'un a fumé à l'intérieur, en plus, en dépit du règlement – il y a un mégot écrasé dans un plat de petits fours méticuleusement cuisinés par Danny. C'est ce qui me fait grincer des dents, je pense. Je le revois en train de préparer ces florentins miniatures : mélanger la pâte, la faire cuire, tremper les biscuits un à un dans le chocolat fondu à une température précise, les disposer soigneusement sur le plat pour les laisser reposer. Les traiter comme des petits chefs-d'œuvre. Et voilà que quelqu'un s'en est servi de cendrier de fortune.

Il me faut un moment pour chasser le nuage de colère, mais à 7 heures, j'ai à peu près retrouvé ma bonne humeur. Les salles sont propres, le feu crépite, le four est allumé pour les saucisses, et le muesli Bircher est versé dans un grand saladier en cristal sur le côté de la table, assorti d'énormes pichets de jus frais et de pots de lait et de crème. On n'entend toujours pas de bruit à l'étage, ce qui signifie que je peux me prendre dix minutes pour m'asseoir avec un café et mon téléphone. En temps normal, je consulterais la météo des neiges, ou je parcourrais Twitter, mais aujourd'hui, je lance Pister et compulse oisivement les listes de mes artistes préférés, voyant qui est en ligne, qui écoute quoi, tout en sirotant mon café. Il y a des gens incroyables, là-dessus, de vraies célébrités, et aussi des personnalités fascinantes. Danny a raison, il y a quelque chose de terriblement addictif dans le fait d'écouter la même chanson que ces gens au même moment, d'être parfaitement synchros. Il est minuit à New York, et beaucoup des personnes que je piste passent de la musique de fin de soirée, des trucs pour redescendre, ce qui n'est pas ce que je recherche à ce moment de la journée, mais je tombe sur un petit filon de célébrités britanniques qui semblent être levées et à l'écoute. Pourquoi sont-elles debout à 6 heures du matin, heure anglaise ? Elles ne pouvaient pas dormir ? Peut-être que les stars se réveillent toujours à cette heure-là.

Je nettoie les plats de service trop grands pour le lave-vaisselle, en tapant du pied sur « Rockaway Beach » des Ramones, lorsque le son commence à se couper. Tandis que je sors mon téléphone de ma poche pour vérifier la connexion des écouteurs, la chanson s'interrompt complètement. Zut. Je fixe l'écran. La Wi-Fi montre toujours un signal puissant, mais lorsque je clique sur Pister, un petit message pop-up apparaît : *« We can't get no satisfaction. » (Merci de vérifier votre connexion Internet.)*

Je pousse un soupir, ferme l'appli, et reprends la vaisselle, en silence cette fois. J'ai à peine lavé deux plats qu'on tape à la fenêtre à ma droite ; c'est Jacques, de la boulangerie de la vallée, qui porte une pile de baguettes et un énorme sachet de croissants. Je retire mes gants en caoutchouc et ouvre la porte. Mon haleine fait un nuage blanc dans le froid matinal.

— *Salut, ma belle**, dit-il sans retirer sa cigarette de sa bouche.

Il me tend le pain, prend une longue bouffée de sa Gitane et crache la fumée derrière lui.

— Salut Jacques, je réponds dans un français imparfait, mais qui me permet de faire la conversation. Merci pour le pain. Qu'est-ce que tu dis de la météo ?

— Ah, c'est pas du joli, dit-il, toujours en français, prenant une nouvelle bouffée en regardant le ciel.

Jacques est l'une des rares personnes à avoir grandi ici. Presque tous les autres sont de nouveaux arrivants, touristes ou saisonniers. Jacques, lui, n'est jamais parti. Son père tient la boulangerie de Saint-Antoine-le-Lac et, quand il partira à la retraite dans quelques années, Jacques prendra sa suite.

— Tu crois qu'il y aura possibilité de skier aujourd'hui ? je demande.

Jacques hausse les épaules.

— Peut-être dans la matinée. Mais l'après-midi…

Il lève la main et fait signe que ça pourrait tourner dans un sens ou dans l'autre.

— Il va y avoir de grosses chutes de neige. Tu vois la couleur des nuages au-dessus de La Dame ?

« La Dame », c'est La Dame blanche, le sommet vertigineux qui surplombe la vallée, jetant une ombre quasi permanente sur le chalet. En regardant la cime, je vois de quoi il parle. Les nuages qui s'y assemblent sont vilains, très sombres.

— Mais il n'y a pas que ça, ajoute-t-il. C'est le vent. Il complique la vie des équipes de contrôle des avalanches. Les gars ne peuvent pas sortir pour lancer les petites chutes, tu vois.

Oui, je vois. Je les ai vus faire les jours de beau temps, après des chutes importantes. Ils font tomber les petites congères afin de réguler l'excès de neige avant que la masse ne devienne trop importante. Je ne sais pas comment ils s'y prennent au juste ; parfois, avec des hélicoptères, il me semble, d'autres fois avec une espèce de canon. Dans les deux cas, j'imagine facilement que le vent rende leurs manœuvres trop dangereuses, trop imprévisibles.

— Tu crois qu'il y a des risques d'avalanche ? je demande, tentant de cacher mon angoisse.

Jacques hausse de nouveau les épaules.

— De grosses ? Peu probable. Mais certaines pistes seront fermées cet après-midi, c'est certain, et je ne m'aventurerais pas à faire du hors-piste.

— Je ne fais jamais de hors-piste, je réponds sèchement.

Enfin, je n'en fais plus.

Jacques ne dit rien, il regarde les pentes d'un air pensif, puis laisse échapper un rond de fumée.

— Bon, je dois y aller. À plus tard, Erin.

Et il repart vers le funiculaire, ses pas faisant crisser la neige fraîche. Tandis que je le regarde s'éloigner, mon estomac se serre sous les restes d'angoisse laissés par mon rêve, puis je retourne dans la chaleur de la cuisine.

J'empile les baguettes sur la table lorsqu'une voix rauque, ensommeillée derrière moi, me fait sursauter.

— Monsieur Pain le fils du boulanger ?

Danny est appuyé contre le plan de travail, clignant des yeux dans la lumière du matin.

— Bon sang, dis-je en posant ma main sur ma poitrine. Tu m'as fait peur. Oui, c'était Jacques. Il dit qu'il va encore neiger.

— Tu déconnes.

Danny frotte ses joues râpeuses du bout des doigts.

— Il va plus en rester dans le ciel. On va pouvoir skier ?

— Je crois. Ce matin, d'après lui. Il pense que les pistes seront fermées dans l'après-midi. Risque d'avalanche.

— On est déjà sur orange, dit Danny.

Il parle de l'échelle de couleurs publiée par Météo-France. Orange est le niveau 3 : « risque considérable » d'avalanche, le ski hors-piste est déconseillé, et certaines des pentes les plus raides seront sans doute fermées. Le niveau 4, c'est rouge : toute la station commence à fermer. Noir, c'est le niveau 5, et là, assurez-vous que votre dernier repas est bon, mais les équipes de surveillance ne vous laisseront pas aller jusque-là, dans la mesure du possible.

Je prépare le plateau de tasses à café lorsque Danny dit d'un ton désinvolte :

— C'est qui, Will ?

La question est un choc – assez pour me faire chanceler ; deux des tasses glissent du plateau et s'écrasent par terre. Le temps de ramasser les éclats de porcelaine avec Danny, j'ai récupéré suffisamment de sang-froid pour répondre.

— Comment ça ? Il n'y a personne qui s'appelle Will, ici.

— La nuit dernière, tu as crié quelque chose sur un Will dans ton sommeil. Tu rêvais, je t'ai entendue à travers le mur. Ça m'a réveillé.

Merde.

— Ah ouais ? Bizarre.

Je m'efforce de parler d'une voix légère, juste un peu surprise.

— Désolée. Un cauchemar, j'imagine.

Avant qu'il puisse creuser la question, je quitte la pièce. J'apporte le plateau à la salle à manger, les mains à peine tremblantes, et commence à disposer les couverts du petit déjeuner sur la grande table en bois. Je suis en train de placer les derniers pots de confiture lorsque j'entends des talons hauts dans l'escalier. C'est Eva qui arrive dans le hall. Elle a l'air fumasse.

— Bonjour, dis-je.

— Bonjour, qu'est-ce qui se passe avec Internet ? réplique-t-elle sans préambule.

Je tressaille. Zut. J'espérais que ce serait temporaire.

— Oh mince, je suis navrée. Ça ne marche toujours pas ?

— Non, et le réseau mobile est très mauvais.

— Je suis vraiment confuse, c'est à cause de la neige. Ça arrive de temps en temps. Un câble s'est peut-être cassé dans la neige ou une borne est tombée en panne, un truc comme ça. Ce n'est pas rare après de grosses chutes de neige, et on ne peut pas dire que ça ait manqué ces jours-ci.

Je désigne la fenêtre d'un geste. Par endroits, la neige arrive à mi-hauteur de la vitre.

— Je n'ai pas besoin d'explication scientifique. Je veux savoir quand le service sera rétabli.

Elle parle d'un ton sec, sans cacher son agacement. C'est la voix d'une femme qui, quand elle dit : « Saute », a l'habitude qu'on lui réponde : « À quelle hauteur ? » Ça ne me dérange pas dans l'absolu ; en un sens, je préfère les gens qui sont clairs sur leurs exigences à ceux qui vous sourient toute la semaine et vous assassinent dans leurs commentaires une fois qu'ils sont partis. Mais dans ce cas précis, je ne peux rien pour elle, et quelque chose me dit que ma réponse ne va pas lui plaire.

— Je ne sais pas. Je suis désolée. En général, ils remettent tout en route en l'espace de quelques jours, mais je ne peux pas vous en dire plus.

— Merde.

Elle est énervée, elle n'en a pas honte, mais il y a quelque chose de plus sur son visage, un niveau de stress et d'angoisse disproportionné.

— Je suis désolée, je répète. J'aimerais pouvoir vous aider plus concrètement. C'est un problème avec le travail ?

— Le travail.

Elle lève les yeux et secoue la tête avec un petit rire amer.

— Oh que non. Tous mes problèmes professionnels se résument en un seul mot : Topher. Non, c'est familial. C'est…

Elle soupire, et passe la main dans son rideau de cheveux blonds-blancs soyeux.

— Vous allez sans doute trouver ça dérisoire, mais je fais un Skype avec ma fille Radisson tous les matins, quand je suis en déplacement. C'est notre petit rituel, vous comprenez ? Je voyage énormément, et je ne suis pas toujours en mesure d'être là autant que je le voudrais. Mais ce que je fais toujours, c'est lui souhaiter une bonne journée pendant qu'elle prend son petit déjeuner, et je me sens vraiment merdique de ne pas pouvoir le faire aujourd'hui. J'ai réussi à avoir mon compagnon en ligne, mais les tout-petits ne comprennent pas vraiment le téléphone. Elle n'a que dix-huit mois. Elle a besoin de voir un visage.

— Je comprends, dis-je doucement. Ça doit être vraiment dur d'être séparée d'elle.

— Merci, répond Eva sèchement.

Elle cligne des yeux et se détourne, sous prétexte de remplir sa tasse à la bouilloire fumante pour se faire un thé. Je crois qu'elle s'en veut d'avoir montré qu'elle était une simple humaine, mais ça la rend plus sympathique à mes yeux. Sous cette façade glaciale, il y a une personne, apparemment.

Elle prend un sachet de thé, le met dans l'eau bouillante, et retourne à sa chambre sans un mot de plus.

Topher, Rik et Carl sont les suivants, environ une demi-heure plus tard, et mon cœur fait un petit bond de soulagement en les voyant tous les trois. Enfin, plus précisément en voyant Topher. Il a l'œil torve, manifestement la gueule de bois, mais il est là, et ma responsabilité envers le groupe s'arrête ici.

— Dis donc, t'es pas le seul à avoir découché comme un petit salaud, lui dit Carl quand ils entrent dans la pièce. Inigo est revenu dans notre chambre à 5 heures du mat', en douce.

— Oh, merde, dit Topher en levant les yeux au ciel. Voilà que ça recommence. Eva devrait se retenir.

Eva ? La mention de son nom me hérisse légèrement, même si je ne comprends pas bien pourquoi. Ce ne sont pas mes affaires, après tout. C'est peut-être parce que je viens de la voir en détresse. Est-ce que Topher dit vrai, ou cherche-t-il à semer le trouble ?

— Hashtag cougar, fait Carl avec un sourire.

Il se dirige vers le buffet que j'ai disposé, prend un croissant chaud et le trempe directement dans le récipient en verre contenant la confiture d'abricot dorée de Danny. Puis il mord dedans avec appétit, souriant entre les miettes.

— Hashtag ? dit Rik avec mépris.

Il porte un pull en mérinos noir col polo – on dirait une page arrachée à un catalogue de tricots de luxe pour hommes.

— Cougar ? Je me suis réveillé dans une fraternité étudiante en 2005, ou quoi ?

Puis il se tourne vers moi avec un sourire délibérément charmeur qui plisse les coins de sa bouche.

— J'aimerais bien un espresso, Erin, s'il vous plaît, si c'est possible.

Carl le fusille du regard avec une force que je sens de l'autre bout de la pièce.

Ça aurait dû paraître grossier – un homme plus jeune, plus beau, plus mince se moquant de son collègue moins branché. Mais j'ai l'impression que Rik n'a pas tant un problème avec le vocabulaire de Carl qu'avec son choix de sujets de conversation. C'est drôle, j'apprécie de plus en plus Rik. Son rapport avec Eva – et Miranda, d'ailleurs – est différent de l'attitude ricanante, typiquement boys' club, de Carl et Topher. Il est beaucoup plus sympathique.

— Alors, ski aujourd'hui ?

La voix vient d'en haut. C'est Miranda qui descend l'escalier en colimaçon. Ses cheveux bruns attachés en chignon, elle a l'air prête à attaquer la journée sans préambule. Me voyant préparer l'espresso de Rik, elle dit :

— Bonjour, Erin. Je prendrai un cortado au lait d'amande, s'il vous plaît. Que dit la météo ?

— Il va encore neiger cet après-midi. En fait, d'après certains, le risque d'avalanche va augmenter, et d'autres pistes vont fermer. Si vous voulez skier, je vous conseille d'y aller ce matin.

— Eva va faire la gueule. Elle a prévu des présentations toute la matinée.

— Eva va devoir faire avec, fait Topher d'un ton mauvais.

Il glisse deux cachets blancs dans sa bouche et les avale avec une gorgée d'eau prise dans sa bouteille en acier inoxydable, puis se masse l'arête du nez.

— Je ne suis pas venu ici pour passer la semaine dans une salle de réunion à l'écouter débiter ses pensums sur les attentes des investisseurs. Elle peut faire circuler ses petits papiers cet après-midi.

— Je suis sûre que ça ne la dérangera pas de changer d'horaire, dit Miranda, conciliante. Ça fera du bien à tout le monde de décompresser un peu. Moi en tout cas, j'ai hâte de mettre mes skis.

Elle a bien un physique de skieuse. Mince, mais forte. Topher a l'air d'un type qui fait du snowboard, et je ne m'étonne pas lorsqu'il dit :

— C'est comment, le hors-piste, ici, Irene ? Il y a de la bonne poudreuse ?

Il me faut une seconde pour comprendre qu'il me parle, en même temps que Miranda lui siffle :

— C'est *Erin*.

Je souris, tentant de faire comprendre que ça m'est égal. Irene, Eileen, Emma… c'est du pareil au même. Quand on fait partie du personnel, on n'est pas vraiment un individu. Topher traiterait sans doute un robot à l'IA supérieure avec le même désintérêt poli.

— La neige doit être géniale. Vous nous montreriez quelques bons itinéraires de hors-pistes, Erin ?

Le sang quitte mon visage, et je cherche que répondre lorsque je suis sauvée de cette obligation par Danny, qui surgit avec un énorme plateau de petits pains au bacon.

— Erin est trop flippée pour faire du hors-piste, dit-il avec un grand sourire. Mais je peux vous montrer des itinéraires sympas si vous voulez. Pas aujourd'hui, cela dit.

— Pourquoi pas ? fait Topher, fronçant les sourcils.

— Le risque d'avalanche est trop élevé, dis-je, tentant de retrouver mon calme. Mais ça devrait se calmer dans la semaine, quand ils auront pu déclencher quelques explosions contrôlées.

En vérité, je ne sais absolument pas si ça va s'arranger, mais le pessimisme est très impopulaire, et *à un moment ou à un autre*, il faut qu'ils puissent monter en haut des pistes, histoire de combler leurs attentes.

— Bon, on fait comme ça, alors, conclut Topher d'un ton brusque.

— On fait comment ?

La voix vient du salon. Nous nous tournons tous : Eva se tient là. Elle porte une énorme liasse de dossiers et un ordinateur, et semble prête à commencer.

— Erin dit que la seule possibilité pour skier aujourd'hui, c'est ce matin, a priori, s'empresse de répondre Rik. Alors on se disait qu'on pourrait se débarrasser maintenant de la présentation financière et déplacer le reste à l'après-midi.

Il parle plutôt vite, et j'ai l'impression qu'il fait de son mieux pour devancer Topher, qui dirait la même chose, mais avec moins de diplomatie.

Eva est figée sur le seuil. On dirait qu'elle essaie de décider ce qu'elle doit en penser, qu'elle hésite à faire une scène. Puis elle regarde sa montre et hausse les épaules.

— Entendu. Il est presque 8 h 30. On démarre la présentation ? Ça ne devrait pas prendre plus d'une demi-heure, donc on pourra sûrement attraper la première remontée mécanique, si on part dans la foulée.

— Le plus tôt sera le mieux, en ce qui me concerne, dit Topher. On n'a qu'à apporter notre petit déjeuner dans le petit salon. Où sont passés les autres, putain ?

— Je suis là, fait une voix, et Tiger entre dans la pièce. Désolée, je vous ai retardés ?

Elle est pâle, le visage un peu fripé, ses courts cheveux ombrés partent dans toutes les directions comme si elle ne les avait pas encore brossés.

— Oui, dit Topher au même moment que Miranda fait :

— Non, il n'y a pas que toi qui manques.

— Prête à dompter la peuf, Tiger ? fait Topher.

J'entends un bruit venu de la cuisine où Danny étouffe un ricanement méprisant, et je m'active autour de la machine à espresso pour cacher ma propre expression.

— Pardon ? dit Tiger en se frottant les yeux comme si la lumière matinale lui faisait mal. Je n'ai pas compris.

— Tu es prête à skier ?

— Ah, oui, bien sûr.

— Tu as encore une plus sale mine que Topher, fait Eva d'une voix brusque.

— Je n'ai pas bien dormi, répond-elle en riant, tout en jetant un regard incertain à Topher. J'ai fait une insomnie terrible.

— C'est l'altitude, dit Eva. Ça fait ça à certaines personnes. Je prends toujours un somnifère les premiers soirs.

Je n'entends pas la réponse de Tiger, car Topher m'entraîne à l'écart.

— Tous les skis de location sont là ?

— Ils vous attendent aux vestiaires, je réponds.

La boutique de ski se trouve au village, donc nous nous chargeons de prendre le matériel pour les skieurs. La plupart des membres de ce groupe ont apporté leur propre équipement, cela dit. Seuls Liz, Ani et Carl ont loué des skis.

— Avant de partir, laissez-moi vous montrer le meilleur itinéraire pour rentrer au chalet. C'est un trajet vraiment super, mais il ne saute pas aux yeux quand on regarde la carte. Il faut couper entre deux pistes, en fait.

— C'est sans danger ? fait Carl, alarmé. Vous venez de dire que c'était trop risqué de faire du hors-piste.

— Oh oui, oui, je me dépêche de le rassurer. Il n'y a aucun danger, c'est une route très pratiquée. Ce n'est pas vraiment du hors-piste. Simplement, ce n'est pas indiqué sur le plan des remontées mécaniques, alors à moins de connaître le raccourci entre les arbres, vous êtes forcés de descendre Blanche Neige jusqu'à Saint-Antoine-le-Lac et de remonter par le funiculaire.

— C'est sans risque pour les débutants ? insiste Carl, toujours nerveux.

— Le raccourci ? Absolument. C'est l'équivalent d'une piste verte. Vous n'avez jamais skié du tout ?

— Si, mais pas depuis des années.

Il regarde par-dessus son épaule. Topher et les autres sont déjà dans le petit salon pour commencer la réunion, et nous sommes seuls.

— Strictement *entre nous**, dit-il d'un ton amer en baissant la voix, j'aurais préféré me coller un pic à cocktail dans l'œil que de partir en vacances à la neige. Mais pas possible d'y couper en bossant dans une boîte comme Pister. Topher est dingue de snowboard, Eva est pratiquement une skieuse professionnelle, et on fait ce qu'ils disent. Les autres n'ont qu'à s'adapter.

Je réponds d'un simple hochement de tête, mais en vérité cet aperçu du fonctionnement interne de Pister est étrangement fascinant. Il a beau y avoir cinq actionnaires, on dirait bien qu'au quotidien, Topher et Eva prennent les décisions de manière assez autocratique.

C'est d'autant plus intéressant que, pour une fois, l'équilibre des pouvoirs ne dépend pas entièrement d'eux. L'un des deux ne va *pas* avoir le dernier mot pour ce qui est du rachat. La question, c'est lequel.

LIZ

Pister ID : ANON101
Écoute : hors ligne
Abonnés : 0

— OK, dit Rik, qui éteint le PowerPoint puis rallume la salle. C'est terminé. Je pense que tout le monde peut aller enfiler sa tenue de ski, maintenant.

Je me frotte les yeux, la soudaine clarté vient cuire l'arrière de mon crâne. Ma migraine est revenue. Je me lève, lisse mon collant. Autour de moi, les fauteuils poires et le canapé crissent et grincent quand tout le monde se relève.

— Juste une seconde, fait Topher d'une voix douce. Est-ce que les actionnaires peuvent rester un peu ?

J'ai un pincement au cœur. Il y a un murmure d'approbation. Ani, Inigo, Carl, Miranda et Tiger sortent un par un.

En l'espace de quelques secondes, il ne reste que Topher, Eva, Rik, Elliot… et moi.

Oh mon Dieu. Ma respiration s'accélère. Oh mon Dieu, oh mon Dieu, oh mon Dieu… ils vont me poser la question et je vais devoir… devoir…

— Écoutez, dit Eva. Je crois que la dure réalité que trahissent les chiffres présentés par Rik n'a échappé à personne. C'est un tableau assez sinistre. Nos frais généraux…

— Je n'ai pas envie de me relancer là-dedans, fait Topher d'un ton négligent, comme si les tableaux de pertes et profits que vient de nous montrer Rik n'avaient pas le moindre poids. On sait tous lire une feuille de calcul, et Rik a présenté son argumentaire très clairement. Avant de sortir, je pense que ce serait très utile de procéder à un vote à titre indicatif, histoire de voir où on en est.

Ma respiration s'accélère. Le mal de tête derrière mes yeux s'intensifie tellement que ma vision périphérique se brouille.

— Mais, Topher, dit Eva, tu sais parfaitement qu'on n'a pas encore toutes les infos, c'est l'objet de cette semaine, de soupeser les…

— Et c'est pour ça que je dis *à titre indicatif*, coupe Topher, une pointe d'agressivité dans la voix. Ça n'engage à rien, Eva. Il s'agit juste de lever le doigt pour se rendre compte où on en est. Si ça se trouve, on est déjà proche d'un accord.

Eva ne dit rien. Elle me jette un coup d'œil ; je sais ce qu'elle pense, et je sais qu'elle ne trouve pas comment décourager Topher. Il est têtu comme une mule. Il insiste, il insiste, il insiste…

Elliot ne dit rien non plus, bien sûr, mais nous savons tous ce que signifie son silence – il soutient Topher. C'est toujours comme ça. Elliot se moque de tout à part des codes. Pour le reste, il s'en remet à Topher.

— Rik ? demande Eva.

Son ton est cassant.

— Pourquoi pas ?

Son approbation me surprend.

— Bon, dit Topher d'une voix apaisante. Comme suggéré précédemment, dans un vote à main levée *qui n'engage à rien*, qui est en faveur du rachat ?

— Moi, dit Rik.

— Et moi, ajoute Eva.

Il y a un long silence, et je sens la tension pendant qu'ils attendent. Topher reprend la parole. Il a l'air extrêmement content de lui.

— Super, et qui est contre ?

— Moi.

La voix grave et monotone d'Elliot fait sonner le mot comme un point final.

— Et moi, évidemment, fait Topher.

Il y a une nouvelle pause, puis il dit, comme s'il tentait d'être plus désinvolte qu'il ne l'est en réalité :

— Et… euh, Liz, tu votes quoi ?

Je déglutis. Il y a quelque chose de dur coincé dans ma gorge, et je m'aperçois que je n'ai pas prononcé un mot depuis que je me suis levée ce matin. Personne ne m'a adressé la parole au petit déjeuner. Personne ne m'a demandé mon avis pendant la réunion. Je ne sais pas si je peux faire confiance à ma propre voix.

— Liz ? fait Eva.

Je vois qu'elle fait de son mieux pour ne pas me mettre la pression, mais en même temps, elle ne peut cacher sa nervosité.

— Je…

Ma voix se brise, elle est rauque de tout ce silence. Je déglutis de nouveau, tentant en vain de me débarrasser de l'obstacle qui me donne l'impression de m'étrangler.

— Je ne sais pas.

— Allez, Liz, fait Rik, et bien qu'il tente de paraître enjoué et fasse mine de m'encourager, l'impatience transparaît dans sa voix également. Tu dois bien avoir une idée. Tu veux 12 millions, ou pas ? Ce n'est pas une question compliquée.

— *Ou…* intervient Topher, et son ton coupant me fait tressaillir. Tu veux des actions qui vaudront potentiellement beaucoup plus si nous gardons le contrôle et ouvrons le capital ?

— Si nous gardons le contrôle *et* réussissons à rester *solvables*, réplique Rik du tac au tac.

— Oh putain, Rik, éructe Topher.

Je sens la panique commencer à exploser dans ma poitrine, comme une réaction chimique lente, mais inexorable.

Avant qu'elle puisse s'échapper, Eva se lève, mains en l'air, et se place entre eux pour les séparer physiquement.

— Hé, oh, les garçons, ça suffit. On a tout le temps pour discuter de la question d'une ouverture de capital. Ce n'est pas le moment. Liz, j'en conclus que tu ne peux pas nous donner d'indication pour l'instant, j'ai bien compris ?

Je n'arrive pas à me forcer à parler. Je secoue la tête d'une manière qui pourrait vouloir dire oui ou non. Eva sourit et traverse la pièce pour me prendre la main. Elle la presse, rassurante, et je suis submergée par son parfum comme par une drogue, entêtante dans la petite pièce.

— Pas de problème. OK, bon, dans ce cas, je suggère que nous montions tous à nos chambres pour nous préparer, et nous pourrons examiner les questions qu'a soulevées Rik après le déjeuner. Entendu ?

Dans un murmure d'assentiment, Topher, Elliot et Rik quittent la pièce l'un après l'autre.

Je me lève, jambes tremblantes, et je m'apprête à les suivre quand Eva m'arrête.

— Liz, attends une seconde. Est-ce que ça va ?

Pendant un instant, je n'arrive pas à parler, puis j'y parviens à grand-peine.

— Je… je suis désolée, Eva. Je sais qu'on en a parlé hier soir et je promets, je… je vais le faire… c'est… c'est juste…

— Bien sûr.

Eva pose une main sur mon bras. Je crois qu'elle se veut rassurante, mais le seul effet obtenu est de m'empêcher de me diriger vers la porte.

— Je comprends tout à fait.

— C'est juste…

Je regarde par la porte pour vérifier que Topher ne nous entend pas. Mais il est parti, Dieu merci.

— C'est juste, c'est dur de le lui dire en face, comme ça, tu comprends ?

— Oui, oui. Il y a beaucoup de loyauté entre vous. Et je comprends ce que tu dis, il va voir ça comme une trahison, même si ta décision est éminemment raisonnable.

— Je suis…

J'avale ma salive. La vérité, c'est que j'ai peur, mais je ne veux pas dire ça à Eva. Cela semble absurdement théâtral.

— Je suis juste…

Eva me regarde avec inquiétude, et je sais pourquoi. Elle se demande si je vais aller au bout de notre accord. Mais je suis décidée à présent. Je cherche de nouveau cette paix fataliste qui est descendue sur moi hier soir. Je tente de me rappeler la sensation – cette certitude, cette résolution calme. Mon cœur ralentit un peu. Je peux être aussi déterminée que Topher, une fois que j'ai pris une décision.

— Tu n'as pas à t'en faire, dis-je, cette fois d'une voix plus assurée. Je ne vais pas te laisser tomber. J'ai juste… il faut juste que je me lance.

Le visage d'Eva s'illumine. Elle me donne une petite tape amicale sur le bras, puis le presse légèrement pour me montrer que nous affronterons ça ensemble.

— Écoute, il va être furieux, je ne peux pas prétendre que ce ne sera pas le cas. Et je ne peux pas dire que ça me ravisse moi non plus. Mais ça lui passera. Il comprendra.

Mais je sais que c'est faux. Tandis que nous sortons de la petite pièce pour enfiler nos tenues de ski, j'en prends conscience : il ne comprendra jamais. On ne peut voir ce que je m'apprête à faire que comme une trahison gravissime, pas autrement. Mais je n'ai pas le choix. Je dois me le répéter. Je n'ai pas le choix. Je dois aller jusqu'au bout.

ERIN

Pister ID : TITEMU
Écoute : hors ligne
Abonnés : 10

— Bon, je lance au petit groupe qui se tient devant le chalet, tripotant ses fixations de snowboard ou de ski. Laissez-moi vous expliquer un peu la configuration. Le chemin devant nous, qui part sur la gauche, c'est celui que vous avez pris pour venir ici depuis le funiculaire. Vous pouvez repartir sur vos pas jusqu'en haut de la colline, vous arriverez au funiculaire et au départ de la longue piste bleue qui descend à Saint-Antoine.

— Blanche Neige, c'est ça ? demande Topher.

— C'est ça. C'est une promenade très sympa. *Cependant*, pour vous rendre jusque-là, il va falloir remonter le chemin en *sidestep*, en faisant des pas en escalier avec vos skis, donc comme j'imagine que vous voulez plutôt skier, le seul itinéraire pour descendre, c'est ce chemin à travers bois.

J'indique un petit sentier qui serpente le long du chalet et disparaît entre les sapins derrière nous.

— Il mène en bas de la piste verte, Atchoum, et de là, à la télécabine Reine.

— Télécabine ? demande Inigo, et je me rappelle que les Américains emploient d'autres termes.

— Oh, désolée, le… La remontée mécanique. Il y a des débutants, ici ?

— M-moi ! fait Liz nerveusement. Je n'ai skié qu'une fois avant. Sur piste sèche. Et je n'étais pas très douée.

— OK, eh bien, ne vous inquiétez pas, le sentier est un peu raide les premiers mètres, mais ensuite la pente est très douce, et vraiment, tout ce que vous avez à faire, c'est pointer vos skis vers l'avant et vous laisser glisser. Vous pouvez descendre en chasse-neige sur la première partie si vous voulez, mais je ne le recommande pas, c'est bien de prendre un peu de vitesse pour la partie plate. Je fermerai la marche avec celles et ceux qui se sentent un peu moins sûrs d'eux. Après la partie plate, le sentier se confond avec la piste verte et la pente jusqu'à la télécabine est très douce.

— T'as qu'à nous remorquer, dit Topher à Eva avec un grand sourire, et elle lève les yeux au ciel et tend un bâton derrière elle.

Je leur montre la direction et les regarde descendre en schuss sur le petit sentier étroit entre les arbres. Quand ils arrivent sur le plat, Eva se lance dans un ski élégant, entraînant Topher derrière elle, et j'observe sa veste rouge vif apparaître et disparaître entre les arbres. Je ne sais plus qui l'a décrite comme pratiquement du niveau professionnel, mais c'est exact, elle est vraiment très douée. Meilleure que moi, et pourtant je me débrouille bien. Topher, vu comme il a géré la petite pente raide au départ – pas facile sur un snowboard –, est lui aussi dans son élément, ça se voit.

Rik vient après. C'est un skieur expérimenté, même s'il n'a pas la même grâce qu'Eva. Puis Miranda, qui commence sa descente en chasse-neige malgré mes conseils, s'immobilise par conséquent sur le plat et doit avancer péniblement sur la fin, l'air gêné. J'imagine qu'elle est compétente plutôt qu'excellente, elle connaît sans doute les bases, mais elle est un peu trop prudente pour être excellente. Ensuite vient Inigo, en veste vert prairie qui rend ses yeux azur encore plus bleus. Il glisse avec une élégante économie de mouvements, et dépasse Miranda, posant gentiment une main sur le bas de son dos pour l'aider à reprendre de l'élan. De toute évidence, il fait du ski depuis l'enfance, on ne peut pas s'y tromper avec cette grâce décontractée. Puis Tiger, qui se révèle une excellente snowboardeuse. Elle n'a pas l'avantage qu'a Topher d'être tirée par Eva, mais à la voir, ça a l'air facile.

Carl se lance avec un air de détermination sinistre sur son visage rouge comme une tomate qui dit *Foutu pour foutu, allons-y*. Il parvient à coincer un ski dans une congère molle presque immédiatement et tombe avec un craquement qui semble douloureux, mais il se relève sans se plaindre, se remet en position, et cette fois il s'en sort sans incident. Ensuite vient Ani. Elle porte une veste bleu vif et une salopette blanche qui a l'air toute neuve. Ses cheveux bouton d'or dépassent de sa capuche, et l'ensemble la place à mi-chemin entre une toute petite fille adorable et une présentatrice d'émission pour enfant. Elle me sourit malicieusement.

— J'aurais peut-être dû lever la main quand vous avez demandé qui était débutant, dit-elle sur un ton penaud. Je ne suis vraiment pas très bonne !

— Ne vous en faites pas. Il n'y a vraiment rien à craindre sur cette partie, surtout après les grosses chutes de neige qu'il y a eu. Si on chute, au moins la neige est molle.

Elle me fait un grand sourire et se lance avec ses bâtons, poussant un petit cri aigu au moment où le sentier descend à pic. Surprise, elle manque de tomber en arrière et agite ses bâtons. Mais elle retrouve son équilibre et, dans un rire, la voilà partie entre les arbres vers les autres qui attendent.

Finalement, il ne reste que Liz et moi. À l'inverse de l'enthousiasme ludique d'Ani, elle a l'air d'être stressée et d'avoir chaud – elle porte bien trop de couches pour une si belle journée, et elle transpire déjà. Je m'en veux de ne pas avoir vérifié l'équipement des skieurs sans expérience, mais il vaut sans doute mieux qu'elle soit trop couverte que pas assez – et de toute façon, il est trop tard pour lui dire de se dévêtir. Je m'apprête à la rassurer quand quelque chose me frappe.

— Attendez, où est Elliot ?

— Oh, répond Liz, l'air gêné. Topher ne vous a pas dit ? Il ne… il ne participe pas vraiment… aux activités.

— Ah !

Je suis tout de même étonnée. J'avais comme l'impression que Pister était une de ces boîtes où la participation n'était pas franchement optionnelle. C'est ce que j'aurais cru à voir Carl, en tout cas. Liz doit lire sur mon visage.

— Je sais… ce n'est pas le seul qui aurait préféré rester dans sa chambre, mais c'est le seul qui peut se le permettre. C'est l'avantage d'être le meilleur ami de Topher, j'imagine.

— Ils se connaissent depuis longtemps ?

— Ils étaient en pension ensemble, répond Liz.

Je me rends compte que cette discussion a un effet positif. Elle a perdu son regard d'appréhension.

— Avec Rik, aussi.

— Eh bien dis donc, quand on parle de copinage entre mecs, dis-je sans pouvoir me retenir, puis je rougis.

Dehors, dans ma combinaison, c'est plus difficile de me rappeler que je suis Erin, l'hôtesse du chalet, pas seulement Erin la skieuse. Mais Liz n'a pas l'air choquée. Elle me fait même un tout petit sourire.

— Eh oui, hein ?

Puis elle rougit, comme si elle avait fait preuve d'une audace innommable.

Encouragée de la voir se redresser légèrement, je décide que c'est le moment d'y aller.

— OK, bon, on ferait bien de rattraper les autres. Vous êtes prête ? Je vais passer devant, donc ne vous inquiétez pas, vous ne perdrez jamais le contrôle. Si ça se produit, vous me glisserez dedans gentiment.

— J'ai toujours…

Son visage est de nouveau tendu, et elle regarde le sentier étroit avec ce qui ressemble à de l'effroi.

— Il a l'air tellement *raide*.

Bon sang, ce n'est vraiment pas une skieuse née. Je prends une décision.

— Vous savez quoi ? Donnez-moi vos bâtons.

Elle me les tend, obéissante comme une enfant. Je les coince sous un bras et tends les miens derrière moi.

— Maintenant, vous vous accrochez à ça, OK ? Compris ? Un dans chaque main.

Elle hoche la tête, et nous démarrons très doucement. Je me sers des muscles de mes cuisses pour ralentir notre descente.

Avec le poids de Liz sur mes bâtons, le petit schuss facile est plus ardu à négocier que d'habitude, mais nous parvenons sur le plat, et je suis l'exemple d'Eva, avançant lentement, tirant Liz derrière moi, écoutant sa respiration haletante.

Enfin nous sortons des arbres et glissons le long de la pente jusqu'à la télécabine où les autres nous attendent, juste devant les tourniquets, sous un panneau en bois qui annonce *LA REINE TC**.

— Cette remontée mécanique est facile, je souffle à Liz, rassurante. Pas besoin de s'inquiéter de vos pieds, vous retirez vos skis et vous continuez à marcher.

— Oh… ouf.

Son visage s'illumine puis elle regarde le sommet de la montagne où les nuages s'amoncellent.

— Comment est la descente ?

— Il y a deux stations. Si vous descendez à la première, c'est facile. Vous êtes à mi-pente, et vous pouvez prendre soit la piste verte, Atchoum, qui vous ramène au bas de la télécabine, soit la bleue, qui descend jusqu'à Saint-Antoine-le-Lac. Si vous choisissez la seconde, le funiculaire vous emmène jusqu'au sommet. La vue est magnifique quand il y a du soleil, mais bon… (Je montre les nuages qui envahissent déjà le ciel.) À la station du haut, vous avez le choix entre deux pistes,

La Sorcière, à gauche, une piste noire qui suit le trajet de la télécabine, ou alors le haut de Blanche Neige. C'est une piste bleue, mais quand la météo est mauvaise, elle se rapproche plutôt d'une rouge. Donc si vous avez peu d'expérience, je vous conseille de vous en tenir à la première station, au moins le temps de trouver vos marques. Vous pouvez toujours essayer la seconde après le déjeuner.

— OK, dit Liz en regardant le sommet, mais je sens ses doutes d'ici. Vous restez avec nous toute la journée ?

— Juste pour les deux premières descentes. Puis je vous montrerai le chemin pour rentrer au chalet, mais ensuite, j'ai bien peur de devoir rentrer aider Danny à préparer le déjeuner.

Liz ne répond rien, mais à voir la ferveur avec laquelle elle se cramponne à ses bâtons de ski, je sens qu'elle n'est pas emballée à l'idée d'être abandonnée.

— Ça va aller, lui dis-je, avec plus d'assurance que je n'en éprouve en réalité. Vous n'êtes pas la seule débutante. Ani n'est pas très bonne, ni Carl. Et même Miranda n'a pas l'air très sûre d'elle.

Liz ne dit rien. Elle défait ses fixations et retire ses skis en silence. Mais elle a l'air tout sauf joyeuse.

LIZ

Pister ID : ANON101
Écoute : hors ligne
Abonnés : 0

Il est presque midi. Nous avons skié toute la matinée. Le vent s'est levé. Erin s'est éclipsée pour rentrer au chalet depuis longtemps, me laissant seule avec Eva, Topher et les autres accros à l'adrénaline. Nous avons descendu deux fois la piste verte, Atchoum, et une longue, bleue, jusqu'à Saint-Antoine, puis nous avons pris le funiculaire pour remonter. J'ai l'impression que mes jambes sont en coton, à force d'être constamment sur mes gardes. Le froid me pique le visage et j'ai les aisselles trempées de sueur avec toutes mes couches. Ma respiration rapide embue mon écharpe ; d'un côté, je gèle, et de l'autre, j'ai beaucoup trop chaud.

Nous nous retrouvons, haletants, au pied de la télécabine Reine, et je sens le soulagement dans la voix d'Ani lorsqu'elle chuchote :

— Déjeuner ! Super !

Puis Topher dit, comme je *savais* qu'il allait le faire :

— Allez, on a le temps d'en descendre une dernière avant de s'arrêter pour la journée. Allons jusqu'au sommet de La Dame. Deuxième arrêt de la télécabine. Qui vient avec moi, bande de mauviettes ?

Mon cœur se met à tambouriner dans ma poitrine.

— On ne ferait pas mieux d'arrêter avant d'être tous trop fatigués ? demande Miranda. Je veux dire, c'est le premier jour, on a toute la semaine pour skier tout notre saoul.

Je vois bien qu'elle n'a aucune envie de continuer, mais elle ne veut pas jouer les trouble-fête.

— Je suis d'accord, fait Ani.

Elle lève ses lunettes de ski. Dessous, son visage est rouge et bouffi d'un mélange de froid et d'effort. Elle a l'air fatiguée.

— En plus, je… enfin je crois vraiment que c'est une piste trop dure pour moi.

— C'est une bleue, putain, fait Topher avec mépris. Allez, venez ! Ça va être sympa. Il y en a une noire qui part du sommet, La Sorcière, et la bleue c'est juste la partie supérieure de celle qu'on a déjà descendue, Blanche Neige. On peut se séparer en deux groupes, vous descendez celle que vous voulez. La bleue pour les bébés, la noire pour les grands garçons et les grandes filles.

— Topher, fait Eva, agitant l'index, mais son agacement est feint.

Elle a l'air dans son élément, grande et mince sur ses skis d'une longueur improbable. Elle porte un anorak rouge vif, en soie écarlate ; on dirait une tache de sang sur la neige blanche, et sa vue me provoque un pincement au cœur, car je me rappelle l'avoir acheté pour elle quand j'étais son assistante. Elle m'avait envoyée chez Harrods avec sa carte de crédit et ses instructions. Je m'en souviens comme si c'était hier.

Je pense, subitement, au conte qui a donné son nom à la piste bleue – Blanche Neige. La peau blanche comme la neige, les lèvres rouges comme le sang, les cheveux noirs comme de l'ébène. La couleur des cheveux ne correspond pas, ceux d'Eva sont presque blancs comme neige aussi. Mais aujourd'hui, ils sont cachés sous un bonnet noir, et la comparaison est si criante que c'en est presque effrayant.

— Allez… fait Topher, enjôleur. On ne peut pas rentrer au chalet en partant d'ici, de toute façon, c'est beaucoup plus haut, donc si vous ne voulez pas vous taper une heure de *sidestep*, il faut aller à la station du milieu. C'est juste un peu plus loin, ça ne fait pas une grande différence… si ?

Il lève ses lunettes, déployant tout son charme sur Ani.

— Ani ? Tu accordes une dernière volonté à ce vieillard ?

Celle-ci pousse un petit soupir, puis cède comme de la neige fraîche.

— Oh… OK. On ne vit qu'une fois, j'imagine. Tu t'assureras que j'arrive en bas en un seul morceau, promis, Inigo ?

Il sourit et acquiesce d'un hochement de tête.

— Miranda ? dit Topher, lui souriant avec sa force de persuasion considérable.

Quand il s'y met, il n'est pas difficile de comprendre comment il est parvenu à son niveau. Il y a quelque chose en lui qui fait qu'il est très, très difficile de lui dire non.

— Mirandaaaa…

— Bon, d'accord, concède Miranda avec une certaine mauvaise humeur. S'il faut qu'on monte de toute façon, je suppose que ça ne changera pas grand-chose.

Puis Topher se tourne vers moi.

— Liz ?

Et voilà. Pourquoi faut-il que je me retrouve toujours dans cette position ? Celle de la personne dont le bon temps des autres dépend, celle qui est forcée de prendre une décision ? Je me sens rétrécir sous leurs regards, mais je n'ai pas le choix.

— D'accord, je réponds, mais ma voix est forcée et tendue, même à mes propres oreilles.

— OK ! fait vivement Eva. Bon, on se regroupe en haut, et si quelqu'un se perd, on se retrouve au raccourci qui mène au chalet. Tout le monde se rappelle à quel endroit le chemin se sépare ? Ce grand sapin que nous a montré Erin, celui qui est emballé dans de la toile fluorescente ?

Il y a un murmure d'approbation.

Et c'est parti. Les autres défont leurs fixations et avancent d'un pas laborieux dans leurs chaussures lourdes et raides, s'agrippant à leurs bâtons et à leurs skis, et s'engouffrent par le tourniquet. Il n'y a pas du tout la queue. La météo est trop mauvaise. Tous ces Français raisonnables sont entassés dans les cafés à boire du *vin chaud** et à manger de la raclette, et nous sommes les seuls à nous diriger vers le sommet, sur cette remontée mécanique en tout cas. Je sens mon cœur recommencer son arythmie à l'approche de la télécabine, et je dépasse Ani avec une détermination qui ne me ressemble pas. Je ne peux pas me permettre de rester à la traîne.

La cabine glisse sur la dernière partie du chemin, ralentissant brusquement en entrant dans le terminal, et notre petit groupe se précipite pour se faire une place à l'intérieur dès l'ouverture des portes en plexiglas. Il y a quatre sièges dans chaque cabine ; je compte à mi-voix tandis que Topher, Rik et Miranda montent. C'est le moment. Les portes de la cabine vont bientôt se fermer, mais je tente le coup, je me précipite, mes chaussures retentissent sur le plancher caoutchouté. Je fourre mes skis dans les casiers à l'extérieur, et leurs fixations s'emmêlent avec celles du snowboard de Topher. Les portières se referment.

— Allez, Liz ! crie Miranda, encourageante.

Je m'engouffre par l'interstice et m'assois, hors d'haleine, tandis que nous partons vers le haut de la montagne. Ouf. J'ai réussi. J'ai franchi le premier obstacle.

Je me cale à côté de Miranda, serrant mon énorme anorak dans l'espace étroit entre nous, et elle rit.

— Liz, tu portes combien de couches ? Tu ressembles au bonhomme Michelin !

Topher sourit.

— Ne te moque pas, Miranda. C'est peut-être Liz qui rira la dernière quand on sera au sommet.

Il montre la vitre d'un signe de tête, et je prends conscience qu'il a raison. À mesure que nous montons, la température baisse nettement. La condensation à l'intérieur de la cabine se met à former de grosses gouttes qui gèlent et s'étalent comme de magnifiques fleurs de glace. Nous dépassons la station du milieu ; les portes s'ouvrent, mais personne ne bouge.

Puis nous repartons, reprenons l'ascension, dépassons la limite des arbres et nous enfonçons dans les nuages. Je sens la petite cabine secouée par le vent sur son câble, et j'éprouve une terreur soudaine à l'idée de ce qui nous attend en haut. Mon Dieu, je vais *vraiment* devoir faire ça ? Vais-je y arriver ? Soudain, je ne suis pas certaine d'en être capable. Mon estomac est noué par la nervosité. Je n'ai jamais eu aussi peur de ce que je m'apprête à faire de toute ma vie. Mais je dois le faire. *Je le dois*.

Les portes s'ouvrent, et nous sortons dans un froid si intense qu'il traverse toutes mes couches, même dans l'abri relatif du terminal.

Nous fixons nos skis et glissons dehors, dans une blancheur sauvage.

Il neige… fort. Le vent est féroce, cruel, il envoie la neige dans nos yeux et notre nez, et tout le monde se précipite pour baisser ses lunettes et remonter son écharpe. Entre ça et le nuage qui est descendu ensevelir la montagne, on n'a pas une visibilité de plusieurs kilomètres, comme le promettait la brochure. Plutôt de quelques mètres.

Je sais que deux pistes doivent partir d'ici. Sur la gauche, la noire que veut descendre Topher. Sur la droite, le haut de la piste bleue, Blanche Neige. Elles se croisent à la deuxième station de la télécabine, mais Blanche Neige prend son temps, cheminant sur le flanc de la montagne en boucles paresseuses. La Sorcière, par contre, suit une ligne plus directe le long des câbles des télécabines. C'est peu de dire qu'elle est directe.

Nous sommes passés au-dessus il y a quelques minutes, et on aurait dit une simple feuille de glace, le flanc d'une colline, même à dix mètres de hauteur.

Je m'avance, toute tremblante quand je retire la glace de mes lunettes avec mes gants. Au-dessus, je distingue une pancarte, qui devait autrefois représenter deux flèches, mais il n'en reste plus qu'une masse blanche indistincte. Sur la gauche, il y a une espèce de barrière, faite d'un filet de tennis, qui barre l'accès. Le temps que je la remarque, je dérape dans sa direction.

— À l'aide ! je crie.

Les autres ne peuvent rien faire, et je rebondis contre le filet, sentant l'effet du ressort quand il me heurte à la taille. Je vacille un instant, faisant des moulinets avec mes bâtons, puis je tombe sans grâce dans un fracas de skis.

Rik vient à ma rescousse en riant et m'aide à me relever.

— Tu as eu de la chance, me crie-t-il dans l'oreille par-dessus le gémissement du vent, montrant le panneau « *Piste fermée** » à moitié couvert de neige, accroché au filet. C'est La Sorcière. Tu pourrais être en train de descendre ta première piste noire, si elle n'était pas fermée ! Ou pire…

Il a raison. En dessous du filet, une pente abrupte, presque verticale. Sa courbe épouse la montagne et au-delà de la courbe… c'est le vide. Si j'avais été entraînée de ce côté à pleine vitesse, personne n'aurait rien pu faire. J'aurais pu mourir dans une chute de trois cents mètres avant que les autres puissent m'arrêter.

Je suis trop essoufflée pour répondre, mais je laisse Rik m'aider à me remettre sur pied et me guider jusqu'aux autres qui se sont regroupés en haut de la piste bleue.

— Ils ont fermé La Sorcière, lance Rik à Topher, qui hoche la tête avec amertume.

— J'ai vu. Saletés de mauviettes.

— Est-ce qu'on doit attendre ? crie Miranda, mais sa voix est à peine audible sous le hurlement de la tempête. Il fait un froid glacial !

— Je crois qu'on n'a pas le choix, dit Rik. On ne peut pas laisser Ani et Carl, ils n'ont pas tellement d'expérience.

— Ils ont les autres pour jouer les baby-sitters, grogne Topher, mais Rik secoue la tête.

— Et s'ils sont montés séparément et essaient de nous retrouver ? Regarde.

Il désigne le bas de la montagne où une télécabine jaillit des nuages, avec une seule silhouette à l'intérieur, ou peut-être deux blotties l'une contre l'autre. C'est impossible à dire à cette distance. Ce n'est peut-être même pas quelqu'un de notre groupe. On est si loin que la silhouette semble ridiculement petite.

Je tremble. Je ne peux pas aller au bout. Mais je n'ai pas le choix. C'est peut-être ma dernière chance… Je dois dire quelque chose. Maintenant. *Maintenant*.

— Je ne peux pas faire ça, je me force à dire.

Topher me regarde, comme étonné que j'aie parlé.

— Qu'est-ce que tu as dit ?

— Je ne peux pas faire ça, je répète, plus fort.

Je respire très vite, et ma voix est suraiguë, animée par une peur mal contenue. Mon pouls va à toute vitesse.

— Je ne peux pas. Je ne peux vraiment pas. Je ne vais pas descendre à ski. Je ne *peux pas*, Topher.

— Alors comment tu comptes descendre ? réplique Topher, sarcastique. En toboggan ?

— Hé, oh.

Rik essayait de consulter son téléphone, mais il lève les yeux.

— Qu'est-ce qui se passe, là ?

— *Je ne peux pas faire ça*, je répète, désespérément, comme si tout allait s'arranger à condition que je continue de le dire.

C'est peut-être encore possible. Peut-être que tout ira bien.

— Je ne peux pas. Je ne peux pas descendre à ski par ce temps. Je vais mourir. Je sais que je vais mourir. Tu ne peux pas m'obliger à faire ça.

— Liz, ça va aller, répond Rik en posant une main sur mon bras. Je m'occuperai de toi, c'est promis. Tu peux faire le chasse-neige jusqu'en bas, si tu veux. Je te guiderai, tu peux t'accrocher à mes bâtons.

— *Je ne peux pas*, je répète, têtue.

Si je continue de réciter ce mantra, tout ira bien. Ils ne peuvent pas me *forcer* à faire du ski avec eux. Je *connais* Topher. Ce n'est pas un homme patient. Très bientôt, il va se lasser d'essayer de me convaincre et laisser tomber.

— Merde, s'exclame-t-il, agacé, et il essuie la neige de ses lunettes avant de s'adresser à Rik. Alors on fait quoi ?

— Liz… commence Rik.

Je sens cette chose dure remonter dans ma gorge, m'étrangler, comme pendant la réunion. La cabine avec la silhouette isolée arrive au terminal. Je crois que je vais me trouver mal. C'est maintenant ou jamais.

— Je ne peux pas ! je hurle, et soudain, sans m'y attendre, je me mets à pleurer.

Le bruit me surprend – d'énormes sanglots hoquetants qui me secouent. Je soulève mes lunettes pour me frotter les yeux avec mes gants gelés ; le vent est tellement froid que les larmes qui coulent le long de mon nez se figent en arrivant au bout. En les essuyant, je les sens craqueler contre ma peau.

— Je ne peux pas, putain !

— OK, OK ! s'empresse de répondre Rik. Liz, ne panique pas, ça va aller. On va trouver une solution.

Un bruit de skis dans la neige derrière nous et une silhouette glisse vers nous. C'est Inigo, avec son anorak vert reconnaissable entre mille – même avec ses lunettes sur les yeux et son écharpe remontée. Derrière lui, Tiger s'est installée sur la congère à la sortie de la station. Assise dans la neige, elle fixe son snowboard.

— Je rentre, dis-je, ravalant mes sanglots.

Je montre le bas de la montagne, où la télécabine vide par laquelle est monté Inigo redescend dans la vallée.

— Je vais parler au conducteur, lui demander de me laisser remonter. Je lui expliquerai que je ne peux pas faire ça, que je me suis trompée.

— Liz, c'est ridicule, putain ! explose Topher.

— Qu'est-ce qui se passe ? demande Inigo, sa voix étouffée par son écharpe.

— C'est Liz, répond Topher avec colère. Elle fait une crise existentielle ou je sais pas quoi.

Mais ce n'est pas le cas. Je suis calme à présent. Une autre télécabine est en train de monter, avec une autre silhouette à l'intérieur. Ça, c'est dans mes cordes, je peux y arriver. Je sais ce que je dois faire, et personne ne m'en empêchera. Je commence à remonter la pente en *sidestep*.

— Liz, crie Rik, tu es sûre ?

— Oui ! je réponds, même si je ne suis pas certaine qu'ils m'entendent. Tout à fait sûre. Je vous retrouve au chalet !

Et en entrant dans le bâtiment du terminal puis dans la cabine aux portières ouvertes, un sentiment de paix m'enveloppe. Je sais ce que j'ai à faire, et ça va bien se passer. Tout va bien se passer.

ERIN

Pister ID : TITEMU
Écoute : hors ligne
Abonnés : 10

Il est presque 13 h 30. Ils avaient dit qu'ils seraient de retour à 13 heures, et Danny pousse des jurons dans la cuisine à mesure que les minutes passent et que son risotto se fige.

À 13 h 45, il passe la tête par la porte, hors de lui. Je lui fais signe qu'ils ne sont toujours pas là.

— Il y a un seul truc que je déteste plus que les foutus vegans, ce sont les branleurs, grogne-t-il, et il disparaît, laissant claquer la porte battante derrière lui.

Tout à coup, on entend le fracas de chaussures de ski. Je me précipite dans le hall. Il y a des bruits dans l'entrée, les sons inimitables d'un groupe de gens qui avancent sur le plancher, ouvrant les casiers alignés dans le couloir.

— Eva ? lance quelqu'un d'une voix agacée. Eva, t'es où, putain ?

Pas de réponse.

Puis la porte s'ouvre et Topher entre, en salopette de ski et chaussettes épaisses, l'air exaspéré.

— Ah c'est vous, dit-il sèchement. Où est Eva, putain ?

— Eva ?

Une repartie sur sa grossièreté me brûle la langue, mais je la ravale.

— Désolée, Topher, je ne sais pas du tout.

Il s'arrête au milieu de l'escalier.

— Vous voulez dire qu'elle n'est pas là ?

— Non, vous êtes le premier arrivé.

Il reste immobile, et son expression oscille entre l'énervement et l'inquiétude. Puis il lance par-dessus son épaule :

— Miranda, elle n'est pas là.

— Tu déconnes.

Miranda est la suivante. Elle a le visage rose vif, douloureusement gorgé de sang comme on l'a toujours après un froid extrême.

— Euh… Eh bien. J'imagine que ça veut dire qu'on ne s'est pas gelé les fesses pour rien. Qu'est-ce qui a pu se passer, d'après toi ?

— Peut-être que la télécabine s'est refermée avant qu'elle puisse monter, et qu'elle est redescendue à Saint-Antoine à ski pour récupérer le funiculaire ? dit Topher, mais Carl entre en secouant la tête.

— Elle est montée avant moi, mec. Elle était dans la cabine, je peux le jurer.

— Et je l'ai vue, fait Ani.

Ils se rassemblent dans le hall, en sueur, déconcertés, de la neige fondue dégoulinant de leurs anoraks.

— Je t'ai dit, répète Ani. Pendant qu'on montait en télécabine avec Carl, je l'ai *vue* qui descendait à ski.

— Qu'est-ce qui se passe ? demande Rik, entrant à son tour et secouant la neige de sa salopette noire.

Miranda se tourne vers lui, clairement inquiète à présent.

— Eva n'est pas là.

— Elle n'est pas là ? Mais… mais ce n'est pas possible. Elle ne peut être nulle part ailleurs, dit Rik, interdit.

Ils se mettent tous à parler en même temps, proposant différentes théories, souvent totalement impossibles étant donné la géographie des lieux.

— Attendez, attendez, dis-je, et miraculeusement ils se taisent.

En un sens, ils ont besoin d'un guide, et je suis ce qui s'en approche le plus.

— Commencez par le début. Quand étiez-vous tous ensemble, en groupe, pour la dernière fois ?

— Au pied de la télécabine Reine, fait prestement Ani. On a hésité à faire notre pause déjeuner à ce moment-là, ou à descendre une dernière piste. Topher a souligné qu'il fallait prendre la télécabine pour rejoindre le chalet de toute façon, et on s'est mis d'accord pour monter à la station supérieure et descendre soit La Sorcière soit Blanche Neige, en fonction de notre niveau.

Je ravale ma réponse. La Sorcière est une piste traîtresse. J'ai fait du ski toute ma vie, et je ne la descendrais *en aucun cas* par ce temps. Même Blanche Neige, avec le manque de visibilité, n'est pas évidente pour des skieurs inexpérimentés. Ce n'est pas la première fois que ça me saute aux yeux : Topher est un peu un connard.

— Mais quand on est arrivés en haut, Liz a plus ou moins pété les plombs, fait Topher, amer.

— Toph, le coupe Rik, avec un mouvement de tête vers la porte du vestiaire.

Par-dessus l'épaule de Topher, je vois Liz qui avance avec lassitude dans la salle. Elle est couverte de neige et semble complètement exténuée, encore plus que les autres.

— Quand on est arrivés au sommet, la météo était devenue assez extrême, et Liz a décidé de redescendre avec la télécabine, dit suavement Miranda, mais à l'expression querelleuse de Topher, j'imagine bien la discussion qui a suivi.

Quelque part, je suis épatée par la force de caractère de Liz. Elle ne s'est pas laissé intimider. La peur peut rendre les gens extraordinairement résilients.

— Nous, on a attendu les autres en haut, dit Topher. Mais Eva n'est jamais arrivée.

— Sauf que *si*, intervient Ani. On l'a vue, Carl et moi. Pas vrai ?

Elle donne un coup de coude à Carl, qui confirme.

— Oui, aucun doute là-dessus, mec. On l'a vue entrer dans une télécabine plusieurs montées avant nous.

— Plusieurs ? Comment ça se fait ? Il n'y avait pas du tout la queue.

Carl rougit.

— Eh bien, inutile de tourner autour du pot. Je… me suis planté, si tu veux savoir. Ani et moi, on devait monter juste après Eva, mais j'ai trébuché. Je me suis cassé la figure, et les portes se sont fermées derrière

Eva. La cabine est partie avec mes skis dans les casiers. Il m'a fallu plusieurs minutes pour me remettre en état. On a raté la cabine suivante, et on a pris celle d'encore après.

— Est-ce qu'elle aurait pu descendre à la première station par erreur ? demande Miranda, le front plissé, mais Ani secoue la tête.

— Non, c'est ce que j'essaie de vous dire. Je l'ai vue pendant qu'on montait ; la remontée mécanique passe juste au-dessus de cette piste noire, celle qui est vraiment abrupte, que voulait faire Topher.

— La Sorcière, dis-je.

— C'est ça. Et j'ai vu quelqu'un qui descendait à ski. Elle s'est arrêtée une seconde sur la crête, et elle m'a fait un petit signe. J'ai compris que c'était Eva.

— Comment tu peux être sûre à cette distance ? fait Rik, sceptique. Ça aurait pu être n'importe qui.

— J'ai reconnu son anorak rouge. Il est, genre, unique. Personne d'autre n'en a un comme ça, et il n'y avait que notre groupe dans les télécabines.

Je les regarde tour à tour. Elle dit vrai. Topher est en moutarde et kaki, Rik et Carl sont tous les deux en noir. Miranda est en combinaison violacée. Inigo a un anorak vert et une salopette noire. Tiger, vêtue dans un style surfeur chic un peu miteux, porte une espèce de bomber en jean années quatre-vingt et un pantalon de treillis, mais je soupçonne qu'il s'agit en fait d'équipements de ski coûteux. Liz porte une combinaison bleu marine délavée trop grande pour elle, visiblement d'emprunt. Et Ani porte l'anorak bleu céruléen que j'ai remarqué tout à l'heure et sa salopette blanche. Aucun ne risque d'être confondu avec Eva.

— Quand on est arrivés, mes skis m'attendaient. Elle a dû les sortir de la télécabine avant de partir.

— Vous n'avez pas remarqué qu'elle n'était pas en haut ? je demande, et Rik secoue la tête, penaud.

— Non, la visibilité était vraiment mauvaise et… eh bien, si vous voulez tout savoir, il y a eu une petite échauffourée, en haut.

Une échauffourée ? Comment ça ? Je m'apprête à poser la question quand Miranda intervient.

— Autant dire les choses clairement, Rik. Le responsable de la télécabine est venu nous dire que l'alerte avalanche était passée au rouge, et qu'ils fermaient toute la montagne, mais la moitié du groupe a ignoré l'avertissement et s'est délibérément élancée avant qu'ils aient le temps de mettre les filets.

— Je suis vraiment navré, dit Inigo qui a au moins l'élégance de prendre un air gêné. C'était un malentendu complet. Je croyais qu'il disait que c'était maintenant ou jamais, alors, euh… je me suis lancé.

— Alors, attendez. Certains d'entre vous sont descendus à ski, et les autres ont repris la cabine ?

Hochements de tête à la ronde.

— Naturellement, on s'est arrêtés un moment au grand sapin à l'entrée du raccourci pour voir si quelqu'un nous rattrapait, mais quand on a vu une cabine descendre avec des gens, on a skié jusqu'en bas, dit Topher, et on a attendu encore vingt minutes jusqu'à ce que ces salopards ferment aussi la télécabine. À ce stade, on a conclu qu'Eva était rentrée toute seule, sans se préoccuper de nous, mais puisqu'on était plus bas que le chalet, on a été obligés de continuer jusqu'à Saint-Antoine à ski pour remonter en funiculaire.

— OK… OK… dis-je, tentant de chercher la logique du récit. Donc la dernière fois que quelqu'un est absolument certain de l'avoir vue, elle descendait La Sorcière à ski ?

Ani approuve d'un hochement de tête et se tourne vers Carl qui confirme :

— En gros, c'est ça.

— Mais La Sorcière était fermée, explose Topher. C'était tout le problème, putain.

Tout le problème, putain, c'est que ta collègue, la cofondatrice, est portée disparue dans des conditions météorologiques extrêmes, je pense.

Je pense aussi à La Sorcière, à ses pentes verglacées traîtresses, à la poudreuse qui s'accumule sous les feuilles de glace, faisant qu'à chaque virage, c'est un coup de dés entre un dérapage douloureux et une mini-avalanche. Je pense aux bosses, brutales, qui, cachées par la neige, deviennent impossibles à maîtriser, sans parler des virages en tête d'épingle qu'on ne peut plus anticiper sous le blizzard.

Surtout, je pense au ravin à quelques mètres sur le côté de la piste ; dans des conditions pareilles, il suffit d'un rien pour faire un vol plané dans le vide. C'est pour *ça* qu'ils ont fermé La Sorcière avant les autres pistes. Pas parce qu'ils sont allergiques au risque, que ce sont des dingues de la sécurité ou qu'ils n'ont pas confiance en des skieurs expérimentés, mais parce que les virages sont un piège mortel par ce temps. Mais je me rappelle alors que la section la plus terrible se trouve au tout début de la piste, et Ani l'a vue plus bas. Un piètre réconfort, que j'accepte quand même dans ces circonstances.

— Quelqu'un a essayé de la joindre ? je demande.

Inigo fait oui de la tête.

— Plusieurs fois. Pas de réseau.

Danny sort de la cuisine à ce moment-là, l'air royalement fâché. *Et mon foutu risotto ?* me fait-il discrètement par-dessus la tête des invités. Je me précipite vers lui.

— Eva a disparu, lui dis-je à voix basse.

Son expression passe immédiatement de la colère à l'inquiétude.

— Quoi, vraiment disparu ? Pas juste un abandon de poste ?

— Je ne sais pas, c'est difficile à dire. Ils ont tous agi comme des crétins finis. Ils se sont séparés, personne n'a pris note de qui était avec qui, et apparemment Eva s'est lancée sur La Sorcière toute seule.

— Toute seule ? Mais il y a une alerte rouge avalanche. Pourquoi les *pisteurs** n'ont pas fermé la piste, bon Dieu ?

Le visage de Danny se décompose.

— Apparemment, ils l'ont fait. Elle a dû se glisser sous le filet, un truc comme ça, ou elle se sera perdue et retrouvée sur la mauvaise piste.

Même si je ne vois pas comment ça aurait pu arriver. Blanche Neige et La Sorcière ne se croisent pas. C'est une partie du problème avec la piste noire. Elle est bordée par une falaise d'un côté et un ravin de l'autre. Il n'y a pas moyen de la quitter une fois qu'on est dessus.

— Je ne sais pas. Mais Ani est assez certaine d'avoir vu Eva la descendre. Je sais qu'elle est douée, mais dans ces conditions, c'est inconscient.

Le visage de Danny est vraiment grave à présent.

— Et personne ne l'a vue depuis ?

Je lui fais signe que non.

— Tu crois qu'on devrait appeler les PGHM ?

C'est l'unité de montagne de la gendarmerie, qui opère sur les hauts sommets et mène des opérations de sauvetage.

— Je sais pas, fait Danny.

Il remonte son bandana sur son front et se frotte nerveusement le pli entre les sourcils, tentant de réfléchir.

— C'est pas impossible qu'elle se soit trompée d'itinéraire. Avec les remontées mécaniques fermées, elle mettrait un moment pour rentrer. Je pense qu'ils nous diront d'attendre quelques heures avant de paniquer. Si on essayait le bureau des forfaits, d'abord ? Ils pourront peut-être nous dire si son passe a été utilisé sur une des remontées.

J'ai envie de l'embrasser. Ce n'est pas juste une bonne idée, c'est une idée formidable. Mais lorsque je me rends dans le hall et compose le numéro qui figure au dos des passes, je n'obtiens qu'un *bip* insistant. La ligne est occupée.

Je vais retrouver le petit groupe, qui a l'air d'avoir chaud, toujours en tenue de ski, et qui semble de plus en plus inquiet. J'explique notre plan.

— J'ai essayé de contacter le bureau des forfaits pour savoir si Eva a utilisé le sien récemment, mais la ligne est occupée. Alors plutôt que de poireauter ici, je vais descendre en funiculaire les voir en personne.

— J'y vais, dit immédiatement Topher.

— Vous parlez français ?

Je connais déjà la réponse, et son visage devient chagrin. Il secoue la tête.

— Je comprends tout à fait que vous vouliez aider, dis-je, tentant de le ménager, mais c'est inutile que vous y alliez. Si elle n'a pas utilisé son passe, il faudra sans doute signaler sa disparition à la police, et pour ça, il faut absolument savoir parler français. Vous n'avez qu'à mettre des habits secs et manger quelque chose, je reviens très vite. Pendant ce temps, continuez de l'appeler sur son portable.

Ils hochent tous la tête sobrement.

— Je ferais bien de l'annoncer à Elliot, marmonne Topher.

Je me rappelle tout à coup qu'il est le seul membre du groupe à ne pas être allé skier. Il est encore terré dans sa chambre, sans doute en train de mettre à jour ses codes, ou Dieu sait ce qu'il fabrique là-dedans tout seul.

Tous se dispersent, se parlant à mi-voix. J'attrape mon manteau et me précipite vers Danny pour lui expliquer mon plan.

— Donc tu vas devoir faire le service tout seul. Ça ira ?

— Oui, bien sûr.

Il disparaît dans la cuisine pour commencer à mettre le couvert.

J'enfile mon manteau et sors.

LIZ

Pister ID : ANON101
Écoute : hors ligne
Abonnés : 0

Je suis en haut, dans ma chambre, en train de retirer ma tenue de ski quand ça se produit. Au départ, ce n'est qu'un bruit, puis je sens le sol se mettre à bouger, comme un tremblement de terre.

Je me tourne vers la fenêtre. Ce qui ressemble à un mur de neige descend sur nous par la vallée. Non, pas un mur – ce terme implique quelque chose de dur. C'est autre chose. Une masse bouillonnante d'air, de glace et de terre roulés ensemble.

Je hurle. Je fais la seule chose que je puisse faire, même si c'est ridicule : je me laisse tomber à genoux, les bras sur la tête, comme si ce geste pathétique avait le pouvoir de me protéger.

Je reste comme ça, tremblante, pendant un long moment, avant d'oser me lever, les jambes chancelantes. Est-ce que le fléau nous a épargnés ? Est-ce que ça s'est arrêté ?

Au loin, j'entends d'autres voix, des cris, des hurlements, des sanglots.

À grand-peine, je parviens à forcer mes jambes à avancer, et je sors dans le couloir d'un pas hésitant.

— Bon Dieu ! hurle Topher en courant vers l'escalier. Qu'est-ce qui vient de se passer, putain ?

— Erin !

J'entends un cri venu d'en bas, un cri de peur d'une voix que je ne reconnais pas, jusqu'à ce que je comprenne que c'est le chef, Danny, qui appelle son amie.

— Erin !

Tout le monde est dans le couloir, terrifié. Le détecteur de fumée s'est déclenché, il y a des cris de panique.

En bas, dans le hall, le chef se débat avec la porte d'entrée, qui s'est gauchie et fissurée sous le poids de la neige compacte tassée contre elle.

— N'ouvrez pas cette foutue porte ! crie Topher. Vous feriez entrer toute la neige !

Danny se tourne vers lui. Il a l'air furieux.

— Ma pote est dehors, bordel, siffle-t-il par-dessus le gémissement de l'alarme. Alors si tu veux m'arrêter, mon gars, viens essayer.

Il pousse de nouveau. La porte cède avec une plainte de protestation, et une masse blanche glisse dans le hall, un mètre vingt de neige et de glace que Danny escalade. Puis il s'enfonce dans les décombres. Je vois ses jambes une dernière fois avant qu'il s'engage, chancelant, dans la tempête.

— Oh mon Dieu, dit Miranda qui se cramponne à Rik comme si elle était en train de se noyer. Oh mon Dieu, oh mon Dieu. Et si Eva est toujours dehors ?

Il n'y a pas de réponse. Je crois que personne ne peut se résoudre à dire ce qu'il ou elle pense – à savoir que si Eva est encore dehors, elle est morte. Forcément.

Et Erin aussi, peut-être.

— Est-ce qu'on est en sécurité dans ce bâtiment ? demande Rik, retrouvant subitement son sens pratique. Il ne faut pas rester là s'il doit s'écrouler.

— Je vais éteindre cette alarme, dit Tiger qui disparaît dans la cuisine.

Je l'entends traîner une chaise sur le carrelage, et la sonnerie s'arrête. Un silence soudain, choquant, se fait.

— OK, dit Topher.

Sa voix tremble, mais ça lui est si naturel de prendre les choses en main qu'il se glisse dans son rôle spontanément.

— Euh… on devrait… on devrait inspecter le chalet.

— Du côté de la cuisine, ça a l'air d'aller pas trop mal, fait Tiger à son retour. J'ai regardé par la fenêtre. Il y a deux vitres cassées dans le petit salon, mais la neige n'est pas spécialement haute. C'est le côté salon qui a dû souffrir le plus, et la piscine couverte.

— On devrait monter. Pour avoir une vue d'ensemble, fait Topher.

Tiger acquiesce et nous nous pressons tous à l'étage pour regarder par une des fenêtres. Le spectacle me coupe les jambes. Nous avons eu *beaucoup* de chance.

Le bâtiment en longueur qui abrite la piscine à l'arrière du chalet a été écrasé, réduit à néant. Le toit s'est brisé comme une coquille d'œuf vide. Des poutres et des planches dépassent de l'énorme congère qui a englouti la dépendance. Mais le chalet lui-même tient encore debout. Il y a une masse de neige, de bouts de bois et de caillasses empilés contre la façade nord, mais la structure a bien résisté. Juste quelques mètres de plus, et Perce-Neige aurait été transformé en tas d'allumettes, comme la piscine. Je ne vois pas les autres chalets. Le sentier vers le funiculaire est couvert d'arbres tombés et d'amas de neige. Le funiculaire lui-même est caché par les bourrasques de neige. Erin n'est nulle part.

Puis je remarque un mouvement. C'est elle. Elle s'accroche à Danny, le chef, et ils avancent en boitillant sur la surface irrégulière, trébuchant sur les bosses de neige dense qui hérissent ce qui était le sentier du funiculaire.

Ils sortent de ma vue, passant sous l'ombre du mur. J'entends le raclement de la porte d'entrée voilée contre le carrelage, et le sanglot de douleur d'Erin lorsqu'elle grimpe par-dessus la congère et se laisse tomber à l'intérieur.

— C'est cassé ? j'entends Danny dire, hors d'haleine.

Comme téléguidés, nous descendons tous l'escalier en colimaçon et faisons cercle autour d'Erin, inquiets.

— Elle va bien ? demande Miranda, le front plissé.

— À votre avis ? réplique sèchement Danny.

Erin ne semble pas en mesure de parler, mais elle lève une main. Je ne sais pas trop ce qu'elle veut dire, mais Danny a l'air de comprendre ; il secoue la tête avec colère et se rend à la cuisine au pas de course.

— Je vais te chercher de la glace, lance-t-il pardessus son épaule. On va voir si on peut faire dégonfler ça.

— J'ai de l'arnica dans mon sac, lui lance Tiger.

Je n'entends pas la réponse de Danny. Elle ne semble pas flatteuse.

— Je ne crois pas que ça va suffire, de l'arnica, Tiger, dit doucement Rik.

Erin est recroquevillée sur le sol du hall. Elle a le visage gris. On dirait qu'elle est au bord du malaise.

— Erin ? Ça va ?

— Je sais pas, parvient-elle à dire, la voix tremblante. Je marchais vers le fu-funiculaire, et j'ai entendu ce br-bruit… et puis… c'est comme si la mon-montagne était… descendue l'*engloutir*.

— Vous voulez dire… que le funiculaire a disparu ?

Il y a de l'horreur dans la voix de Tiger, mais son ton ne fait que refléter le choc, palpable, qui se répercute dans toute l'assistance.

— Pas disparu, fait Danny en nous jetant un regard noir quand il revient avec un sachet de petits pois surgelés. Mais… oui, il a été enseveli. Un gros bloc de glace s'est fiché dedans. *Merde*. Il y avait peut-être des gens à l'intérieur.

— On devrait appeler les secours, non ? 999 ? fait Ani, et Topher hoche énergiquement la tête.

— Le 17, dit Erin d'une voix lasse.

— Quoi ?

— Le 17, répète Danny. C'est le numéro de la police en France. Mais essayez plutôt le 112. C'est le numéro international, il y aura des anglophones.

Ani sort son téléphone et fait la grimace.

— J'ai pas de réseau.

— La borne doit être HS, dit Danny.

Il presse très doucement les petits pois contre la cheville d'Erin. Son visage est devenu d'un blanc jaunâtre étrange, et elle a fermé les yeux.

— Essayez le téléphone de l'entrée.

Ani hoche la tête et se dirige vers le guichet près de l'escalier, mais lorsqu'elle porte le combiné à son oreille, son visage se décompose.

— Il n'y a pas de tonalité.

— Merde.

Carl parle pour la première fois. Son large visage est rouge. Il a l'air en colère.

— Putain de merde, manquait plus que ça. L'avalanche a dû arracher la ligne. Est-ce que *quelqu'un* a du réseau ? Même un peu ?

Il y a un moment d'agitation. Tout le monde cherche son téléphone dans sa poche. Je sors le mien également. Les barres de réseau sont grisées.

— Rien, dit Topher.

Les autres secouent la tête.

— Non, attendez, s'écrie Inigo, la voix crépitant d'excitation. Je viens d'avoir une barre ! J'ai une barre !

Il compose le numéro et attend, levant la main pour demander le silence. Nous restons totalement immobiles, suspendus à ses lèvres.

— Allô ? fait-il. Allô ? Allô ? Merde, ils m'entendent pas !

— Monte à l'étage, coupe Miranda. Tu auras peut-être une meilleure réception, avec la hauteur.

Docilement, Inigo gravit l'escalier et se plante au bout du couloir, devant la large fenêtre qui donne sur la vallée, comme si la visibilité allait se traduire par une amélioration du réseau.

Nous l'entendons dire : « Allô ? », puis : « Oui », et « OK », puis « Chalet Blanche Neige », après quoi il explique brièvement notre situation. Il y a de longues pauses, et de nombreux : « Vous pouvez répéter ?

Je suis désolé, la réception est vraiment mauvaise, ça coupe. Allô ? Allô ? »

Enfin il redescend, l'air grave.

— Le réseau s'est barré à la fin, mais j'ai parlé à la police, et je pense que j'ai réussi à donner toutes les infos avant que ça coupe.

— Tu leur as dit pour Eva ? intervient Topher.

— Oui, je leur ai dit qu'on a perdu notre amie juste avant l'avalanche et qu'on ne sait pas si elle est toujours en montagne.

— Quelqu'un vient nous secourir ?

— Je ne sais pas, fait Inigo, et un instant, il a l'air de ce qu'il est – un assistant personnel qui n'a pas réussi à obtenir le résultat souhaité par son boss. Ils ont dit qu'ils étaient complètement débordés, qu'il y a des gens coincés sur les télécabines. Je ne sais pas…

Sa voix hésite un peu en voyant l'expression de Topher.

— Je ne pense pas que les gens qui ont un abri et de quoi manger soient leur priorité pour le moment. Ils ont mon numéro. Ils ont dit qu'ils rappelleraient dès que possible avec plus d'informations.

— Putain, tu veux dire qu'on est coincés, ou quoi ? explose Topher. Le foutu funiculaire est HS, Eva a disparu, et on est piégés dans ce chalet de merde avec une femme blessée ! On devrait être leur priorité numéro 1 !

Inigo hausse les épaules, impuissant.

— L'un d'entre nous pourrait descendre à ski, vous croyez ? demande Rik.

— Non, ils ont été formels sur ce point, répond Inigo. Il faut qu'on reste où on est. Il pourrait y avoir de nouvelles chutes de neige.

— Mais on ne peut pas rester là les bras croisés, réplique Topher avec colère.

— Tu vas pas aller skier sur cette piste, mon pote, fait Danny, levant les yeux du sol où il s'occupe d'Erin.

— Si vous voulez savoir, je fais du snowboard, et je suis excellent.

— Tu pourrais être Shaun White, mon vieux, tu descendrais toujours pas sur cette piste. Tu l'as pas vue. On dirait un champ de roches. Il n'y a plus de piste.

— Alors, on est coincés ? répète Topher, à la fois furieux et incrédule. Et ils ne font rien, alors qu'Eva pourrait être dehors, sous mille tonnes de neige ?

Personne ne répond. Personne ne veut énoncer l'évidence – si c'est le cas, ni lui ni nous ne pouvons rien faire.

ERIN

Pister ID : TITEMU
Écoute : hors ligne
Abonnés : 10

Je suis assise dans la cuisine, tremblante. Danny est parti chercher la trousse de secours, et en vérité, je me réjouis d'être seule quelques minutes. Ça me laisse le temps de récupérer.

Ce bruit – ce rugissement atroce, assourdissant qui a hanté mes rêves pendant trois ans –, pendant un moment j'ai cru que c'était une espèce de flash-back, une manifestation du stress post-traumatique. Puis j'ai jeté un coup d'œil par-dessus mon épaule et c'était bien réel. Un mur blanc en train d'ensevelir la vallée.

Et le plus étrange, c'est que je n'ai éprouvé qu'une grande paix tandis qu'il descendait sur moi. C'était la justice. Un châtiment. C'était complètement logique.

Pendant un instant, j'ai envisagé d'ouvrir mes bras et de le laisser m'engloutir. Sauf qu'il ne l'a pas fait. Il ne m'a pas engloutie. Il m'a recrachée. Et me voilà.

— Je vais tous les buter.

La porte battante se referme violemment, et Danny entre d'un pas lourd, trousse de secours à la main.

— Putain de branleurs, tous et toutes. Tu as failli y passer et la seule chose qui les intéresse, c'est de savoir quand ils vont se faire évacuer. Tu sais qu'ils sont en train d'essayer d'appeler une compagnie privée d'hélicos, là ?

— Même s'ils arrivent à les joindre, il ne se passera rien.

Je change de position sur le repose-pieds de fortune qu'a installé Danny dans le coin de la cuisine, tentant d'ignorer la douleur qui irradie dans toute ma jambe.

— Ils ne peuvent pas, pas avec une météo pareille. Regarde-moi ça.

Je regarde par la fenêtre. Le blizzard a encore empiré.

— Retirons ces petits pois de ta cheville, ils sont décongelés de toute façon, dit Danny d'une voix brusque.

Je lève la jambe, docile, tandis qu'il ôte le sachet ramolli et fixe une plaque de glaçons sur ma cheville douloureuse. Ça fait mal, mais bizarrement, j'en suis contente. La douleur m'ancre, elle me rappelle que je suis là, vivante.

Danny a trouvé une vieille radio FM, et pendant qu'il fait la cuisine, j'écoute en silence les récits des tentatives de sauvetage. La prise de conscience qui ne cesse de me faire frémir, c'est la chance incroyable que nous avons eue – nous tous. Au moins neuf bâtiments ont été complètement écrasés par l'avalanche. Quatre stations de remontées mécaniques qui étaient vides – c'est confirmé – grâce à la fermeture des pistes plus tôt dans la journée. Deux cafés a priori fermés à ce moment-là.

Et trois chalets. Le premier, beaucoup plus bas, vers Saint-Antoine-le-Lac, a été évacué. Des blessés légers, pas de morts. Personne ne sait pour les deux autres. Parmi les questions de responsabilité, tandis qu'on se demande si les autorités de la station auraient dû agir plus tôt, les journalistes répètent inlassablement que c'est une grande chance que tant de pistes et remontées aient été fermées. Même dans le funiculaire, il n'y avait que quatre passagers, qui ont été évacués sans encombre par le tunnel vitré, pulvérisé. Mais la présentatrice a aussi dit, d'un ton lugubre, qu'il allait falloir « plusieurs jours pour évaluer l'ampleur des réparations indispensables ». Pas les réaliser, les évaluer.

À côté de ça, une piscine endommagée semble un mal bien mineur. S'il n'y avait pas Eva, nous pourrions remercier le Ciel. Mais savoir qu'elle manque toujours à l'appel est comme un poison qui se répand peu à peu, rongeant les contours de tout le reste. Quand je ferme les yeux, je la vois – ensevelie dans l'obscurité, de plus en plus frigorifiée, se demandant si quelqu'un va venir. Si elle a de la chance, la neige qui l'emprisonne l'asphyxiera vite. Dans le cas contraire…

Cette idée me pétrifie de terreur.

— Qu'est-ce qu'on a, comme provisions ? je demande à Danny, tentant de me distraire de mes pensées, et il secoue dédaigneusement la tête.

— On en a plus qu'il n'en faut, ne t'en fais pas. Notre cher Tony Stark devra peut-être se passer de lait frais pendant quelques jours, mais on a de quoi tenir un siège, dans les placards.

Il y a toujours la possibilité qu'Eva en ait eu marre d'attendre tout le monde et soit descendue à ski jusqu'à

Saint-Antoine il y a plusieurs heures, qu'elle aille parfaitement bien, et qu'elle n'ait juste pas de moyen de nous contacter. Mais à mesure que les heures passent, cette éventualité semble de plus en plus improbable. La ligne fixe et Internet sont toujours hors service, et le réseau mobile marche de moins en moins bien depuis l'avalanche, puisque les pylônes restants ont dû ployer sous les tonnes de neige, mais le portable d'Inigo continue d'avoir quelques barres de réception erratiques de temps à autre. Il a reçu un texto de chez lui – juste un – et réussi à répondre qu'il allait bien. Eva n'aurait-elle pas envoyé un message pour dire qu'elle était en sécurité après la catastrophe ? N'aurait-elle pas trouvé un moyen, n'importe lequel, de nous le faire savoir ?

LIZ

Pister ID : ANON101
Écoute : hors ligne
Abonnés : 0

Il est 15 h 11 quand l'électricité se coupe. Assise dans ma chambre, je tente de m'abstraire des bruits d'en bas quand la pièce est soudain plongée dans la pénombre. Je cherche mon téléphone à tâtons, me demandant si une ampoule a grillé. Puis j'entends des cris d'exaspération des deux côtés du couloir. Je ne suis pas la seule.

— Il n'y a plus d'électricité chez toi non plus ?

C'est la voix de Topher, juste devant ma chambre. Un instant, je crois qu'il me parle, mais j'entends le grognement d'une voix de basse qui lui répond. Elliot.

— Merde.

— Manquait plus que ça, fait Topher.

J'ouvre la porte. Les autres, groupés sur le palier, s'interrogent sur la conduite à suivre à la lumière de leurs téléphones. Finalement, nous descendons consulter Erin et Danny. Je reste en arrière tandis que Topher cogne à la porte de la cuisine, hors de lui. Il marmonne entre ses dents, maudissant ce trou du cul du monde.

— Quoi ? demande Danny, l'air belliqueux.

— Salut, fait Topher, changeant brusquement de ton.

Il est reparti en mode charme. Il n'est pas idiot. Il sait qu'il doit se mettre ces gens dans la poche. L'effet est saisissant, à croire qu'un interrupteur a été actionné.

— *Vraiment* navré de vous déranger, mais notre électricité s'est coupée.

— Pareil pour moi, mec, fait Danny sèchement.

— Et on peut faire quelque chose ?

Topher est stressé, je le sais à son accent devenu imperceptiblement plus guindé.

— Pas vraiment. Le générateur de secours se trouvait dans le local piscine.

Danny désigne les débris qu'on aperçoit par la fenêtre de la cuisine. Topher pousse un juron. Son charme se désagrège.

— Alors quoi ? On attend de mourir de froid ?

— On ne va pas mourir. On a plein de bois. Vous pouvez commencer par mettre une bûche dans le feu du living.

Topher ouvre la bouche comme s'il allait dire quelque chose. Puis il semble se raviser et la referme. Il fait volte-face et se dirige lentement vers le salon sombre. Nous le suivons de près.

Topher se jette sur le canapé tandis que Miranda allume des bougies. Rik ouvre le poêle, remue les braises et ajoute deux bûches.

— Super, fait Carl. Super, bordel. C'est la totale. On sera transformés en foutus glaçons le temps qu'ils nous retrouvent.

— Pour nous, ça va aller, dit Miranda d'une voix sèche, visiblement agacée. C'est pour Eva qu'il faut s'inquiéter.

Eva. Dans l'agitation, j'avais presque réussi à l'oublier. Tout d'un coup, l'angoisse et la culpabilité me submergent.

Il y a une longue pause, affreuse, pendant laquelle personne ne pose les questions qui s'agitent dans toutes les têtes. Qu'est-ce qui lui est arrivé ? S'est-elle fait surprendre par l'avalanche ? Est-elle morte ?

— Elle n'aurait pas téléphoné, si elle allait bien ? dit enfin Ani, brisant le silence.

Sa timidité habituelle est encore plus marquée.

— Je sais qu'il n'y a pas beaucoup de réseau, mais au moins… je sais pas… un message, quand même ?

— Il n'est peut-être pas passé, fait Miranda, mais je vois bien qu'elle essaie surtout de se convaincre elle-même, sans grand succès.

Elliot se tient dans le coin de la pièce, il regarde la neige par la fenêtre, de plus en plus sombre. Il dit quelque chose à Topher d'une voix grave, brusque, et sort. Topher se lève du canapé et le suit sans un mot.

Je fais la moue en les regardant s'éloigner, en voyant leurs ombres sautiller à la lueur vacillante des bougies. Où vont-ils ? Il y a quelque chose qui ne me plaît pas dans l'expression de Topher. Comme si tout à coup, il avait un plan. Et ça me fait frissonner de malaise.

ERIN

Pister ID : TITEMU
Écoute : hors ligne
Abonnés : 10

— Ça craint, Erin.

Danny farfouille parmi les boîtes de conserve dans le fond de la cuisine plongée dans la pénombre. Il se redresse et passe les mains dans ses cheveux ras.

— Ça craint vraiment. Vraiment.

— Ça va s'arranger, je réponds, mais je mens, et je le sais.

Ma cheville a doublé de volume et refuse toujours de supporter mon poids. Nous n'avons pas d'éclairage, et les poêles à bois sont notre seule source de chaleur. Danny ne peut même pas décongeler un curry au micro-ondes pour le dîner. Et Eva… je ne peux pas y penser pour l'instant. Je repousse l'image de son visage blanc, froid et l'enferme derrière la porte où, dans mon esprit, je conserve ce genre d'images, comme figées dans la glace. Je dois m'accrocher à la possibilité qu'elle va bien, qu'elle est au village et n'est pas parvenue à nous joindre par téléphone – Dieu sait que le réseau est pourri.

— Si ça se trouve, ton pied est cassé, dit Danny, mais je secoue la tête avec une assurance feinte.

— Non, je ne crois pas. Je pense que c'est juste une mauvaise entorse.

— Qu'est-ce que tu en sais, putain ? demande Danny, puis il lève une main : Laisse tomber, j'avais oublié que tu étais médecin, bordel. Rappelle-moi pourquoi tu fais le ménage pour des branleurs pétés de thunes ?

Je pourrais donner au moins huit réponses différentes. Je pourrais lui rappeler que je ne suis pas médecin, vu que j'ai plaqué la fac de médecine avant d'obtenir mon diplôme ; je pourrais lui dire la vérité sur ce qui m'a amenée à Saint-Antoine ; je pourrais lui faire un exposé sur les fractures en bois vert. Mais je n'ai pas besoin de dire tout ça, car il a recommencé à fouiller parmi les conserves.

— Je pourrais réchauffer une soupe ou un truc du genre sur le poêle à bois, dit-il, le front plissé, tandis qu'il essaie de lire une étiquette avec la torche de son portable. Bon Dieu, quel travail de sagouin.

Le coup à la porte nous fait sursauter ; et nous échangeons un regard, puis Danny s'y rend. C'est de nouveau Topher, mais il n'a plus du tout l'air mielleux qu'il arborait quand il voulait qu'on répare le système électrique par magie. Il a l'air… je ne sais pas trop. Je ne le connais pas assez. Il pourrait être en colère, ou affreusement inquiet.

— Oui ? fait brusquement Danny, mais je me hisse sur mes pieds et le dépasse en boitant.

Ce n'est pas pour rien que Danny n'a pas trop affaire aux invités. Il n'a ni tact ni patience. Quoi qu'il en soit, la situation a beau être catastrophique, Topher et Pister sont toujours nos clients et nous devons nous comporter en représentants de notre boîte.

— Topher, dis-je, puis je remarque Elliot derrière lui. Elliot, que puis-je faire pour vous ?

— Elliot pense avoir trouvé Eva, annonce Topher sans préambule.

— *Quoi ?*

C'est la dernière chose que j'imaginais. Les questions jaillissent dans mon cerveau. *Où ? Comment ?*

— Elle va bien ?

— On ne sait pas.

Topher nous écarte, Danny et moi, et ouvre un ordinateur portable qu'il pose sur le plan de travail en acier inoxydable. L'écran illumine le cercle de visages d'une lueur surnaturelle lorsqu'il entre son mot de passe. Une série confuse de lignes de codes apparaît. Je n'y comprends rien du tout.

— Pour être précis, dit la voix de basse d'Elliot, nous savons où se trouve son portable.

— Son portable ?

— Une des raisons pour lesquelles je suis contre le rachat, commence Topher, c'est qu'Elliot travaille sur une mise à jour de premier plan qui contribuerait à monétiser Pister. On l'appelle GéoPister « bêta », mais ce n'est probablement pas le nom définitif. Comme vous le savez sans doute, Pister est aussi anonyme que possible à l'heure actuelle : on ne peut pas savoir où se trouve quelqu'un, à moins de déclarer sa localisation sur son profil.

— J'ai vu.

— Mais Elliot travaille sur une nouvelle fonction qui permettra aux gens de voir les autres Pisteurs dans un rayon de cinquante mètres. On ne saura pas exactement où ils se trouvent, mais on saura qu'ils sont près de nous.

— OK, je comprends.

— On ne l'a pas encore lancé. Mais en prévision de la suite, on a changé les autorisations demandées par Pister pour accéder à votre localisation. En bref, Pister dispose de l'info, que vous choisissiez de la rendre publique ou non. Ça fait partie des profils de données que nous partageons avec les investisseurs pour générer des profits.

— OK… dis-je, tentant de les pousser à en venir au but.

Je me fiche du fonctionnement interne de Pister, et je crois que j'ai compris l'essentiel.

— Donc vous avez utilisé ces infos pour trouver la position d'Eva ?

— Oui. Elliot a réussi à hacker le *back end* et à obtenir les coordonnées GPS de son téléphone.

— C'est là, dit Elliot en sortant une carte GPS où un drapeau rouge indique l'emplacement des coordonnées qu'il a entrées dans la barre de recherche.

Aussitôt que je le vois, j'ai un haut-le-cœur.

— C'est où, exactement ? demande Topher, mais sa voix me paraît très lointaine.

Danny plaque une main sur sa bouche, et je sais qu'il vient de comprendre ce que je savais déjà.

Les pistes sont indiquées sur le plan d'Elliot, mais pas les altitudes, et sans le rendu en 3D de la carte des pistes, il n'est pas facile de reconstituer mentalement la géographie des pics et des vallées. Le petit point d'Eva est très près de La Sorcière. Si près qu'en fait elle pourrait presque se trouver *sur* la piste.

Mais non. Car si vous avez déjà descendu la piste à ski, comme c'est mon cas, ce que vous savez, c'est qu'il y a un précipice au bord de La Sorcière. Un précipice de centaines, voire de milliers de mètres, qui donne sur la vallée profonde, inaccessible. Dans la neige aveuglante, Eva a dû faire exactement ce que je redoute depuis le départ : elle a dû tomber dans le vide.

— Si nous pouvons donner ces coordonnées aux équipes de sauveteurs, commence Topher, avec l'assurance insouciante dont seul le P-DG d'une grosse boîte internationale est capable, mais je l'interromps.

— Je suis désolée, Topher, je suis vraiment désolée…

— Pourquoi vous dites ça ?

— Ce…

Je déglutis. J'essaie de trouver le moyen d'annoncer la chose sans trop de brutalité.

— Ce point, il est à côté de la piste, pas dessus.

— Eva est excellente skieuse, répond-il avec confiance. Hors-piste, même par ce temps.

— Non, vous ne comprenez pas. Je ne parle pas d'un peu de neige meuble. Je veux dire qu'elle a fait une *sortie* de piste. La Sorcière… Cette portion de La Sorcière est bordée par un précipice. Très, très abrupt.

Topher me regarde d'un air vide, incapable de comprendre ce que j'essaie de lui dire, à moins qu'il le refuse.

— Qu'est-ce que vous voulez dire ? demande-t-il enfin.

— Topher, si Eva est vraiment à l'emplacement de ce point, elle est morte.

Je regrette la sévérité de mes mots aussitôt que je les ai prononcés, mais je ne peux pas les reprendre.

Topher devient tout blanc. Il se tourne vers Elliot.

— Quel est le degré d'exactitude de la géolocalisation ?

— En général, le GPS a une marge d'erreur d'environ cinq mètres, dit Elliot.

Il a l'air… Bon Dieu. Je ne sais pas. Presque serein ? Est-ce possible ? Forcément non. Personne ne peut être insensible à ce point. Même si c'était son cas, ne tenterait-il pas au moins de feindre l'angoisse ?

— Mais il peut y avoir des interférences, les signaux qui rebondissent, ce genre de choses. Je ne sais pas quelle influence peuvent avoir les montagnes. Ce n'est pas impossible qu'il y ait plusieurs mètres d'erreur.

— Donc quoi, dix mètres ? Elle peut encore être sur la piste, insiste Topher, désespéré.

Mais nous voyons tous que c'est impossible étant donné l'échelle de la carte. Même cinquante mètres ne la replaceraient pas sur la piste.

— Ou… elle a pu perdre son téléphone en skiant.

— Si elle l'avait laissé échapper, je pense qu'il serait encore sur la piste, dis-je, très doucement.

— Si ça se trouve, elle l'a jeté dans le vide, putain ! s'écrie Topher.

Personne ne répond à ça. C'est vrai, bien sûr, mais la vraie question, ce serait *pourquoi*, et personne ne peut se résoudre à la formuler à haute voix, pas même Elliot qui se contente de hocher la tête, reconnaissant que la remarque de Topher, en théorie, est plausible. Tout ce que nous avons, c'est le téléphone d'Eva. Il est cependant très difficile de savoir comment il a pu arriver à cet endroit sans sa propriétaire.

— Merde ! fait Topher.

Il va s'asseoir sur le repose-pieds que j'utilisais tout à l'heure, comme si ses jambes ne le portaient plus.

— *Merde !*

— Si elle est morte, demande Elliot d'une voix neutre, quelles sont les conséquences pour Pister ? Le mari d'Eva se retrouve actionnaire, maintenant ? Aura-t-il le droit de vote sur le rachat ?

— Merde !

Topher a les yeux fous, comme s'il ne parvenait pas à croire ce qui venait de se passer.

— Arnaud ? Je… j'en sais rien ! Putain, Elliot, comment peux-tu…

Il s'interrompt. Je vois son cerveau s'activer. Même en cet instant, sous son chagrin, il est toujours le fondateur de Pister, autant, voire plus, qu'il est l'ami d'Eva.

— Je suppose… je me rappelle maintenant, quand on a créé les statuts. Il y avait une clause. Elle était censée empêcher que les actionnaires d'origine perdent la compagnie sans donner leur accord. Je suis à peu près sûr que les actionnaires ne peuvent ni vendre ni céder leurs parts, ils ne peuvent les proposer qu'à Eva ou moi. Je veux dire…

Il s'arrête. Déglutit.

— Moi.

LIZ

Pister ID : ANON101
Écoute : hors ligne
Abonnés : 0

Eva est morte.

Je ne sais pas comment la nouvelle s'est ébruitée, mais une fois que les murmures commencent, ils sont comme le givre qui s'étale sur une vitre. Bien vite, tout le monde est au courant. Dans le salon, Miranda et Tiger chuchotent avec animation.

— Je sais, souffle Miranda. Mais il faut qu'on rédige un communiqué pour le publier quand on aura récupéré du réseau. On ne peut pas dissimuler une nouvelle aussi énorme, s'il y a une fuite, ce sera pire, à terme.

— J'arrive pas à y croire.

Ani vient s'asseoir à côté de moi sur le canapé. Elle a le visage bouffi, avec des taches rouges, je le vois même à la faible lumière du poêle et des bougies.

— T'as appris, pour Eva ?

Je confirme d'un hochement de tête. Je ne fais pas confiance à ma voix. Malgré tout, malgré tout ce qui s'est passé et toutes les années écoulées depuis mon départ de Pister, je suis complètement à vif.

— Je peux pas le croire ! répète Ani d'une voix pleine de détresse. Oh mon Dieu, c'est atroce ! Pauvre, pauvre Eva. D'après Rik, ils ne vont même pas réussir à retrouver son corps, si ça se trouve. Oh mon Dieu, *pauvre Arnaud*. Et il n'est même pas au courant. Comment va-t-il annoncer ça à Radisson ? Comment tu expliques à un enfant de cet âge que sa maman ne va pas rentrer à la maison ?

Radisson. Le prénom me fait l'effet d'un coup de couteau. J'avais presque oublié qu'Eva avait eu un enfant après mon départ.

— Je ne sais pas, je réponds d'une voix rauque.

— Aucune idée de ce que ça signifie pour le rachat, fait Carl d'un ton morose à l'autre bout de la pièce.

Ani le gronde :

— Carl, comment tu peux même *penser* à ça ?

— Je sais, réplique Carl en levant une main contrite. Écoute, ce n'est pas de l'égoïsme, ce n'est pas *moi* qui vais toucher des millions de dollars en cas de rachat, hein. Je ne parle pas d'argent, je parle de la sécurité de l'entreprise. Je suis toujours l'avocat de Pister, je suis obligé de penser à ces trucs. Pister ne cesse pas miraculeusement d'exister parce que Eva a eu un accident. Les employés ne disparaissent pas. J'ai un devoir envers eux et envers la boîte. Je dirais la même chose si c'était moi qui étais tombé dans un précipice. Enfin, si je pouvais encore parler.

— Carl a raison.

Rik débarque derrière nous sans prévenir, sortant de la pénombre, et pose une main sur l'épaule de son collègue. À la lueur des bougies, il a l'air vaguement gêné.

— Même si ce n'était pas exprimé avec beaucoup de tact… La mort d'Eva est une tragédie, c'est une évidence, mais si on regarde les choses froidement, ça n'a pas de lien avec Pister. La compagnie est une entité à part entière, elle n'est ni à Eva ni à Topher. L'offre de rachat est toujours sur la table. L'horloge tourne. Il faut quand même qu'on donne une réponse. La mort d'Eva n'y change rien.

— Enfin… si, ça change un truc, mon vieux, non ?

Il y a quelque chose qui me déplaît dans la voix de Carl. Un accent sinistre. Rik a l'air déconcerté.

— Je ne vois pas où tu veux en venir. Les parts d'Eva, tu veux dire ? C'est son mari qui les récupère, j'imagine.

— Sauf que non, dit Carl d'une voix sans émotion.

— Quoi ? Je ne comprends pas. Même si Eva n'a pas fait de testament, c'est Arnaud qui récupère tout automatiquement, et il sera sans doute motivé pour accepter le rachat, maintenant, non ?

— Il y a un accord entre les actionnaires, reprend Carl.

Rik semblant toujours interdit, il explique :

— Dans les statuts d'origine de l'entreprise, une clause stipule qu'on ne peut transmettre ses parts à une personne extérieure. Tu es actionnaire, mec. Tu n'étais pas au courant ?

— *Quoi ?* fait Rik, plus énergiquement. Non, je ne savais pas ça ! Mais comment a-t-on pu penser que c'était une bonne idée, bordel ?

— C'est assez banal, répond Carl en haussant les épaules. J'irais même jusqu'à dire que c'est une bonne pratique. Ça évite que la compagnie se retrouve entre les mains d'abrutis et de connards. Les fondateurs ne peuvent pas être exclus sans leur consentement. Topher et Eva ont ajouté cette clause pour éviter ce genre de dérive… Par exemple, si quelqu'un divorce et doit céder la moitié de ses biens, ça évite que son ex cinglé se retrouve avec le droit de vote sur la boîte.

— Qu'est-ce que tu es en train de dire, putain ? Que les parts d'Eva disparaissent à sa mort ?

Rik a l'air horrifié.

— Mais non, elles existent encore. Simplement, Arnaud est obligé de les vendre à Topher.

— À *Topher* ? Pourquoi pas à nous ?

— Parce que la clause est antérieure à votre arrivée, à Elliot et à toi. Elle remonte à l'époque où ils n'étaient que tous les deux. Et elle n'a jamais été mise à jour.

— Donc… Topher va devoir racheter ses parts à Arnaud ? fait Miranda, qui vient s'asseoir à côté de Rik. Sauf que… eh bien…

Elle s'interrompt, prend un air entendu et échange un regard avec lui.

— Sauf qu'il ne peut pas, réplique Rik d'une voix brusque. Il n'a pas suffisamment de liquidités. Je ne crois pas que ce soit un grand secret, si ? Alors qu'est-ce que ça veut dire ?

— Il y a une assurance pour couvrir le coût. Au moins en principe, s'ils payent toujours les mensualités. La valeur des parts devra être estimée par une instance indépendante, et Arnaud obtiendra le prix déterminé par celle-ci, j'imagine. Je ne sais pas du tout quel compte ils vont tenir du rachat. La décision revient aux assureurs, je pense.

— Attends, ce que tu dis, c'est que…

On croirait que Rik vient d'être frappé par la foudre.

— Ce que tu me dis…

— C'est que la quantité des actions avec droit de vote de Topher vient d'être augmentée de 60 %. Ouep, c'est à peu près cette proportion, conclut Carl.

Un silence de mort se fait.

Miranda a l'air dévastée.

Rik sort de la pièce sans un mot.

ERIN

Pister ID : TITEMU
Écoute : hors ligne
Abonnés : 10

La nouvelle de la mort d'Eva est comme un caillou qu'on jette dans une mare. Non, pas un caillou, un rocher. D'abord, il y a l'impact atroce, saisissant, puis les vagues concentriques, irradiant de la catastrophe initiale, se répercutent, interagissent, grossissent et se contrent les unes les autres.

Tandis que je sers la soupe aux clients avec Danny dans la salle à manger silencieuse, éclairée à la bougie, je ne peux m'empêcher de les observer, tentant de percevoir comment chacun, à sa façon, assimile la disparition d'Eva.

Certains sont dans un déni profond. Inigo, par exemple, refuse de croire l'info fournie par le GPS. « Elle peut très bien être quand même à Saint-Antoine, n'arrête-t-il pas de dire. Le GPS se plante tout le temps, et d'ailleurs, même si c'est l'emplacement de son téléphone, qu'est-ce que ça prouve ? »

D'autres semblent avoir reçu un coup de massue. Tiger ne touche guère son assiette. Elle reste assise, sans un mot, la tête penchée sur sa soupe intacte, laissant le bruit des voix glisser sur elle comme si ses voisins de table n'étaient pas là.

D'autres encore sont hébétés. Ani a l'air à peine consciente de ce qui se passe. Elle émiette son pain et fait des remarques ineptes sans s'adresser à personne. Liz est blême, sous le choc, et ouvre à peine la bouche.

Mais quelques-uns ne semblent pas affectés du tout. Elliot, par exemple, avale sa soupe, le visage impassible, avec un bel enthousiasme, comme si la tragédie ne s'était pas produite. Son absence de réaction est presque perturbante, même si, quand Ani s'écrie « Mais Elliot, tu t'en fous, ou quoi ? », il semble sincèrement surpris.

— Bien sûr que non, je ne m'en fous pas, dit-il. Mais il faut bien que je mange.

C'est vers Topher que mon regard se tourne le plus. Topher, qui a perdu une associée, et gagné une compagnie.

Car Pister est désormais sous son seul contrôle, cela semble très clair, et malgré son chagrin inconsolable dans la cuisine tout à l'heure, apprendre qu'il est désormais l'actionnaire principal d'une entreprise qui vaut plusieurs milliards ne semble pas tellement l'ébranler. On dirait même qu'il a accepté ce fait sans sourciller, s'en nourrissant presque, comme si sa personnalité s'était dilatée pour remplir le vide créé par l'absence d'Eva. Tandis que je débarrasse la soupe et remplis les verres de vin – au moins, le vin n'a besoin ni de cuisson ni de réfrigération –, il prend le sien et le vide d'un trait avec un rire maniaque. Il a beaucoup bu, descendant verre sur verre en régalant Tiger, muette, d'anecdotes sur leurs exploits, à Eva et lui, aux débuts de Pister. Et il faut le reconnaître, je vois… je vois pourquoi ils ont nommé cet homme P-DG. Je vois l'assurance qui l'a conduit à penser qu'il pouvait faire exister une idée folle, improbable, dans un marché surchargé, et la transformer en proposition à plusieurs milliards. Une chose que je n'avais jamais comprise tout à fait jusque-là – *comment* quiconque peut avoir le culot de faire une chose pareille, et ce avant ses trente ans – m'apparaît soudain comme une évidence.

Rik, en revanche, semble s'être ratatiné. Il a l'air déconfit, sonné, comme un homme qui a tout perdu, ce qui, en un sens, est le cas, j'imagine. Maintenant que Topher est aux commandes, le rachat à plusieurs milliards s'est évaporé, ce qui fait qu'il lui reste… quoi ? Des actions dans une entreprise qu'il a essayé de liquider au détriment de son fondateur ? Un poste aux ordres d'un dirigeant auquel il ne fait pas confiance ? Je ne le vois pas garder très longtemps son job une fois qu'ils seront rentrés en Angleterre, meilleur ami de Topher ou non. Celui-ci n'a pas l'air du genre à pardonner ou à oublier le coup que Rik et Eva ont tenté de lui faire.

Ce qui est plus impressionnant, c'est que Carl et Miranda, qui auraient facilement pu changer leur fusil d'épaule en voyant tourner le sens du vent, soutiennent tous les deux Rik. Croient-ils vraiment que Pister est foutu sans Eva à la barre ? Quoi qu'il en soit, ils ne se mettent pas du côté de Topher, ça se voit. Ils ont pris place de chaque côté de Rik, comme des pions aux échecs, protégeant leur roi.

Mais on dirait que la partie est terminée. Ils ont perdu leur reine. Une fois de plus, il y a un vide autour de la place, une place inoccupée. Pas celle de Topher, cette fois, mais celle d'Eva. Sa chaise constitue un rappel douloureux, constant, de ce qui s'est passé, ne laissant personne oublier, même une seconde, la tragédie.

Il fait encore relativement bon dans le chalet, malgré la coupure d'électricité et la chute des températures extérieures. Grâce à l'isolation thermique et au triple vitrage, la chaleur du début de journée s'est conservée, et celle des chambres est encore supportable, tandis que les deux poêles à bois du rez-de-chaussée font régner une douce chaleur dans le salon et la salle à manger.

Néanmoins, je distribue des duvets et couvertures supplémentaires avant le coucher, boitillant de porte en porte, une lampe-torche coincée sous le bras, chargée du linge de lit que nous gardons pour les urgences, et de flasques isothermes de chocolat chaud.

Je m'apprête à frapper à l'avant-dernière porte quand Danny, qui me suit avec une pile de couvertures, me souffle « Erin, mon chou » comme pour m'avertir de quelque chose.

Je m'arrête. C'est la porte d'Eva.

Ce simple fait me heurte comme un coup dans l'estomac. La réalité des événements me revient brutalement. Une avalanche. Un *décès*. Perce-Neige se remettra-t-il de ce double désastre ? Difficile d'imaginer les gens prendre leur téléphone pour faire une réservation après avoir lu la nouvelle dans leur journal du dimanche, mais Saint-Antoine n'est pas la première station de ski à connaître une pareille tragédie. Cela se produit presque tous les ans ; d'ailleurs, il y a déjà eu une avalanche du même style juste un peu plus haut, au début de la saison.

— Erin ? dit Danny, et je m'aperçois que je me suis arrêtée net, perdue dans mes pensées.

— Désolée, je… je n'ai pas fait attention… je…

— Ça va, Erin ? demande Danny, un peu gêné. Tu devrais t'asseoir, j'aime pas te voir marcher, avec ta cheville.

— Ça va, je réponds sèchement.

En vérité, ma cheville me fait mal. Très mal. Danny a sans doute raison, je ne devrais pas prendre appui dessus. Mais je ne supporte pas l'idée de rester seule, en silence, dans les quartiers du personnel, avec la douleur lancinante, en ressassant ce qui s'est passé et ce qui va se passer. Il vaut mieux que je travaille : en un sens, les tâches monotones tiennent mes ruminations à distance. En plus, pour être franche, le contact avec les clients n'est pas le fort de Danny. Ils lui ont pardonné son manque de tact juste après l'avalanche, je l'espère du moins, mais nos rôles sont de nouveau fermement établis. Nous sommes ici pour être de bons hôtes, polis en toutes circonstances, même celles-ci. *Particulièrement* celles-ci, peut-être. J'ai la sensation que tout tombe en miettes – nos rôles établis sont la seule chose à quoi nous pouvons nous raccrocher. Danny et moi, nous devons garder la main. Si nous ne conservons pas notre autorité, si nous laissons Topher prendre le dessus, je ne veux même pas imaginer comment pourrait évoluer la situation.

Il ne reste qu'une chambre. La sienne. Je remonte un peu ma pile de couvertures dans mes bras avant de toquer à la porte.

Il est saoul, je le vois dès qu'il m'ouvre. Il est vêtu d'une robe de chambre ouverte jusqu'à la taille malgré le froid, et tient une bouteille à la main. Et il n'est pas seul. Comme la lumière ne fonctionne pas, je ne vois pas qui se trouve à l'intérieur, mais j'ai l'impression ignoble que ça pourrait bien être la petite Ani, qui n'a pas ouvert quand j'ai frappé à sa porte il y a quelques minutes. J'ai envie de lui dire que ce n'est pas dans le lit de Topher qu'elle trouvera le remède à la détresse causée par la disparition d'Eva, mais je ne peux pas. Ça ne me regarde pas. Elle a le même âge que moi, c'est une cliente, pas une copine, et je n'ai absolument pas le droit de lui dire quoi faire, même si elle est en train de commettre une grosse erreur.

— Ah, Ellen, fait-il d'une voix pâteuse. Bien le bonjour. Qu'est-ce qui vous amène dans ma chambre à cette heure-ci ? Il est un peu tard pour border les gens.

— Des couvertures en plus ? dis-je avec mon sourire le plus enjoué. Juste au cas où les températures chutent pendant la nuit. Pas question de vous laisser mourir de froid sous ma garde.

— Je vais vous dire un secret…

Topher se penche vers moi, en confidence, et sa robe de chambre s'écarte, laissant entrevoir des poils blonds emmêlés sur son torse.

— Le meilleur kit de survie, c'est une femme nue.

Non, mais putain…

Mon sourire se dissipe.

— Eh bien, je crains que ce ne soit pas inclus dans le service.

— Ça va, j'ai trouvé où me fournir, réplique-t-il, mais il prend quand même les couvertures que je lui tends, en titubant légèrement.

Je m'apprête à m'en aller lorsqu'il dit brusquement :

— Je vous connais, non ?

— Je ne crois pas, je réponds fermement.

— Mais si… je vous ai déjà vue quelque part. Vous n'avez pas été serveuse à Londres, avant de venir ici ?

— Malheureusement non.

Il insiste.

— Mais si. J'en suis sûr. Je me suis fait la réflexion dès notre arrivée.

— Vieux, elle dit qu'elle te connaît pas. Et t'es bourré, intervient Danny, m'écartant doucement pour se planter devant moi.

Topher fait un pas en avant aussi, et son expression devient mauvaise en moins de temps qu'il ne me faut pour penser *Oh merde*.

Danny serre les poings, les tendons de son cou ressortent comme des câbles, et pendant une minute les deux hommes se toisent, torse bombé. Mon cœur cogne dans ma poitrine. Danny ne *peut pas* frapper Topher. Il se ferait virer.

Mais Topher comprend qu'il marche sur des œufs. Et c'est lui qui recule, avec un rire tout juste conciliant.

— Désolé, je me suis trompé, *vieux*.

Puis il referme la porte et Danny et moi restons sur le palier, à nous regarder en nous demandant combien de temps cette situation peut continuer avant que cela explose.

LIZ

Pister ID : ANON101
Écoute : hors ligne
Abonnés : 1

À mon réveil, il fait *froid*. C'est la première chose que je remarque. Ça fait un sacré contraste avec hier, où je me suis réveillée la bouche sèche, avec la sensation d'avoir passé la nuit dans une chambre où la température était réglée quelques degrés au-dessus de ce qu'elle est chez moi.

Je bois une gorgée d'eau dans le verre posé sur ma table de chevet. Elle est glacée, comme si elle sortait du frigo.

Sous les couettes supplémentaires qu'a distribuées Erin, c'est encore à peu près supportable, mais je ne suis pas pressée de me lever pour m'habiller. J'attrape finalement le peignoir fourni par le chalet au bout du lit et le glisse sous les couvertures pour le réchauffer avant de l'enfiler. Je faisais ça avec mon uniforme d'école quand j'étais petite. Ma chambre se trouvait dans un loft mal aménagé, et l'hiver, c'était presque comme dormir dehors. Quand je me réveillais le matin, ma respiration formait un nuage blanc. La nuit, l'humidité se condensait au plafond en pente et gelait, si bien qu'au matin, des petits ruisselets de glace pendaient le long du mur. Aujourd'hui, ce n'est pas si terrible : déjà, je suis dans un chalet luxueux, pas une maison victorienne mitoyenne de Crawley. Mais pour ce qui est de la température, il n'empêche que le froid est mordant.

Je consulte mon téléphone. Il est 7 h 19. Il ne reste plus que 15 % de batterie, mais je n'ai guère le temps de m'en inquiéter, car quelque chose attire mon attention.

J'ai une notification.

Dans la nuit, à un moment donné, mon portable a réussi à se connecter à Internet. Le réseau a disparu de nouveau, les barres de réception sont complètement grises, mais la notification est restée, prouvant que la connexion s'est rétablie, au moins durant quelques secondes.

La deuxième surprise, c'est qu'elle vient de Pister. Je ne reçois jamais de notification de l'appli. C'est seulement le cas si on a un nouvel abonné, et ça ne m'arrive jamais.

Sauf que… maintenant si. Dans la nuit, à un moment donné, quelqu'un s'est mis à me pister. Je ne sais pas comment ça a pu arriver, puisque je n'écoutais pas de musique. Je ne savais même pas que c'était possible. À moins que mon historique d'écoute n'ait été relancé quand la Wi-Fi s'est rétablie ?

Cette constatation me met mal à l'aise. Je n'ai aucun moyen de savoir qui c'était : on ne peut voir qui vous piste qu'en temps réel, et dès que la personne se déconnecte, l'info disparaît, il ne reste que le chiffre. Je chasse la question de mon esprit. En toute probabilité, c'était un *bot*, ou une erreur serveur, ou encore quelqu'un qui s'est trompé en entrant l'ID de la personne qu'il voulait pister.

En bas, le silence règne, mais il fait considérablement plus chaud. Dans le hall, près du poêle, il y a un tas de croissants, d'hier sans doute, ainsi que deux grandes Thermos posées sur le foyer.

Je prends un croissant et me rends dans le salon pour le manger près du feu afin de me réchauffer les mains. Je crois être seule. Mais quelque chose bouge, et en tournant la tête, je découvre Elliot, assis dans un fauteuil, penché sur son ordinateur portable. J'en suis surprise pour deux raisons : d'abord, son ordinateur est allumé et semble branché. Ensuite, Elliot ne sort presque jamais de sa chambre en dehors des repas. En fait, quand je travaillais chez Pister, il ne sortait même pas de son bureau pour les pauses déjeuner. Il demandait au stagiaire du moment d'aller lui chercher un truc à emporter – la même chose tous les jours, du café noir et trois croissants fromage bacon de chez Prêt à Manger. Il a dû être très contrarié lorsque l'établissement a cessé de servir les croissants toute la journée, se cantonnant aux petits déjeuners. Je me surprends à me demander comment il a réagi… A-t-il changé son menu ? Je ne sais pas pourquoi, mais je n'arrive pas à imaginer ça. Peut-être s'est-il mis à envoyer les stagiaires chercher son repas à 10 heures du matin ?

Je ne parle pas à Elliot, en général. C'est très difficile de lui faire la conversation, et d'ailleurs ce n'est pas forcément ma faute. Eva m'a dit une fois qu'il rangeait les femmes en deux groupes : celles avec qui il a envie de coucher, et les autres, qui ne présentent aucun intérêt pour lui. Je suis dans la seconde catégorie, c'est clair. Mais je prends mon courage à deux mains.

— Salut, Elliot.

— Salut, Liz.

Il parle sans chaleur, mais je le connais suffisamment pour savoir que ça n'a pas de sens particulier. Il salue tout le monde comme ça, y compris Topher, qui pourtant est sans doute son humain préféré.

— Comment ça se fait que ton ordinateur marche ?

— Je prends toujours un bloc d'alimentation.

Il me montre un appareil compact, de la taille d'une brique, qui est branché dans l'alimentation de son ordinateur. Bien sûr. C'est tout Elliot. Il ne laisse rien au hasard.

— Mais tu n'as pas Internet, si ?

— Non. Mais je n'en ai pas besoin pour le codage.

— Tu travailles sur quoi ?

— La mise à jour de GéoPister.

Son visage normalement pâle rosit un peu d'excitation, et il se lance dans une longue explication que je ne comprends pas tout à fait sur le géopistage, les annonceurs, le stockage d'informations, la protection des données et les défis techniques posés par la nécessité de faire entrer tous ces éléments dans le cadre de la législation et de l'interface Pister telle qu'elle est en ce moment. J'approuve en hochant la tête, feignant plus d'intérêt que je n'en éprouve. La seule chose qui m'importe, là-dedans, c'est qu'il se serve de cette nouveauté pour localiser Eva. Et quelle ironie tragique que ce soit sa propre appli qui permette peut-être d'orienter les secours jusqu'à son cadavre – c'est presque insupportable.

— Je vois, dis-je enfin quand Elliot arrive au bout de son exposé. Ça a l'air très… exaltant.

J'essaie de mettre le ton, mais Elliot s'en fiche manifestement. Ce n'est pas comme s'il avait l'habitude d'exprimer ses émotions.

— Maintenant, si ça ne te dérange pas, il faut que je travaille, dit-il brusquement, avec sa franchise toujours déconcertante.

— Désolée, je pensais que tu étais peut-être descendu pour parler un peu.

— Je suis descendu parce qu'il fait trop froid pour taper dans ma chambre, réplique-t-il, puis il enfile son casque et se remet à pianoter sur son clavier.

Je devrais être vexée. Je me dis que je devrais l'être. Mais ce n'est pas le cas. Il est peut-être franc jusqu'à la grossièreté, mais pour l'instant, j'y trouve quelque chose de rassurant. Avec Elliot, il n'y a pas de codes secrets à déchiffrer, pas de sens cachés, pas d'attentes pesantes. S'il veut que vous sachiez un truc, il le dit. S'il veut qu'il se passe un truc, il le dit. Et quelque part, c'est reposant, à côté du monde de faux-semblants de Topher et Eva, avec qui on ne sait jamais sur quel pied danser. Par moments, dans les débuts de Pister, ils me faisaient penser à mes parents – douceur et lumière devant les visiteurs, hurlements et menaces une fois ceux-ci repartis. Au moins, quand Elliot vous dit : « Tu as un problème ? », vous savez qu'il attend réellement une réponse.

Quand mon père disait ça, il n'y avait qu'une réponse permise : « Non, papa. » Après quoi il fallait s'effacer aussi vite que possible pour éviter de prendre un coup.

Je grignote mon croissant, les yeux perdus dans les flammes du poêle à bois, lorsqu'un bruit derrière moi me fait sursauter. Le croissant tombe par terre dans une averse de miettes. Je le ramasse. Quand je me redresse, je vois Rik et Miranda entrer dans la pièce. Rik a l'air de n'avoir pas dormi de la nuit.

— Comment ça va ? me demande-t-il d'un ton brusque, en s'asseyant à côté de moi.

Déconcertée, je ne sais pas quoi répondre. C'est l'illustration parfaite de la différence entre Rik et Elliot. Si ce dernier posait la question, je comprendrais son intention – sauf qu'il ne la poserait jamais, car il est impossible d'y répondre. Mais quand c'est Rik, cela devient une énigme à décoder. Que veut-il dire ? Veut-il savoir ce que me fait la mort d'Eva ? Comment puis-je résumer ça en une réponse simple ? Ou est-ce juste une question rhétorique, appelant seulement un « Très bien, merci » de rigueur ?

— Je… Ça va… dans la mesure du possible, je réponds prudemment.

— Ah bon ? Tu es plus noble que moi.

Il jette un regard à Elliot et baisse la voix, même si celui-ci porte toujours son volumineux casque antibruit, et n'entend sans doute rien à ce que nous racontons.

— Se faire laisser miroiter une somme pareille et la voir retirée brusquement…

Tout à coup, le vrai sens de sa question apparaît clairement. Il veut parler de Topher. Des conséquences de ce déplacement du pouvoir sur le rachat.

— Je… je n'y avais pas vraiment réfléchi, dis-je.

Et c'est la vérité… en un sens. Je mentirais si je prétendais que je ne me suis pas demandé ce qui va se passer maintenant que Topher contrôle la compagnie. Mais quelque part, l'argent ne m'a jamais semblé tellement réel. Je n'ai jamais eu le sentiment de l'avoir gagné. Je n'ai pas l'impression qu'on m'a retiré quoi que ce soit – juste celui d'avoir fait un rêve bizarre, puis de m'être réveillée. Ce qu'il y a, c'est que tout le reste – l'avalanche, la mort d'Eva –, ça ne me semble pas réel non plus. J'ai plutôt la sensation de quitter un rêve pour me réveiller dans un cauchemar tout aussi grotesque.

— Mais tu n'avais pas fait des projets ? Tu ne comptais pas sur cette somme ?

— Pas vraiment, je fais lentement. Pour être honnête, je n'avais pas encore réalisé.

— Bon Dieu, murmure Rik.

Il a l'air agacé. Je crois que j'ai dit ce qu'il ne fallait pas, mais je ne sais pas quoi. Une panique diffuse s'empare de moi. La même panique que j'éprouvais toujours avec mon père. Cette certitude que j'allais dire ou faire quelque chose de travers. Qu'il se vengerait sur ma mère.

— Tu peux arrêter de te la jouer Mère Teresa, Liz ? On a tout perdu. Tu ne comprends pas ?

— Euh… on n'a pas vraiment tout perdu, quand même ? On a toujours les actions.

— Les actions ! (Rik pousse un petit rire bref, presque un aboiement.) Liz, tu as écouté les chiffres des modélisations que j'ai présentées hier ? On a de la chance si Pister tient jusqu'à la fin de l'année : au rythme où va Topher, et en l'absence d'Eva pour rassurer les investisseurs, ça ne peut qu'empirer.

— Mais la mise à jour… dis-je, même si c'est moi qui cherche à me rassurer maintenant. Le truc de géolocalisation d'Elliot, ce n'est pas pour rendre Pister plus rentable ?

— Du point de vue du chiffre d'affaires, ça ne change rien. On les a déjà, ces infos, on les a depuis que les autorisations ont été modifiées l'an dernier. Le fait qu'Elliot les intègre dans l'appli changera peut-être l'expérience de l'utilisateur, mais on a jamais eu de souci avec la satisfaction du client ; le problème, c'est comment faire de l'argent avec. Du point de vue des investisseurs, le lancement de la mise à jour ne changera strictement rien – la valeur ajoutée est déjà là. Et de toute façon (il jette un coup d'œil à Elliot qui pianote toujours derrière lui), elle m'inquiète, cette mise à jour. Je ne crois pas que les gens se rendent compte de la quantité de données que Pister rassemble sur eux. Quand elle deviendra publique, j'ai peur qu'on ait un concert de protestations.

— Un des arguments de vente de Pister a toujours été sa discrétion, intervient Miranda qui arrive du hall avec une tasse de café.

Elle en boit une gorgée et fait une moue. Je crois que c'est au goût du café qu'elle réagit. Mais ça pourrait être à la perspective de la mise à jour.

— Les gens aiment l'idée qu'on puisse demeurer aussi anonyme que possible, c'est ce qui fait que les célébrités continuent de venir. Je ne suis pas certaine que beaucoup de gens aient remarqué le changement dans les autorisations et vraiment pris conscience de ce que ça signifiait, parce que rien n'a changé pour l'utilisateur, en apparence. Mais avec cette mise à jour, ça va se voir illico. Les utilisateurs verront exactement tout ce que sait Pister de leurs allées et venues. Je l'ai dit à Topher et Elliot, sur le moment, que ça représentait un gros risque pour notre image, mais ils sont tellement focalisés sur le côté technologique « cool » que…

Elle s'interrompt et jette un nouveau coup d'œil à Elliot. Il a toujours la tête baissée, et continue de pianoter, casque sur les oreilles.

— Bref. Ce n'est sans doute ni le lieu ni le moment d'ouvrir ce débat. C'est trop… tôt.

Elle s'assoit à côté de Rik et moi, boit encore un peu de café, et pose sa tasse.

— Comment ça va, *toi* ? me demande-t-elle.

J'ai du mal à me retenir de lever les yeux au ciel. On dirait que tout le monde pose cette question, alors que ce qu'ils veulent savoir, c'est ce que je *pense*.

Elliot me dispense involontairement de répondre en se levant brusquement, refermant son ordinateur et retirant son casque. Il a l'air… tendu. Ce qui est inhabituel. Il n'a pas coutume de montrer ses émotions.

— Tout va bien, Elliot ? dit Miranda sur un ton enjoué.

Je vois bien qu'elle se demande s'il a entendu notre conversation.

— Erin a fait du café, il est dans le hall, si ça te tente, ajoute-t-elle, mais il ignore la remarque.

— Vous savez où est Toph ? Il faut que je lui parle.

— Il est encore dans sa chambre, je crois, répond Rik.

Il a le front plissé. Je parie qu'il est en train de se repasser notre discussion intérieurement, tentant de déterminer s'il a eu des propos compromettants, tout en se demandant ce qu'Elliot s'apprête à rapporter à Topher.

— Mais attends, ajoute-t-il tandis qu'Elliot se dirige vers l'escalier d'un pas résolu. Je n'irais pas, si j'étais toi. Je crois qu'il a… de la compagnie.

Mais c'est trop tard. Soit Elliot n'entend pas, soit il s'en moque. Il ne répond pas à l'avertissement de Rik. Il disparaît dans l'escalier en colimaçon, qu'il monte à pas lourds, et se dirige vers les chambres.

ERIN

Pister ID : TITEMU
Écoute : hors ligne
Abonnés : 10

— Tiens, salut Erin.

Je pose une nouvelle Thermos de café sur la table quand Ani entre dans la salle à manger, souriante. Elle n'a pas l'air d'avoir beaucoup dormi. *J'espère que vous savez ce que vous faites*, j'ai envie de lui dire, mais je m'abstiens.

— Bonjour, Ani. Vous voulez un café ? Danny a réussi à faire chauffer une bouilloire sur le poêle à bois, donc on a pu en préparer dans une cafetière à piston.

— Oh, oui, avec plaisir. Vous voulez bien monter une tasse à Topher ?

— Bien sûr.

— Enfin je veux dire… à moins que… comment va votre cheville ? ajoute-t-elle, les joues un peu rouges en constatant qu'elle est si vite retombée dans la répartition des rôles cliente/serveuse. Je peux le faire si vous n'êtes pas…

Elle s'interrompt. Tout le monde est désarçonné par l'étrangeté de notre situation. Sommes-nous des survivants, tous sur le même plan, ou sommes-nous encore des vacanciers et leur personnel ? Je ne le sais pas moi-même, mais je suis convaincue que ce sera plus facile pour tout le monde si l'on s'en tient aux protocoles habituels. Quelqu'un doit prendre les choses en main, et pour être tout à fait franche, je préfère que ce quelqu'un soit moi plutôt que Topher. Je mens :

— Ça va beaucoup mieux, merci. Je peux monter l'escalier sans problème.

— Mais vous ne devriez pas être obligée, se reprend Ani. Je vais le faire.

— Vous êtes sûre ?

— Oui, complètement. Je vais monter un café à Elliot aussi. Il doit geler là-haut.

Elle prépare trois tasses et les transporte précautionneusement vers les chambres.

À 10 heures, ils sont tous réveillés, et Danny et moi décidons de les rassembler dans le hall pour une réunion. Il n'y a pas vraiment de nouveautés, et la météo est encore trop imprévisible pour qu'un hélicoptère puisse atterrir sur notre étroite bande de terre en flanc de montagne, mais les infos de la radio locale ont indiqué que les recherches de victimes se poursuivent, et que l'EDF travaille à rétablir le courant dans les hameaux alentour. Nous ne sommes pas les seuls à être coincés sans électricité, apparemment. En fait, nous sommes loin d'être les plus mal lotis. Mais nous trouvons que ça vaut le coup de rassurer tout le monde en leur disant que ça progresse, et de préciser une fois de plus que nous avons assez de nourriture et d'eau pour tenir jusqu'à ce qu'ils rétablissent le funiculaire ou affrètent un hélicoptère pour nous évacuer.

Nous devons aussi parler du grand tabou : la mort d'Eva. Même si la rumeur s'est répandue dans le groupe et que tout le monde a eu vent des conclusions d'Elliot, ni Danny ni moi n'avons officiellement abordé le sujet. Je l'ai repoussé, incapable d'affronter la réalité du drame, mais à présent, nous *devons* faire une annonce, indiquer clairement que nous faisons notre possible pour prévenir les autorités, mais aussi prévenir tous les faux espoirs, dissiper les chimères si quelqu'un s'imagine encore qu'elle pourrait surgir à tout moment.

Danny cogne sur le gong dans le hall, faisant résonner son crescendo assourdissant dans la maison, et lorsque tout le monde est rassemblé, je tapote une cuillère contre une tasse à café pour demander le silence.

— Merci à tous d'être venus. Désolée de vous avoir tirés de vos chambres comme ça, mais Danny et moi voulions vous tenir au courant de l'évolution de la situation. Danny a passé la matinée à marcher pour se rendre dans les deux chalets les plus proches, mais malheureusement, ou heureusement, peut-être, pour les habitants, ils ont l'air inoccupés. L'un d'entre eux est salement abîmé, mais il semble qu'il n'y avait personne au moment de l'avalanche. L'autre ne se trouvait pas sur le trajet de la coulée de neige, donc il n'a pas subi de dégâts, mais il n'y avait personne non plus. Nous espérions trouver quelqu'un qui dispose d'une radio bidirectionnelle ou d'un téléphone par satellite, mais c'est mal parti. Il reste un autre chalet à notre altitude, mais il se trouve à cinq kilomètres, donc Danny va attendre que la météo se calme pour s'y rendre.

— Vous avez réussi à contacter les équipes de secours en montagne ?

— Oui et non. Comme vous le savez, Inigo les a eus hier et leur a exposé notre situation, mais nous n'avons pas réussi à les joindre de nouveau, et sans téléphone par satellite, je ne pense pas qu'on y parvienne avant que l'électricité soit rétablie. La coupure de courant semble avoir réduit à néant le peu de réseau qui restait. Mais l'important, c'est qu'ils *savent* que nous sommes là. Ils ont dit à Inigo que nous étions sur leur liste, nous devons maintenant être patients, le temps qu'ils s'occupent des sauvetages plus urgents.

— Mais ils savent pour Eva ?

La question vient de Tiger, la voix plus rauque que d'habitude, comme si elle contenait une émotion forte, et un silence se fait dans la pièce tandis que je tente de répondre.

— Inigo leur a dit qu'elle était portée disparue, oui. Mais ils ne savent pas ce qu'on a appris ensuite. Cependant…

Je m'interromps et déglutis. Je savais que ce serait dur, mais c'est atroce. Je vois les yeux de Liz, brillants de détresse, qui me rendent mon regard à l'autre bout de la pièce, le visage anxieux de Topher, Ani qui se cache les yeux d'une main pour cacher l'afflux de larmes provoqué par la question de Tiger. Je respire un coup, prends appui sur le bras d'une chaise pour soulager ma cheville et me donner un peu de temps afin de trouver les mots justes. Ce que je veux leur dire, c'est que même si nous *pouvons* transmettre les infos fournies par Elliot aux équipes de secours, ça ne servira à rien. Eva est déjà morte, et à présent, elle est sans doute ensevelie sous plusieurs tonnes de neige. Il n'y a aucune chance de la retrouver vivante. En fait, il n'est même pas certain qu'on retrouve un jour son corps. Certains des passages en altitude ne fondent jamais, même l'été. Si Eva est enterrée au fonds d'un de ces ravins vertigineux, c'est foutu. Il n'existe pas dans ce monde assez de moyens ou d'argent pour la récupérer.

— Sa localisation… je m'interromps, déglutis de nouveau, mais avant que je puisse trouver les mots pour continuer, Carl me coupe :

— Comment pouvons-nous être certains qu'elle se trouve là ? demande-t-il, agressif. Le réseau téléphonique est merdique partout, ici. Comment Elliot peut-il affirmer que ces coordonnées sont exactes ?

Je cherche Elliot des yeux. Où est-il ?

— D'après ce que je comprends, le GPS ne repose pas sur la réception téléphonique.

Je bafouille, cherchant toujours désespérément son visage dans la pièce, souhaitant secrètement qu'il explique l'aspect technique. Je suis dépassée, là.

— Je veux dire, bien sûr, il faut relayer la localisation, on ne peut pas le faire sans un échange d'information. Mais l'exactitude des coordonnées GPS ne dépend pas des antennes relais, elle… ça passe par satellite, je pense ? C'est ça, Elliot ?

Mais je ne le vois toujours pas.

— Où est Elliot ?

Les autres regardent autour d'eux à présent, se posant la même question.

— Il était dans sa chambre la dernière fois que je l'ai vu, fait Ani avec une moue. Il travaillait sur quelque chose. Il a sans doute son casque, il n'a peut-être pas entendu le gong. Je vais le chercher.

D'un pas léger et vif, elle grimpe l'escalier en colimaçon, et nous l'entendons longer le couloir et cogner à sa porte.

Pas de réponse. Elle frappe de nouveau, plus fort, puis appelle à travers le bois :

— Elliot ? Elliot ?

Il y a une pause. Je l'imagine en train d'ouvrir prudemment la porte pour aller taper sur l'épaule d'Elliot… mais cette image mentale vole en éclats quand un cri retentit. Et pas un petit cri de surprise. Un hurlement de panique, à gorge déployée.

Avec ma cheville blessée, je ne suis pas la première en haut. Topher, Rik, Danny et Miranda sont devant moi, et Liz et Carl me dépassent à mi-chemin. Quand j'arrive au premier étage, j'entends les sanglots hoquetants d'Ani :

— Oh mon Dieu, il est mort, il est mort !

Et Topher, brusque, impatient, qui lui dit :

— Arrête avec ton hystérie.

Lorsque je parviens enfin à leur hauteur et pousse les autres pour entrer dans la chambre d'Elliot, tout a l'air parfaitement normal, sauf deux choses : Elliot est vautré sur le petit bureau près de la fenêtre, le visage dans une mare de café noir qui a coulé d'une tasse renversée sur le côté. À côté de son bureau, sur une serviette, par terre, se trouve son ordinateur, mais il est pulvérisé en mille morceaux.

LIZ

Pister ID : ANON101
Écoute : hors ligne
Abonnés : 1

Elliot est mort. Ça se voit sans même le toucher. Ça tient à quelque chose dans la posture peu naturelle dans laquelle il se trouve, affalé avec un bras qui pend, le café renversé qui forme une flaque autour de son visage, jusque dans ses yeux.

Mais il n'y a pas que ça. C'est ce qui est arrivé à son ordinateur qui le prouve. Elliot serait mort plutôt que de laisser qui que ce soit toucher cet ordinateur.

Il a été… « détruit » n'est pas un mot assez fort. Il a été *oblitéré*. Le clavier a été décollé, révélant les circuits internes de l'appareil. L'écran s'est brisé et une tache noire s'étale dessus. Enfin, le disque dur a été arraché, fendu en deux et malaxé, tordu au point d'être méconnaissable.

— Qu'est-ce que…

Le visage de Topher est blême, sévère. Je ne l'ai jamais vu dans cet état, aussi terrifié.

— Qu'est-ce qui s'est passé ? Oh mon Dieu, oh mon Dieu, putain, merde… il voulait me dire quelque chose et je n'ai pas… je ne l'ai pas laissé… Oh merde…

Il sort de la chambre, chancelant. On dirait qu'il va vomir.

Ani a l'air complètement sonnée par la découverte. Elle est figée, bouche ouverte, des larmes dégoulinant sans bruit sur ses joues, jusqu'à ce que Tiger la prenne par le bras pour l'éloigner.

C'est Erin qui parle.

— Tout le monde dehors.

— Quoi ? demande Carl, bêtement.

On dirait un boxeur qui a pris trop de coups à la tête.

— Dehors. Sortez de la chambre. C'est une scène de crime.

Elle se dirige vers Elliot, place deux doigts sur son cou, remonte ses paupières, puis secoue la tête presque imperceptiblement en regardant Danny.

— Alors, qu'est-ce que vous attendez ? demande celui-ci aux autres. Vous n'avez pas entendu ce qu'elle a dit ? Sortez.

Nous partons l'un après l'autre. Erin prend un passe dans sa poche et verrouille la porte derrière nous. En apparence, elle a l'air calme, mais je pense qu'elle contient à grand-peine sa panique.

— Inigo, dit-elle. Je sais que je n'ai pas besoin de vous le dire, mais vérifiez régulièrement si vous récupérez du réseau. Il est impératif que nous joignions la police, maintenant.

— Euh, oui, bien sûr.

Inigo a l'air aussi assommé que Carl.

— Je vais aller voir tout de suite. J'ai laissé mon portable en bas.

— Qu'est-ce qu'on peut faire ? demande Miranda à Erin d'une voix blanche. Qu'est-ce qu'on peut faire ?

— Rien.

Erin a l'air sinistre, à présent.

— On ne peut rien faire. Tâchez de ne pas craquer avant l'arrivée des secours.

ERIN

Pister ID : TITEMU
Écoute : hors ligne
Abonnés : 10

Dans la cuisine, Danny s'adosse à la porte, comme si son poids pouvait tenir à distance la réalité de ce que nous venons de laisser derrière nous. Il me fixe avec une expression d'horreur absolue.

— Merde, dit-il.

Et je ne trouve rien à répondre. Que dire d'autre ? C'est… c'est très mauvais. C'est bien pire que ça. Et je n'y comprends rien.

— Danny, qu'est-ce qui se passe, putain ?

— J'en ai pas la moindre idée. Tu crois qu'il s'est suicidé ?

— Peut-être.

Je me rends compte que nous ne savons presque rien de ces gens. Après tout, Elliot aurait pu craquer sous une pression quelconque, nous ne l'aurions jamais su, Danny et moi. C'est ça, le problème : nous ne savons *pas*. Nous ne savons absolument pas ce qui se passe ici.

Je place mes mains sur ma tête comme si je pouvais m'empêcher de partir en vrille par la simple pression de ma chair sur mes os. Oh putain, on dirait que tout s'écroule.

— Il n'était pas blessé, dis-je, tentant de réfléchir tout haut. Je veux dire, je n'ai pas vu de blessures, il n'avait pas l'air d'avoir été agressé physiquement. Ce qui veut dire… je suppose qu'il a pris quelque chose. Tu crois pas ?

— Des drogues ? Une intraveineuse ? Des cachets ?

— Je ne sais pas. Je ne sais *pas*. Bordel de merde, Danny, qu'est-ce qu'on fait ?

La réalité – si on peut l'appeler ainsi – de notre situation commence à me tomber dessus. Nous sommes coincés ici – plus que coincés, dans mon cas, avec ma cheville tordue –, dans un chalet, avec un groupe d'inconnus, et deux d'entre eux sont morts au cours des dernières vingt-quatre heures. Eva… la mort d'Eva était un tragique accident. L'un de ces affreux coups du sort qui peuvent se produire même dans les lieux les plus tranquilles. Mais Elliot… sa mort ne peut pas être autre chose qu'un meurtre ou un suicide, c'est sûr. Une rupture d'anévrisme – une crise cardiaque –, certes, cela peut tuer sur le coup. Mais ça n'expliquerait pas l'ordinateur pulvérisé.

— Il était vraiment mort, on en est *sûrs* ?

— Aucun doute.

Je ne peux réprimer un frisson en y repensant.

— Tu es sûre ?

Danny tente de se raccrocher aux branches, et je crois qu'il s'en rend compte, mais il ne peut pas s'empêcher de poser la question.

— Tu en es absolument certaine, Erin ?

— Danny, j'ai peut-être arrêté la fac de médecine en cours de route, mais j'ai vu assez de cadavres pour en reconnaître un. Je te promets, il était mort. Pupilles dilatées, pouls absent, la totale.

Je ne parle pas de la flaque d'urine sous la chaise. Danny n'a pas besoin d'entendre ça.

— Mais comment ? dit-il.

J'ai l'impression qu'il va se trouver mal.

— Comment quelqu'un a pu lui faire ça, si c'est ce qui s'est passé, putain ? Un truc dans le café ?

— Peut-être, je ne sais pas.

— Tu crois qu'il faut qu'on aille… vérifier ?

— Je n'en sais rien ! je répète, plus vigoureusement.

J'ai la tête qui tourne à force de chercher la conduite à tenir.

— La police va vouloir… Enfin, je veux dire, il ne faut pas qu'on dérange les lieux. Mais peut-être que si on savait ce que c'était…

Je regarde le passe dans ma main et me décide.

— On va aller voir. On ne touche à rien, on se contente de regarder.

Danny acquiesce d'un hochement de tête, et nous montons sans bruit par l'escalier de service, tentant de nous faire discrets.

Nous ne parlons pas de notre décision de rester ensemble, mais je sais que nous pensons la même chose. Si Elliot ne s'est pas suicidé, ça veut dire qu'il y a un assassin dans le groupe. Et c'est vraiment effrayant. Se peut-il vraiment que l'un de ces hipsters friqués et suaves ait tué quelqu'un ? J'essaie imaginer les mains graciles de Tiger autour du cou d'Elliot, ou Topher en train de lui fracasser le crâne avec une bouteille de whisky vide, et je suis prise d'une violente nausée.

Le passe de service force en entrant dans la serrure d'Elliot, puis déverrouille la porte. Nous entrons sur la pointe des pieds. Il fait très froid, ça sent le café renversé, et une odeur plus âcre : l'urine rance, que je reconnais de l'époque où j'étais interne.

Danny reste en retrait, près de la porte, comme s'il ne pouvait pas se résoudre à s'approcher du corps d'Elliot. C'est à moi de jouer. Je déglutis. Faisant très, très attention à ne rien déplacer, je m'avance vers le bureau. Elliot est toujours affalé dans sa position anormale, le visage dans la flaque de café froid. Je l'ai déjà remué légèrement pour prendre son pouls, mais je veux éviter de déranger davantage les choses. Sans le toucher, je me penche pour tenter de voir l'intérieur de la tasse renversée. C'est difficile sans la déplacer, l'angle me complique la tâche. Je vais me placer de l'autre côté du bureau – et tout d'un coup, je vois ce que je cherchais.

Merde. Danny avait raison.

— Il y a un truc dans la tasse, j'annonce à Danny, qui ne s'approche pas assez pour pouvoir m'aider. Un truc blanc.

— Du sucre ?

— Non, pas du tout. C'est… crayeux.

— Putain.

Je me redresse et nous nous regardons, tentant de prendre conscience de ce que ça signifie. Les yeux noirs de Danny sont très, très inquiets.

— Je crois que ça exclut le suicide, dis-je, à contrecœur.

Je parle à voix très basse. Je veux que personne ne sache que nous sommes là.

— Tu crois ? demande Danny.

Il a l'air de vouloir désespérément trouver une autre explication. Je ne peux pas le lui reprocher.

— Et s'il avait du mal à avaler les cachets, tu ne crois pas qu'il aurait pu les écraser lui-même ?

Je secoue la tête.

— Tu ne l'as pas vu manger, Danny.

Je revois Elliot au dîner, en train d'engloutir son gibier avec voracité et concentration, avalant de grosses bouchées presque sans mastiquer.

— Et puis, il n'y a pas que les cachets. Regarde l'ordinateur.

— Qu'est-ce que tu veux dire ? Il pourrait l'avoir détruit lui-même, non ?

Je secoue la tête, montrant du doigt les débris étalés sur une des épaisses serviettes de bain blanches fournies par le chalet.

— Quelqu'un l'a enveloppé dans la serviette avant de le détruire. Autrement dit, il ou elle ne voulait pas qu'on l'entende. Si c'était Elliot qui avait détruit son propre ordinateur dans une crise de rage, il n'aurait pas pris cette peine. Et si son intention était de cacher quelque chose qui s'y trouvait, il aurait simplement reformaté le disque dur… Pourquoi prendre le risque de détruire le matériel quand il suffit d'effacer les données ? Ça a été fait par quelqu'un qui ne pouvait pas se connecter. Mais qui ne voulait pas qu'on l'entende.

Nous contemplons l'écran pulvérisé en silence, les débris du disque dur. Danny ne dit rien. Je ne vois pas trop ce qu'il pourrait dire.

Puis une idée me vient.

— Tu crois que c'étaient *ses* cachets ? Qu'il prenait des médicaments ?

— Il va falloir qu'on demande aux autres.

Danny a l'air de se réjouir autant de cette perspective que d'un lavement forcé.

— Putain, comment on fait pour aborder le sujet ?

Comment peut-on parler de tout ça ? *Hé, les amis, il y a des chances qu'un de vos collègues soit un assassin ?*

Mais pourquoi ? Pourquoi l'un ou l'une d'entre eux aurait voulu tuer Elliot ? Ses actions ? Son soutien envers Topher ? Maintenant qu'Eva est morte, est-il possible que quelqu'un tente d'affaiblir Topher ?

Ceci dit, rien de tout cela n'expliquerait la destruction de l'ordinateur. Je n'arrête pas de revenir à ça. À cet acte de destruction méthodique, efficace, discret. Ça ne peut pas être un accident. Et je ne crois pas une seconde qu'Elliot ait fait ça.

Il n'existe qu'un mobile plausible à cet acte : cacher quelque chose qui se trouvait dans l'ordinateur en question. Quelque chose que savait Elliot. Quelque chose qui lui a valu d'être tué.

Je pense au gémissement d'effroi de Topher lorsque nous avons trouvé le corps d'Elliot : « Oh mon Dieu, oh mon Dieu, putain, merde… il voulait me dire quelque chose et je n'ai pas… »

J'avale ma salive.

— Danny, et si la mort d'Eva n'était pas un accident ?

LIZ

Pister ID : ANON101
Écoute : hors ligne
Abonnés : 1

Nous sommes blottis autour du poêle à bois dans le salon, tous. Sauf que nous ne sommes pas *tous* là, c'est le problème.

Maintenant nous sommes dix.

Maintenant nous sommes neuf.

Maintenant nous sommes huit.

Les mots résonnent comme une comptine ignoble dans ma tête, se rapprochant de zéro, un par un.

Tout d'un coup, j'ai l'impression que je vais me trouver mal.

— Est-ce que c'est…

C'est Tiger qui parle. Elle a la voix brisée, rauque comme si elle avait pleuré.

— Est-ce que c'est un suicide ?

— Non !

La réponse de Topher fuse comme un coup de feu. Il se lève et se met à faire les cent pas.

— Putain, non. Elliot ? Jamais de la vie.

— Alors quoi ?

Rik se lève à son tour et avance vers Topher comme pour lui mettre un poing dans la figure.

— Qu'est-ce que tu sous-entends ?

Topher le regarde. Je crois qu'il ne comprend sincèrement pas la question de Rik.

— Fais marcher ta cervelle, Toph. Si c'est pas un suicide…

Il y a dans la voix de Rik un côté menaçant que je n'avais jamais entendu jusque-là. Il a l'air… dangereux.

— C'est que c'est un *meurtre*. C'est ça que tu dis, Topher ? Hein ? C'est ça ?

Topher reste bouche bée. Puis s'assoit lourdement, le souffle coupé, presque comme si Rik l'avait vraiment frappé.

— Merde. T'as raison. Oh mon Dieu. (Il a un teint cendreux.) Elliot, dit-il d'une voix désespérée, puis il se met à pleurer.

C'est un spectacle affreux. Aucun de nous ne sait quoi faire. Rik regarde Miranda, qui a l'air horrifiée. Carl lève les mains dans un geste de rejet, comme pour dire : « Me regarde pas, vieux. » Le visage d'Inigo exprime la panique à l'état pur.

C'est Tiger qui s'avance. Elle va s'asseoir à côté de Topher et pose la main sur son bras.

— Topher, dit-elle doucement. Nous sommes tous peinés, mais ce deuil doit être incommensurable pour toi, plus que pour nous tous. Juste après la mort d'Eva…

Elle s'interrompt. Même Tiger ne peut pas bricoler un speech sur l'acceptation à partir de ce drame.

— Pourquoi ?

La bouche de Topher est carrée, hideuse, et des larmes ruissellent sur ses joues. Il a l'air si loin du type raffiné, sophistiqué, plein de self-control que je connais que je ne sais pas si je peux le supporter.

— Pourquoi quelqu'un lui aurait fait ça ? Pourquoi s'en prendre à Elliot ?

Ça, bien sûr, c'est la question à 10 000.

Nous nous regardons tous. Personne ne sait quoi dire.

— Viens.

Tiger prend doucement Topher par la main. Elle le guide vers la porte.

— On va t'asperger le visage d'eau.

Tandis qu'ils sortent, un léger soupir de soulagement circule dans l'assistance.

— Putain, fait Carl, bourru.

— Mais il a raison, dit Rik. Pourquoi *quiconque* s'en serait-il pris à Elliot ? Eva, OK, mais Elliot ? Ça n'a aucun sens. Je sais que Topher ne veut pas l'entendre, mais c'est possible qu'il se *soit* suicidé, même si ça nous met tous mal à l'aise d'admettre cette réalité. Je veux dire, il y a eu la disparition d'Eva, puis le choc de l'avalanche par-dessus le marché… il était assez…

Il s'interrompt. Je pense qu'il essaie de trouver comment formuler sa pensée sans choquer.

— C'était une personnalité assez atypique.

— Je trouve tes insinuations nauséabondes, Rik, dit Miranda d'une voix lasse. Oui, il avait ses excentricités, comme nous tous. Mais de là à…

— Non, fait Rik sur la défensive. Ce n'est pas ce que je voulais dire. Putain, je *l'aimais bien*. On était au lycée ensemble, bordel. Je dis juste qu'il était parfois difficile à comprendre. Il faut se méfier de l'eau qui dort, comme on dit. Il pouvait avoir plein de problèmes sous sa surface lisse.

— Et comment ça, tu pourrais comprendre que quelqu'un s'en prenne à Eva ? demande soudain Carl.

Rik tressaille. Il comprend qu'il a fait non pas un, mais deux faux pas.

— Ce n'est pas ce que je voulais dire non plus. Oh, bordel, je me prends les pieds dans le tapis chaque fois que j'ouvre la bouche.

— Alors tu voulais dire *quoi* ?

C'est Inigo. Il parle d'un ton amer, presque accusateur. Son intervention lui ressemble si peu que nous nous retournons tous vers lui.

Rik rougit.

— Tout ce que je voulais dire… commence-t-il prudemment.

Je vois qu'il choisit soigneusement ses mots, à présent.

— Tout ce que je voulais dire, c'est que la mort d'Eva… ça a changé des trucs.

— Quels *trucs* ?

Rik n'a pas envie de préciser. Je le vois bien. C'est Carl qui s'en charge à sa place.

— La mort d'Eva a donné le contrôle de Pister à Topher, c'est pas ce que tu veux dire, mec ?

Rik ne peut se résoudre à répondre, mais il hoche légèrement la tête.

Il y a un long silence choqué tandis que ses mots se gravent dans les esprits.

Sur le dessin en pointillés, Rik a réuni les premiers points, mais personne ne veut s'aventurer plus loin : chacun voit déjà le motif qui se dessine.

Plusieurs personnes présentes avaient un mobile financier puissant au moment de la mort d'Eva. Plus précisément, Topher et Elliot… et quiconque était opposé au rachat pour des raisons personnelles.

Ce qui signifie…

Ça signifie…

Je sens le sang me monter au visage. Tout d'un coup, je ne peux pas continuer, je ne peux pas rester assise là avec les pensées qui menacent de me submerger. Je dois partir. M'enfuir.

Je me lève et sors en courant.

ERIN

Pister ID : TITEMU
Écoute : hors ligne
Abonnés : 10

Avec Danny, nous sommes toujours devant la porte de la chambre d'Elliot lorsque j'entends un bruit de course, et quand je me retourne, je vois Liz qui file à toute vitesse dans le couloir. Pendant un instant, je crois qu'elle court vers nous et je me tends, me préparant mentalement à ce qui a bien pu se passer, mais elle s'arrête au milieu du couloir, ouvre la porte de sa chambre et la claque derrière elle. J'entends le passe glisser dans la serrure, puis plus rien.

— Putain, fait Danny, l'air déconcerté. Quelle mouche l'a piquée ?

— T'as besoin de poser la question ?

Je murmure. Les portes sont épaisses, mais on entend à travers depuis une chambre silencieuse.

— Tu crois qu'elle a entendu ? demande Danny en baissant tout d'un coup la voix. Tu sais. Ce qu'on disait avant.

Il ne les répète pas, mais les mots que j'ai prononcés juste avant que Liz ne déboule en trombe restent suspendus entre nous. *Peut-être que la mort d'Eva n'était pas un accident.*

— Je ne sais pas. Cassons-nous d'ici. On ne peut pas parler, là, et j'ai besoin de réfléchir.

Tandis que nous longeons le couloir pour nous diriger vers la partie du chalet réservée au personnel où Danny et moi avons nos chambres respectives, j'ai l'esprit qui s'emballe, et je passe en revue toutes les possibilités. Mais c'est seulement quand nous sommes à l'abri de ma petite chambre, porte fermée, que je me sens capable de les exprimer.

— Ce que je viens de dire…

— La mort d'Eva ? (Danny a l'air troublé, mais sceptique.) Ouais, mais comment ça pourrait s'expliquer ? Elliot, OK. Il s'est passé une saloperie. Mais Eva ? Elle a descendu une piste noire en plein blizzard et elle est tombée de la falaise. C'est une tragédie, mais je ne vois pas comment ça pourrait être la faute de quelqu'un.

— Écoute, dis-je à voix très basse, bien que nous soyons derrière deux séries de portes.

J'ai la sensation que je dois partager mes soupçons, que me taire pourrait même être dangereux, à présent. Car si j'ai raison à propos de la mort d'Elliot, c'est bien son silence qui l'a tué.

— Écoute, on passe à côté de l'essentiel, là. La personne qui a tué Elliot…

— *S'il* a été tué, coupe Danny.

— *S'il* a été tué, je répète avec impatience, écartant ses mots comme des mouches exaspérantes. Ce que je veux dire c'est que *s'il* a été tué, la personne qui l'a tué ne s'est pas seulement débarrassée de lui, elle s'est aussi débarrassée de son ordinateur. Pourquoi ça ? C'est vraiment difficile de détruire un disque dur, ça prend du temps, et le tueur a pris le risque qu'on remarque son absence ou qu'on l'entende.

— Donc… tu dis… qu'il a été tué à cause de quelque chose qui se trouvait dans son ordinateur ?

— Oui. À cause de quelque chose qu'il savait, et qu'il avait deviné à partir des données de son ordi.

— Un truc en rapport avec Pister.

— Peut-être. Y a des chances. Regarde le timing. Elliot est en train de coder cette mise à jour de géolocalisation, je sais plus comment ils appellent ça. Là, il se rend compte que les informations dont il dispose permettent de le mener jusqu'à Eva. Ça, c'est ce qu'on sait. Mais… et s'il s'était mis à remonter en arrière ? S'il était en train de tenter de retracer ses déplacements avant sa mort ? S'il y avait quelque chose de louche là-dedans, par exemple qu'elle ne soit pas tombée de la falaise, mais se soit arrêtée pour parler avec quelqu'un, qui l'aurait poussée ?

— Oh putain. Tu dis… que quelqu'un de ce groupe s'est débarrassé d'Eva puis a tué Elliot pour éviter de se faire choper ?

— Je n'ai pas envie de le croire, mais… pour l'instant, je ne vois pas d'autre explication qui tienne.

J'ai la nausée rien qu'à dire ça.

— Il y a une autre possibilité, mais je ne sais pas si c'est tellement mieux.

— À savoir ?

— Eh bien, Elliot était la seule personne qui n'avait pas le moindre alibi le jour de la mort d'Eva. En principe, il était ici, en train de travailler sur ses codes, mais il n'y a personne pour le corroborer. Il n'est pas impossible qu'il ait quelque chose à voir avec sa mort. Peut-être… peut-être qu'il ne pouvait pas vivre avec les remords.

— Tu dis qu'il s'est buté parce qu'il se sentait coupable ?

— Je dis que c'est une possibilité.

— OK, je t'entends, mais même en supposant qu'il ait tué Eva pour aider Topher et qu'il ait eu une crise de conscience ensuite, pourquoi aurait-il détruit son ordinateur ? Puisqu'il allait mourir, pourquoi se préoccuper des indices ?

C'est justement pour ça que cette possibilité n'est pas vraiment plus rassurante que les autres.

— Parce que ce qu'il y avait là-dedans implique quelqu'un d'autre. Quelqu'un qu'il tentait de protéger.

— C'est chaud patate.

Les mots devraient être comiques, avec la voix profonde, détachée de Danny. Mais c'est tout le contraire. En fait je crois que j'ai envie de vomir.

— Alors, tu crois que j'ai raison ?

— Je crois…

Je peux voir le cerveau de Danny s'activer furieusement, tentant de trouver des failles dans ma logique, sans succès. Il retire son bandana avec exaspération et s'essuie le visage avec.

— Oh putain. Je ne sais pas. Je pense que c'est possible, et ça suffit pour me filer des sueurs froides.

Qu'est-ce qu'on fait ? Il faut qu'on le dise à quelqu'un, pas vrai ?

— Mais à qui ? Et qu'est-ce qu'ils pourraient faire, même si on le disait ?

Je montre la fenêtre, où le vent féroce fouette la neige qui rase les vitres avec la puissance dévastatrice d'une tempête de sable. Personne ne peut sortir par ce temps, surtout pas en hélicoptère. Il faudrait être fou pour essayer.

— MERDE ! s'écrie Danny.

Il se lève et passe la main dans ses cheveux ras comme s'il pouvait extraire une idée de sa cervelle.

— Chut ! je lui intime fébrilement. Pas de bruit. Les autres vont nous entendre.

— Mais il faut qu'on leur dise, non ? Je veux dire, c'est quoi l'alternative ? On la ferme et on laisse un connard homicide les dessouder un par un ?

— On ne peut pas leur dire ! je hurle tout en chuchotant à présent. Tu es fou ? Tu voudrais annoncer au responsable de ce carnage qu'on a pigé son manège ?

— On ne peut pas *ne pas* leur dire !

Danny me prend les bras, et l'espace d'un instant, je crois qu'il va me secouer comme un acteur dans un vieux film en train de calmer une femme hystérique, et j'éprouve une violente envie de rire malgré le tragique de notre situation, mais il s'abstient. Il se contente de me fixer du regard, ses yeux bruns écarquillés et aussi terrifiés que les miens. Mais quelque part, le fait de voir ma propre peur reflétée sur le visage de Danny, de réaliser qu'il est aussi terrifié que les miens et que nous sommes aussi démunis l'un que l'autre, me recentre.

Je prends une profonde inspiration, hachée, et Danny reprend :

— Erin, je me chie dessus autant que toi. Mais je ne crois pas que je vais pouvoir descendre et me comporter comme si de rien n'était sachant qu'un de ces branleurs de hipsters pourrait être un assassin en bonne et due forme. Regarde-moi, regarde ma main… Je tremble comme une putain de feuille. L'individu qui a fait ça, il va piger qu'on *sait* quelque chose, et si on ne dit à personne ce qu'on sait, on va finir comme Elliot. Le meilleur moyen de nous mettre en sécurité, c'est *d'éviter* de garder un secret pareil.

Ses mots me font taire. Il y a une espèce de logique affreuse là-dedans.

— En plus, j'estime que les autres méritent d'avoir tous les éléments afin de se protéger. Et s'ils savaient quelque chose sans s'en rendre compte ? Et s'ils étaient le prochain ou la prochaine à boire un café arrangé ?

J'avale ma salive. Il y a une vérité indéniable dans ses mots. Dit comme ça, c'est difficile de justifier la décision de ne pas prévenir les sept innocents qui se trouvent dans le chalet, même si ça implique d'alerter l'assassin aussi.

Assassin. Ce simple mot, qui ne sort pas de ma bouche, me paraît irréel. Tout cela est-il vraiment en train de se produire ? Est-ce qu'on va vraiment le faire ?

— OK, dis-je enfin.

Je regarde la tempête par la fenêtre, et j'ai un vertige à l'idée de la réunion à venir.

— OK… tu as peut-être raison… Alors… quoi ? Comment on leur dit ? Qu'est-ce qu'on leur dit ?

— On leur dit la vérité, dit Danny, le visage figé dans une expression sinistre. On dit qu'on pense que la mort d'Eva n'était peut-être pas un accident, et qu'Elliot a pu être tué à cause de ce qu'il s'apprêtait à dire à Topher. On leur dit de rester deux par deux tout le temps, de se servir leurs boissons eux-mêmes, de ne manger que ce que nous leur servons, toi et moi. On est les seuls à être au-dessus de tout soupçon. On ne connaissait aucun d'entre eux avant leur venue. On n'était pas sur la montagne. On n'a aucun lien avec ce groupe.

J'acquiesce d'un hochement de tête. Seulement… et je ne parviens pas à le dire à Danny, pas maintenant… Le problème, c'est que, dans mon cas, ce n'est pas tout à fait vrai.

LIZ

Pister ID : ANON101
Écoute : hors ligne
Abonnés : 1

Je suis en haut, dans ma chambre, la tête entre les mains, tentant de repousser la réalité, quand j'entends le son du gong dans le vestibule.

Je lève nerveusement la tête.

J'ouvre la porte, prudemment, et la voix d'Erin me parvient d'en bas. « … Si vous pouviez tous vous rassembler dans le hall un instant. Ça ne prendra pas longtemps, et ensuite nous servirons le déjeuner. »

Je ne suis pas prête à affronter les autres. Mais quoi qu'il se passe en bas, il faut que je le sache. Peut-être que la police a réussi à appeler. Peut-être qu'on va bientôt nous évacuer en hélicoptère.

Je respire un grand coup. Je fais craquer mes jointures. Puis je descends.

Les autres attendent dans le hall, au coude à coude autour du poêle. Ça s'est nettement refroidi. La chaleur laissée par le chauffage central s'est dissipée, et seuls les deux poêles du rez-de-chaussée nous empêchent de geler lentement.

Erin s'est postée sur une des dernières marches de l'escalier en colimaçon. Elle est très pâle, et sa cicatrice est plus frappante que jamais, une entaille violacée sur sa peau blême. Danny se tient juste derrière elle, comme un lieutenant. Je dois les contourner pour arriver en bas. Il y a des flaques sur le parquet dans le hall, car le tas de neige dégouline à travers la porte gauchie, ruinant le bois vernis.

Une fois que nous sommes tous installés devant eux, Erin se racle la gorge.

— OK, tout le monde est là ?

Elle compte les têtes, et je prends conscience, avec un tressaillement, qu'elle pense à notre réunion avortée du matin qui s'est terminée lorsque nous avons constaté l'absence d'Elliot. J'ai un goût de sang dans la bouche, et je m'aperçois que j'ai encore arraché mes cuticules. *Petite dégoûtante.* J'ai un haut-le-cœur et fourre mes mains dans mes poches.

— Nous allons servir le déjeuner dans le salon, si ça vous va. Il commence à faire trop froid dans la salle à manger. C'est une salade. Je sais que ce n'est pas l'idéal, mais sans électricité, les possibilités de Danny sont très limitées, et nous devons finir les légumes maintenant que le frigo ne fonctionne plus.

Topher pousse un petit grognement, mais Miranda lui jette un regard noir et tous les autres approuvent d'un hochement de tête. Nous savons que nous ne sommes pas en position de nous plaindre.

— Mais… la vraie raison pour laquelle nous vous avons demandé de venir…

Erin s'interrompt. Elle a l'air un peu nauséeuse. Comme si elle se forçait à dire une chose qu'elle n'a pas envie de dire. Tout à coup, je voudrais ne pas l'entendre.

— Danny et moi, nous…

Elle jette un coup d'œil à Danny par-dessus son épaule. Il lui rend son regard. Je ne sais pas si c'est un encouragement ou un signe d'impatience, toujours est-il qu'elle se lance.

— Nous avons matière à nous inquiéter de la cause de la mort d'Elliot. Nous sommes pratiquement certains qu'il… qu'il a été empoisonné.

De petits cris étouffés retentissent dans l'assistance. C'est ce qu'ils pensent tous, mais il y a quelque chose d'effrayant à entendre ces mots prononcés à haute voix.

— Il y a des traces de cachets écrasés dans son café, poursuit Erin, et si Elliot a pu intentionnellement déclencher une overdose, l'ordinateur vandalisé laisse à penser qu'il est au moins possible…

Danny marmonne quelque chose. Il parle trop bas pour que je l'entende, mais Erin pousse un soupir. Elle serre les poings.

— … voire *probable* qu'Elliot ait été assassiné. Ce qui, rétrospectivement, nous conduit à la possibilité qu'Eva ait été tuée aussi, et qu'Elliot ait été assassiné à cause de ce qu'il savait.

Il y a une nouvelle onde de choc dans la pièce, mais il ne s'agit pas vraiment de surprise. Elle ne fait que dire tout haut ce que la plupart d'entre nous ont commencé à soupçonner. C'est plutôt une sorte d'horreur : ce ne sont plus des peurs paranoïaques, mais une réalité potentielle.

— Danny et moi, nous avons longuement débattu de la question avant de vous faire cette annonce, reprend-elle, car en fin de compte, ce n'est que de la spéculation, nous n'avons aucune preuve de tout cela. Il est encore possible que la mort d'Eva soit due à un accident et celle d'Elliot à un suicide ou une overdose accidentelle. Cependant, le fait est que ces deux décès se sont produits, et c'est… eh bien, le mot « inquiétant » n'est certes pas assez fort. Donc même si nous espérons nous tromper de p…

Elle s'arrête. Je réalise qu'elle s'apprêtait à utiliser le mot « piste », mais s'est reprise, pensant à Eva.

— Même si nous espérons faire preuve d'une prudence excessive, nous voulons inciter tout le monde à prendre ses précautions. Si vous savez des choses susceptibles de vous mettre en danger, venez nous en parler le plus vite possible, à Danny et moi. Restez deux par deux ou en groupe à tout moment. Y compris la nuit. Préparez vos propres boissons et ne les laissez pas traîner. N'acceptez de nourriture que de Danny et moi. Il ne faut pas sombrer dans la paranoïa, mais…

Carl la coupe. Son rire bref sonne comme un jappement.

— Pas sombrer dans la paranoïa ? Vous avez avalé un clown ?

— Je comprends bien que tout cela est… commence Erin, mais il l'interrompt de nouveau.

— Vous êtes en train de nous dire qu'il y a un putain de fou meurtrier en liberté, et la solution, c'est de faire notre café nous-mêmes ?

— Je n'ai rien dit de tel. (Elle parle d'une voix très posée.) Je ne fais qu'énoncer les faits. Vous n'êtes obligé ni de partager mes conclusions, ni de suivre mes conseils.

— Mais c'est n'importe quoi, putain ! Je devrais vous traîner en justice ! Des milliers de livres pour un séjour dans un chalet de merde au milieu de nulle part avec un cinglé en…

— Oh ! fait Danny.

Il s'avance et va se poster nez à nez avec Carl.

— Ça suffit, mon gars. Erin et moi, on n'est pas responsables si vous avez amené un fou dangereux avec vous !

— Parce que vous accusez les employés de Pister ?

Carl hurle pratiquement à présent. Danny et lui se toisent.

— Parce que ça, mec, c'est de la calomnie, et vous en répondrez en justice !

— Je n'accuse les employés de Pister de rien du tout, crache Danny. Je dis juste que nous avons accueilli plus de cent séjours, et c'est seulement quand vous êtes arrivés, vous autres, que…

— Hé !

Erin s'avance. Elle parle aux deux, mais elle prend le bras de Danny et le secoue doucement.

— Hé… Ça ne fait pas avancer les choses.

— Carl, dit Tiger en posant une main sur son épaule. Allez, Erin a raison. C'est tout à fait compréhensible que tu sois en colère, mais il faut canaliser cette énergie de façon plus positive. Erin et Danny n'ont rien fait de mal. Ils essaient de nous aider. Allez. Respire bien.

Carl se dirige vers l'autre bout de la pièce, marmonnant encore dans sa barbe. Il s'affale sur le canapé, bras croisés, mais je vois qu'il se rend compte que Tiger a raison.

— Inigo, reprend Erin, le réseau, ça ne marche toujours pas mieux ?

— Toujours rien, désolé. Et je n'ai plus que 12 % de batterie. Je l'éteins et j'essaie de l'allumer régulièrement pour vérifier.

— Quelqu'un d'autre ? demande Erin.

Il y a un brin de désespoir dans sa voix. Tout le monde secoue la tête. Il ne doit rester de batterie à personne de toute façon. J'ai éteint mon téléphone quand il est arrivé à 4 %.

— Et qu'est-ce qu'ils ont dit quand vous leur avez parlé ? demande Erin, se retournant vers Inigo.

Il plisse le front.

— Comment ça ?

— Eh bien, ils vous ont donné un délai, ou pas du tout ? Quelque chose sur la manière dont ils se proposent de nous porter secours ? Je suis consciente qu'on ne savait pas toute l'histoire à ce moment-là, mais ils savent que quelqu'un est porté disparu, n'est-ce pas ? J'aurais cru qu'on serait assez haut placés sur la liste des priorités.

— Je…

Inigo fronce les sourcils, comme pour tenter de se souvenir.

— Oui, enfin, je leur ai dit qu'Eva manquait à l'appel et que nous étions coincés dans le chalet en haut du funiculaire. Et j'ai dit… je leur ai parlé de votre cheville. Ils ont juste posé des questions sur nos provisions et dit qu'ils viendraient aussi vite que possible.

— C'est tout ? Pas du tout question de délai ?

— N-non…

Inigo n'a pas l'air sûr de lui.

— Je veux dire, ça captait très, très mal. J'essaie de me rappeler, mais je ne crois pas qu'ils en aient parlé.

— OK.

Il y a dans la voix d'Erin une pointe d'agacement que sa politesse et son calme apparent ne masquent pas tout à fait.

— C'est compréhensible. Eh bien, on va devoir patienter, il faut croire. OK, bon, c'est tout, tout le monde. Si vous passez au salon, Danny et moi allons servir le déjeuner dans très peu de temps.

L'assistance commence à se disperser. Carl marmonne toujours avec colère. Tiger lui parle d'une voix apaisante. Miranda et Rik sont les derniers à quitter le hall. Je suis juste devant eux. J'entends leur conversation à voix basse tandis que nous nous rendons au salon.

— J'imagine qu'Inigo a vraiment appelé la police ? demande Rik.

Sa voix est à peine plus qu'un chuchotement.

— Qu'est-ce que tu veux dire ? répond Miranda, surprise.

— Eh bien… je veux dire… Ça a l'air d'inquiéter beaucoup Erin qu'on n'ait pas eu de nouvelles depuis. Et je comprends son point de vue. A priori, ils auraient dû faire monter *quelqu'un* ici, non ? Même un simple éclaireur.

— Mais on l'a entendu, Rik, on a entendu la conversation.

— On l'a entendu lui, oui. Mais comment sait-on s'il a vraiment passé l'appel ? Déjà, c'est un peu louche qu'il ait du réseau quand personne d'autre n'en avait. Comment ça se fait ?

Miranda ne répond rien. Mais je remarque qu'une fois dans le salon, elle prend la place la plus éloignée de celle d'Inigo, et évite son regard.

ERIN

Pister ID : TITEMU
Écoute : hors ligne
Abonnés : 10

— Fait chier !

Debout dans la cuisine, je regarde Danny mettre la touche finale aux grands bols de salade. Il a fait un boulot formidable avec les boîtes de conserve et les bocaux, mais il est plus difficile de dissimuler un pain rassis et une laitue qui a connu des jours meilleurs. Vingt-quatre heures sans électricité commencent à nuire à la fraîcheur de certains aliments.

— Comment ça, fait chier ? demande Danny sans lever les yeux.

Il émiette des éclats de noix sur une grande assiette de tranches de poires mûres et de Bleu d'Auvergne un peu trop fait.

— C'est juste… je trouve que ça ne s'est pas très bien pass…

Danny goûte l'assaisonnement et hausse les épaules.

— J'sais pas. Tu leur disais un truc que personne n'avait envie d'entendre. Tu t'attendais à quoi… des applaudissements ?

Je hausse les épaules à mon tour. Je ne sais pas trop quoi dire.

Quand Danny est enfin prêt, nous prenons chacun deux bols et les portons à table. En traversant le hall derrière lui en boitillant, je remarque des miettes de croissant éparpillées sur le tapis en peau de mouton. Je ne peux pas y faire grand-chose sans électricité pour l'aspirateur, mais vu mon humeur, j'y vois un signe de l'inexorable décadence qui nous guette, tandis que nous cherchons désespérément à maintenir le cap, Danny et moi.

Dans le salon, il règne un silence assourdissant. Il n'y a plus de fond musical pour masquer les tensions, seulement le discret grésillement du poêle et le murmure de la neige qui cogne doucement contre la fenêtre. Rik et Miranda sont assis côte à côte, leurs bras se touchent. Ils semblent avoir renoncé complètement à cacher qu'ils sont ensemble et, en m'approchant, je remarque que leurs mains sont entrelacées sur les genoux de Miranda.

Tiger parle toujours à Carl à voix basse, comme si elle pouvait le calmer.

Liz est assise sur le bord de sa chaise, mal à l'aise. Elle se ronge les ongles, mais lorsque j'entre dans la pièce, elle retire ses doigts de sa bouche et fait craquer ses jointures nerveusement. La petite pluie de *crac* résonne dans le silence, et Ani, assise entre elle et Topher, fait une grimace involontaire.

Seul Inigo s'est installé à l'écart, et quand je lui propose le dernier bol de salade, il le repousse d'une main.

— Merci, mais je n'ai pas faim.

— Il faut manger, Inigo, je réponds, mais son expression m'inquiète plus que son appétit.

S'il y a une chose dont on n'a pas besoin, c'est d'une dépression fulgurante.

— Je n'ai pas faim.

Il le répète plus vigoureusement et je lève les mains.

— OK, OK. Je ne veux forcer personne. Je le laisse ici, d'accord ? Si vous n'en voulez pas, pas de souci.

Je me prépare à retourner dans la cuisine quand j'entends sa voix, très basse.

— J'ai l'impression que tout le monde m'accuse.

— Ils vous accusent ? Pourquoi ça ?

— À cause de ce que vous avez dit tout à l'heure, parce que je n'ai pas réussi à joindre la police. Je les ai entendus.

Il se met à chuchoter, et je dois me pencher pour entendre ses mots.

— J'ai entendu Rik et Miranda, ils disaient… (Il s'interrompt, avale héroïquement sa salade, et je remarque des larmes dans ses yeux.) Je crois qu'ils pensent que j'ai raconté des bobards. Que je n'ai pas appelé la police, ou que si je l'ai fait je n'ai pas assez insisté sur la gravité de la situation. Mais pourquoi ? (Il lève les yeux, ses yeux d'un bleu extraordinaire baignés de larmes.) Pourquoi j'aurais fait une chose pareille ? À moins que j… à moins que je l'aie t-t…

Mais il ne parvient pas à le dire. *À moins que je l'ai tuée.*

— Je l'aimais, dit-il.

Et sa voix se brise sur la dernière syllabe.

— C'est ce que personne ne comprend. *J'aimais* Eva.

Oh merde. Les rumeurs du premier matin me reviennent, Inigo qui était rentré se coucher tard, et la sortie goguenarde de Topher : « Voilà que ça recommence. Eva devrait se retenir. »

— Je l'aimais ! répète Inigo.

J'ai très, très envie de lui dire de la fermer. Parce qu'il a l'air de penser que cet aveu va le laver de tout soupçon. Mais ce serait plutôt le contraire. Il faut une raison sacrément puissante pour tuer quelqu'un – l'une de ces raisons, c'est l'argent, que nous pensons être à l'origine de tout cela depuis le début. Et Inigo n'avait aucun intérêt financier à tuer Eva. Seuls Topher et Elliot étaient dans ce cas, à notre connaissance. Mais l'autre raison qui pousse les gens au meurtre, c'est l'amour. Or Inigo vient de se dévoiler, et il est le seul candidat dans cette catégorie.

— Je vous crois, dis-je doucement, puis je le regarde se lever et sortir de la pièce, plus capable de donner le change devant ses collègues.

Dans la cuisine, je me laisse tomber sur ma chaise, place ma cheville douloureuse sur le repose-pieds de fortune de Danny, et attends qu'il entre par la porte de service.

— C'était quoi, ce bordel, avec Inigo ? demande-t-il, et je lui explique. Oh putain. Quel petit con. Qu'est-ce qu'ils foutent, entre Eva qui couche avec Inigo et Topher qui s'envoie Ani ? Ils ont pas entendu parler de MeToo ? C'est fini, le temps où on se tapait ses employés impunément. Ça ne se fait pas.

— Mais ça fait qu'il a un mobile, non ? dis-je à contrecœur.

— Je sais pas. Franchement, je crois qu'on pourrait tous leur trouver un mobile. Miranda pourrait être folle amoureuse d'Inigo, elle aussi. Rik pourrait être un incel furieux qui ne supportait pas d'avoir une femme comme boss. Qui sait, franchement ? Je pourrais trouver des vieux dossiers de merde contre chacun d'entre eux. Si tu veux savoir, je crois que c'est les alibis qu'on devrait vérifier. Il doit y en avoir qu'on peut éliminer comme ça.

— Pas pour la mort d'Elliot. Ça pourrait être n'importe qui. On était tous là, tout le monde a fait des allées et venues dans le salon.

— Ani lui a apporté le café. Et on sait qu'elle en pince pour Topher.

— Elle lui a apporté une tasse de café, mais on ne sait pas si c'est celle-là qui l'a tué. Il faudrait être vraiment con pour annoncer à la ronde qu'on apporte du café à quelqu'un qu'on s'apprête à empoisonner.

— Ça pourrait être un double bluff, dit Danny d'une petite voix, mais je vois bien qu'il se fait simplement l'avocat du diable. Cela dit, OK, vérifier les alibis pour Elliot, ça va être épineux, je vois bien. Mais pour Eva ? Si on part du principe qu'Elliot a été tué parce qu'il savait quelque chose sur ce qui est arrivé à Eva…

— Eh bien…

J'essaie de réfléchir, de me rappeler ce que chacun a dit de ses trajets quand on discutait de la disparition d'Eva.

— Ani et Carl ont vu Eva en pleine forme, à mi-pente sur La Sorcière. Donc si quelqu'un l'a tuée, il fallait que ce quelqu'un soit monté avant Ani et Carl. En plus, ça devait être un assez bon skieur pour l'intercepter à mi-pente. Non ?

— Si… confirme Danny, un peu dubitatif. Mais… pour être précis, Carl n'a jamais dit qu'il l'avait vue, techniquement. C'était la parole d'Ani.

— OK, mais elle l'a *vraiment* vue, c'est obligé. C'était avant qu'on ait les infos du GPS d'Elliot. Donc Ani n'avait aucun moyen de savoir qu'Eva avait descendu La Sorcière, n'est-ce pas ? Si elle mentait, elle aurait dit qu'Eva descendait Blanche Neige, ce qui aurait été plus logique. C'est ce qu'aurait dit n'importe qui pour brouiller les pistes.

— C'est vrai, ça se tient. Donc Ani et Carl ne sont pas dans le coup, c'est ça que tu veux dire ?

— Oui, et Liz non plus, parce qu'elle était déjà descendue par la télécabine. Elle est partie avant même qu'Eva arrive au sommet. Il reste ceux qui étaient en haut de la piste avant Eva, c'est-à-dire Topher, Rik, Tiger, Inigo et Miranda.

— Pas Miranda, fait Danny, contre tout attente.

— Pourquoi pas ?

— Eh bien, si on croit ce qu'a dit Ani, Eva a été tuée à peu près à mi-pente de La Sorcière. Ce qui veut dire qu'on cherche quelqu'un qui est suffisamment bon skieur pour s'engager sur cette piste.

Je hoche lentement la tête. Il a raison. Ce qui signifie… eh bien, il ne reste qu'un petit groupe de gens, dans ce cas. Tiger, Inigo. *Peut-être* Rik. Mais je n'en suis pas certaine. Il est bon, mais il ne suffit pas d'être bon. Il faut au moins être excellent. Et Topher.

Nous revenons sans cesse à Topher. Ce qui n'est guère surprenant, car c'est lui qui a le mobile le plus solide. Et à présent, il a aussi la possibilité matérielle. Je réfléchis à haute voix.

— Ils se sont séparés en haut, c'est ça ? Quand le service des pistes a fermé Blanche Neige. Certains sont redescendus en télécabine, et les autres à ski quand même. Ceux qui ont pris la télécabine n'ont rien à voir là-dedans. Il y avait qui ?

— Je ne crois pas qu'ils l'aient précisé. Topher et Inigo sont descendus à ski, mais les autres, je ne sais pas. Tu veux que je pose la question ?

J'acquiesce, hésitante. Je devrais y aller moi-même, en fait. L'attitude de Danny avec le groupe est de plus en plus tendue. Il a failli en venir aux mains avec Carl, tout à l'heure, ce qui est… impensable. Il ne nous manque plus qu'une bagarre, dans cette poudrière de chagrin et de tension. Mais j'ai mal à la cheville. Et je ne peux pas me résoudre à prendre appui dessus pour l'instant.

Quand la porte se referme derrière Danny, je cherche la plaquette d'ibuprofène dans ma poche et compte le temps écoulé depuis ma dernière dose. Trois heures. En théorie, je devrais attendre encore une heure. Mais avant le retour de Danny, je m'empresse de sortir les cachets de leur emballage et j'en avale deux autres.

Tandis que je les fais couler avec une gorgée de thé froid, la porte s'ouvre.

— Topher, Inigo, Tiger et Rik ont descendu Blanche Neige, annonce Danny. Les autres ont pris la télécabine et ont rejoint Liz, qui les attendait en bas.

— OK. Bon… Si l'un d'entre eux est resté en retrait, il n'est pas impossible qu'il ou elle ait remonté la piste en *sidestep* pour descendre par La Sorcière. Mais il fallait être rapide. Très rapide. Eva skiait à toute allure et elle était déjà à mi-parcours quand Ani l'a vue. Ça ne laissait pas beaucoup de temps à la personne pour l'intercepter avant qu'elle arrive en bas.

— À moins que… à moins que…

Danny parle lentement, j'ai presque l'impression de le voir dessiner mentalement les possibilités.

— Et si elle était tombée ? Et si, au moment où la personne l'a rattrapée, elle était blessée, par exemple ? Mettons qu'il ou elle ait fait mine de l'aider à remettre ses skis, et au lieu de ça…

Effectivement, c'est une possibilité. S'il s'agit d'un crime opportuniste et non prémédité… mais une objection me vient, et elle est de taille.

— Il n'y a pas de ravin sur la moitié inférieure de la piste. Ce n'était pas possible de la pousser.

— Non, mais si elle ne pouvait pas bouger, on pouvait la tuer et l'abandonner au milieu des arbres. Elliot a dit lui-même qu'il ne savait pas comment la montagne affectait les signaux GPS. C'est peut-être ça qu'il a découvert… qu'elle n'était pas dans la vallée, en fait. Quelqu'un a pu la tuer sur la piste.

— Peut-être… Mais, attends une seconde. Il y a un autre problème, là.

— Quoi ? Je croyais que j'avançais bien.

— Tout se tient, sauf une chose. Comment quiconque pouvait *savoir* qu'Eva avait descendu La Sorcière ? On parle comme si quelqu'un l'avait suivie délibérément dans l'espoir de la rattraper. Mais personne ne l'a vue partir. Personne ne savait qu'elle skiait sur cette piste.

— Merde, t'as raison. Comment pouvaient-ils savoir par où elle était partie, putain ?

— La seule personne…

Je réfléchis, cherchant à rapprocher les faits dont je dispose.

— La seule personne qui *savait* qu'elle était sur cette piste, c'était Ani. Et si elle l'avait dit à quelqu'un ?

— Si elle l'avait dit à quelqu'un… répète lentement Danny, mais lorsqu'il termine sa phrase, ce n'est pas ce à quoi je m'attendais. Si elle l'a dit à quelqu'un, il se pourrait bien qu'elle soit en grave danger. Il faut qu'on trouve à qui elle a parlé. Et vite.

LIZ

Pister ID : ANON101
Écoute : hors ligne
Abonnés : 1

— Bordel de merde.

Topher est dans ma chambre. *Topher* est dans ma chambre. Il fait les cent pas, encore et encore, entre la porte et moi. Il a l'air hors de lui. Je ne sais pas quoi faire. Ma chambre a toujours été mon refuge, le seul endroit où je peux m'enfermer, à l'abri de tout et tous – de l'odeur de la bière, du bruit des sanglots de ma mère, des aboiements de mon père. « Va dans ta chambre, Elizabeth. » Pour lui, c'était une punition. Pour moi, une échappatoire.

À présent, ma chambre a été envahie et mon échappatoire bouchée.

— Bordel de merde, Liz, c'est un cauchemar. Ils me regardent tous. Ils croient tous que c'est moi !

— Topher…

J'essaie de réfléchir à ce que ferait Tiger dans cette situation. Est-ce qu'elle lui mettrait une main sur le bras ? Est-ce qu'elle lui ferait un câlin ? Cette idée me donne une vague nausée, mais je peux toujours tenter le bras.

J'avance la main, maladroitement, mais il ne tient pas en place. Il file devant moi. Je ne sais même pas s'il me remarque. Je m'apprête à me ronger les cuticules, mais je mets la main dans ma poche pour m'en empêcher.

— Putain, je crois que je vais devenir fou. Oh merde. Eva. Eva !

Topher s'interrompt et se laisse tomber sur mon lit. Il se prend le visage dans les mains, et à ma grande horreur, il se met à sangloter.

Au moins, il ne bouge plus. Je tends la main, essayant de me remémorer comment Tiger a calmé Carl. Je la pose sur son épaule.

Mais là, il laisse échapper un énorme sanglot, déchirant, presque comme s'il s'apprêtait à vomir, et je la retire.

— Topher, je chuchote. Laisse-moi…

Je promène mon regard dans la pièce, cherchant l'inspiration. Mes yeux tombent sur le verre d'eau vide sur la table de chevet.

— Laisse-moi t'apporter un verre d'eau.

Je ne sais pas s'il m'entend ; je me dirige vers le couloir sur la pointe des pieds. Je ferme la porte et m'adosse à elle, respirant péniblement.

Oh mon Dieu, je ne suis pas douée pour ce genre de choses.

Je suis douée pour classer, prendre des notes et m'assurer que tout est cohérent. Je suis douée pour finaliser les détails d'un projet et m'assurer qu'il est carré de bout en bout. Et je suis très, très douée pour me rendre invisible.

En bref, j'étais une assistante parfaite. Mais je ne suis pas taillée pour ça.

ERIN

Pister ID : TITEMU
Écoute : hors ligne
Abonnés : 10

Danny et moi, nous devrions être en train de faire la vaisselle du déjeuner – ce n'est pas une sinécure, sans électricité. La seule eau chaude dont nous disposons vient des bouilloires que nous faisons chauffer sur le poêle à bois, et garder assez de couverts propres pour servir les repas devient un boulot à plein temps. Les assiettes sales de midi forment une haute pile sur l'évier, et les couteaux et fourchettes trempent dans de l'eau tiède qui refroidit rapidement. Mais même s'il est important de nourrir les clients, les maintenir en vie l'est encore plus, et aucun de nous deux ne veut laisser l'autre seul ; aussi quand je propose d'interroger Ani, nous ne discutons pas duquel de nous s'en charge. Nous y allons tous les deux, c'est une évidence. La seule question en suspens, c'est où et comment.

— Maintenant, dit fermement Danny. Si elle a parlé au meurtrier, si c'est elle qui lui a indiqué où se trouvait

Eva, ce n'est qu'une question de temps avant qu'il ou elle s'en rende compte. Et là…

Il ne termine pas sa phrase. Je déglutis. Je sais qu'il a raison.

— Mais si elle est avec un des autres ? Quel prétexte on donne pour lui parler seuls à seule ?

— Non, on lui parle devant tout le monde. Il vaut mieux que ça se sache. Si tout le monde connaît la vérité, c'est très bien. L'assassin ne peut pas nous tuer *tous*.

Il dit ça d'un ton presque désinvolte et, quelque part, j'ai envie d'éclater de rire. Comment en est-on arrivés à parler de meurtre comme s'il s'agissait d'une partie de Cluedo ? Mais il a raison. Ça n'a pas de sens de dissimuler ce que sait Ani. Plus de gens connaissent la vérité, mieux c'est.

Nous la trouvons rapidement. Nous sortons de la cuisine, traversons la salle à manger glaciale, et elle est là, assise dans le hall devant le poêle, à jouer aux cartes avec Carl, Rik et Miranda, ses énormes lunettes remontées sur son front.

— Brelan, annonce Carl d'un air suffisant en abattant trois rois.

— Salut, fait Danny d'un ton brusque, se plaçant face au groupe. On peut vous parler un instant ?

— Bien sûr, répond Miranda avec un soupir, plaçant ses cartes en tas. Carl est en train de nous plumer, de toute façon, alors venez nous sauver d'une autre déculottée.

Elle passe une main dans ses longs cheveux bruns et fait une grimace. Je comprends ce qu'elle ressent. Pas d'eau chaude, ça veut dire pas de douche, et tout le monde a l'air un peu défait, pas net, y compris Danny et moi.

— Il y a du nouveau ? demande-t-elle.

Un bref tiraillement de culpabilité me parcourt quand je vois son visage plein d'espoir. Notre arrivée d'un pas décidé a dû laisser entendre que nous leur apportions des informations.

— Non, navrée, toujours rien.

— Putain, fait Rik. Toujours pas ? Ça ne devient pas un peu… inquiétant ?

— Eh bien, j'avoue que j'aurais espéré que les secours soient là, à l'heure qu'il est.

Je regarde par les grandes fenêtres du hall haut de plafond. Nous sommes au milieu de l'après-midi, mais la neige tourbillonnante assombrit tellement le ciel qu'on croirait le crépuscule, et je ne vois pas les lumières de Saint-Antoine-le-Lac en contrebas, sans parler des chaînes de montagnes à l'horizon. Peut-être que l'électricité est coupée au village aussi. L'idée me vient soudain, désagréable. Les piles de la radio de Danny sont mortes, et nous ne savons pas du tout ce qui se passe là-bas. La situation pourrait être bien pire que ce que nous imaginons.

— Il s'est écoulé plus de vingt-quatre heures depuis l'avalanche, insiste Rik. Est-ce que *quelqu'un* n'aurait pas dû nous contacter, déjà ?

— Je ne sais pas.

Son anxiété me met de plus en plus mal à l'aise. Il a peut-être raison. Peut-être qu'il y a un gros problème.

— Ils sont débordés, j'imagine.

— Où tu veux en venir, mec ? coupe Carl, d'un ton sec, en regardant son collègue. T'as quelque chose à dire ? Vas-y, crache le morceau.

Rik échange un regard avec Miranda et dit, presque à contrecœur :

— Écoutez, ce n'est pas une accusation, n'allez pas penser ça, s'il vous plaît. Mais je dis simplement que… eh bien, c'est vraiment *pas de chance* que personne n'ait pu parler à la police à part Inigo.

— Comment ça ? demande Danny, perplexe.

— Je dis juste… Ce serait bienvenu de savoir ce qui s'est vraiment passé. On n'a entendu que son côté de la conversation. Et ça me semble un peu… bizarre qu'il soit la seule personne à avoir eu du réseau.

— Tu es en train de dire qu'il ne les a pas appelés ?

Les sourcils de Carl remontent jusqu'à son crâne rasé.

Rik ne répond rien. Il hausse légèrement les épaules dans un geste qui pourrait vouloir dire « oui » ou « non », mais qui confirme aussi cette possibilité.

— Merde, dit Carl qui lâche ce mot comme une prière. Meeeerde.

Danny me jette un regard surpris, alarmé, et je prends conscience que je ne lui pas raconté cette partie de ma conversation avec Inigo, au sujet des soupçons de Rik, peut-être parce que je les pensais infondés. À présent, je me sens d'une naïveté effrayante. Et si Rik avait raison ? Et si *personne* n'allait venir ?

— Vous vouliez nous parler de quoi ? demande Miranda, nous ramenant à notre mission d'origine.

Je me reconcentre sur la tâche présente, péniblement.

— Ah oui. Eh bien en fait, nous voulions parler à Ani.

— Ah bon ? dit Ani en levant les yeux de ses cartes. Enfin oui ! Bien sûr, si je peux vous aider.

— Vous voulez qu'on vous laisse tranquilles ? demande Carl, qui commence à se mettre debout, mais il est stoppé par Danny.

— Restez, fait-il. Autant jouer cartes sur table, si vous voyez ce que je veux dire.

Carl réfléchit un instant, puis comprend le bien-fondé des paroles de Danny, acquiesce d'un petit signe et se rassoit.

— Ani, je commence, pesant mes mots pour ne pas provoquer de panique tout en étant aussi claire que possible. Vous avez vu Eva descendre La Sorcière quand vous montiez en télécabine, on est d'accord ?

— Oui. Absolument. Mais ça, je… je vous l'ai déjà dit, non ?

— Oui, mais ce que je voulais vous demander, c'est : est-ce que vous l'avez dit à quelqu'un à ce moment-là ?

— Oh…

Elle plisse le front, tentant de réfléchir.

— Je ne me souviens pas. J'ai peut-être dit quelque chose à Carl ? Genre, *ah, tiens, c'est Eva*. Tu te rappelles, Carl ?

— Pour être honnête, non. Il ne me semble pas que tu aies dit quoi que ce soit, mais je ne pourrais pas non plus en jurer.

— Ah si ! fait soudain Ani.

Ses joues rosissent. Elle ressemble à une enfant qui se réjouit d'avoir trouvé la réponse qu'on attendait d'elle. Je me rends compte, avec gêne, qu'Ani croit que nous *la* testons, que nous vérifions que sa version se tient, et elle est contente de pouvoir corroborer son récit.

— Attendez, je l'ai bien dit à quelqu'un. Quand on est descendus de la télécabine, Topher parlait de se mettre en route, et Inigo a dit : « Mais on ne peut pas, il faut attendre Eva », et j'ai dit : « Non, non, elle ne vous a pas dit ? Elle est déjà partie. Je l'ai vue qui descendait la piste noire. » Je ne sais pas si Topher m'a entendue, mais Inigo, c'est sûr que oui. Il peut vous le confirmer.

Il peut vous le confirmer. Elle me regarde avec ses grands yeux brillants, et sa confiance me fait venir une boule dans la gorge.

Mais Carl… Carl la regarde avec une expression horrifiée, et je sais qu'il vient de faire le rapprochement que Danny et moi avions déjà effectué.

— Mon cul, oui, il peut nous le confirmer, dit-il brusquement. T'as pas capté ?

— Capté quoi ?

Elle semble surprise, comme si on venait de lui confisquer son bon point. Elle ne comprend pas pourquoi Carl n'est pas content pour elle, content que son récit soit vérifié par un tiers.

— Inigo *savait*, fait Carl. Il savait où elle skiait. Et c'est toi qui lui as dit comment la trouver.

— Oh mon Dieu, dit Ani, et le sang quitte son visage, laissant sa peau translucide blanche comme un os, avec ses veines bleues visibles sur les tempes. Oh mon Dieu, vous êtes en train de dire que… Vous dites que…

— Je dis que quelqu'un a descendu cette piste et tué Eva. La question est, qui savait qu'elle était dessus ?

— Pas Inigo ! s'exclame Ani, et sa voix est un cri d'angoisse. Pas Inigo, non, il était… lui et Eva…

Elle s'interrompt, main sur la bouche, comme si elle en avait trop dit.

— Eva se le tapait, fait Carl sans ménagement. Allez, chérie, on sait tous ça. Pas besoin d'être

Sherlock Holmes pour arriver à cette conclusion. Mais coucher avec quelqu'un, ce n'est pas un alibi, tu sais.

— Non !

Ani se lève. La couleur est revenue sur son visage et elle a les joues rouges, l'air furieux.

— *Non*. Je refuse de croire ça ! La mort d'Eva, c'était un accident. Et Elliot, c'est juste… non ! Je refuse… je ne *peux pas* penser comme ça. Je ne peux pas !

Elle laisse échapper ses cartes et sort de la pièce d'un pas chancelant.

LIZ

Pister ID : ANON101
Écoute : hors ligne
Abonnés : 1

Je suis adossée à la porte de ma chambre, dans le couloir, quand quelqu'un monte l'escalier. Je ne vois pas qui c'est, d'abord. Sans éclairage, il fait trop sombre. Mais quand elle approche, je reconnais Ani. On dirait qu'elle a pleuré.

Ma première impulsion est de retourner me planquer dans ma chambre, mais je ne peux pas. Topher est à l'intérieur. Je suis piégée. Elle s'avance vers moi. Je vais devoir échanger avec elle.

— Ça va ? je lui demande.

— Ils… ils racontent des horreurs, dit-elle d'une voix hoquetante. Sur Inigo. Je n'y crois pas, Liz ! Je refuse !

— Quel genre d'horreurs ?

— Qu'il… Qu'il a *tué* Eva. Qu'il n'a pas appelé la police.

— Il n'a pas appelé la police ? Tu es en train de dire que personne ne vient ?

— Mais si, il l'a fait ! gémit Ani. On l'a vu ! C'est complètement injuste, ils racontent ces saloperies et ils ne lui laissent même pas la possibilité de se défendre. Je travaille avec lui depuis deux ans, bon Dieu ! Je le connais !

Elle me laisse là et va frapper à la porte d'Inigo.

Carl l'a suivie dans l'escalier. Les autres viennent derrière. Il y a Rik, Danny muni d'une lampe-torche, Miranda, et enfin Erin.

— Ani, attends, fait Carl.

Juste à ce moment-là, la porte de ma chambre s'ouvre si brusquement que je manque tomber en arrière, car je suis toujours appuyée contre le bois. Topher me pousse et sort dans le couloir. Il a toujours les yeux bouffis, mais il ne pleure plus.

— Qu'est-ce qui se passe ? demande-t-il sèchement.

— Inigo !

Ani cogne toujours à sa porte. Il n'y a pas de réponse.

— Où est-il ?

— Oh mon Dieu, fait Rik en regardant Miranda, puis Erin. Vous ne pensez pas que…

— Oh non, non, s'écrie Danny. Pas encore un cadavre, c'est pas possible. Pas tant que je suis là.

Il pousse Ani, sort son passe de sa poche et ouvre la porte. Puis il promène sa torche dans la chambre.

Il n'y a personne.

Derrière lui, je vois les affaires de Carl, éparpillées un peu partout, et le lit de camp d'Inigo, soigneusement fait et lissé.

Au milieu de l'oreiller, il y a un morceau de papier plié.

Personne ne semble savoir quoi faire, mais Erin s'avance et le ramasse.

— C'est un mot, annonce-t-elle en l'examinant à la lumière de la torche, puis son visage se fige. Oh... merde.

C'est la première fois que je l'entends jurer devant nous. Danny s'est lâché plusieurs fois, mais Erin est toujours restée professionnelle. À présent, elle est blême. Elle lève les yeux vers Danny et marmonne quelque chose que je ne comprends pas.

— Il dit quoi ? demande Topher d'un ton autoritaire.

À part sa voix légèrement éraillée, on ne pourrait pas deviner qu'il pleurait toutes les larmes de son corps il y a quelques minutes.

— J'ai le droit de savoir, je suis toujours P-DG de cette entreprise.

Il prend le mot des mains d'Erin. Elle ne résiste pas. Il le lit à haute voix.

— « Cher tous, j'ai commis une terrible erreur. Je suis parti essayer de la réparer. Ne me suivez pas, s'il vous plaît. Inigo. »

— Oh merde, fait Miranda, imitant la réaction d'Erin. Quel imbécile !

Du seuil de la porte où elle se tient, elle se tourne pour regarder par la grande fenêtre au bout du couloir, celle devant laquelle Inigo s'était posté pour tenter de capter le réseau. Elle est presque entièrement plongée dans l'obscurité à présent. La neige tambourine sur la fenêtre comme si elle tentait d'entrer. Je ne peux pas m'empêcher de tressaillir à cette vue.

— Sérieusement, regardez un peu dehors. Il va se tuer.

— Mais qu'est-ce que ça signifie, en fait ? demande Erin, l'air perplexe. Le mot, je veux dire. Est-ce qu'il explique qu'il n'a *pas* appelé les secours, mais qu'il va les chercher maintenant ? Ou bien qu'il est parti à la recherche d'Eva ?

— Dieu seul le sait, fait Carl sèchement. Il est complètement débile. Il est déjà parti, vous croyez ?

— Bonne question, répond Danny. Je vais voir.

Il s'engage dans le couloir à la hâte, prenant sa torche avec lui. La pénombre se referme sur nous tandis qu'il disparaît. Nous entendons ses pas dans l'escalier, puis la porte de la partie du bâtiment réservée au personnel, où se trouvent les casiers à skis, claque. Lorsqu'il revient, il marche plus lentement, le visage fermé.

— Oui, il est parti, dit-il en s'approchant. Ses skis ne sont plus là. Sa veste non plus.

— *Merde*, s'exclame Carl avec colère. Quel petit con. Il est allé où ? Qui l'a vu en dernier ?

— Je l'ai vu au déjeuner, avance Miranda, et quelques-uns des autres approuvent d'un hochement de tête.

— Moi aussi, je l'ai vu à midi, fait Erin d'un ton sinistre. Il était… Il n'a pas mangé. Il était en piteux état. Il est parti brusquement. Je pensais qu'il montait dans sa chambre, mais il a pu se rendre au vestiaire. Quelqu'un l'a vu, après le déjeuner ?

Tout le monde secoue la tête. Puis Erin fronce les sourcils.

— Et Tiger ?

Nous nous regardons tous, et je vois un effroi subit descendre sur le visage des autres. *Où est Tiger ?*

Sans rien dire, Danny se dirige vers sa chambre. Nous le suivons tous comme un troupeau de moutons angoissés.

— J'en ai ras le cul, fait Danny avec humeur en introduisant son passe dans la serrure.

La porte s'ouvre, et tout le monde se bouscule pour entrer. Je suis à l'arrière, la vue bloquée par les épaules larges de Topher. J'entends la voix d'Ani, pleine d'appréhension.

— Tiger ?

Et là, j'entends une voix ensommeillée :

— Salut, qu'est-ce qui se passe ?

Il y a un soupir collectif, mélange de soulagement et d'exaspération.

— Bon Dieu, Tiger !

C'est Miranda. En général, elle parle avec un accent traînant, huppé. Là, sa voix est coupante, agacée.

— Nous fais pas des coups pareils ! Tu n'as pas entendu Erin ? Il faut rester groupés !

— J'avais verrouillé ma porte, se défend Tiger.

Elle qui d'habitude s'exprime d'un ton égal semble moins sereine tout à coup.

— Il y a un problème ?

— Inigo est parti, dit Miranda.

Et là, à ma grande surprise, sa façade policée semble se fissurer, et elle éclate en sanglots.

ERIN

Pister ID : TITEMU
Écoute : hors ligne
Abonnés : 10

Nous allons tous nous coucher tôt, épuisés par cette journée des plus affreuses. Des paires se forment, chacun s'assure de savoir qui dort avec qui. Miranda et Rik ne se cachent plus. Depuis le craquage de Miranda devant la chambre de Tiger, ils sont devenus inséparables. Rik dit simplement, d'une voix sans appel : « Je vais dormir dans la chambre de Miranda », et il n'y a même pas un semblant de surprise.

Le plus étonnant est sans doute que Tiger et Ani aient choisi de partager une chambre, laissant Carl et Topher, les deux derniers hommes célibataires, tout seuls. J'aurais cru qu'Ani et Topher se mettraient ensemble eux aussi… mais quelque chose a changé entre eux depuis la mort d'Elliot. Ce que je n'arrive pas à déterminer, c'est lequel des deux s'est mis sur la réserve le premier. Elliot est mort en essayant de révéler quelque chose à Topher que lui-même n'a pas voulu écouter…

Pas besoin d'être un génie pour comprendre que Topher avait peut-être une raison de ne pas vouloir qu'il ébruite ses soupçons. D'un autre côté, si Elliot n'a pas pu parler à Topher, c'est parce qu'il était au lit avec Ani… À un certain niveau, même irrationnel, cela ne serait pas surprenant qu'il en veuille à Ani pour ça. Et c'est Ani, indubitablement, qui a monté ce café. Ou du moins *un* café, je me corrige. Même si c'est Topher qui le lui avait demandé, d'après ce qu'elle m'a raconté dans la cuisine. Si toutefois elle m'a dit la vérité. Bon Dieu. Je fais des boucles, là.

Puis Miranda soulève la question que nous avions tous négligée.

— Et Liz ?

Il y a un silence gêné quand nous réalisons qu'une fois de plus, tout le monde a oublié Liz. Tous les yeux se tournent vers elle, qui semble se recroqueviller sur elle-même, s'enveloppant de ses bras comme pour se protéger de nos regards.

— Tu veux, genre, partager une chambre avec moi et Tiger ? demande gaiment Ani, mais Liz secoue la tête.

— Non, merci, je serai très bien toute seule.

— Liz, non, proteste Miranda, d'une voix inquiète. Je ne crois *vraiment pas* que ce soit une bonne idée. Erin a raison. Nous devons rester groupés.

— Franchement, répond Liz. (Il y a quelque chose d'obstiné, de têtu dans son visage.) Je n'aime pas partager ma chambre. Je verrouillerai ma porte.

— Pour tout dire, intervient Danny, Erin et moi, on a des passes. On peut entrer n'importe où. Alors je dis pas qu'on va venir vous zigouiller pendant la nuit, mais ces serrures, ce n'est pas exactement Fort Knox, si vous voyez ce que je veux dire.

— Je mettrai une chaise contre la porte, dit Liz.

Elle croise les bras, et j'échange un regard avec Danny, haussant imperceptiblement les épaules.

— Entendu. C'est vous qui vous ferez enterrer, si besoin.

Ce n'est qu'une fois ces mots prononcés qu'il réalise l'effet produit.

LIZ

Pister ID : ANON101
Écoute : hors ligne
Abonnés : 1

Je sais ce qu'ils pensent quand nous nous rendons tous à nos chambres, traînant les pieds. Ils pensent que je suis folle. Peut-être qu'ils ont raison. Tandis que je ferme la porte derrière moi et glisse le passe dans la serrure, une pensée m'obsède : n'était-ce pas une très mauvaise initiative, une initiative dangereuse, de me singulariser comme ça ? Et si ça donnait des idées à quelqu'un ?

Mais je ne peux pas leur expliquer à quel point la perspective de partager une chambre avec Tiger et Ani me remplit d'effroi. Ça a été suffisamment terrible de me coltiner toute la journée ces visages du passé, coincée dans un cauchemar avec des gens que je connais à peine.

J'ai besoin de mon refuge. J'ai besoin de pouvoir fermer cette porte derrière moi. L'idée de passer la nuit sur un matelas dans la chambre de Tiger, entendant sa respiration régulière, et Ani se retournant dans son sommeil, me révulse.

Je pousse une chaise sous la poignée de la porte, puis me mets au lit, tout habillée. Il fait trop froid pour se changer. Les yeux fermés, je tente de détendre mes muscles roides et de me convaincre que je peux m'assoupir sans risque, quand il y a un bruit à la porte. Je lève la tête. Aussitôt, mon cœur se met à battre à 150.

— Qu-qui est là ?

Ma voix tremble sous l'effet de l'adrénaline.

J'entends à peine le murmure à travers le bois épais.

— C'est moi, Ani.

— Attends.

Je sors du lit et vais retirer la chaise derrière la porte. Puis je l'ouvre prudemment.

Ani se tient derrière, vêtue d'un épais pull rose qui lui arrive presque aux genoux. Ses yeux semblent immenses dans la pénombre.

— Ani, qu'est-ce que tu fais là ? Tu as failli me faire faire une crise cardiaque.

— Je suis désolée, chuchote-t-elle. Je ne pouvais pas dormir, tu vois ? Je n'arrête pas de m'inquiéter pour toi, et je pense qu'Erin a raison. Il faut, tu sais, qu'on reste groupés. Viens dormir avec Tiger et moi, je t'en prie.

— Non, franchement, ça va.

Plantée dans le couloir, Ani se tord les doigts. Je n'aime pas la façon dont elle me regarde, les yeux écarquillés, pleins d'inquiétude.

— *Ça va*, je répète, plus vigoureusement. Retournes-y… Tiger va se demander où tu es passée.

— Tiger dort déjà, fait-elle avec un petit rire chevrotant. Elle s'est endormie comme une fleur, et elle ronfle.

Je ne sais pas comment elle fait, elle est tellement zen. Moi je n'arrête pas de gamberger, de me repasser tout ça dans la tête…

— Je crois qu'elle a pris un cachet. Elle en parlait au petit déjeuner. Mais qu'est-ce que tu veux dire, te repasser tout ça ?

— Oh… rien.

Elle pousse de nouveau un petit rire tremblotant, mais il y a quelque chose dans ses yeux. Un éclat suppliant, anxieux. Je suis prise soudain d'une appréhension fulgurante.

— Ani, est-ce que tu sais quelque chose que tu n'as dit à personne ?

Elle secoue la tête, mais ce n'est pas vraiment une protestation décidée. Plutôt un *je sais pas* inquiet.

— Écoute-moi.

Je chuchote, mais c'est un chuchotement pressant. Ça ne me ressemble pas d'être si autoritaire, mais là, je m'inquiète beaucoup.

— Tu as entendu ce qu'a dit Erin. Si tu sais quelque chose, *dis-le* à quelqu'un. Garder des secrets, c'est la chose la plus dangereuse que tu puisses faire. Tu as vu quelque chose ? C'est quand Elliot a cherché à voir Topher ? Ou ça a un rapport avec Inigo ?

— Non, je n'ai pas… dit-elle, la voix étranglée. J'ai juste… Je n'arrête pas d'avoir le sentiment qu'il y a quelque chose qui ne va pas… quelque chose que j'ai vu… c'est juste… je… je n'arrive pas à mettre le doigt dessus, tu vois ?

J'ai la sensation affreuse que ce qu'Ani ne parvient pas à se rappeler pourrait bien être très, très important.

Il pourrait s'agir d'un indice décisif révélant l'identité de l'assassin. La chose qui le ou la trahirait.

— Ani, *dis-moi*. Ne garde pas ça pour toi.

Nos regards se croisent, et je le vois dans ses yeux. Elle *sait* quelque chose. Et tout à coup, je suis prise d'une frayeur immense.

— Ani, *je t'en prie*.

Je la supplie, je le sais, et je m'en fiche désormais. Mais elle secoue la tête, l'air aussi terrifiée que moi.

— Je ne peux pas, murmure-t-elle. Il faut… il faut que je *réfléchisse*…

Puis elle disparaît dans la pénombre, me laissant seule dans le couloir, regardant la porte de Tiger se refermer doucement derrière elle avec un pressentiment atroce. J'attends, par sécurité, d'entendre le passe verrouiller la porte, puis je me retire dans ma propre chambre. Je ne peux rien faire d'autre.

ERIN

Pister ID : TITEMU
Écoute : hors ligne
Abonnés : 10

— Merde.

Danny est allongé sur un matelas qu'il a traîné dans ma chambre, les mains sur le visage.

— Pourquoi j'ai dit ça, sur l'enterrement, putain ? J'ai vraiment aucun tact ! Il vient d'y avoir deux morts, et ils doivent s'imaginer que ça me fait rigoler !

— Franchement, Danny, je crois que c'est la dernière de leurs préoccupations, là.

Je suis tellement fatiguée que mes yeux me brûlent, et je suis sûre que Danny est dans le même état, mais je sais aussi que je ne vais jamais réussir à m'endormir. Tout va de travers, c'est trop. La présence de Danny, aussi rassurante soit-elle, est bizarre. Il fait très froid dans la chambre. La situation est vraiment funeste. Et je suis effrayée, si je m'endors malgré tout, de faire ce rêve récurrent où je creuse dans la neige, de réveiller

Danny, et qu'il me pose des questions auxquelles je ne peux pas répondre.

Mais, surtout, j'ai incroyablement peur.

Par-dessus le marché, j'ai de nouveau mal à la cheville. Très mal. Et je commence à me demander s'il ne s'agit pas d'une fracture, en fin de compte.

— Quelqu'un devrait déjà être venu, fait Danny dans le silence, et je sais de quoi il parle.

— On ne *sait pas* si Inigo n'a pas téléphoné.

— Qu'est-ce qu'il voulait dire, par « terrible erreur », alors ?

— Je ne sais pas, mais ça n'a pas de sens, Danny. Pourquoi diable n'aurait-il pas téléphoné ? La seule explication, ce serait qu'il ait tué Eva, et dans ce cas, on est plus en sécurité sans lui, n'est-ce pas ?

— Peut-être que c'est le cas. Peut-être qu'il prend de l'avance sur la police. On ne sait pas…

La remarque de Danny me coupe net, et je ne trouve absolument pas quoi répondre. Je ne pense pas qu'Inigo soit un assassin. Il avait l'air doux, et désespéré, et sincèrement chagriné par la mort d'Eva. Mais là, je pense à tous les articles de journaux que j'ai lus sur des types « biens sous tous rapports » ayant tué leurs enfants, leur compagne ou une inconnue. Et je suis forcée de me rappeler ce que fait valoir Danny : ces gens sont de parfaits inconnus pour nous. Même si la situation a créé une espèce d'intimité paradoxale, celle-ci est illusoire. Cela fait moins de trois jours que nous connaissons Inigo et les autres.

Il y a un autre long silence, et pendant un instant je pense que Danny s'est assoupi, mais il pousse un profond soupir.

— Merde, qu'est-ce qu'on va faire, Erin ?

— Je ne *sais pas*.

Ces quatre mots résument tout le désespoir qui s'accumule en moi depuis la disparition d'Eva. Tout cela est atroce, c'est inimaginable. D'abord Eva, puis Elliot, et maintenant Inigo. Nos pensionnaires disparaissent un à un, comme dans un mauvais film d'horreur.

— Si Inigo est vraiment parti chercher de l'aide…

— Je n'y crois pas, tranche Danny d'un ton définitif. S'il a appelé la police comme il l'a prétendu, il n'a pas besoin d'aller les chercher. Et s'il ne les a *pas* appelés, pourquoi se transformer en preux chevalier tout d'un coup ? Ça n'a aucun sens. Il n'est pas parti chercher la police. Il s'est tiré, et ça, c'est un prétexte pour expliquer sa fuite, voilà tout.

Ses mots me retournent l'estomac, mais je ne peux pas nier la logique de son raisonnement. De toute façon, qu'Inigo ait disparu ou pas, ça ne change rien à notre sort. Nous sommes coincés ici, sans moyen de savoir s'il parviendra à ramener des secours, ni même s'il essaiera. Toutes nos analyses n'y peuvent rien changer. Tout ce que nous pouvons faire, c'est attendre. Mais tout un coup, j'ai une idée.

— Attends, il y a un truc qu'on pourrait faire.

— Quoi ?

— Tu pourrais y aller. Tu pourrais aller jusqu'au chalet Haute Montagne à pied. Pour lancer l'alerte.

Il y a un long silence. Puis Danny répond, d'une voix posée :

— Non.

— Je sais que c'est dangereux, mais je ne peux pas y aller avec ma chev…

— Je m'en fous que ce soit dangereux. Je m'en branle complètement. Mais tu as raison, tu ne peux pas y aller, et je ne vais pas te laisser ici avec une bande de psychopathes.

— On ne sait pas s'il y a des psychopathes ici… Si c'est bien Inigo qui…

— Je ne te laisserai pas ici.

Son ton ne laisse planer aucun doute ; ce sera son dernier mot sur le sujet. J'entends un froissement de couverture quand il se retourne dans son lit.

— Un point c'est tout. Maintenant dors.

Mais il s'écoule un long moment avant que le sommeil ne vienne.

LIZ

Pister ID : ANON101
Écoute : hors ligne
Abonnés : 1

Je me recouche. Je suis tellement tendue que je ne suis pas certaine de pouvoir dormir, mais quand finalement je m'assoupis, je sombre dans le sommeil profond, sans rêve, que provoque l'épuisement total. Quand je me réveille, il fait un froid cruel et, même si mes vêtements sont froissés et imprégnés de sueur, je me félicite de ne pas les avoir retirés. Ça aurait été trop pénible de se lever. Même tout habillée, la perspective de sortir du lit est brutale, alors je reste allongée sans bouger et referme les yeux. Je n'ai plus du tout de batterie, donc je n'ai pas la moindre idée de l'heure.

C'est alors qu'un hurlement déchire le silence. Un long hurlement, sonore, qui se prolonge indéfiniment.

Je me redresse d'un coup, mon cœur s'emballe, et je sors du lit aussitôt. Le mouvement est bien trop rapide.

Le sang quitte ma tête et revient dans un flux qui me brûle. L'adrénaline me fait vibrer entièrement.

Dans le couloir, j'entends des coups aux portes. Des voix paniquées qui s'élèvent.

— Ça vient de la chambre de Tiger ! s'écrie quelqu'un.

Les mains tremblantes, je cherche mes lunettes et les place sur mon nez. Il fait tellement froid que mon haleine forme un nuage blanc quand je déverrouille ma porte.

Dans le couloir, Rik, Miranda, Topher et Carl sont rassemblés devant la chambre de Tiger. Miranda porte un bonnet et des gants.

— Ouvrez ! crie Topher. Qu'est-ce qui se passe ? Ani ? Tiger ? Ouvrez la porte !

Le hurlement s'est mué en un sanglot bas. Il est impossible de dire de qui vient le son.

J'entends un bruit de course, et Danny le cuisinier débarque à l'angle du couloir, dérapant dans le virage, vêtu d'un pantalon de survêtement et d'un sweat chiffonné.

— Qu'est-ce qui se passe, putain ? C'est quoi ces cris ?

— On a entendu un hurlement, répond Rik, laconique. Dans la chambre de Tiger et Ani. On n'arrive pas à leur faire ouvrir la porte.

— Écartez-vous, fait Danny, enfonçant sa main dans sa poche pour chercher son passe.

Il la ressort vide.

— Merde, j'ai dû le laisser dans mon autre pantalon. Hé ! dit-il en tambourinant à la porte. Ouvrez ! On ne peut pas vous aider si vous n'ouvrez pas !

Il y a un déclic. La porte s'ouvre.

Avec tout ce monde dans le passage, je ne vois pas qui c'est. Mais j'entends la voix de Miranda, saisie, qui dit :

— Tiger ! Mon Dieu, mais qu'est-ce qui se passe ?

Tiger sanglote si fort qu'elle parvient à peine à articuler :

— Ani, oh mon Dieu, aidez-moi, je vous en prie. C'est Ani. Je crois qu'elle est m-morte.

ERIN

Pister ID : TITEMU
Écoute : hors ligne
Abonnés : 10

Il me faut un temps affreusement long pour parcourir le couloir. Ma cheville a doublé de volume dans la nuit, et prendre appui dessus me fait un mal de chien. Quand j'approche, le concert de voix se transforme en brouhaha de panique.

— Qu'est-ce qui se passe ? je demande, mais personne ne m'écoute, ils sont tous agglutinés devant la porte de Tiger et Ani.

Tiger est recroquevillée dans le couloir, la tête dans les bras, et elle sanglote frénétiquement. Liz est penchée sur elle, terrifiée, et lui passe de temps en temps une main sur les cheveux, précautionneusement, comme si sa tête était sur le point de prendre feu d'une minute à l'autre.

— Qu'est-ce qui se passe ? je répète, et cette fois, Danny sort de la chambre de Tiger, le visage tout gris.

— Putain de merde, ils ont eu Ani.

— *Ils* l'ont eue ? Qui l'a eue ? Qu'est-ce que tu veux dire ?

— Je veux dire que je suis à peu près sûr qu'elle est morte.

Oh mon Dieu. Je sens la terreur monter en moi tandis que je me fraie un chemin dans la chambre.

Ani est allongée sur un matelas, par terre. Elle est à plat ventre, mais quand je tire sur son épaule pour la retourner, son corps se tourne d'un seul coup, comme s'il s'agissait d'un mannequin. Ses membres sont conjoints par la rigidité cadavérique. Je n'ai pas besoin de toucher son visage froid, cireux, pour savoir qu'effectivement, elle est bel et bien morte.

Tout à coup, mes jambes refusent de me porter et je titube jusqu'au lit de Tiger, encore chaud et froissé. Ma vision se brouille par intermittences et je place ma tête entre les jambes pour tenter de me reprendre.

— Ça ne peut pas être Inigo, là, fait Danny d'une voix rauque.

Je secoue la tête, pour confirmer. Ça, au moins, c'est clair. Oh mon Dieu, qu'est-ce que c'est que ce cauchemar ?

— Et il n'en resta que six, fait une petite voix à la porte.

Je me tourne et vois Liz, le visage tel un masque blanc d'horreur, qui contemple la forme inerte d'Ani.

— Quoi ? demande Danny.

Il a l'air perplexe, comme s'il avait mal entendu.

— Rien, répond Liz.

Elle fait un rire tremblant, chevrotant. On dirait qu'elle est au bord de la crise de nerfs. Je sais ce qu'elle ressent. Puis elle tourne les talons et disparaît. J'entends sa porte claquer, et le bruit du passe dans sa serrure. Je ne peux pas le lui reprocher. J'éprouve une puissante envie de faire de même. Mais je ne peux pas. Je dois…

Je me lève, m'approche du corps, et très délicatement, je le tourne de nouveau, me forçant à regarder le visage d'Ani, morte.

On croirait presque qu'elle est morte dans son sommeil. *Presque*. Pas tout à fait. Il y a une petite tache de sang sur sa lèvre, elle a dû se mordre la langue. Et sur son visage, quelques minuscules points rouges. Je sais ce qu'ils sont, ou plutôt, ce qu'ils signifient, mais il me faut me torturer les méninges quelques instants pour me remémorer le terme médical : *pétéchie*. Les étudiants en première année de médecine n'ont pas tellement affaire à des meurtres, mais j'ai vu suffisamment de photos dans les manuels pour reconnaître le phénomène.

Il n'y a pas de marques sur son cou, et pas d'autres blessures que je puisse voir, à part les gouttelettes de sang sur ses lèvres. Quand je me penche pour la replacer délicatement dans la position où je l'ai trouvée, à plat ventre, je remarque qu'il y en a aussi sur l'oreiller. Un vers chante dans ma tête : *Les lèvres rouges comme sang, la peau blanche comme neige.*

— Je pense qu'elle a été étouffée, dis-je à Danny en aparté. Soit on a enfoncé sa tête dans l'oreiller, soit on a plaqué quelque chose sur son visage et on l'a retournée ensuite. À première vue, il n'y pas tellement d'ecchymoses ou de lésions défensives… Ça a dû se passer dans son sommeil.

— Oh mon Dieu.

Le visage de Danny se chiffonne dans une expression d'horreur. Il a vingt-cinq ans, mais on dirait qu'il en a plusieurs dizaines de plus.

— Tu n'es pas en train de me dire… Tiger ?

Je secoue la tête, mais pas pour le contredire ; c'est juste que je ne sais pas du tout que répondre. Je n'arrive pas à croire Tiger, si douce, si zen, capable d'une chose pareille. Mais d'un autre côté, la porte était verrouillée. Et se peut-il vraiment que quelqu'un se soit glissé dans la chambre pour étouffer Ani dans son sommeil sans réveiller Tiger ? Je repense à ses muscles secs, sculptés par le yoga, à ses mains fines et puissantes. J'ai l'impression que la terre est sortie de son axe.

Dans le couloir, les autres attendent, pâles et inquiets. Tiger se tait à présent, ayant pleuré toutes les larmes de son corps, et elle est toujours recroquevillée contre le mur, le bras protecteur de Miranda autour d'elle. Liz est toujours enfermée dans sa chambre. Carl et Rik, le visage sinistre, les traits tirés, se tiennent de chaque côté de la porte telles des sentinelles. Topher fait les cent pas, comme un possédé. Son expression me fait peur.

— Mais putain, qu'est-ce qui se passe ! crache-t-il quand nous sortons de la pièce, Danny et moi, et refermons derrière nous.

— Hé, oh ! fait Danny, levant les mains, mais je lui fais signe de se taire.

Cinq de ces personnes sont effrayées, et en deuil. Une… mais je n'arrive pas à penser ça. C'est trop absurde, trop affreux.

— Venez, descendons au salon, dis-je. Je crois qu'on a tous besoin d'un verre.

Il est à peine 9 heures du matin, mais en bas, je nous sers des whiskys bien tassés et tout le monde boit sans un murmure, sauf Tiger, qui est allongée sur le canapé, tremblante, dans un état que je qualifierais de « choc para-catatonique ».

— Alors ? demande Rik en reposant son verre. Qu'est-ce qui s'est passé ?

— Une seconde, fait Miranda. Où est Liz ?

Une brève panique me parcourt, mais la raison reprend le dessus. Il est impossible que quelqu'un ait tué Liz pendant que nous étions tous dans le couloir.

— Je crois qu'elle est dans sa chambre. Je vais la chercher, dis-je.

— Non, tu n'y vas pas seule, grogne Danny.

Il me suit dans l'escalier puis dans le couloir comme un chien de garde tandis que je me dirige vers la chambre de Liz en boitant sur ma cheville douloureuse et frappe.

— Qu-qui est là ? j'entends à travers le bois.

Elle semble aussi épouvantée que moi.

— C'est moi, Erin. Et Danny. Il faut… il faut qu'on en parle, Liz. De ce qui s'est passé. Il faut qu'on décide quoi faire maintenant. Vous voulez bien sortir ?

Il y a un raclement puis la porte s'ouvre, très lentement, sur Liz, le visage blême, les yeux creux. Elle a l'air terrifiée, comme si la perspective de descendre et d'affronter les autres était la pire chose qu'elle puisse imaginer – je ne peux pas le lui reprocher. C'est aussi ce que j'éprouve. Mais nous n'avons pas le choix.

Quand nous arrivons en bas, Miranda a rallumé le feu et Rik a servi une nouvelle tournée de whisky, remplissant les verres très généreusement. Je suis tentée de les mettre en garde sur l'opportunité d'ajouter encore de l'alcool au mélange explosif, mais comme c'est moi qui ai suggéré de boire un coup au départ, je ne me sens pas le droit de protester.

— Alors, qu'est-ce qui s'est passé ? demande de nouveau Rik en tendant un verre à Liz.

Sa voix est limite agressive, mais je crois qu'en fait, c'est la peur.

— Ne me dites pas qu'elle est juste morte dans son sommeil.

— Non, ce n'est pas le cas, je réponds, très bas, mais tout le monde se tait sur-le-champ. Elle présente ce qu'on appelle une hémorragie pétéchiale. Vous savez ce que ça signifie ?

Tout le monde fait signe que non, sauf Carl, qui hoche la tête.

— Les petits points rouges, c'est ça ? Eh oui, je regarde *Les Experts*. Désolé.

— Exactement. Des petits points rouges signalant l'éclatement des vaisseaux sanguins sous la peau. En général, ça signifie que la personne a succombé à une asphyxie, par étouffement ou pendaison. Dans ce cas, comme il n'y avait pas de marques sur son cou, je pense qu'Ani a sans doute été étouffée dans son sommeil.

— Oh mon Dieu.

Miranda pousse un long gémissement. Elle se prend le visage dans les mains.

— Elle… elle savait quelque chose.

C'est Liz. Elle parle à voix très basse, et je dois faire taire les autres pour l'entendre.

— Elle est venue dans ma chambre hier soir, pour me persuader de ne pas passer la nuit toute seule. Quand je lui ai demandé pourquoi elle ne dormait pas, elle a dit que quelque chose la tracassait, quelque chose qu'elle avait vu. Je l'ai suppliée de me dire quoi…

Sa voix se brise. Je ne l'ai jamais entendue parler aussi longtemps, et elle semble se recroqueviller quand tous les regards se tournent vers elle.

— Putain de merde, fait Danny, d'une voix rageuse, et il se lève, comme s'il ne parvenait pas à contenir ses émotions. Qu'est-ce qu'a dit Erin, enfin ? Si vous savez quelque chose, *dites-le* à quelqu'un.

— Je sais ! s'exclame Liz dans un sanglot. Je l'ai suppliée de dire quelque chose, littéralement suppliée. Mais elle a dit qu'elle n'était pas certaine…

— Tiger.

Miranda secoue délicatement Tiger.

— Tiger, est-ce qu'Ani t'a dit quelque chose, *quoi que ce soit* avant de s'endormir ?

— Je dormais.

Tiger a la voix cassée, très rauque. Il est difficile de comprendre ce qu'elle dit, ses mots sont hachés, nasillards.

— Je regrette tellement… dormais… pris un somnifère…

— Attendez, vous prenez des somnifères ? je demande.

Je jette un coup d'œil à Danny, qui me répond en haussant un sourcil, et je sais qu'il pense, comme moi, aux cachets écrasés dans le café d'Elliot. Tiger laisse échapper un violent sanglot.

— En principe non, mais je ne pouvais pas dormir, je n'arrive pas à dormir depuis qu'on est arrivés. Ça a commencé le p-premier jour. Eva m'a dit que c'était l'altitude. Elle m'a donné quelques-uns de ses cachets.

— C'est vrai, confirme Miranda qui promène les yeux sur le cercle, cherchant du soutien. C'était après le petit déjeuner, le premier jour. Je me rappelle la conversation. Rik, tu l'as entendue, n'est-ce pas ?

— Je suis désolé, fait Rik en haussant les épaules, mais semblant sur la défensive. Je suis sûr que tu as raison, mais je ne m'en souviens pas.

— Tout le monde était là, insiste Miranda. C'était juste avant qu'on aille dans la salle de réunion. Eva a dit à Tiger : « On dirait que tu n'as pas dormi », et Tiger a répondu : « Non, c'est vrai », et Eva a dit : « C'est l'altitude, rappelle-moi de te filer quelques somnifères. » Carl était là aussi. Et Liz. Et Topher.

— Je ne me rappelle pas non plus. J'imagine que j'étais trop préoccupé par la présentation, fait Topher d'un ton assez brusque. Où veux-tu en venir ?

Il a l'air perturbé, comme s'il croyait que Miranda essayait de lui coller une responsabilité sur le dos. Mais je sais pourquoi elle insiste : elle est consciente que Tiger est la suspecte numéro un dans la mort d'Ani. Tiger se trouvait dans la chambre quand Ani a été étouffée, et elle ne s'est pas réveillée. Ce qui est assez improbable – sauf si on sait qu'elle prenait des somnifères. Miranda essaie de prouver que tout le monde avait connaissance de ce détail. Que n'importe qui aurait pu profiter de la torpeur médicamenteuse de Tiger pour se glisser dans la pièce sans la réveiller et tuer Ani. Je l'admire, en un sens : elle défend sa collègue malgré des indices terriblement incriminants.

Mais il reste la question de la porte verrouillée.

— Qui s'est rendu le premier à la chambre d'Ani ? je demande.

— Moi, répond Topher.

Adossé au manteau de la cheminée, il croise les bras.

— Mais c'était fermé à clé. Vous avez bien vu.

D'un signe du menton, il montre Danny, qui hausse les épaules en guise de confirmation.

— J'ai essayé d'ouvrir, oui. C'était verrouillé.

— Alors comment quelqu'un a pu entrer ? demande Topher. Passe du personnel ? Il y en a combien ?

— Juste deux, je fais, en montrant le mien. Il ne m'a pas quitté cette nuit. J'en suis certaine. Danny ?

Mais Danny tapote ses poches, sourcils froncés.

— Je croyais que le mien était là-dedans. J'étais habillé comme ça hier. Je croyais… Deux minutes.

Et sans attendre de volontaire pour l'accompagner, il se lève d'un bond et sort de la pièce.

— Danny ! je m'écrie.

— J'en ai pour une seconde.

Il y a un long silence. Mon cœur bat à une allure désagréable, même si je sais que c'est irrationnel. Tout le monde est là. Sous mes yeux. Mais je commence à avoir l'impression d'être dans *Sa Majesté des mouches*.

Quand Danny revient, il est extrêmement grave, et le regard qu'il me lance m'informe qu'il appréhende ce qu'il s'apprête à dire.

— Bon, je ne vais pas y aller par quatre chemins. Mon passe a disparu. Quelqu'un l'a chouré.

— Merde, dit Rik.

Ce mot fait l'effet d'un coup de feu dans le silence qui suit.

— *Merde*. Vous dites que quelqu'un a accès à toutes les pièces du chalet, maintenant ? Nous ne pouvons plus fermer nos portes à clé ?

— Grosso modo, oui, grogne Danny, sinistre.

— Vous êtes un *branleur*, un irresponsable, putain, vous aviez le devoir de veiller sur nous, et… crache Topher.

Danny se lève pour se mettre au même niveau que Topher et s'avance vers lui, presque menaçant.

— Me parle pas sur ce ton, mec.

— Ah, c'est foutrement pratique, pour vous, hein ? Jusque-là, si quelqu'un parvenait à avoir accès à une des chambres, vous et Erin étiez les premiers suspects, et maintenant, vous avez manigancé…

— J'ai rien manigancé du tout, répond Danny sur le même ton. Et nous mêle pas à ça, Erin et moi. On n'a rien fait, et on n'avait aucun problème jusqu'à ce que vous débarquiez tous et commenciez à vous zigouiller entre vous. On vous connaît ni d'Ève ni d'Adam. Alors le fait qu'un ou une de vos employés ait piqué mon passe…

— Oui, eh bien, parlons-en, aussi, répond Topher avec colère. C'est qui, au juste, Erin ? Parce qu'elle semble un peu surqualifiée pour une hôtesse d'accueil, si vous voulez mon avis. Hémorragie pétrifique ou je sais pas quoi ? Ça fait partie de la formation hôtellerie ?

Merde. Je l'attendais, celle-là. Je pousse un soupir et me lève en prenant appui sur ma jambe valide.

— Non. Non, ça n'en fait pas partie. La vérité, c'est que…

Je jette un coup d'œil à Danny, me demandant jusqu'où je peux aller dans mes explications.

— La vérité, c'est que j'ai été à la fac de médecine avant de m'installer ici. Je ne suis pas allée au bout de mes études, mais c'est comme ça que je connais la pétéchie.

— Il n'y a pas que ça, si ? insiste Topher. Ça me tracasse depuis qu'on est arrivés. Je vous *connais*. J'en suis sûr et certain.

Putain. *Putain*.

Ça n'a plus de sens de botter en touche.

— Oui, vous me connaissez sans doute. Mon nom de famille est FitzClarence. Tous mes amis m'appellent Erin, mais c'est mon deuxième prénom.

— Mais putain, je le savais !

C'est un cri de triomphe.

— Je *savais* que je vous connaissais. Dorothea FitzClarence. J'étais au lycée avec votre frère, Alex… celui qui…

Il laisse sa phrase en suspens, et je hoche la tête, à contrecœur, parce que je n'ai pas le choix.

— *Quoi* ? s'exclame Danny.

On dirait qu'il a été frappé par la foudre.

— Erin, c'est quoi ces conneries ? Dorothea… tu… quoi ?

— Laissez-moi vous présenter lady Dorothea de Plessis FitzClarence, fille cadette du marquis de Cardale, claironne Topher sur un ton des plus malveillants.

LIZ

Pister ID : ANON101
Écoute : hors ligne
Abonnés : 1

À voir les visages perplexes à la ronde, c'est évident que je ne suis pas la seule à ne plus rien comprendre. Erin a l'air dévastée. Topher a l'air ravi. Mais tous les autres semblent aussi confus que moi. Qu'est-ce qui vient de se passer ? Quel rapport avec la mort d'Ani ?

Nous n'avons pas le temps de répondre à ces questions. Danny fait volte-face si brusquement qu'il renverse une chaise qui tombe dans un grand fracas, faisant valser un verre de whisky qui se pulvérise.

— Danny, plaide Erin, désespérée.

— Espèce de sale menteuse, lâche-t-il sans se retourner.

Puis il sort de la pièce.

Erin jette un regard furieux à Topher.

— Merci infiniment, dit-elle, puis elle part à la poursuite de Danny en claudiquant.

— Ah ! fait Topher, s'asseyant sur un fauteuil.

Une satisfaction mauvaise s'est peinte sur son visage.

— Topher, dit Miranda, perplexe, c'était quoi, ce cirque ? Ani est *morte*, bon sang. Tu as oublié ça ?

— Non, répond-il, sur la défensive, bien que je pense qu'en fait, cette réalité lui était sorti de la tête, ne serait-ce qu'une minute ou deux. Non, pas du tout. C'est très blessant d'insinuer ça, Miranda. Mais j'en peux plus de ce cuisinier à la con qui balance des accusations à tort et à travers. On n'est pas les seuls à avoir des secrets.

— Parle pour toi, vieux ! jette Carl. Je ne cache rien du tout. Qu'est-ce que ça peut faire, au juste, si Erin est un peu plus aristo qu'elle ne l'a laissé voir ? C'est quoi, le rapport ?

— Eh bien, elle a des intérêts dans l'affaire, elle aussi, siffle Topher, rageur. J'en ai ras le cul de les voir se la jouer au-dessus de tout soupçon.

— Je me souviens d'Alex FitzClarence, fait lentement Rik. Il avait deux ans de moins que nous. Il est… il est pas mort il y a quelques années ?

— Si, c'est lui. C'était un mec vraiment chouette, en fait. Ce n'est pas là que je voulais en venir. Ce que je voulais dire, c'est qu'Erin est un petit peu plus impliquée dans cette affaire qu'elle ne veut bien le laisser voir. Et ce qui est arrivé à Alex…

Il s'interrompt. Tout d'un coup, son expression se transforme et il empoigne le bras de Rik, si fort que celui-ci fait une petite grimace. Topher fait la tête d'un gamin qui vient de recevoir un cadeau de Noël très généreux.

— Attends deux secondes. Alex est mort dans une avalanche. Avec son meilleur pote.

— Qu'est-ce que tu essaies de dire ? demande Rik, méfiant.

— Je me rappelle l'article dans la newsletter des anciens élèves. « Alex FitzClarence est mort dans une avalanche dans les Alpes avec son meilleur ami, Will Hamilton. La seule survivante était la petite amie de Will, Dorothea FitzClarence. »

— Topher.

Miranda a l'air aussi alarmée que Rik, à présent.

— Topher, où veux-tu en venir ?

— Ce que je remarque, c'est que ce n'est pas la première fois que notre petite Erin est impliquée dans un accident de ski fatal.

ERIN

Pister ID : TITEMU
Écoute : hors ligne
Abonnés : 10

— Danny !

Il n'y a pas de réponse, mais je sais qu'il est à l'intérieur.

— Danny, je t'en prie, je suis désolée. Laisse-moi m'expliquer, s'il te plaît.

Je cogne à sa porte pour la vingtième ou la trentième fois, mais sans plus d'espoir. Il ne veut pas ouvrir, c'est clair.

Pourtant, il finit par le faire.

— T'as intérêt à avoir une bonne explication, alors, dit-il, et son expression est tellement furieuse que je frissonne.

— Danny, je suis désolée.

— Tu as dit que tu allais t'expliquer…

Il croise les bras, contenant sa rage à grand-peine.

— Alors vas-y. Explique. Explique pourquoi tu m'as menti.

— Je ne t'ai pas menti…

Il commence à me refermer la porte au nez.

— Attends ! je m'écrie, et d'instinct, je glisse mon pied dans l'embrasure, oubliant qu'il s'agit de ma cheville blessée qui se coince dans la porte.

Elle craque et je pousse un hurlement de douleur pure. Danny plaque sa main sur sa bouche.

— Oh putain, Erin, je suis désolé, je suis vraiment désolé. Tout va bien ! lance-t-il, sachant que les autres ont sans doute sursauté en entendant mon cri, s'attendant au pire des scénarios. Erin va bien, elle s'est juste cogné la cheville !

— Je vais bien ! je lance, la voix cassée, clignant des yeux pour chasser les larmes de douleur qui ont afflué d'un coup.

Qu'ils nous croient ou qu'ils n'entendent rien à travers la porte de service, ils n'accourent pas.

Quoi qu'il en soit, entre nous, le blocage s'est desserré, car Danny ouvre sa porte plus grand et montre le lit d'un signe de tête.

— Tu ferais mieux d'entrer. Reposer ton pied.

Je vais m'asseoir docilement, claudiquant.

Il y a un long silence.

— Alors ? demande enfin Danny.

Chaque muscle de son corps hurle son hostilité, mais au moins, il me laisse une chance de m'expliquer.

— Tu as raison. Même si je ne t'ai pas menti, je ne t'ai pas franchement dit la vérité.

— Je croyais qu'on était amis, fait Danny, et même si la colère quitte peu à peu son visage bienveillant et chiffonné, ce qui reste est pire : il est blessé et perplexe.

Je croyais… je croyais qu'on était dans le même camp, toi et moi.

— On l'était… on *l'est*, je fais, du fond du cœur. Ça ne change absolument rien. Tout ce que je t'ai raconté, sur moi, sur le fait que j'ai plaqué la fac, c'est vrai, tout. Simplement, je ne t'ai pas dit pourquoi.

— Alors pourquoi ?

Danny croise les bras et s'adosse à sa petite commode, me faisant comprendre par son langage corporel que je ne vais pas m'en sortir à si bon compte. Je me suis mise dans un trou, il faut que je fasse l'effort de m'en extraire.

Je déglutis. Je n'ai parlé de ça à personne – pas depuis les jours et les semaines cauchemardesques qui ont suivi l'accident. Mais je lui dois la vérité.

— C'est vrai que mon père est marquis. Mais honnêtement, Danny, le titre est très pompeux par rapport à la réalité. Il n'habite pas dans un château. Ma famille n'est pas particulièrement friquée. Alex est allé en pension dans un lycée huppé, mais je suis allée à l'école publique, parce que mes parents ne pouvaient pas se permettre de payer deux fois les frais d'inscription. Je ne suis pas différente de toi.

Il me jette un regard comme pour dire : *tu te fous de ma gueule ?* Et je grimace, car il a raison. Danny a grandi dans une HLM de la banlieue de Portsmouth, fils unique d'une mère célibataire qui a galéré pour joindre les deux bouts pendant des années. Il s'en est sorti à la force du poignet, sans l'aide de personne. Même si la fortune des FitzClarence n'est plus ce qu'elle était, loin de là, nous n'avons *pas eu* la même enfance, c'est un fait. Et prétendre le contraire est assez insultant.

— OK, pardon, c'était maladroit. Ce n'est pas ce que je voulais dire. Je voulais juste dire… j'essaie d'expliquer…

Je m'interromps et me prends la tête à deux mains. Il ne me manquait plus que ça. Danny était la seule personne à être de mon côté, la seule personne sur qui je pensais pouvoir compter. Est-ce que je viens vraiment de bousiller ça, grâce à Topher ?

— Quand j'avais dix-neuf ans, je reprends plus lentement, je suis allée en vacances au ski avec mon copain, Will, et mon frère, Alex, qui était aussi le meilleur ami de Will. On faisait du hors-piste et on était stupides. On a été pris dans…

J'avale ma salive. Je ne sais pas comment parler de ça, comment expliquer l'horreur de ce qui s'est produit. Les mots ne suffisent pas.

— On a été pris dans une avalanche. C'est nous qui l'avons déclenchée. On portait tous des kits de survie, mais Alex n'a pas réussi à enclencher le sien. Celui de Will s'est ouvert, mais ça ne l'a pas sauvé pour autant, il était trop enseveli, et je n'ai pas réussi à creuser assez vite pour le sortir de là. J'ai été la seule survivante.

Je me tais. Je ne peux pas poursuivre. Je ne peux pas décrire ces heures de cauchemar sur la montagne, sanglotant tandis que je creusais, les mains ankylosées, en sang, dans les congères durcies pour tenter de déterrer Will, piégé la tête en bas sous une tonne de neige et de glace. Je creusais, je pleurais, je pleurais, je creusais, me servant de tout ce que je pouvais trouver dans mon kit – mon passe, ma bouteille d'eau –, tout ce qui pouvait tenir lieu de piolet de fortune, parce que mes bâtons et mes skis avaient disparu depuis longtemps, arrachés de mes pieds plus haut sur la pente.

C'était trop tard. Je le savais. Je le savais même avant de commencer à creuser, je crois, et à mesure que les heures passaient, entourée de neige silencieuse, immuable, j'ai peu à peu trouvé la force de l'accepter. Mais j'ai creusé quand même. Pas seulement pour Will, mais aussi pour ma propre survie. Parce que Will avait la balise GPS dans son sac. Et si je ne l'activais pas, j'allais mourir avec lui.

Les secours ont fini par nous retrouver. Ou plutôt, ils m'ont retrouvée. À leur arrivée, j'étais en hypothermie, le cadavre de Will dans les bras. Le corps d'Alex n'est réapparu qu'au printemps suivant.

— Je… je ne pouvais pas retourner à mon ancienne vie, dis-je très doucement. Tu comprends ça ? Elle n'avait plus aucun sens. Je suis rentrée pour enterrer Will, mais ensuite je suis revenue dans les montagnes, d'abord parce que je ne supportais pas l'idée de laisser Alex, et puis parce que…

Je me tais de nouveau. Pour être honnête, je ne sais pas pourquoi je suis restée. Je sais seulement que je ne supportais pas d'être en Angleterre, avec la pitié de tous mes amis qui me suffoquait, et le chagrin affreux, écrasant de mes parents. Être ici, au cœur de la beauté austère des Alpes, et me forcer à contempler les montagnes qui avaient tué Will et Alex, ressemblait pour moi à une sorte de pénitence.

— C'est pour ça que tu ne fais jamais de hors-piste oui, lâche Danny d'une voix rauque.

Il me regarde très différemment à présent. La colère est partie. Il ne reste qu'une espèce de… pitié. Ça me fait mal de voir ça sur son visage, et je détourne les yeux en hochant la tête.

— Oui, c'est pour ça. J'adore toujours le ski, c'est pervers, je sais. Mes parents pensent que je suis folle. Mon père m'a traitée de masochiste quand j'ai commencé à bosser ici. Mais apparemment, je suis incapable de quitter les montagnes, et on ne peut pas vivre ici toute l'année sans skier. Cela dit, je pense que je ne ferai plus jamais de hors-piste.

— Putain, Erin. Pourquoi tu ne me l'as pas dit ?

Mais Danny n'attend pas de réponse. Il sait pourquoi je ne lui ai pas révélé mon secret – il sait aussi que ça n'a rien à voir avec lui : je ne supportais pas l'idée de le dire tout court. Je ne supportais pas la perspective de devenir une victime dans son regard aussi.

Il y a un silence, puis il me prend dans ses bras. Je laisse aller mon visage contre son épaule chaude et musclée, ferme les yeux et inhale sa bonne odeur familière. Je sens mes larmes tremper son pull adouci par l'usure.

— Alors, t'es une vraie aristo, hein ? dit-il avec un petit gloussement, et je réponds par un petit rire tremblant et lève la tête, m'essuyant le nez avec ma manche. Ta place est en bas, avec cette bande, pas ici avec les serviteurs, le petit peuple.

— Certainement pas, je réponds avec un peu plus de force que je n'en avais l'intention et Danny rit de nouveau. Non, Danny, je ne déconne pas. Ma place n'est pas avec ces gens, plus maintenant. Je ne sais pas si elle l'a jamais été. Ce qu'ils représentent…

Je m'interromps, pensant à Topher et à son existence bien protégée, son bouclier de fric – tout lui est apporté sur un plateau, il n'a jamais eu besoin de se bouger, jamais eu besoin de se faire rabaisser par un patron, jamais eu besoin de ramasser les slips sales d'un inconnu ou de s'employer à un des milliards de boulots humiliants, assommants, que le reste du monde considère comme inévitable.

Ils sont arrogants, voilà ce que je réalise. Carl et Liz peut-être un peu moins, mais au fond, ils le sont tous, chacun à son niveau. Ils sont protégés par la magie de leurs actions, de leur statut, de leur propriété intellectuelle. Ils s'imaginent que la vie ne peut pas les atteindre – j'étais comme ça, avant.

Sauf que maintenant, ça y est. La vie les tient à la gorge. Et elle refuse de lâcher.

LIZ

Pister ID : ANON101
Écoute : hors ligne
Abonnés : 1

— Tu veux dire qu'Erin a manigancé tout ça ?

Miranda a l'air sceptique. Elle croise les bras et regarde Topher en plissant ses yeux sombres. Topher est sur la défensive, visiblement.

— Non. Non, ce n'est pas ce que j'ai dit… juste…

— Mais tu l'as insinué.

Je prends conscience d'une chose : Miranda n'aime pas Topher. Je ne sais pas pourquoi je ne l'avais pas remarqué plus tôt… peut-être parce qu'elle est toujours très polie et protocolaire. Là, elle ne prend pas la peine de cacher son opinion.

— Tout ce que j'ai dit, c'est qu'une fois, c'est pas de chance, mais deux fois, c'est vraiment une *sacrée* coïncidence. Dans combien d'accidents de ski mortels peut être impliquée une seule personne ?

— Et si tu arrêtais de tourner autour du pot ? réplique Miranda, mordante. On sait tous pourquoi tu as tellement hâte de jeter le soupçon sur les autres.

— Qu'est-ce que tu sous-entends ? demande Topher, la voix soudain menaçante.

— Je ne *sous-entends* rien.

Miranda s'avance vers lui. Sans ses talons, elle fait exactement la même taille que lui.

— J'énonce des faits. La plupart des personnes présentes s'apprêtaient à gagner une grosse somme d'argent avant la mort d'Eva. Très peu d'entre elles avaient une raison de vouloir se débarrasser d'elle. Mais toi, tu étais une de celles-là.

Rik et Carl échangent un regard gêné. Ni l'un ni l'autre ne vole au secours de Topher.

— D'une, c'est de la putain de calomnie, et de deux, tu parles de *ma meilleure amie*… commence Topher rageusement.

Mais à ce moment-là, Tiger lève la tête et dit quelque chose. C'est un râle presque inaudible, mais toutes les têtes se tournent vers elle, et Topher s'arrête au milieu de sa phrase.

— Qu'est-ce que tu as dit ?

Miranda pivote sur elle-même, et Tiger se redresse à grand-peine, écartant ses cheveux de ses yeux. Son visage est marbré de rouge et blanc.

— Elle a dit quelque chose, répète-t-elle, la voix enrouée par les larmes.

— Qui ? demande Rik, qui vient s'agenouiller à côté d'elle et, pressant, lui prend le bras.

Son geste a dû être plus brutal qu'il n'en avait l'intention, car elle grimace un peu.

— Qui a dit quoi ?

— Hier soir. Ani. Je viens de me rappeler. Elle a dit quelque chose. Elle a essayé de me réveiller, mais j'étais… (Elle hoquette, ravalant un sanglot.) Elle a dit : « Elle, je ne l'ai pas vue. » Si seulement j'avais réussi à me réveiller vraiment, si seulement je n'avais pas pris ce cachet…

Sa voix se brise. Deux grosses larmes coulent sur ses joues.

— Tiger, reprend Miranda, mal à l'aise. (Elle s'accroupit à côté de Rik.) Tiger, tu es *sûre* de ça ? Parce que tu disais que tu ne t'étais pas réveillée.

— Je sais, je sais que j'ai dit ça, mais je me trompais, je m'en souviens maintenant. Je me souviens qu'elle m'a secouée. Je me rappelle ces mots.

Miranda jette un regard interrogateur à Rik qui hausse imperceptiblement les épaules.

— Eh bien, fait Topher, un accent de triomphe dans sa voix. Voyez-vous ça. « *Elle,* je ne l'ai pas vue. » Maintenant, qui a une bonne raison de commencer à salir les autres, madame Kahn ? Après tout, on dirait que la moitié de l'assistance se retrouve hors de cause, n'est-ce pas ?

— Quoi donc ? fait une voix grave venant du hall.

Danny et Erin se tiennent tous deux sur le seuil, côte à côte. Erin a l'air d'avoir pleuré. Je ne sais pas s'ils sont complètement réconciliés, mais ici, ils présentent un front uni. Topher semble légèrement agacé.

— Tiger prétend que… commence Miranda, mais Tiger la coupe dans un sanglot furieux :

— Je ne *prétends* rien ! Je l'ai *entendue*, j'en suis certaine. Ani a essayé de me dire quelque chose hier soir. Elle m'a secoué l'épaule et elle a dit : « Elle, je ne l'ai pas vue. » Mais je n'ai pas réussi à me réveiller complètement. Par contre ça colle avec ce que Liz a dit. Quelque chose tracassait Ani, elle essayait de comprendre, et elle n'était pas sûre de ce que ça voulait dire.

— « Elle, je ne l'ai pas vue », répète lentement Erin. Vous en êtes sûre, Tiger ?

— Oui, répond Tiger, plus fermement cette fois. Oui, à l'instant, j'étais allongée en train d'essayer de me remémorer la nuit dernière, de voir si j'avais entendu quelque chose, et je me suis souvenue tout d'un coup qu'Ani est venue me trouver, elle m'a secoué l'épaule. C'était comme un flash-back.

— Ce qui implique, insiste Topher, que c'est une femme qu'on recherche. Non ? *Elle*, c'est ça qu'elle a dit, d'après Tiger. Ani essayait de comprendre quelque chose sur une des femmes ici présentes.

Il jette un regard noir à Miranda.

— Pas forcément… dit lentement Danny tout en se grattant la tête, ayant l'air de réfléchir. Peut-être qu'elle ne parlait pas de l'assassin. Ani est la seule personne à avoir vu Eva sur la piste, n'est-ce pas ? Carl était le seul autre passager de la télécabine, et il ne l'a pas vue. Je me trompe ?

— Non, fait Carl. Mais qu'est-ce que vous voulez dire ?

— Je veux dire… Et si Ani s'était rendu compte qu'elle avait commis une erreur ? Et si Eva n'avait jamais descendu cette piste, en fin de compte ?

— *Mais bien sûr que si !* proteste Miranda, exaspérée. Les données de géolocalisation d'Elliot le prouvent.

— Elles prouvent que son téléphone y était. Mais la seule preuve de la présence d'Eva sur cette piste, c'était qu'Ani l'avait vue. Et si elle s'était rendu compte qu'elle s'était trompée ? Et si… qu'est-ce que vous dites de ça… et si Eva avait simulé sa propre mort ?

Cette suggestion fait circuler une onde d'excitation dans le cercle. Les visages s'illuminent. Les gens ont envie d'y croire. L'hypothèse de Danny est une solution qui nous dispense de l'existence d'un assassin, et tout le monde voudrait désespérément qu'elle soit vraie.

Sauf qu'il y a un problème. Deux problèmes, en fait. Cette solution n'explique ni la mort d'Elliot ni celle d'Ani. Elle ne tient pas une seconde. Ils s'en rendraient compte s'ils réfléchissaient un peu. Mais je vois bien qu'ils ne réfléchissent *pas*.

La perspective de prendre la parole devant les autres me tétanise, mais je dois dire quelque chose.

— Eva *était* sur cette piste. Je l'ai vue aussi.

Tous les yeux se tournent vers moi. J'ai l'impression qu'ils me fouillent du regard. Mes joues rougissent. J'ai envie de m'enfoncer dans le sol.

— Qu'est-ce que tu as dit ? demande Miranda, presque accusatrice.

— J'ai dit que j'avais vu Eva. Je descendais par la télécabine, et je l'ai vue skier, moi aussi ; plus haut qu'Ani, mais je l'ai vue. Elle était sur La Sorcière. Ani ne s'était pas trompée. Elle devait parler d'autre chose.

— Et ça ne t'est pas venu à l'esprit de le dire avant ?

— Je n'ai pas… ce n'est pas…

Je ne finis pas ma phrase.

— Pas *d'autre chose*, de *quelqu'un d'autre*, rectifie Danny, sèchement, et il y a un silence.

Tout le monde se dévisage, l'un après l'autre. Nous sommes en train de réaliser la même chose. Si Tiger a raison, Ani ne pouvait parler que d'un très petit nombre de personnes. Topher croise les bras. *À toi de jouer*, dit son expression quand il regarde Miranda.

— Tiger, tu es sûre ? demande Miranda, un accent de désespoir dans sa voix. Tu es absolument sûre qu'Ani a dit *elle* ?

— J'en suis sûre, confirme Tiger, catégorique.

Un très long silence s'impose. Miranda se lève et sort de la pièce.

— Je m'en fiche, lance-t-elle en sortant. Je m'en *fiche* de ce qu'a dit Ani. Il y a une seule personne dans cette pièce qui avait une raison de tuer Eva. *Une seule personne*. Arrêtez de faire comme si ce n'était pas le cas.

Puis il ne reste que le silence, et le clac-clac de ses talons dans l'escalier en colimaçon tandis qu'elle monte dans sa chambre.

Une fois qu'elle est partie, une grande gêne plane dans le salon. Topher est adossé à la cheminée, rouge de colère. Rik a l'air tiraillé. Tiger est voûtée, une main sur le visage. Erin et Danny ont l'air extrêmement mal à l'aise. Carl rompt le silence.

— Ouais, mais elle a raison, n'est-ce pas ?

Sa voix semble briser une espèce de sortilège ; Topher se redresse et se dirige vers la porte.

— J'en ai plein le cul. J'arrête les frais.

— Qu'est-ce que tu veux dire ? demande Rik, qui le fixe, décontenancé. Tu arrêtes quoi ?

— *Ça*. Je vais pas rester à mariner avec vous autres comme des foutues grenouilles dans une cocotte-minute. Je n'ai *pas* tué Eva, contrairement à ce que Miranda et Carl ont envie de croire, et je n'ai certainement pas tué mon meilleur ami et notre responsable de com'. Et je ne vais pas attendre d'être le prochain à me faire buter pour le prouver. Je me casse. Je vais descendre à Saint-Antoine-le-Lac en skis de fond.

— Tu es fou, réplique Rik du tac au tac. La piste est bousillée, il y a des arbres et des rochers partout. Et regarde le temps, putain ! Tu vas crever de froid.

Topher hausse les épaules.

Il y a un bref silence.

— Tu es fou ! répète Rik, avec désespoir, avant d'ajouter : Je viens avec toi.

ERIN

Pister ID : TITEMU
Écoute : hors ligne
Abonnés : 10

Il est presque midi. Le groupe a passé la dernière heure – au bas mot – à discuter de la décision de Topher. Quant à lui, il prépare ses affaires, déterminé. Pour l'instant, il a un kit de survie avalanche, quelques barres énergétiques, une corde, et il cherche une pelle, même si je ne vois pas trop comment il imagine s'en servir. Mais s'il ne parvient pas à atteindre Saint-Antoine avant la tombée du jour, il va avoir besoin d'un abri quelconque, donc ce n'est peut-être pas une si mauvaise idée. Il y a des tactiques de survie pires qu'un abri de neige.

Par-dessus tout, il semble résolu à se tirer – et tant pis si son plan est stupide ou risqué. La tirade de Miranda a ouvert la porte sur une chose que les autres refusaient jusqu'ici de regarder en face : Topher *est* la personne pour qui la mort d'Eva était le plus profitable. Il vient d'hériter de tout ce qu'il désirait, à savoir le contrôle exclusif de Pister. Rik et Liz, en revanche, vont perdre des millions de livres si le rachat n'est pas finalisé, et je vois mal Miranda et Carl conserver leur poste s'ils survivent à ce séjour. Quels que soient les faits, il semble peu probable qu'ils puissent continuer de bosser pour Topher après avoir presque frontalement accusé leur patron de meurtre. C'est un point de non-retour.

Je peux comprendre qu'il ait le sentiment ne pas pouvoir rester ici, de même qu'Inigo a estimé ne pas avoir d'autre choix que de partir quand le groupe s'est ligué contre lui. Ce qui est plus surprenant, c'est que Rik semble décidé à l'accompagner – mais je ne sais pas, franchement, ce qu'en pense Topher. Il a essayé de dissuader Rik, mais on ne peut contester que deux personnes ont plus de chances de s'en sortir qu'une seule. La météo est dangereuse, et si un voyageur solitaire se tord la cheville, sans téléphone portable, sa mort sera presque certaine. Au moins, à deux, il en reste un pour aller chercher les secours.

À 12 h 15, Rik et Topher, dans le hall, examinent le plan à large échelle de la station que nous avons accroché à un mur et discutent des itinéraires possibles, quand Tiger descend l'escalier en colimaçon. Elle a revêtu sa tenue de snowboard, et elle a l'air décidée.

— Je viens avec vous aussi, annonce-t-elle sans préambule.

Topher fait la moue.

— Tiger…

— Non, n'essaie pas de me faire changer d'avis. Je suis aussi bonne snowboardeuse que toi, et je suis meilleure que Rik, dit-elle sans fausse modestie. Et je ne peux pas rester ici après ce qui…

Elle s'étrangle, s'interrompt, reprend :

— Après ce q-qui… s'est passé.

Mais elle ne peut pas en dire plus. Je remarque que, sous son anorak *oversize*, elle a serré ses petits poings.

Rik et Topher se regardent, je ne sais pas trop ce qu'ils en pensent. Tiger reste la personne pour qui il était le plus facile de tuer Ani, c'est indéniable. Elles étaient enfermées ensemble dans une chambre, et l'une des deux ne s'est pas réveillée. Mais elle a aussi été très ferme sur les derniers mots d'Ani, qui éloignaient les soupçons de Topher – une meurtrière n'aurait pas d'intérêt à faire ça. De plus, Rik et Topher sont deux mecs, baraqués, musclés et pèsent sans doute chacun le double du poids de Tiger. Si elle est réellement la coupable, on l'imagine mal avoir le dessus sur l'un d'eux, encore moins sur les deux. D'un autre côté, je vois presque Rik et Topher faire ce calcul mentalement : si l'un ou l'autre est l'assassin, ne vaut-il pas mieux s'accompagner d'une tierce personne ?

Le côté surréaliste du raisonnement me frappe de nouveau, et je réprime un bref rire nerveux, puis une main plaquée sur la bouche.

— Qu'est-ce que vous dites ? demande Rik, se tournant vers moi, la mine sévère.

Des larmes coulent sur mes joues, mais je ne sais pas pourquoi.

— Rien, je suis désolée. Ne faites pas attention à moi.

— OK, tu peux venir, conclut Topher à Tiger, d'une voix brusque.

— Rik…

Nous nous tournons tous vers la voix qui vient de l'étage et voyons Miranda descendre à son tour. Son visage est pâle, mais déterminé. Rik se décompose. Il sait à quoi s'attendre, et il secoue déjà la tête.

— Rik, tu ne peux pas faire ça, fait Miranda.

Sa voix grêle semble se briser. Elle lui prend le bras, et enfonce les doigts dans son anorak.

— C'est incroyablement stupide.

— Miranda, je suis désolé.

Sa voix grave est très basse, il tente de garder ça entre eux, mais c'est impossible, car nous nous tenons tous à un ou deux mètres d'eux.

— Je préférerais ne pas y aller, mais on ne peut pas rester ici et se faire éliminer un par un comme ça. Je crois que Topher a raison. Il faut *absolument* qu'on prévienne la police.

— Mais pas avec lui.

Elle chuchote, mais l'acoustique de la pièce est excellente. Puisque je l'entends, je suis assez certaine que Topher l'entend aussi.

— Je t'en prie, je t'en supplie. N'y va pas avec *lui*. J'ai peur que tu ne reviennes pas.

— Mir…

— Allons-y ensemble. Je vais mettre mes skis…

— Tu ne skies pas assez bien, murmure-t-il. Je t'en prie, chérie, crois-moi, si c'était possible, je dirais oui, mais c'est vraiment trop…

— Je ne resterai pas ici sans toi !

— Hé les gars, et l'autre chalet, alors ?

Nous nous retournons tous. Carl se tient sur le seuil du salon, les mains dans les poches. Miranda plisse le front, désarçonnée.

— Quel autre chalet ?

— Le cuisinier, Danny, il devait pas se rendre à un autre chalet à ski, tout à l'heure ? Avant tout ce bordel ?

Je confirme d'un hochement de tête.

— C'est vrai. Le chalet Haute Montagne. Il dépend d'une grosse chaîne, il a beaucoup plus de chances d'être occupé que les deux qui sont plus près, mais ça fait une trotte : il se trouve facilement cinq ou six kilomètres plus haut dans la vallée. C'est pour ça que Danny l'avait gardé pour la fin.

— Vous voyez ? fait Carl, triomphant. Cinq ou six kilomètres, c'est rien. Ça se fait en une matinée.

— Je ne dirais pas que c'est rien, je corrige, prudente. Déjà, ce serait impossible en ski de fond, il faudrait s'y rendre en raquettes, et ce n'est pas du tout le même délire. La neige n'a pas été dégagée depuis l'avalanche… Je dirais qu'il y en aurait bien pour trois heures en raquettes. Peut-être plus pour un novice.

— À mon avis, c'est un meilleur plan que la station de ski, dit Carl, formel. C'est vrai, elle est à quoi, vingt-cinq bornes ? Avec une pente hyper raide. Tu perds un ski dans ce champ de rochers, tu es foutu.

— Je ne vais pas perdre un ski, réplique Topher d'une voix cinglante. Déjà, je fais du snowboard, pas du ski. En plus, ça va, je me débrouille. Et surtout, qu'est-ce qui se passe si on va au chalet et qu'il est fermé ? Retour à la case départ. Au moins, on *sait* qu'à la station, il y a des gens pour nous aider. Non. J'ai fait mon choix et je m'y tiens.

Son irritation ne gagne pas Carl, qui hausse les épaules.

— Ce n'est peut-être pas un choix.

Il y a un long silence perplexe.

— Qu'est-ce que tu veux dire ? demande enfin Rik.

— Je dis que l'un n'exclut pas l'autre. Écoute, les meilleurs skieurs, à savoir, toi, Toph et Tiger, essaient d'aller donner l'alerte au village. Et nous autres, on tente le chalet. Les premiers arrivés envoient les secours aux autres.

C'est… en fait, ce n'est pas une mauvaise idée. Topher et Rik se regardent, réfléchissent, et en arrivent apparemment à la même conclusion. Puis Topher hoche la tête en signe d'approbation, comme si Carl lui avait demandé la permission, ce qui, je pense, n'était pas le cas – cela fait un moment que Topher ne jouit plus d'une telle autorité.

— Ouais, OK, fait-il d'un ton un peu boudeur, cédant à l'inévitable.

— Miranda ? dit Rik.

Elle hausse les épaules tristement.

— Je… D'accord. Si tu refuses de m'emmener, c'est toujours mieux que de poireauter ici.

— Liz ? demande Carl. Qu'est-ce que t'en dis ?

Pendant une seconde, Liz cligne des yeux, visiblement sidérée d'être appelée par son prénom. D'abord, elle ne réagit pas du tout – comme un animal figé sous les feux du regard de Carl. Puis elle fait un petit sourire et hoche imperceptiblement la tête, d'un geste un peu tremblant.

Pour la première fois depuis quelques jours, je sens l'espoir regonfler ma poitrine.

Peut-être que ça va s'arranger.

Peut-être que ça va bien se finir.

LIZ

Pister ID : ANON101
Écoute : hors ligne
Abonnés : 1

Après tous ces jours de stress passés dans l'attente, cela fait du bien d'avoir un plan. Dans ma chambre, j'enfile à grand-peine ma combinaison bleu délavé, mes chaussettes de ski et mes gants. Mon casque et mes lunettes sont en bas, dans les vestiaires. Je les mettrai juste avant de sortir. Un coup d'œil par la fenêtre m'apprend que je n'aurai pas besoin de lunettes fumées. Le soleil perce à peine à travers les nuages, et le vent hurle comme s'il essayait d'entrer dans le chalet.

Une fois équipée, pour la première fois depuis deux jours j'ai chaud et je me sens essoufflée. Ça me fait bizarre d'avoir trop chaud de nouveau, après ces longues heures à se laisser gagner par le froid. Je m'affale sur le lit et reprends ma respiration quelques instants.

Maintenant qu'il est presque fini, je peux regarder le cauchemar éveillé que nous avons vécu ces derniers jours. Comment en est-on arrivés là ? *Comment ?*

J'avais bien cru tout imaginer sur le déroulement de cette semaine, mais je n'aurais jamais pu deviner une telle horreur.

Mentalement, je fais un décompte, comme dans un appel macabre.

Eva : morte.

Elliot : mort.

Inigo : parti, et Dieu seul sait ce qui a bien pu advenir de lui. Est-il parvenu jusqu'à Saint-Antoine ? Ou gît-il, en hypothermie, dans une cabane isolée, en dehors de la piste ?

Ani : morte.

Nous ne sommes plus que six. Moi, Rik, Miranda, Carl, Tiger et Topher.

Topher. On en revient toujours à lui. Ce qu'a dit Miranda est vrai : on pourra ignorer ce fait tant qu'on voudra, Topher avait un mobile très solide pour assassiner Eva. Plus que tous les autres, c'est évident.

Cette idée devrait me briser le cœur. Topher, qui m'a choisie face à une équipe de diplômés minces et propres sur eux. Topher, qui m'a défendue, épaulée, s'est assuré que je reçoive ces actions qui, depuis, pendent à mon cou comme un boulet. Topher, la raison de ma présence ici.

Et c'est peut-être à cause de ça, précisément… mais je n'ai pas mal au cœur, je n'éprouve rien. Rien du tout.

C'est à cause de Topher que j'ai été entraînée là-dedans, dans une situation que je n'ai jamais voulue, que je n'ai jamais demandée. Topher et Eva, chacun à leur façon, m'ont attirée, repoussée, manipulée comme un pion aux échecs dans leur lutte pour la maîtrise de Pister.

Je sais ce que pensait Topher quand il m'a donné ces actions. Il pensait qu'il cédait deux pour cent de la compagnie à une personne qu'il pouvait contrôler. J'étais sa police d'assurance, au cas où Eva et Rik se liguent un jour contre lui. Une manière de faire pencher la balance en sa faveur.

Topher imaginait que je serais comme de la glaise entre ses mains. Molle. Malléable. Docile. Il imaginait ça, à cause du genre de femme qu'il voyait… une personne soumise et discrète, mal fagotée, effrayée par sa propre ombre.

Dans l'univers de Topher, les gens sont des coquilles dures, lisses, et leur façade flamboyante masque leurs insécurités et leurs angoisses.

Mais Topher s'est trompé. Il n'a pas compris que chez certaines personnes, c'est tout l'inverse. Eva… Je crois qu'Eva le comprenait, elle. Et c'est peut-être ça qui l'a tuée, en définitive.

ERIN

Pister ID : TITEMU
Écoute : hors ligne
Abonnés : 10

Il est 13 heures. Tout le monde, à part Liz, est dans le hall, en tenue de ski. Le groupe de Topher est muni de snowboards, skis et bâtons. Miranda et Carl sont tous deux équipés de raquettes. Et j'ai le cœur qui bat à tout rompre. À tout rompre parce que… peut-être que ça y est. Peut-être que ce long cauchemar est enfin terminé. Un des deux groupes va bien réussir sa mission, non ?

— Qu'est-ce qu'elle fabrique, Liz ? demande Miranda, agacée.

Elle est sur les nerfs depuis que Rik a refusé qu'elle l'accompagne au village. La division en deux groupes est logique, elle le sait, mais elle préférerait tout de même être avec lui, et je vois que son regard ne cesse de s'égarer dans sa direction.

— Je suis là, fait une voix timide en haut de l'escalier.

Nous levons tous les yeux. Liz porte la combinaison de ski bleu clair trop grande qu'elle avait le premier jour. Un bonnet à pompon est perché sur sa tête et ses lunettes de vue sont couvertes de buée. Elle a l'air d'avoir chaud, elle transpire, mais comme nous tous, elle semble soulagée de faire enfin quelque chose.

Elle commence à descendre, et là, ça se produit. Quelque chose – un bâton ? une sangle ? – se prend dans la rampe, et elle trébuche. Sa chaussette glisse sous elle. D'une main, elle tente d'empoigner la rampe, mais le tissu de son gant glisse impitoyablement sur le bois.

Sous nos yeux impuissants, Liz bascule en avant dans l'escalier en colimaçon qu'elle dévale avec une série de coups sourds, affreux. Puis elle atterrit en bas, dans un silence terrible.

LIZ

Pister ID : ANON101
Écoute : hors ligne
Abonnés : 1

Je ne peux pas respirer.

Je suis allongée là, parcourue de panique, je tente de prendre une inspiration et je ne peux pas. Je m'entends émettre de petits halètements bizarres, comme un poisson hors de l'eau.

— Liz !

C'est Erin. Elle vient vers moi, boitillante. Elle est blême. Elle s'accroupit.

— Liz ! Oh mon Dieu ! Est-ce que ça va ?

Je ne peux pas répondre. Je ne respire pas assez bien pour prononcer un seul mot. J'esquisse un geste vague de la tête, ni oui ni non. Est-ce que ça va ? Je n'en sais rien.

— Putain de merde, dit Carl en s'agenouillant près de moi. Liz ?

Puis il se tourne vers les autres.

— Bon, elle est vivante, au moins. Liz, tu peux parler ?

Il dit ça très fort, comme si j'étais dure d'oreille.

— Je crois qu'elle a juste le souffle coupé, fait Erin.

Elle me caresse le front. Je résiste à l'impulsion de m'écarter. Je ne sais pas si je pourrais, de toute façon.

— Ça va aller, ne luttez pas. Essayez juste de respirer lentement. Je vais compter avec vous. Un, deux, trois, quatre, cinq… inspirez. Un, deux, trois, quatre, cinq… expirez.

En suivant Erin qui compte lentement, en rythme, je parviens à prendre une inspiration. Puis une autre. Enfin, tremblante, je me redresse.

— Est-ce que ça va ? demande de nouveau Erin. Vous avez mal quelque part ?

— Au genou, je parviens à dire.

Je retrousse la jambe de ma combinaison, mais j'ai oublié de retirer mes leggings et on ne voit rien. Cependant, mon genou me semble enflammé. Quand Erin le tâte délicatement, une douleur violente me remonte le long de la jambe et je tressaille.

— Putain de merde, fait Rik, d'une voix tremblante. Pendant une seconde, j'ai cru que…

Il s'interrompt. Il n'a pas besoin d'en dire plus. Je sais exactement ce qu'il a cru. Je l'ai cru moi aussi, pendant une seconde. L'espace d'un instant, j'ai cru qu'il n'en restait plus que cinq, sur le groupe.

Erin m'aide à me lever. Je m'aperçois que je tremble.

— Vous pouvez marcher ?

J'acquiesce et fais quelques pas en boitillant. Derrière moi, Carl affiche une tête sinistre.

— Bon, tu ne peux pas faire six kilomètres dans la neige, n'est-ce pas, dit-il.

Ce n'est pas une question.

— Alors, on y va seuls ? demande Miranda.

C'est au tour de Rik d'être mal à l'aise. Je sais ce qu'il se dit : trois personnes ensemble, ça paraît sans risque. Mais si Carl est l'assassin, il laisse partir Miranda dans la neige avec un tueur.

— Je ne sais pas… dit-il, mais Erin le coupe.

— Danny va y aller.

ERIN

Pister ID : TITEMU
Écoute : hors ligne
Abonnés : 10

— Danny va y aller.

Les mots sortent de ma bouche avant que j'aie eu le temps d'y réfléchir, mais aussitôt dits, je sais que c'est logique. Ce n'est pas seulement que l'union fait la force dans la neige. C'est que Danny connaît le chemin, Carl et Miranda, non.

— Quoi ?

La voix vient de derrière moi. Danny a l'air extrêmement contrarié par mes propos.

— Erin, on peut parler deux minutes ? siffle-t-il entre ses dents. Dans la cuisine ?

Après un coup d'œil à Liz, qui est blanche comme un linge et a l'air susceptible de s'écrouler d'une seconde à l'autre, je le suis, et dès que la porte battante se referme derrière nous, Danny s'emporte :

— Mais t'es cinglée ou quoi ? On en a déjà parlé. Je ne vais *pas* te laisser ici avec une fracture de la cheville et un tueur fou en liberté.

— Je ne voulais pas dire toi tout seul, dis-je, tentant d'éviter de hausser le ton. (Ça me fait bizarre de parler de nos soupçons à haute voix, quand le groupe peut nous entendre.) Je voulais dire que vous devriez y aller tous les trois. C'est évident, non ? Je ne sais pas comment on n'y a pas pensé plus tôt. Carl et Miranda ne savent pas du tout où ils vont : même avec un plan, les chemins sont bouchés par l'avalanche, et ils risquent de se paumer dans la forêt. Tu sais où se trouve le chalet. Tu parles français. Et tu sais marcher avec des raquettes. C'est tout à fait logique. Ils ont une bien meilleure chance d'arriver à destination et de revenir si tu les accompagnes. Je serais très inquiète si on les laissait partir seuls.

— Ah.

Danny a l'air déconcerté. Il voit la logique de mon raisonnement.

— Donc… quoi, toi et cette Liz, vous restez là toutes les deux.

— Voilà. Franchement, réfléchis, Danny. Elle ne peut pas bouger avec son genou foulé, elle est aussi handicapée que moi. Et elle n'a jamais été une suspecte très réaliste. Elle ne sait pas skier, on sait qu'elle était coincée dans la télécabine au moment de la mort d'Eva, et de toutes les personnes présentes, c'est une de celles qui a le *moins* de raisons de vouloir qu'Eva disparaisse. Sérieux. Je ne sais pas ce qui serait arrivé aux autres en cas de rachat… ils allaient perdre leur boulot, sans doute, au minimum. Mais Liz n'a pas de boulot à perdre, alors qu'elle s'apprêtait à gagner plusieurs millions de livres si le rachat allait jusqu'au bout. C'est assez puissant, comme contre-argument.

— Ouais… je te suis… fait lentement Danny.

— S'il te plaît, dis-je, posant ma main sur son bras. Danny, *s'il te plaît*. Conduis Carl et Miranda à ce chalet et préviens la police. On ne peut pas risquer un nouveau décès, et je ne fais pas confiance à Carl et Miranda pour y arriver tout seuls.

— OK. Tu as sans doute raison. Je vais chercher mon matériel. Mais tu fermes à clé derrière nous, et tu n'ouvres à *personne* à part à moi ou aux gendarmes. C'est compris ? Je m'en fous si Topher revient pleurnicher avec un couplet larmoyant, comme quoi Rik l'a abandonné dans la neige. Je m'en fous si une des fixations de Tiger pète. Tu ne les laisses pas entrer. Aucun d'entre eux. Et Dieu sait ce qui est arrivé à Inigo, mais j'aime pas savoir qu'il pourrait être en train de rôder dehors en attendant que les autres s'en aillent.

Ses mots me font l'effet d'une douche froide. Inigo. Nous partions du principe – enfin *je* partais du principe – qu'il était hors du coup, à l'heure actuelle. Et si ce n'était pas le cas ?

Un léger malaise me traverse, mais je me ressaisis.

— Ça va aller. Même si quelqu'un vient, et ça m'étonnerait, on est deux contre un. Et l'autre se les gèlera dehors.

— Ouais. Peut-être, dit Danny d'une voix sombre. Mais tu t'en tiens à ça, OK ? Je te connais. Quelqu'un va se pointer, raconter qu'il a fait quinze kilomètres dans la neige avec des engelures, et tu vas ouvrir parce que t'es trop gentille. T'amuse pas à jouer les bonnes samaritaines. Pense à toi d'abord.

J'éprouve une pointe de culpabilité – même si je n'ai rien fait –, car Danny a raison. C'est tout à fait mon style. J'essaie de m'imaginer installée tranquillement dans le chalet chaud et sec, tandis qu'Inigo, Topher ou même un parfait inconnu meurt lentement devant la porte, me suppliant de le laisser entrer, et ça me semble fort improbable. Je *craquerais*. Je le laisserais entrer, c'est *sûr*. Je le sais bien.

— Ça va aller, je répète, d'une voix un peu moins convaincante, même à mes propres oreilles. Vas-y, et reviens aussi vite que possible.

LIZ

Pister ID : ANON101
Écoute : hors ligne
Abonnés : 1

Une fois les autres partis, Erin ferme à clé et met le verrou. Elle bloque le tout de son mieux, mais ce n'est pas parfait. La porte a été tordue par l'avalanche, si bien que la serrure du bas ferme mal, et de la neige fondue coule dans l'interstice. Mais celle du haut fonctionne. Puis elle vérifie l'entrée du côté des vestiaires, qui est toujours ensevelie sous la neige, et l'accès qui menait auparavant à la piscine.

— Tout est bien fermé, on est en sécurité, annonce-t-elle en revenant dans le hall.

Son sourire est gai et légèrement artificiel. Il y a quelque chose d'un peu oppressant dans le silence à présent. On a la sensation qu'il pèse lourdement sur nous.

— Comment vous vous sentez ?

— Euh… ça va, je crois.

Je me frotte l'arrière de la tête, que je me suis cogné sur la rampe, et effleure mon genou à travers la salopette rembourrée. Je me le suis tordu, mais ce n'est pas aussi grave que je l'avais redouté. Maintenant que le choc initial s'est atténué, je peux prendre appui sur ma jambe.

— Je suis encore un peu flageolante, mais je crois que c'est surtout le choc.

— Quel duo, fait Erin.

Elle me fait un grand sourire qui déforme la cicatrice sur sa joue.

— Moi avec ma cheville, vous avec votre genou. Deux canards boiteux.

— On peut le dire.

J'essaie de pousser un petit rire, mais il sonne un peu faux.

— À mon avis, le groupe de Danny va mettre à peu près six heures pour aller jusqu'à Haute Montagne et revenir. Le groupe de Topher, c'est difficile à dire. Je ne me rends pas du tout compte de l'état de la piste. Si elle est impraticable à ski, ils pourraient mettre des jours.

Je hoche la tête. Avancer en chaussures de ski avec de la neige jusqu'à la taille n'est pas une partie de plaisir. Je le sais.

— Donc, je pense qu'on a environ six heures avant de commencer à s'inquiéter, conclut Erin. La question, c'est comment on va tuer le temps ?

ERIN

Pister ID : TITEMU
Écoute : hors ligne
Abonnés : 10

Il est 15 heures passées. Après le départ des autres, Liz et moi avons partagé un déjeuner frugal, de la soupe en boîte tiède – le pain était presque immangeable, tellement il était rassis, mais en le trempant dans la soupe, on pouvait le ramollir assez pour le mastiquer – et, depuis, on joue aux cartes. Tout est plongé dans un silence complet, inquiétant. Je n'avais jamais réalisé à quel point le silence peut être étouffant, peut-être parce qu'il est si rare qu'il n'y ait pas de bruit à Perce-Neige – le chalet est toujours animé par les pas des clients, des enfants qui jouent pendant les vacances, les bruits de cuisine de Danny. Tant que Topher et les autres étaient là, il y avait constamment un fond musical, et ensuite, les conversations incessantes. Même les jours de transition, on entend le bourdonnement de l'aspirateur et la radio de Danny.

À présent, il n'y a plus de musique. Ça fait longtemps que nos téléphones n'ont plus de batterie. La télé et la radio sont muettes, en l'absence d'électricité. On ne perçoit aucun son à part le crépitement des bûches dans le poêle. Même les flocons de neige, dehors, sont presque silencieux à travers le triple vitrage.

Toutes les quelques minutes, je regarde par la fenêtre, pour voir le temps. La météo… n'est pas terrible. On ne peut pas le nier. Ça aurait pu être pire. Le vent est tombé un peu, au moins. Mais il neige encore, et des nuages sont descendus de la montagne, enveloppant le chalet dans un brouillard épais, gris et glacial, si bien que la visibilité est tombée à guère plus d'un mètre. Je suis profondément soulagée que Danny soit parti avec Miranda et Carl ; il sait où il va. Cependant, je commence à me demander s'il va réussir à revenir avant que la nuit tombe pour de bon. Peut-être que Liz et moi allons nous retrouver coincées ici toutes les deux cette nuit. Cette idée ne me met pas particulièrement à l'aise.

Comme pour faire écho à mon inquiétude, Liz fait craquer ses doigts nerveusement : *crac, crac, crac*. Ce bruit fait l'effet de coups de feu dans le silence, et me fait grincer des dents.

— Comment vous êtes-vous retrouvée à Pister, au fait ?

J'ai parlé un peu trop fort, tentant de couvrir le son. Liz gigote sur le canapé. Je ne saurais pas dire si c'est son genou qui lui fait mal, ou si c'est la question qui la gêne.

— J'ai posé ma candidature, tout simplement. C'était une petite start-up. Il y avait seulement Topher, Eva, Elliot et Rik. J'ai été leur première… secrétaire, pourrait-on dire, j'imagine. Ou assistante, peut-être. Ils n'avaient pas leurs intitulés de poste bizarres, à l'époque.

Elle replonge dans le silence, comme si cette tirade d'une rare longueur l'avait épuisée. Je m'apprête à poser une autre question quand, à ma grande surprise, elle reprend la parole.

— Ça me manque. Ils me manquent. C'était sympa… pendant un moment.

— Pourquoi vous êtes partie ? je demande, mais tout à coup, son visage devient indéchiffrable, sans expression.

— Sans raison, dit-elle, baissant les yeux sur ses cartes. J'avais juste envie de changement.

Dans le silence, je prends une carte et abats un roi. Liz le ramasse, le front plissé. J'ai fait une gaffe, mais je ne sais pas vraiment laquelle. Je pense au commentaire de Danny sur le côté incestueux de Pister, avec Eva qui couchait avec Inigo, Topher avec Ani : « Ils ont pas entendu parler de MeToo ? » S'est-il passé quelque chose entre Liz et Topher ? Quelque chose qu'elle chercherait à fuir ? Mais non, je ne crois pas que ce soit ça. De tous les employés, c'est en fait Liz qui semble s'entendre le mieux avec Topher. Et Topher, malgré tous ses défauts, n'a pas l'air du genre de type qui harcèle une employée pour obtenir des rapports sexuels. Je ne sais pas au juste ce qui s'est passé entre Ani et lui, mais ça avait l'air consenti.

Mais Ani est morte, au final…

Les mots sont un murmure dans mon oreille, un rappel perturbant que Liz et moi ne sommes pas seules dans le chalet : il y a deux cadavres avec nous, à l'étage.

Et quelque part, dans les cimes gelées, il y en a un troisième, Eva, et peut-être un quatrième, car qui sait ce qu'il est advenu d'Inigo quand il s'est aventuré seul dans la neige. On dirait que la mort resserre son étau sur nous. J'ai comme la sensation que nous pourrions être les suivantes, Liz et moi.

Mais non. Je me reprends. C'est une idée morbide. C'est absurde.

— À vous de jouer, dit Liz.

Je baisse les yeux et prends conscience que je ne sais pas du tout à quel moment elle a joué. Je tire une carte dans le tas au hasard et la pose sans réfléchir à la stratégie.

— Rami, dit Liz en même temps qu'elle abat quatre valets et trois rois.

Je me force à sourire.

— Bien joué.

Liz ramasse les cartes et les distribue de nouveau. Je prends les miennes. Je suis bien servie – trois figures identiques d'emblée. Mais je n'arrive pas à rester concentrée.

— La mort d'Eva… je commence prudemment.

Liz lève les yeux. Elle n'a pas quitté sa combinaison bleue trop grande et je ne peux pas vraiment lui en tenir rigueur. Même avec le poêle à bois, il règne à présent un froid pénible dans le chalet – je vois mon haleine quand je parle.

— Ça… ça a dû vous faire un sacré choc. Je suppose que le rachat ne va pas se faire, maintenant ? Ça vous a fait quoi, d'avoir tout cet argent, et de vous le voir retirer d'un coup ?

Je m'attends à ce que Liz me réponde que ce ne sont pas mes affaires – et c'est vrai, ça ne me regarde pas. Mais on a dépassé depuis longtemps le rapport hôtesse/cliente, et nous le savons toutes les deux.

— Ça m'a fait… bizarre, dit lentement Liz.

La lumière du feu se reflète dans ses lunettes, rendant son expression encore plus difficile à déchiffrer que d'habitude, mais je vois son front se plisser légèrement.

— Vous en voulez à Topher de vouloir annuler la vente ? Je crois que je lui en voudrais, à votre place.

Mais Liz secoue la tête.

— Pour être honnête, je n'ai jamais vraiment voulu de cet argent. Je n'ai jamais eu l'impression qu'il était à moi. C'était une somme tellement grotesque, et pourquoi ?

— Pour avoir été au bon endroit au bon moment, j'imagine ? je réponds en riant.

Mais Liz ne sourit pas. Elle secoue la tête de nouveau ; je ne sais pas à quoi elle fait référence. Je ne peux pas lui en vouloir. Vu notre situation, le bon endroit au bon moment, on ne peut pas dire que ça s'applique, pour aucun d'entre nous.

Le silence retombe. Je regarde l'heure. 15 h 50. Bon sang, est-ce que cette journée pourrait passer plus lentement ? Tout d'un coup, je ne tiens plus en place et je me lève, prenant prudemment appui sur ma cheville enflée, et me dirige vers la grande fenêtre qui donne sur la vallée.

Il fait presque complètement nuit dehors à présent, mais le chalet aussi est plongé dans la pénombre, donc je n'ai pas besoin de cacher la lumière pour regarder la neige, me demandant où en sont Danny et les autres.

Sont-ils déjà arrivés à Haute Montagne ? Et Topher et son groupe ? Je voudrais, plus que je n'ai jamais voulu quoi que ce soit de ma vie, avoir un téléphone avec une barre de réseau. Ou une radio bidirectionnelle. Ou autre chose – *n'importe quoi* pour communiquer avec le monde extérieur.

— Quatre as, annonce Liz derrière moi.

Je pousse un soupir et me retourne vers la pièce de plus en plus sombre.

LIZ

Pister ID : ANON101
Écoute : hors ligne
Abonnés : 1

Il est 16 h 58. Nous en sommes à notre, je ne sais pas, vingtième partie de rami, peut-être. Je n'ai pas compté. Les idées grouillent comme des rats dans ma tête. Des questions comme : Qu'est-ce qui va se passer ? Quand vont-ils arriver ? Que va-t-il se produire quand la police va venir ici ?

Erin jette un coup d'œil à la pendule sur la cheminée. Je vois qu'elle ressent la même chose que moi.

— Une dernière, dit-elle, puis je vais chercher de quoi préparer à dîner. Ils devraient être arrivés au chalet Haute Montagne, à cette heure-ci.

S'ils ont réussi.

Les mots restent en suspens, non-dits, dans l'atmosphère, tandis qu'Erin distribue les cartes.

— Topher a dit que vous aviez été prise dans une avalanche. C'était comment ?

Erin lève les yeux. Elle ne s'y attendait pas, et pendant une seconde, son visage est sans protection, d'une vulnérabilité terrible. On dirait que je lui ai flanqué un coup de poing. Pendant un instant, je regrette ma question. Puis elle se reprend. Elle finit de distribuer les cartes avant de parler.

— C'est vrai. Il y a trois ans. C'était…

Elle s'arrête, regarde les cartes restantes dans sa main.

— C'est la pire chose qui me soit jamais arrivée.

— Je suis désolée, dit-je, puis une réflexion me traverse. Même en comptant ce week-end ?

Elle rit, un petit rire tremblant, sans joie, et hoche la tête.

— Oui, aussi incroyable que ce soit. Même en comptant ce week-end. Je ne peux pas expliquer à quel point c'était atroce. Le bruit, le choc, le sentiment d'impuissance…

Elle hésite, comme si elle avait du mal à trouver ses mots.

— J'aurais cru… j'aurais cru que me retrouver une deuxième fois dans la même horreur serait pire, vous voyez ? Mais étrangement, je… je crois que je m'y attendais. Comme si, puisque j'ai échappé à la montagne une fois, elle allait fatalement revenir me chercher.

Elle regarde fixement la pénombre. Elle est en face de moi, donc je devrais avoir l'impression que ses yeux sont posés sur moi, mais j'ai la sensation étrange que non, elle regarde *à travers* moi, comme si je n'étais pas là. Ça me fait bizarre. Comme si j'étais déjà partie.

— C'est là que vous… que vous avez eu votre…

Je n'arrive pas à le dire. Je touche mon visage du bout des doigts, et elle confirme d'un hochement de tête.

— Oui, je me suis coupée dans la chute, sans doute sur mes propres skis.

— Et c'est pour ça que vous avez arrêté la fac ?

Là encore, elle confirme d'un hochement de tête, très lent.

— Oui, je ne peux pas vraiment expliquer pourquoi, encore aujourd'hui. J'ai juste… j'ai eu la sensation que j'étais devenue quelqu'un d'autre, vous comprenez ?

J'opine à mon tour. Je sais exactement ce qu'elle veut dire. J'ai l'impression que c'est peut-être la toute première fois qu'elle parle de ça.

— J'ai dû le déterrer avec mes mains.

Sa voix n'est guère plus qu'un murmure. Je dois tendre l'oreille pour l'entendre.

— Je n'avais pas de balise GPS. J'ai dû déterrer mon copain à main nue pour déclencher la sienne, sachant qu'il était déjà mort.

Elle baisse les yeux, coupe les cartes, met la première dans la pioche d'un geste mécanique.

Tout d'un coup, je n'ai plus envie de parler de ça. Je voudrais n'avoir jamais posé la question. Après tout, moi aussi, j'ai mes secrets, il y a des sujets dont je ne veux pas discuter. Et si Erin m'interrogeait sur mon passé, à son tour ? Et si elle reparlait de Pister ? Et de la raison de mon départ ? Et si elle m'interrogeait sur les amis que je n'ai pas, les camarades de classe qui m'ont tyrannisée pendant quatorze ans, sur la famille avec laquelle j'ai dû couper les ponts ?

J'entends de nouveau la voix pâteuse de mon père, les sanglots de ma mère… j'ai un goût de sang dans la bouche. J'ai recommencé à me ronger les cuticules. Je fourre mes mains dans les poches de ma combinaison.

Mais Erin ne pose aucune question de ce genre. Elle semble complètement ailleurs, très loin. Quand elle reprend la parole, il y a quelque chose de différent dans sa voix. On dirait une confession.

— C'était ma faute, vous voyez. (Elle ramasse ses cartes. Ses mains tremblent un peu.) J'ai suggéré de faire du hors-piste. C'était moi qui voulais. Je les ai tués. (Elle avale sa salive.) Ça vous change.

Elle lève les yeux sur moi, comme si elle s'attendait à ce que je comprenne. J'ai une envie pressante de lui prendre la main, et de lui dire que je sais ce qu'elle ressent.

Mais ce serait insensé. Alors je ne le fais pas. Je baisse les yeux sur mes propres cartes. Je prends un trois de cœur et me débarrasse d'un valet.

— À vous de jouer, dis-je.

ERIN

Pister ID : TITEMU
Écoute : hors ligne
Abonnés : 10

Je ne sais pas ce qui m'a poussé à déballer mon passé à Liz comme ça. C'était très étrange. Je n'ai jamais parlé de cette période à personne – pas à mes parents, pas aux parents de Will ; même le médecin légiste et l'équipe de sauveteurs voulaient seulement les faits, juste les faits, ils ne voulaient rien savoir de ma sidération et de mon chagrin.

J'en ai eu l'occasion, pourtant – ma mère m'a suppliée d'aller voir un psy et je ne sais pas combien d'amis m'ont appelée en disant : « Si tu as besoin de parler, tu n'as qu'à m'appeler, je suis là, tu sais. » Mais je n'avais pas envie de parler. Je ne voulais pas être cette personne. Un objet de pitié. Une victime.

Je sais ce que doivent éprouver Topher et les autres, en un sens. Car je l'ai éprouvé aussi. Et c'est ça que je n'ai jamais dit à personne : dans les minutes et les heures que j'ai passées à chercher Will et Alex après l'avalanche, ce n'était pas la terreur ou l'épouvante qui dominaient mon esprit, mais une sorte d'incrédulité ; j'étais outrée à l'idée que ça puisse m'arriver à *moi*, nous arriver à *nous*. Ce n'était pas moi, cette personne. Je n'étais pas quelqu'un à qui arrivent des choses horribles. Ça, c'étaient les autres, les familles des autres. Tout me réussissait, je traversais la vie comme un charme, protégée de tout par la sécurité de ma famille, mon physique avantageux, et la chance d'avoir trouvé l'amour de Will.

Parce que oui, c'était de la chance. Tout ça. Et je le savais. Mais c'était aussi comme ça que les choses étaient censées être, car j'étais censée *avoir de la chance*.

Sauf que, tout à coup, la chance avait tourné.

Et après ça, j'ai découvert que je ne supportais plus d'être aux côtés de ces gens qui marchaient toujours sous ce soleil perpétuel, doré, tandis que je vivais dans un lieu irrémédiablement obscurci par la culpabilité et la peine. Je ne pouvais pas supporter de lire la pitié dans leurs yeux.

On n'y voit presque plus rien dans le salon à présent, et en allant consulter la pendule, je m'aperçois qu'il est presque 18 heures. Danny et les autres devraient être arrivés à Haute Montagne il y a deux heures environ. Il est possible qu'ils soient sur le chemin du retour. Il est possible qu'ils aient réussi à contacter la police, et qu'un hélicoptère soit en route.

Possible. Pas certain. Possible.

Il est également possible que la route soit défoncée et qu'ils soient encore en train de patauger entre les gravats gelés, ou qu'ils aient trouvé Haute Montagne vide et fermé à clé.

Bon sang, toutes ces spéculations vont me rendre folle.

Je ne sais pas pourquoi, mais maintenant que Danny et les autres sont partis, j'ai la sensation que l'atmosphère du chalet se referme sur Liz et moi. Je sens le poids de la neige qui comprime les murs et le toit, les tonnes et les tonnes qui couvrent encore les flancs de la montagne, n'attendant qu'un nouveau déclencheur pour dégringoler. Je sens l'obscurité qui s'insinue dans les chambres et les couloirs.

Je connais le bout de l'endurance, je sais ce que ça fait, car je l'ai déjà dépassé une fois – assise, gelée, sur le flanc d'une montagne avec le cadavre de mon amoureux, sans savoir si les secours allaient venir. Je l'ai dépassé, et j'ai survécu. Je suis revenue. À la sécurité. À la normale.

Mais il y a des moments où j'ai l'impression d'être de nouveau propulsée au-delà de cette frontière, dans un espace où rien n'a plus d'importance, où chaque battement de cœur vous entraîne plus près du précipice, et j'ai la sensation que je vais de nouveau sombrer dans l'abîme, si ce n'est que, cette fois, je ne parviendrai pas à remonter.

Quand je ferme les yeux, je vois son visage, le visage de Will, froid et blanc comme du marbre, et paisible, si atrocement paisible.

— Erin.

La voix vient de très loin. Je secoue la tête.

— *Erin.*

J'ouvre les yeux. Liz se tient debout devant moi, l'air anxieuse.

— Erin, ça va ? On devrait peut-être manger quelque chose ?

Je me force à sourire.

— Oui. Bien sûr. Venez dans la cuisine, on va voir ce qu'on peut trouver.

J'ouvre la voie, clopin-clopant, et Liz me suit dans la cuisine froide et immense, regardant autour d'elle, émerveillée, comme si c'était la grotte d'Aladin, et pas une cuisine professionnelle tout ce qu'il y a de plus ordinaire.

— Il y a un b-bocal de cassoulet, là, dis-je, peinant à lire l'étiquette dans la pénombre.

Il fait extrêmement froid loin du feu, et mes dents commencent à s'entrechoquer.

— Enfin, je crois que c'est du c-cassoulet, ça peut aussi être du confit de canard, difficile à dire. Ça ira ?

— Bien sûr.

Elle me regarde toujours avec inquiétude.

— Ça va, Erin ?

— Oui, oui, c'est juste, je m'inquiète pour D-Danny. Je n'arrête pas d'espérer des nouvelles.

Liz hoche la tête, et je prends conscience qu'elle doit être aussi inquiète que moi. Simplement, elle le cache mieux sous ses dehors calmes, flegmatiques. Je me surprends à me demander ce qu'elle a dans la tête, et pendant que le contenu du bocal – c'était bien du cassoulet – se réchauffe dans une casserole sur le poêle du salon, je prends mon courage à deux mains et lui pose la question qui me turlupine depuis un moment, sans que j'ose la formuler.

— Liz, qu'est-ce qui lui est arrivé, d'après vous ? À Eva, je veux dire ?

Son visage se chiffonne et je me rends compte qu'elle fait autant d'efforts que moi pour éviter l'impensable.

— Je ne sais pas. J'ai réfléchi, réfléchi, mais… je n'arrive pas à croire que tout cela soit vrai. Ça ne paraît pas réel. Je n'arrête pas de me demander si Eva n'a pas simplement eu un accident, mais comment expliquer Elliot et Ani, alors ?

Comment, effectivement.

— Qu'est-ce que voulait dire Ani, d'après vous ? je demande, remuant lentement les haricots, sentant la chaleur du feu sur mon visage et le froid glacial de la pièce dans mon dos. Quand elle a dit « Elle n'était pas là » ?

Ou « Elle, je ne l'ai pas vue » ? Je ne me souviens plus à présent, et ça m'inquiète. J'entends le froissement du tissu imperméable quand Liz hausse les épaules.

— Je ne sais pas. Je n'arrête pas d'y penser. J'ai d'abord cru qu'elle parlait d'Eva, mais ça n'a pas de sens. Elle était bien sur la piste, je l'ai vue.

— Est-ce que ça peut être quelqu'un au sommet ?

Je me creuse la tête pour retrouver ses termes exacts. Merde. Ça pourrait être important et je ne me souviens pas.

— Je me demande… quand elle est arrivée en haut avec la télécabine. Est-ce que quelqu'un manquait ? Quelqu'un d'autre qu'Eva ? Quelqu'un qui serait déjà parti à sa poursuite à ski ?

— Mais qui ? demande Liz. Il n'y avait pas tant de femmes que ça en haut. J'étais déjà descendue en télécabine. En haut, il restait Tiger, et dans ce cas ce serait très bizarre qu'elle répète ce qu'a dit Ani, et Miranda.

Mais elle n'a pas pu poursuivre Eva. Elle est redescendue en télécabine avec Ani.

— Peut-être que non.

Mon cœur cogne à tout rompre.

— Peut-être que c'est ce qui est revenu à Ani. Que Miranda n'était *pas* dans la télécabine. C'est facile de s'y perdre, après tout, il y a de l'agitation en haut, les gens se dirigent vers une télécabine, elle est pleine, ils vont vers une autre. Peut-être qu'Ani s'est soudain rendu compte que Miranda n'était jamais montée ?

— Qu'est-ce que vous insinuez ?

Liz a l'air mal à l'aise. Dans la pénombre, je la vois froncer des sourcils, derrière ses lunettes épaisses. J'entends le *crac-crac-crac* de ses jointures.

— Peut-être qu'elle est meilleure skieuse qu'elle ne le laisse croire. C'est assez facile de faire semblant d'être moins bon qu'on ne l'est. Peut-être qu'elle s'est éclipsée pendant que tout le monde montait dans la télécabine, et qu'au lieu de descendre, elle a suivi Eva sur La Sorcière.

— C'est… c'est possible, concède lentement Liz.

Elle a l'air perturbée.

Je sers des louches de cassoulet dans deux bols quand je prends conscience d'une chose. Si c'est vrai, si mes suppositions sont justes, j'ai envoyé Danny en mission avec une tueuse. Et mon cœur se serre, comme pris dans un étau.

Parce que oui, c'est vrai, ils sont deux contre une. Mais sur le chemin de Haute Montagne, il y a des passages étroits. Serait-il si difficile d'attendre que quelqu'un se trouve tout près du vide et de le pousser légèrement ?

Je n'ai aucune preuve de ce que j'avance, je me le répète avec acharnement. C'est une hypothèse. Ce n'est *qu'une* hypothèse.

Mais ma gorge est prise, et mon estomac contracté, j'ai la nausée, et soudain, je ne peux pas supporter la perspective de manger la bouillie de haricots et de viande tiédissant à toute vitesse devant moi. La gravité possible de mon initiative me rend malade.

Car c'est moi qui lui ai dit d'y aller. Avec mon instinct d'organisation, ma certitude de savoir ce qui est le mieux pour les autres. J'ai *dit* à Danny de partir dans la neige seul avec Miranda et Carl.

Est-ce possible ?

Ai-je encore envoyé un ami à la mort ?

LIZ

Pister ID : ANON101
Écoute : hors ligne
Abonnés : 1

Erin touche à peine son dîner. De professionnelle et sympathique, elle a changé du tout au tout. Je n'arrive pas à comprendre. Quand je l'interroge, elle marmonne vaguement qu'elle s'inquiète pour Danny, mais je ne suis pas certaine que ce soit toute la vérité.

Je mange la plus grande partie de sa portion en plus de la mienne. Puis je me lève et me rends à la cuisine à tâtons pour aller rincer les bols sous l'eau froide. Inutile d'essayer de les laver. On a dépassé ce stade. On commence à être en mode survie. Mais quand j'ouvre le robinet, rien ne se passe. J'essaie l'autre. Rien non plus.

Quand je retourne dans le salon, Erin fixe le feu, recroquevillée. Je m'assois à côté d'elle, pliant délicatement le genou même si j'ai beaucoup moins mal que tout à l'heure.

— On a un problème, j'annonce.

Elle dresse la tête, comme surprise par le son de ma voix.

— Quoi ? Vous avez dit quoi ?

— On a un problème. Les robinets ne marchent pas. Je crois que les tuyaux ont gelé.

— Merde.

Elle ferme les yeux et se frotte le visage comme si elle essayait de se réveiller d'un cauchemar, ce qui est sans doute le cas, en un sens.

— Bon, on ne peut rien faire de plus qu'attendre. Danny et les autres *doivent* être arrivés là-bas à cette heure. Il faut juste qu'on tienne jusqu'au matin. Si on peut y arriver sans mourir d'hypothermie.

Ses mots sont perturbants, surtout parce que je me rends compte que même avec ma combinaison de ski, il règne un froid presque insupportable dans le chalet à présent. Ma respiration faisait des nuages blancs dans la cuisine. En haut, il doit faire moins de zéro.

— Peut-être… qu'on ferait mieux de dormir en bas ?

— P-peut-être. Oui. Je suppose que c'est mieux.

— Je vais chercher mes couvertures, j'annonce, résolue.

Erin hoche la tête.

— Je vais déplier les canapés. C'est des canapés-lits.

Je suis presque sortie de la pièce quand elle lance :

— Liz ?

Je me retourne, inquiète, me demandant ce qu'elle s'apprête à dire.

— Oui ?

— Liz, je voulais juste vous dire… merci. Merci d'être restée avec moi. Et je suis désolée que ça ait tourné comme ça.

— C'est pas grave, dis-je, mais quelque part, ces mots ont du mal à sortir.

J'ai une boule dans la gorge ; je ne m'y attendais pas.

— C'est pas grave. Ce n'est pas votre faute.

Puis je traverse le hall et prends l'escalier en colimaçon, boitant à moitié, avant qu'elle puisse voir les larmes dans mes yeux.

ERIN

Pister ID : TITEMU
Écoute : hors ligne
Abonnés : 10

Quand le bruit des pas de Liz s'éteint dans le couloir, je m'affale de nouveau sur le canapé avec un soupir, et passe ma main sur mon visage. *Je suis désolée*. Je ne sais pas ce qui m'a pris de dire ça, si ce n'est que, de toutes les personnes présentes, c'est Liz qui me fait le plus de peine. Je ne sais même pas pourquoi au juste – peut-être parce qu'il était évident, dès le départ, qu'elle n'avait pas du tout envie de venir ici. Topher, Eva, même si le week-end s'est révélé atroce pour eux deux, ils l'ont cherché, en un sens… Ils ont choisi de venir ici, d'exhiber leur argent, de manipuler les gens comme des pièces d'échec dans leur bataille pour le contrôle de Pister.

Mais Liz, ce n'est qu'un pion, comme moi, prise dans une situation qu'elle n'a jamais demandée, jamais voulue.

Pourtant, elle ne s'est pas plainte une seule fois. Topher a râlé, disant que la nourriture était dégueulasse,

Carl a trépigné, rugi, menacé d'intenter un procès, Rik est parti dans une tirade sur l'hygiène, la sécurité et la responsabilité de l'entreprise, et Miranda a proféré des accusations. Mais Liz a tenu bon, supportant tout, même si, sous ses dehors timorés, je suis persuadée qu'elle avait aussi peur que les autres.

Ma cheville m'élance lorsque je me force à me lever, puis je commence à ôter les coussins du canapé, m'apprêtant à tirer le matelas caché dans la structure. Mais en soulevant le dernier coussin, je vois un objet qui s'est glissé dessous, juste à l'endroit où Liz et moi étions assises. Il brille à la lueur du feu, et pendant une seconde, je crois qu'il s'agit d'une broche ou d'un bijou. Mais en le prenant en main, je m'aperçois que c'est un passe. Que je connais très bien.

Un passe de service.

Automatiquement, je tâte ma poche, supposant qu'il a dû glisser de mon jean quand je me suis assise ; mais le mien est toujours là, dur et rassurant contre mon derrière.

Sauf que rassurant… ça ne l'est pas du tout.

Parce que si mon passe se trouve dans ma poche, ça signifie… oh mon Dieu… ça signifie… que c'est celui de Danny.

Celui qui a été volé.

Celui qui a été subtilisé par l'assassin.

Je reste là un instant, figée, à regarder cette carte magnétique dans ma main, me creusant la cervelle pour tenter de comprendre. Quelqu'un s'est débrouillé pour s'en emparer, sans doute pendant la bousculade pour entrer dans la chambre de Tiger après la disparition d'Inigo. Il n'est pas difficile d'imaginer qu'elle ait été retirée en douce de la serrure quand notre seule préoccupation était de savoir si Tiger allait bien. La personne qui l'a prise s'en est servi pour accéder à la même chambre en pleine nuit, et tuer Ani. Ensuite, sans doute ce matin, alors que nous étions tous distraits par la discussion sur l'expédition au village, la carte a glissé de sa poche pour atterrir entre les coussins du canapé.

La seule question, c'est *qui* l'a volée. Qui était assis à cette place sur le canapé ce matin ? Parce que je n'arrive pas du tout à m'en souvenir.

Je ferme les yeux pour essayer de visualiser la scène : Tiger allongée sur le canapé, en larmes, Miranda tentant de la réconforter, Rik distribuant des whiskys… Il faut absolument que je replace tous les personnages dans cette pièce, que ça me revienne.

Danny et moi, nous étions debout. Ça, je m'en souviens bien. Topher… Topher était appuyé contre la cheminée. Miranda était à genoux par terre, à côté de la table basse. Liz était sur l'un des fauteuils près du poêle. Rik et Carl… ils étaient sur un canapé, mais lequel ? Je ferme les yeux plus fort, et j'ai une image soudaine de Rik en train de se pencher en avant pour remplir un verre de whisky à l'autre bout de la table. C'était l'autre canapé, sous la fenêtre. Ce qui signifie… j'ouvre les yeux.

C'est donc Tiger qui était allongée sur le canapé où je viens de trouver le passe, la hanche juste au niveau de l'espace entre les coussins. Ça s'expliquerait très bien – le passe aurait très facilement pu tomber de sa poche pendant qu'elle était couchée là, en pleurs. Sauf que… ça n'a aucun sens. Tiger est la seule personne qui n'avait pas besoin de carte magnétique pour tuer Ani, car elle était déjà dans la chambre. Et si elle voulait un alibi, elle pouvait simplement dire qu'elle avait oublié de verrouiller la porte.

Personne d'autre n'a occupé cette place après la disparition du passe, à part moi…

… et Liz.

Comme si j'étais hypnotisée, mon regard se lève vers le plafond. À l'étage au-dessus, Liz s'affaire dans sa chambre, rassemblant sa couette et des oreillers. J'entends le craquement léger d'une lame de plancher, puis le bruit de sa porte qui se referme.

J'entends le chuintement de la couette quand elle la porte dans le couloir.

Puis j'entends le bruit intermittent de ses pas qui descendent l'escalier en colimaçon, prudemment cette fois ; elle ne veut pas glisser de nouveau.

Enfin, elle apparaît sur le seuil du salon, les bras chargés de couvertures, le visage indéchiffrable dans la lumière timide des flammes qui se reflètent sur ses grosses lunettes et, avec un curieux pincement au cœur, je me rappelle le tout premier jour où elle m'évoquait une chouette paralysée, prise dans les phares d'une voiture.

Elle me fait encore penser à une chouette, mais soudainement la ressemblance ne me fait plus du tout le même effet, et un frisson glacé, tout à fait différent, me parcourt l'échine quand je prends conscience que j'avais raison depuis le début – tout en me trompant du tout au tout.

Parce que le truc, avec les chouettes, c'est que nous croyons les connaître. Ce sont les créatures douces, amicales, qui clignent des yeux dans les comptines et les histoires pour enfants. Elles sont sages, peut-être, mais aussi lentes, et faciles à effrayer.

Le problème, c'est que rien de tout cela n'est vrai. Les chouettes ne sont pas lentes. Elles sont rapides comme l'éclair. Et elles ne sont pas effrayées. Dans leur élément – l'obscurité –, ce sont des chasseuses promptes et impitoyables.

Les chouettes sont des rapaces. Des tueuses.

C'est *ça* que j'ai vu en Liz, dès le premier jour. J'étais juste trop aveuglée par mes idées reçues pour m'en rendre compte.

Dans le noir, les chouettes ne sont pas des proies, ce sont des prédatrices. Et à cet instant, il fait noir.

— Hé oh, fait Liz avec un sourire énigmatique derrière ses verres opaques, reflétant la lumière. Est-ce que ça va ?

LIZ

Pister ID : ANON101
Écoute : hors ligne
Abonnés : 1

Quand je redescends, couvertures, couette et oreillers dans les bras, Erin se tient au milieu de la pièce, immobile comme une statue, une main sur le canapé, comme si une idée venait de surgir.

— Hé oh, je fais.

Je pose les couvertures sur le fauteuil. Puis, comme elle ne bouge toujours pas, j'ajoute :

— Est-ce que ça va ?

Je ne sais pas pourquoi je demande ça, mais elle fait vraiment une drôle de tête.

— Le canapé-lit est coincé ?

— Comment ?

Elle se secoue visiblement. Puis elle sourit et pousse un petit rire.

— Non, désolée. Je réfléchissais, c'est tout. Je… je pensais à Danny. Ils doivent être arrivés maintenant. Je me demandais si on entendrait parler d'eux ce soir.

Je jette un œil à la pendule sur la cheminée. Il fait tellement sombre qu'on distingue mal les aiguilles, mais je crois voir qu'il est presque 20 heures.

— Vous avez sans doute raison. Combien de temps avez-vous dit qu'il fallait pour arriver là-bas ?

— Je pensais dans les trois heures. Mais comme Miranda et Carl n'ont jamais marché en raquettes, ça pourrait prendre plus de temps. Cela dit, ils sont quand même partis juste après 13 heures. Même en faisant des pauses, ils devraient facilement être à Haute Montagne. Peut-être sur le chemin du retour, mais je ne sais pas s'ils vont sortir en raquettes dans le noir.

Elle tire un petit coup sur le cadre en métal. Le lit se déplie avec un grincement.

— J'espère que vous avez raison.

Je ramasse mes oreillers et les pose sur le matelas. Puis j'aide Erin à retirer les coussins de l'autre canapé et à déplier le lit.

— La coupure d'eau, c'est le pompon, je trouve.

— On va devoir faire fondre de la neige, dit Erin.

Son visage est blanc et ses traits tirés à la lueur des flammes, mais ce n'est pas tellement étonnant.

— Quand je pense que ça ne fait que deux jours que l'avalanche s'est produite… J'ai l'impression qu'il s'est écoulé une éternité.

— Deux jours ?

Un instant, je ne la crois pas, puis je refais le compte mentalement et m'aperçois qu'elle a raison. Deux jours et quatre heures. On dirait qu'une vie entière est passée. C'est *vrai* qu'on croirait qu'on est piégées ici depuis une éternité. Et maintenant, c'est presque fini. Le plus étrange, c'est que je ne suis pas certaine d'être prête à affronter de nouveau la réalité. Je réalise subitement que ce qui me fait l'effet d'une captivité pourrait bien être en fait une tranquillité idyllique. Perce-Neige est une scène de crime. Et nous sommes des suspects, toutes et tous. Quand nous reviendrons dans le monde réel, nous nous retrouverons sous les feux de projecteurs impitoyables. Il y aura une enquête, des journalistes, des reportages. Des interviews. Je vois les titres d'ici : « Le chalet de la mort ».

Toutes sortes de choses vont s'ébruiter.

C'est mon tour de me figer, les yeux fixés dans la pénombre, à réfléchir.

— Je vais chercher mes couvertures, annonce Erin dans le silence. Vous pouvez remettre une bûche dans le poêle ?

— Bien sûr.

Je me force à revenir à l'instant présent. Je la regarde prendre une lampe-torche et traverser le hall, suis le mince faisceau qui fait des spirales tandis qu'elle monte l'escalier, avec sa main qui fait *clic, clic, clic* sur la rampe, car un objet dur, une bague peut-être cogne contre le métal.

Clic, clic, clic.

J'entends de nouveau la voix essoufflée de ma mère : « Oh, Liz, tu sais que papa n'aime pas ça. »

Tic, tic, tic. Qui disparaît dans l'obscurité.

Est-ce l'idée de l'arrivée de la police, et de tout ce qui va s'écrouler, mais tout à coup, on dirait le tic-tac d'une minuterie, un compte à rebours.

ERIN

Pister ID : TITEMU
Écoute : hors ligne
Abonnés : 10

Mon cœur bat la chamade tandis que je marche dans le couloir en direction des quartiers du personnel, et ouvre la porte de ma chambre. La pièce est plongée dans le noir, à l'exception du mince faisceau de ma lampe, mais je ne veux pas risquer d'épuiser les piles, donc je l'éteins, et dans l'obscurité je me laisse tomber sur mon lit. Il faut que je *réfléchisse*.

Mon poing est crispé sur la carte magnétique dure, comme un rappel matériel de la folie de la situation ; et, à présent, assise là, m'efforçant désespérément de comprendre cette énigme, je m'aperçois que je la serre si fort que le plastique me coupe les doigts, laissant des marques sur ma peau quand je m'oblige à ouvrir la main.

Qu'est-ce que ça veut dire ? Qu'est-ce que ça *signifie* ?

Si Liz a volé ce passe… est-elle la meurtrière ? Mais *comment* ?

Je m'applique à visualiser le moment de confusion, dans le couloir, quand Danny s'est introduit dans la chambre de Tiger. Liz était là, j'en suis sûre. Mais je me souviens que pendant que tout le monde affluait à l'intérieur, elle est restée en retrait. J'ai cru sur le moment que c'était à cause de sa réserve naturelle – cela paraissait dans son caractère, comparé à la façon dont les autres se ruaient en avant, jouant des coudes pour voir ce qui se passait. Mais à présent, je m'interroge. Est-elle demeurée là pour pouvoir empocher le passe discrètement ?

Mais *pourquoi* ? C'est ce que je ne comprends pas… Liz ne peut pas avoir tué Eva. Mobile mis à part, elle est une des seules, avec Ani et Carl, qui n'en avait pas la possibilité matérielle. Elle était coincée dans la télécabine qui descendait au bas de Blanche Neige au moment où Eva a été aperçue à ski sur La Sorcière.

Mais le passe. Cette carte dure, aux arêtes presque tranchantes, incontestable dans ma main, comme si elle refusait de me laisser oublier sa présence.

Comment expliquer la carte ?

Je me passe la main sur le visage, sentant la cicatrice en relief, rappel constant de ce que j'ai fait, le prix à payer pour avoir été trop sûre de moi, et je suis soudainement consciente que je suis assise là depuis… je ne sais pas combien de temps, mais longtemps. Trop. Ça doit être suspect. Il faut que je redescende, sans quoi Liz saura qu'il y a un problème.

Je rallume la torche et ramasse une brassée de couettes puis, la lampe entre les dents, en équilibre sur la pile d'oreillers, j'ouvre la porte de ma main libre.

Je tombe nez à nez avec Liz. Le reflet de la lumière dans ses lunettes m'effraie.

Je hurle, et la torche rebondit sur les oreillers, tombe par terre avec un bruit sourd, et s'éteint.

Mon cœur cogne comme un marteau-piqueur dans ma poitrine.

— Doux Jésus, je parviens à dire. Liz, vous m'avez fait peur.

Je pose les couettes d'une main tremblante et cherche la lampe à tâtons.

— Désolée, dit-elle.

J'ai l'impression qu'elle sourit, mais c'est difficile à dire dans l'obscurité. Il y a quelque chose de très désincarné dans sa voix, très dur à interpréter.

— Vous avez mis hyper longtemps. Je m'inquiétais.

— Je…

Oh merde, qu'est-ce que je peux dire ? Quelle excuse donner ?

— Je changeais de pull, c'est tout.

Quoi ? Pourquoi *diable* suis-je allée dire ça ? Elle va bien voir que je porte le même pull que tout à l'heure. Quel mensonge *débile*.

La nervosité me donne la nausée. Je suis très mauvaise menteuse. Même au lycée, je n'étais pas capable des hypocrisies dont usaient et abusaient les autres filles : « Oh, tu es vraiment trop jolie ! Je suis fagotée comme l'as de pique. » Les seuls moments où je parviens à dissimuler ce que je pense, c'est quand je passe en mode pro. Là, je me montre polie et gaie avec tout le monde, quels que soient mes sentiments – pas parce que je les aime, mais parce que ce sont des clients : je fais partie du personnel, c'est mon travail.

C'est mon travail.

Cette pensée me calme. Je peux y arriver. Liz est une cliente, et c'est mon boulot d'être sympathique avec elle. J'ai juste besoin de mettre cette idée en acte.

Je rallume la lampe-torche et me force à sourire.

— On descend ? Il fait vraiment froid ici.

Liz hoche la tête et se dirige vers l'escalier.

LIZ

Pister ID : ANON101
Écoute : hors ligne
Abonnés : 1

Il y a quelque chose qui ne va pas chez Erin. Je ne sais pas trop quoi. Elle a dit qu'elle s'inquiétait pour Danny, mais si c'était le cas, je ne vois pas pourquoi ses craintes se seraient déclarées si soudainement. Elle était plutôt enjouée, tout à l'heure. Et d'un coup, elle est devenue nerveuse, à cran.

Nous sommes allongées dans la pénombre depuis peut-être une heure, voire plus, mais elle ne dort pas. Pas seulement parce qu'elle ne ronfle pas. Du coin de l'œil, je vois qu'elle a encore les yeux ouverts, brillants à la lueur des braises quand elle bat des paupières. Allongée dans la quasi-obscurité, elle m'observe en silence. Elle pense à quelque chose. Mais je ne sais pas quoi.

À quoi pense-t-elle ?

Je ferme les yeux, tentant d'avoir l'air aussi normale que possible.

Quelques minutes plus tard, j'entends les ressorts du matelas grincer. Erin sort du lit avec précaution.

— Vous allez où ? je demande.

Elle sursaute comme une criminelle prise la main dans le sac, et se met la main sur le cœur.

— Bon sang ! Vous m'avez fait peur, Liz !

— Désolée.

Je n'ajoute rien. J'ai constaté que quand on se tait, ça rend les gens nerveux. Alors ils parlent. Ils meublent le silence avec leurs propres paroles. On peut en apprendre long de cette façon. Et ça ne loupe pas. Après une pause, Erin répond à ma question sans que j'aie besoin de la poser.

— Je ne voulais pas vous réveiller. Je n'arrivais pas à dormir. Je vais aux t-toilettes.

Elle grelotte. J'entends ses dents claquer. Il fait très, très froid dans la pièce. Il ne reste que quelques braises rougeoyantes dans le feu.

— OK dis-je en me tournant et remontant mes couvertures sous mon menton. N'oubliez pas que les tuyaux sont gelés.

— Je s-sais.

Elle ouvre le poêle pour remettre une bûche.

— Je vais aller en haut. Je crois qu'on a tiré la chasse des deux toilettes en b-bas, déjà.

Je ne dis rien. Je la regarde juste s'envelopper plus étroitement dans son anorak et monter à pas de loups. Puis je me tourne de nouveau et cherche le passe dans ma poche.

Il a disparu.

ERIN

Pister ID : TITEMU
Écoute : hors ligne
Abonnés : 10

Putain de merde. J'ai du mal à contenir ma panique en montant l'escalier sur la pointe des pieds. Je ne sais pas d'où m'est venu ce mensonge au sujet des toilettes, mais je n'ai jamais été aussi contente d'avoir des tuyaux gelés. Ils m'ont fourni exactement ce dont j'avais besoin : un prétexte pour monter.

Je ne sais pas du tout quelle est la vérité pour ce qui est du passe. Liz l'a-t-elle vraiment volé ? Je n'ose pas lui poser la question. Peut-être que quelqu'un d'autre s'est assis sur ce canapé quand j'avais le dos tourné. Ou que Liz l'a trouvé et ramassé, mais n'a pas voulu en parler par crainte d'être suspectée. Il peut y avoir une dizaine d'explications. Ou il peut y en avoir une, accablante.

Dans tous les cas, je ne pouvais pas rester allongée dans le noir à écouter sa respiration douce et régulière une seconde de plus. Il fallait que j'*agisse*. Et en fin de compte, mon subconscient l'a emporté sur mes idées qui partaient dans tous les sens pour m'orienter vers une chose dont j'avais totalement oublié l'existence.

Le bloc d'alimentation d'Elliot. Cette énorme batterie externe dont il se servait pour charger son ordinateur avant qu'il soit détruit, avant de mourir. Si je peux mettre la main sur cette batterie et brancher mon téléphone, peut-être aurai-je un peu de réseau. Ça vaut le coup d'essayer. De plus, Liz ne pourrait rien y trouver à redire. Pourtant, pour des raisons que je ne peux supporter d'examiner, je ne veux pas lui en parler.

Pourquoi pas ? me murmure mon cerveau, au rythme de mes pas, tandis que j'avance à pas de loup dans le couloir. *Pourquoi pas ?*

Parce que je ne lui fais pas confiance.

Pourquoi pas ?

Parce que… je déglutis, et mes mâchoires émettent un craquement sec dans le silence inquiétant. Au tréfonds de moi-même, je crois possible qu'elle ait tué Eva. Je ne sais pas *comment*, mais ma peur, au cours de ces deux dernières heures, m'a montré une chose que je n'aurais pas crue possible avant ce soir : je pense effectivement que Liz a l'étoffe d'une tueuse. Ce n'est pas seulement le passe – même si sa découverte est assez angoissante en soi. Dans la panique que j'ai ressentie lorsque j'ai ouvert la porte de ma chambre et suis tombée nez à nez avec elle, qui me faisait un sourire froid, le visage caché derrière ses lunettes, il y avait quelque chose de réel, de vrai. Elle m'apprenait un fait que je ne m'étais pas avoué jusque-là : j'ai peur de Liz. Elle a beau être servile, silencieuse et presque douloureusement réservée, derrière cette servilité, je crois que se cache une volonté d'acier, et oui, je la crois capable de tuer. J'en ai une conviction plus forte que celle éprouvée vis-à-vis d'Inigo, et même de Topher, malgré les indices qui s'accumulent contre ce dernier.

De toutes les personnes présentes, je suis persuadée que Liz est la plus à même de tuer de sang-froid, et de nous le cacher. Personne ne fait attention à elle. Or, pour une meurtrière, c'est une sorte de superpouvoir.

Je suis presque à la porte d'Elliot. Je marche aussi silencieusement que possible à présent, me rappelant que les pas de Liz dans le couloir étaient audibles d'en bas. Je sors le passe de ma poche, je l'introduis doucement dans la serrure, déverrouille, et ouvre très, très délicatement la porte.

Celle-ci grince, juste un peu, et je retiens mon souffle, espérant que Liz n'a pas entendu. Mais aucun bruit ne vient d'en bas. Si elle montait, je n'aurais aucune excuse pour me trouver de ce côté du bâtiment. Logiquement, j'aurais dû utiliser les toilettes du personnel, à l'opposé. Ou, si j'avais la flemme d'aller si loin, une des chambres les plus proches de l'escalier. En aucun cas celle d'Elliot. En aucun cas une chambre avec un…

L'odeur me frappe de plein fouet quand j'entre. Sous la puanteur de l'urine et le fumet incongrûment familier du café renversé, ça pue la mort. Pas trop, la pièce est trop froide, mais on ne peut s'y tromper. Une odeur fétide, animale.

Personne ne choisirait cette chambre pour faire quoi que ce soit, sauf en cas de nécessité absolue.

J'ai un haut-le-cœur, mais je le contiens, puis traverse lentement la pièce et contourne le bureau d'Elliot. Voilà l'objet, posé comme une brique de béton sur le sol, avec un unique LED rouge qui perce les ténèbres. Je pousse un soupir de soulagement. Et, presque en même temps, je remarque deux choses. La première, c'est qu'un téléphone est branché dans le bloc d'alimentation : il est allumé, et chargé à 100 %. Elliot avait laissé son téléphone à charger. *Bien sûr*. La seconde, c'est qu'il a un Android, et moi un iPhone. Mon portable est dans ma poche, mais je ne peux pas le charger.

J'ai envie de me mettre une gifle. J'aurais dû passer prendre mon propre chargeur d'abord… Comment ai-je pu être si bête ? Est-ce que j'ai le temps ? En temps normal, il me faudrait moins d'une minute pour courir à l'autre bout du couloir, pousser bruyamment la porte des quartiers du personnel et attraper mon chargeur à côté de mon lit. Mais je ne peux pas courir. Je ne peux pas pousser bruyamment la porte. Je ne peux pas me permettre un seul son.

Je me décide. Je vais d'abord essayer le portable d'Elliot. L'écran verrouillé permet de composer quelques numéros d'urgence, mais je ne sais pas encore si le 112 ou le 17 en font partie.

L'écran s'allume d'un coup, mais avec déception je vois qu'il n'y a toujours pas de réseau – juste un x à côté de l'échelle grisée. Je ne peux appeler personne.

Cependant, il y a plusieurs notifications d'applis sur l'écran verrouillé, et c'est avec une lueur d'espoir que je les parcours, tentant de déterminer si le téléphone s'est connecté au réseau ces dernières vingt-quatre heures. S'il capte, même par brefs à-coups, ça pourrait suffire. Si je parvenais à le débloquer, je pourrais envoyer un SMS, qui resterait dans la boîte d'envoi jusqu'à la prochaine connexion. Je n'aurais rien à faire. Juste à attendre qu'il parte.

Et voilà. Un WhatsApp d'il y a six heures. Et au-dessous, une notification de Pister : « Anon101 est à géoproximité. » Aucune idée du sens. Géoproximité ? Je n'ai jamais reçu ce type de notifications sur mon compte Pister.

Je n'ai pas le temps de me préoccuper de ça pour l'instant. La question, c'est, comment passer outre le code. J'ai trois essais avant qu'il se bloque, puis je n'aurai plus qu'à aller chercher mon chargeur et attendre que mon portable se rallume, ce qui sera suffisamment long pour que Liz se demande où je suis.

Je me creuse la cervelle, tentant de me rappeler si Kate m'a donné la date de naissance d'Elliot, et dans ce cas, me demandant si je dois essayer l'année, ou le jour et le mois, mais quand je consulte l'écran, je vois que c'est peine perdue. Ce n'est pas un code pin, c'est un capteur de reconnaissance digitale.

La déception me noue le ventre, mais là, je réalise ce que ça signifie, et je suis traversée par un nouveau malaise, d'horreur nauséeuse cette fois, quand je prends conscience de ce que je dois faire. Oh mon Dieu. Est-ce que j'en suis capable ? Et si oui, qu'est-ce que ça fait de moi ?

Je jette un coup d'œil sur le bureau. Je me force à regarder la forme que j'ai tenté d'ignorer, à promener mes yeux sur Elliot, le corps d'Elliot.

Sa main est à plat sur le bureau, et je sens mes joues devenir chaudes, puis froides, puis chaudes de nouveau, avec une espèce de honte profonde et perçante quant à ce que je m'apprête à faire. Mais je *dois* accéder à l'intérieur de ce téléphone.

Je me lève. Je le débranche du bloc et j'avance d'un pas, me rapprochant du cadavre. Puis j'en fais un autre, et encore un autre, et me voilà face au bureau. Je prends sa main – sa main froide, ferme.

Elle est un peu moite, même si c'est surtout à cause du froid de la pièce, et son bras est étonnamment lourd à manœuvrer, mais la rigidité cadavérique s'est estompée et c'est sans trop de difficulté que je déplie ses doigts et prends son pouce long et osseux entre les miens. Il est froid et résistant comme un morceau de viande.

— Je suis désolée, je lui murmure. Je suis vraiment, vraiment désolée.

Et je presse le bout contre l'écran.

Pendant une minute, il ne se passe rien et une déception aiguë me transperce. Le téléphone peut-il détecter son état, je ne sais comment ? Fonctionne-t-il à la chaleur corporelle ? Sait-il que c'est un mort, pas son propriétaire vivant ?

Il n'y a qu'une façon de le découvrir. De plus en plus nauséeuse, je pose le téléphone et frotte le bout froid, moite du pouce d'Elliot entre mes paumes, le frictionne vigoureusement, pour tenter de transmettre un peu de chaleur à la peau d'Elliot.

C'est étonnamment difficile. Mes mains sont froides aussi, et pendant un long moment, je ne sens que le froid immense de sa chair morte contre la mienne. Mais j'insiste, je souffle sur son pouce pour tenter de le réchauffer avec mon haleine, et finalement, il me semble que la température augmente légèrement. Avant qu'elle ne se dissipe, je prends le téléphone et le presse rapidement contre le bout de son doigt, retenant ma respiration.

Et l'écran s'illumine, avec le rose fluo de la page d'accueil de Pister. Je suis à l'intérieur du téléphone d'Elliot.

Je m'apprête à réduire l'appli pour chercher la messagerie texte, mais je m'interromps. Il y a quelque chose de très bizarre dans l'interface Pister d'Elliot.

Il est suivi par 1, 2 million de personnes. Ce qui n'a rien de surprenant, j'imagine. Il est connu comme l'un des fondateurs de la compagnie, et son ID est publique.

Mais ce qui est bizarre, c'est que lui ne suit que deux personnes. L'une est Topher – je me rappelle son avatar et son ID, car je l'ai suivi moi-même, XTopher, avec une photo de lui une cuillère en équilibre sur son nez, et une petite croix pour montrer qu'il s'agit d'un compte vérifié. « Piste XTopher depuis 3 ans », dit le texte à côté de son nom. Il n'y a rien d'étrange à ça.

Ce qui l'est, en revanche, c'est que l'autre personne à qui il est abonné est un utilisateur anonyme : Anon101. Anon n'a pas de photo, et quand je clique sur l'espace vierge à la place de l'avatar pour consulter son profil, il n'y a rien dans sa bio non plus. « Allez-vous-en », c'est la seule phrase qui se trouve dans le champ « À propos », ce qui explique peut-être qu'il ou elle n'ait qu'un abonné. C'est tout.

Mais sous « Localisation », il *y a* quelque chose. Une suite de coordonnées GPS, et un minuscule logo « bêta » entre parenthèses.

Ça doit être *ça*, la mise à jour sur laquelle travaillait Elliot avant de mourir – le géopistage qui les enthousiasmait tant, Topher et lui, le système qui leur a permis de localiser Eva. Mais *qui* est Anon101, et pourquoi Elliot suit-il cette personne ? Eva ? Non, c'est ridicule, elle n'aurait pas qu'un seul abonné. Et d'ailleurs, j'ai pisté Eva. Je ne me rappelle pas son ID, mais son avatar, si – un léopard des neiges avec des Ray-Ban.

Je reviens à l'écran précédent.

« Piste Anon101 depuis 2 jours », dit le texte sous le nom.

Elliot a suivi Anon101 juste avant de mourir.

Mon angoisse ne fait qu'augmenter, et mon pouce hésite au-dessus de l'onglet GéoPister (bêta) en haut du menu. Je repense à cette notification sur l'écran d'accueil, à présent, celle que j'ai écartée sans y penser. « Anon101 est à géoproximité. »

Finalement, je clique.

« Dans votre secteur », dit le texte en haut du menu. Et en dessous, il y a une liste contenant seulement deux personnes.

Titemu

Anon101

Titemu, c'est moi. Ce qui signifie… qu'Anon101 doit être… Liz.

LIZ

Pister ID : ANON101
Écoute : hors ligne
Abonnés : 1

Il y a quelque chose qui ne va pas. Erin n'est pas revenue de son expédition aux toilettes. Elle est partie depuis longtemps, mais en plus, je n'entends rien du tout. Pas de portes qui s'ouvrent. Pas de pas dans l'escalier. Pas de chasse d'eau. Quelque chose s'est-il passé ? S'est-elle endormie ?

Je reste allongée à me mâchonner la lèvre, tentant de décider quoi faire. Je suis montée la chercher la dernière fois. Je me suis inquiétée quand elle a mis si longtemps à se changer, mais je ne sais pas si c'était une bonne idée. La panique sur son visage quand elle a ouvert la chambre et m'a vue là, sur le point de frapper, m'a fait penser que j'avais commis une erreur. Et maintenant, je me pose la question : est-ce à ce moment-là qu'elle a changé d'attitude ? Peut-être qu'elle a peur de moi. Peut-être qu'elle me prend pour une folle.

Les gens ont coutume de s'éloigner de moi. C'est un phénomène que j'ai remarqué au fil des années. Ça a commencé avec les filles à la maternelle – elles étaient sympas dans un premier temps, et j'essayais de répondre par la pareille, mais à ce moment-là, elles se refroidissaient, pour des raisons que je n'ai jamais pu identifier. Alors j'en rajoutais. Je faisais plus d'efforts. Mais plus j'essayais, plus elles devenaient froides et distantes, jusqu'au moment où, quoi que je fasse, il n'y avait qu'un résultat possible : elles me haïssaient davantage.

À l'école primaire, les autres filles n'étaient pas subtiles. « Va-t'en, Liz, tu es trop bizarre. » J'ai entendu ces mots un nombre incalculable de fois. Quand on a grandi, les filles de ma classe se sont mises à y mettre davantage les formes, mais, sous le vernis, sous leurs « Oh, vraiment désolée, la place est prise », ou « Ma mère dit que je ne peux inviter que trois filles à ma soirée pyjama, vraiment désolée, Liz », elles pensaient la même chose.

Les filles étaient méchantes. Les garçons étaient pires. Le pire de tous, c'était Kevin.

Son simple nom me fait tressaillir.

Kevin me *plaisait*. Je pensais que je pourrais lui plaire aussi. Il avait de l'acné et un peu mauvaise haleine, et il n'était pas spécialement beau. Il n'avait pas l'air aussi inatteignable que d'autres garçons. J'ai emprunté un livre à la bibliothèque : *Comment faire pour plaire à un garçon*. Mais c'était déroutant, contradictoire. « Riez de ses plaisanteries », disait le livre. Alors je le faisais. Mais Kevin me regardait comme si j'étais folle et répliquait : « Qu'est-ce qui te fait rire ? »

« Offrez-lui quelque chose qui le fasse penser à vous. » Je lui ai offert des mitaines que j'avais tricotées. Je les ai laissées dans son casier, mais il ne les a jamais mises. Je les ai vues aux objets trouvés par la suite.

« Provoquez des rencontres fortuites. » Je le suivais partout. Je faisais en sorte d'être là, adossée aux casiers, quand il sortait des toilettes des garçons. J'attendais à côté de son arrêt de bus. Une fois, je l'ai suivi jusqu'à chez lui.

On était en novembre, la nuit allait tomber. Je ne pensais pas qu'il m'avait remarquée, mais si. Nous avions parcouru près de trois kilomètres à pied lorsqu'il s'est retourné vers moi. « Qu'est-ce que tu veux, espèce de tarée ? », il a dit, et sa voix s'est brisée sur le dernier mot. Seulement, il ne l'a pas *dit*. Il est venu se planter devant moi et il l'a hurlé. J'ai senti sa mauvaise haleine, et ses postillons sur mon visage quand il l'a crié.

Il faisait sombre. Il s'était mis à pleuvoir. Nous étions dans une zone isolée du parc. Quelque part, j'ai eu un peu envie de le tuer. Mais je ne l'ai pas fait. Je me suis recroquevillée, médusée par sa colère et, quand il m'a poussée en beuglant : « T'as zéro dignité, putain, ou quoi ? », je me suis enfuie. Je pleurais, je tremblais.

Au moment où j'ai été engagée chez Pister, j'avais appris ma leçon. Je restais dans mon coin. Je n'essayais pas de me faire des amis. Je ne faisais confiance à personne.

Mais Erin… je ne sais pas pourquoi, Erin semblait différente. Elle a été vraiment chouette quand on est arrivés. Je me rappelle sa sympathie quand je lui ai demandé conseil sur le *dress code*, sa gentillesse quand elle m'a remorquée jusqu'à la télécabine le premier jour.

Elle avait vraiment l'air de m'apprécier. Maintenant, je n'en suis plus si sûre. Est-ce qu'elle fait semblant depuis le début ?

J'ai envie de monter lui demander ce qu'elle pense de moi, si elle a peur de moi, ce qu'elle *fabrique* là-haut dans le noir. Mais je ne sais pas l'effet que ça lui ferait. Je pourrais peut-être dire que je m'inquiétais pour elle ? Après tout, trois personnes sont mortes. C'est ce que ferait une vraie amie. Veiller sur elle. M'assurer qu'elle va bien.

Mais le verrait-elle comme ça ? *Saurait*-elle que je fais juste ça par amitié ? Ou me lancerait-elle de nouveau ce regard ? Ce regard de panique, de terreur que j'ai vu dans les yeux de Kevin quand il m'a prise à partie, ou celui que j'ai vu dans les yeux d'Erin quand elle a ouvert la porte tout à l'heure. Le regard qui dit « Espèce de tarée ». Le regard qui dit « J'ai peur ».

Dix minutes plus tard, je tergiverse encore. Vient le moment où je ne supporte plus le silence. Je *dois* savoir ce qu'elle fabrique.

Je sors mes jambes du lit et me lève. Je n'ai pas retiré ma combinaison de ski, donc je n'ai pas si froid que ça. Mon genou me fait encore mal, mais je peux prendre appui dessus désormais. Au fond, je me réjouis de ne pas être en train de rejoindre l'autre chalet en raquettes. Évidemment, je n'aurais jamais fait exprès de tomber dans l'escalier. Ça aurait été stupide, j'aurais pu me tuer. Mais en fin de compte, ça m'arrange.

Je monte précautionneusement, me cramponnant à la rampe. Le bois est glissant en chaussettes, les marches sont difficiles à voir dans l'obscurité et je ne veux certainement pas retomber.

En haut de l'escalier, je fais une pause, retenant ma respiration, et tends l'oreille. *Où est-elle ?* Dans les quartiers du personnel ? Je suis sur le point de tourner à gauche pour voir si elle se trouve de ce côté du couloir quand j'entends un bruit, très léger, qui vient du fond – au niveau des chambres de Miranda et Elliot, et de la mienne. Que peut-elle donc faire là-bas ?

Avant de le découvrir, j'entends un autre bruit venant du même côté – impossible de s'y tromper cette fois. C'est le son d'une chasse d'eau. La porte de la chambre de Miranda s'ouvre et Erin en sort. Elle n'a pas l'air aussi surprise de me voir cette fois, au lieu de ça, elle sourit.

— Ah, Liz. (Elle semble un peu essoufflée.) Désolée, vous vous êtes inquiétée ?

— Un petit peu. (Je fronce les sourcils.) Qu'est-ce que vous faisiez dans la chambre de Miranda ?

— J'ai déjà tiré la chasse d'eau dans les toilettes du personnel. Je ne pensais pas qu'elle s'en formaliserait, et c'était la première. Euh… Liz, je vous préviens (difficile à dire dans le noir, mais on dirait qu'elle rougit un peu), désolée, c'est trop d'informations, mais j'ai eu un petit dérangement. Je crois que le cassoulet n'était pas bien cuit. C'est pour ça que… eh bien, c'est pour ça que j'ai mis un peu plus longtemps.

— Oh !

Je ne sais pas quoi répondre à ça. Devrais-je en rire ? Non, ça paraîtrait bizarre. Je compose un sourire que j'espère empathique. Puis je redoute qu'elle n'y voie qu'un simple sourire, alors je fais la moue.

— Oh, ma pauvre.

— Je me doute que vous n'aviez pas envie de savoir ça, mais je préférais vous prévenir au cas où, comme on a mangé la même chose.

— Oh, moi ça va, je réponds à la hâte.

C'est la vérité. Je n'ai pas eu le moindre élancement. Mais il faut dire que j'ai toujours eu une digestion excellente.

— Ah, tant mieux, dit-elle, visiblement soulagée. Je n'aurais pas voulu vous filer une intoxication alimentaire en plus de tout le reste.

Elle fait un rire tremblant, puis reprend :

— Bon, on y va ?

Pendant une seconde, je ne comprends pas ce qu'elle veut dire, mais elle montre l'escalier d'un signe de tête, et je percute.

— Oui, oui.

Mais quelque chose m'arrête.

— En fait, allez-y d'abord. J'ai besoin d'aller aux toilettes aussi.

Elle acquiesce et se met à descendre en boitillant. Je la regarde un moment, puis me dirige vers ma propre chambre. Je déverrouille la porte et me glisse à l'intérieur, puis me rends à l'armoire intégrée dans le coin. Elle est entrouverte, comme je l'avais laissée. Mais est-ce mon imagination, ou l'est-elle légèrement plus que tout à l'heure ?

Je reste figée un long moment, regardant la porte. Elle est ouverte d'environ six centimètres. À première vue, ça fait beaucoup. Plus que tout à l'heure. Mais je ne peux pas en être certaine.

Je l'ouvre complètement, sors ma valise et défais la fermeture Éclair de la doublure. À l'intérieur, à plat contre le fond, sous la doublure soyeuse et un morceau de carton, devrait se trouver une veste de ski rouge vif. Il fait trop sombre pour y voir, et j'ai laissé ma lampe en bas, mais quand je glisse les doigts dans la fente étroite, je sens qu'elle est bien là – sa douceur duveteuse est rassurante. Je pousse un soupir de soulagement et me détends, accroupie.

Puis je remonte la glissière et replace la valise dans l'armoire, me lève avec peine, et me rends aux toilettes. Autant m'assurer que mon prétexte est convaincant, pendant que je suis là.

Mais ce n'est que quand j'ai descendu à moitié ma combinaison qu'une chose me frappe, m'arrête net.

Cette valise se trouvait au sommet de la pile, *par-dessus* mon petit bagage cabine à roulettes.

Je l'avais laissée dessous. J'en suis absolument certaine.

Quelqu'un a fouillé mon armoire.

Erin ? Ou quelqu'un d'autre ?

Mon cœur s'emballe.

Lentement, très lentement, je remonte la fermeture de ma combinaison, concentrée, tentant de déterminer que faire.

Puis je tire la chasse et redescends pour tenter de découvrir ce que sait Erin.

ERIN

Pister ID : TITEMU
Écoute : hors ligne
Abonnés : 10

À l'étage, j'entends la chasse d'eau des toilettes de Liz, et je m'enfonce dans ma couette dans l'espoir de faire semblant de dormir quand elle reviendra. Mon cerveau tourne à cent à l'heure, j'essaie de comprendre ce qui a bien pu se passer.

Heureusement que je l'ai entendue monter et que j'ai pu sortir de la chambre d'Elliot pour me glisser dans celle de Miranda, deux portes plus loin. Si elle m'avait surprise sortant de celle d'Elliot, j'aurais été obligée de lui dire la vérité. Mais j'ai trop peur pour faire ça.

Qu'est-ce que tout ça signifie ? Liz est-elle l'assassin ? Mais *comment* ? Sans même parler du mobile, elle a un alibi en béton. Elle était dans la télécabine qui descendait dans la vallée quand Eva a été tuée.

Sauf que…

Sauf que personne ne l'a *vue* monter dedans, en fait.

J'essaie de repenser aux descriptions qu'ils m'ont tous données de cette dernière expédition. Eva est montée par la télécabine Reine. Carl est tombé en essayant d'y entrer, en bas, et Ani l'aidait. Tous les autres étaient déjà en haut de la piste bleue, Blanche Neige, courbés dans le vent hurlant, attendant l'arrivée d'Eva, Carl et Ani.

Là, Liz a refusé de skier, et Topher a tenté de la forcer à le faire quand même.

Tous les récits concordent. À ce moment-là, Liz a retiré ses skis et remonté la piste jusqu'à la télécabine, pour redescendre au chalet.

Et si elle n'était pas montée dedans ? Si elle avait traversé le petit édifice accueillant la télécabine, et était ressortie directement de l'autre côté, celui de la piste noire, La Sorcière ? Là, au sommet de celle-ci, juste avant la partie la plus raide, elle aurait attendu.

J'essaie d'imaginer comment Liz aurait pu faire pour attirer Eva par là. Peut-être a-t-elle fait semblant d'avoir glissé par mégarde sur la piste noire, en direction de la falaise. Peut-être a-t-elle fait mine d'avoir un problème avec sa botte, ou son ski. Quoi qu'il en soit, elle a dû appeler Eva et, une fois que celle-ci était tout près d'elle, sans méfiance, elle l'aura poussée dans le précipice.

Ça aurait été le moment le plus risqué. Pas le risque d'être vue – la visibilité était trop mauvaise, et l'arrêt des télécabines devait la cacher des skieurs qui attendaient sur Blanche Neige, –, mais le risque de ne pas parvenir à pousser Eva. Si Eva avait réussi à se sauver, ou pire, si elle avait pris le dessus sur elle et l'avait fait basculer, tout aurait été fini. Mais ça a marché.

Apparemment, ça a marché. Et Liz venait de se donner un alibi – elle s'était assurée qu'Eva était vue saine et sauve bien *après* que Liz était soi-disant descendue.

Je me souviens de cette énorme combinaison de ski bleue, trop grande ; je revois Liz en sueur au pied des remontées mécaniques. Je me rappelle même avoir pensé qu'elle portait trop de couches, et m'être demandé pourquoi, puisqu'il ne faisait pas si froid à ce moment-là. Maintenant, je *sais* pourquoi. Ce n'était pas du tout de l'inexpérience. Ça faisait partie du plan.

Il n'aurait pas été difficile d'avoir une autre veste de ski sous la première. Il aurait suffi de quelques secondes pour défaire la combinaison trop grande, retirer la veste rouge dessous, et l'enfiler par-dessus la bleue. Avec son casque, ses lunettes et son pantalon de ski foncé, n'importe qui l'aurait prise pour Eva à cette distance.

Donc elle s'était élancée sur La Sorcière, ne s'arrêtant que pour s'assurer qu'une personne – la fidèle petite Ani, bien au-dessus d'elle dans la télécabine – pourrait corroborer ses dires.

Je repense aux derniers mots d'Ani à Tiger, son « Elle, je ne l'ai pas vue » perplexe.

Nous avons tous cru qu'elle parlait d'Eva.

Mais… et si elle parlait de Liz ? Liz, qui était censée être dans la télécabine qui descendait au même moment où Ani montait ? Et si Ani s'était rendu compte qu'ils n'avaient jamais croisé Liz ? Qu'elle n'avait pas pris la télécabine ?

C'est plausible. Tout cela est affreusement plausible. Et ça aurait très certainement marché sans une chose. L'appli de géopistage d'Elliot, qui récoltait secrètement des infos sur tous les membres du groupe.

Parce que Elliot n'était pas stupide. Aussitôt qu'il a compris qu'Eva était morte, il a dû examiner les déplacements de toutes les personnes présentes sur la montagne ce jour-là. Il a dû constater que la personne qui avait descendu La Sorcière à ski n'était pas Eva, mais Anon101. Cependant, même avec toutes ces données, il ne pouvait pas être certain de l'identité d'Anon101.

Alors il l'a suivie sur Pister. Et il s'est attaché à la découvrir par élimination. Mais il a été tué avant d'avoir le temps de faire part de ses soupçons à Topher.

Cette hypothèse explique presque tout. Elle explique pourquoi Elliot devait mourir, pourquoi son ordinateur, avec toutes les données de géopistage, a été démoli. Elle explique pourquoi Ani a été tuée.

Il n'y a qu'une chose qu'elle n'explique pas. *Pourquoi*.

Pourquoi Eva a été tuée.

Car Liz n'a pas de mobile.

Cependant, les mots de Danny me reviennent : « Je sais pas. Franchement, je crois qu'on pourrait tous leur trouver un mobile. »

Il a raison. Le passe, c'est l'alibi, pas le mobile. Et je viens de faire voler celui de Liz en mille morceaux. Il n'y a qu'un seul problème : si j'ai raison, me voilà en première ligne pour être tuée à mon tour.

Je suis seule dans un chalet isolé avec une meurtrière, et je ne peux rien y faire.

LIZ

Pister ID : ANON101
Écoute : hors ligne
Abonnés : 1

Qui a déplacé ma valise ?

La question me ronge l'esprit tandis que je descends lentement. Quand j'entre dans le salon, Erin est blottie sous sa couette. Elle a les yeux fermés, une respiration douce et régulière. Mais il me semble – et je ne peux pas savoir si je suis parano – qu'il y a quelque chose d'un peu faux dans sa position. Les gens ont-ils jamais l'air aussi sereins dans leur sommeil ?

— Erin, je chuchote très bas.

Elle remue, ses paupières battent un bref instant, mais elle ne semble pas se réveiller.

Je m'assois sur le canapé-lit à côté d'elle et tente de réfléchir.

Je suis *tout à fait* sûre pour la valise. Du moins, j'en ai l'impression. Mais je n'ai pas regardé dans l'armoire depuis hier. N'importe qui pourrait avoir déplacé ma valise. Et ça ne veut pas dire que la personne en question ait regardé à l'intérieur de la doublure. Ça peut être Elliot – rassemblant des informations avant de présenter ses soupçons à Topher. Ça peut même être un geste complètement innocent.

Je pourrais tuer Erin. Ce n'est pas la question. Je pourrais l'étouffer avec un oreiller comme je l'ai fait pour Ani, mais il reste un problème. Si je la tue, tout le monde saura que c'était moi. Il n'y a personne à des kilomètres à la ronde. Je ne pourrais jamais persuader qui que ce soit qu'un inconnu s'est introduit dans le chalet pour l'étouffer dans son sommeil.

J'ai tué Elliot et Ani parce que je n'avais pas le choix. J'ai agi vite, sur l'inspiration du moment, avec ce que j'avais sous la main. Pour Elliot, c'étaient les somnifères d'Eva, écrasés dans une tasse de café noir. Étonnamment, il n'a pas eu le moindre soupçon quand je lui ai proposé de la lui remplir une seconde fois. Pour Ani, c'était son propre oreiller, pressé sur son nez et sa bouche. Elle est morte en silence, les bruits de lutte étouffés par la couette épaisse enroulée autour d'elle. Je me suis sentie… eh bien, j'aimerais pouvoir dire que je me suis sentie coupable pour eux deux, mais la vérité, c'est que non, pas vraiment. Elliot l'a cherché, à fouiner partout comme ça. J'ai eu de la peine pour Ani, oui. Mais elle était au mauvais endroit au mauvais moment. Ce que j'ai vu dans ses yeux quand elle s'est figée, à ma porte, cette nuit-là, c'est qu'elle prenait tout à coup conscience de ce qu'elle avait vu. De ce qu'elle n'avait *pas* vu. Les bulles de verre vides de la télécabine, qui redescendaient à la station, alors que l'une d'elles aurait dû me contenir.

Elle a compris ce que ça signifiait. Je l'ai vu tout de suite. À l'instant où nos yeux se sont rencontrés et où les siens se sont emplis de terreur. Elle s'est précipitée dans sa chambre, fermant à double tour derrière elle. Elle s'y croyait sans doute en sécurité. Elle ne savait pas que j'avais un passe de service.

Mais je ne me sens pas coupable, même pour Ani, car ce n'est pas ma faute, tout ça. Je me suis retrouvée au mauvais endroit au mauvais moment, moi aussi. J'ai été entraînée dans un engrenage qui me dépassait, prise dans les jeux de pouvoir de Topher et Eva – et je n'étais même pas l'un des rôles principaux, juste un pion qu'Eva comptait jouer contre Topher le moment venu, en se servant de mon passé contre moi.

Parce que je vais vous dire, je suis quelqu'un de *bien*. Je n'ai jamais voulu tout ça. Je n'ai aucune intention de tuer si j'ai le choix. Si Erin n'a pas regardé dans cette valise, si elle n'a pas compris, eh bien je ne veux pas lui faire de mal.

Je n'ai pas besoin de me précipiter. J'ai le temps de réfléchir. Les secours n'arriveront pas avant le matin, au plus tôt. Je peux m'appliquer à déterminer si elle sait quelque chose et, le cas échéant, décider posément ce que je peux faire d'elle. Il faudrait que ce soit un accident, ou que ça en ait l'air. Encore une chute dans l'escalier, peut-être ? Une asphyxie au monoxyde de carbone, avec le poêle ? Mais je ne sais pas trop comment je pourrais déclencher ça.

Lentement, je retire mes lunettes et m'allonge, mais je ne ferme pas les yeux. Tournée vers Erin, je l'observe. Je l'observe dans son sommeil.

ERIN

Pister ID : TITEMU
Écoute : hors ligne
Abonnés : 10

Liz m'observe. Je n'ose pas ouvrir les yeux, si ce n'est d'un demi-millimètre, mais en faisant mine de remuer dans mon sommeil, je bouge un peu la tête et m'autorise à battre des paupières : couchée dans son lit, elle me regarde sans ciller, imperturbable, dans les ténèbres.

Sans ses lunettes, elle n'a pas du tout la même tête. Son côté chouette impénétrable a disparu et elle a l'air plus jeune, mais en même temps il y a quelque chose d'encore plus perturbant dans ses yeux fixes, résolus. Lorsque je referme les miens et me renfonce dans mon oreiller en feignant un petit ronflement, je sens son regard qui me scrute.

La peur me donne le vertige. Que vais-je faire ?

Je tente de me forcer à respirer lentement, à réfléchir posément. Suis-je en danger ? En danger immédiat ? Je ne sais pas. Si j'ai raison, Liz a tué trois personnes, mais je ne pense pas qu'elle tue pour le plaisir. Je ne vois toujours pas du tout pourquoi Eva devait mourir, mais Ani et Elliot n'ont été supprimés que lorsqu'ils ont obtenu des informations concrètes sur la culpabilité de Liz. Si je parviens à dissimuler mes soupçons jusqu'au matin, peut-être pourrai-je m'en sortir.

Je ferme les yeux plus fort, et je repense au téléphone d'Elliot, branché dans la batterie externe en haut, avec le message texte que j'ai écrit à Danny dans la boîte d'envoi, dans l'attente d'une connexion éclair au réseau. « SOS, vite ! C'EST LIZ. » Un message que j'ai composé les doigts tremblants, tentant de rester sur la frontière étroite entre un message compréhensible immédiatement par Danny, un message qui servirait d'indice s'il devait m'arriver quelque chose avant leur retour, et un message que je pourrais expliquer à Liz sans trop de mal si jamais elle tombait dessus.

Je ne *crois* pas qu'elle ait accès au téléphone d'Elliot. Mais je n'en sais rien. C'est le problème. Je ne sais rien. Quand elle a raconté qu'elle allait aux toilettes, elle a fait autre chose. Elle est restée beaucoup trop longtemps dans sa chambre, et je l'ai entendue marcher, ouvrir et fermer des portes. Quand elle s'est rendue dans la salle de bains, elle a tiré la chasse d'eau aussitôt, sans même fermer la porte ; si je ne me trompe pas, elle n'a pas eu le temps de s'asseoir sur le siège.

Elle sait quelque chose. Elle soupçonne *quelque chose*. Simplement, je ne sais pas quoi. Tout ce que je sais, c'est qu'Ani a été tuée dans son sommeil et, pour cette raison, je me retiens de m'assoupir.

LIZ

Pister ID : ANON101
Écoute : hors ligne
Abonnés : 1

Erin sait.

Je n'en étais pas sûre au départ, mais à mesure que le temps s'étire, alors que la nuit, de plus en plus, semble interminable, je m'en convaincs.

Parce que contrairement à ce que j'ai cru, elle ne dort *pas*. Elle fait semblant de dormir, mais elle ne dort pas. Elle est allongée, les yeux fermés, et une fois de temps en temps, quand elle croit que je ne regarde pas, elle entrouvre à peine les paupières pour s'assurer que je suis toujours éveillée. Je vois ses yeux briller fugacement. Ensuite, elle fait de nouveau semblant de ronfler.

Ce n'est vraiment pas juste. *Bon Dieu*, c'est tellement injuste !

Je n'ai jamais demandé tout ça. Je n'ai jamais voulu tout ça. Je voulais juste qu'on me laisse *tranquille*, dans mon coin.

C'est ce que j'ai toujours voulu, rien de plus. C'est ce que je voulais des filles de l'école, avec leurs ragots, leurs moqueries, leurs indiscrétions.

C'est ce que je voulais à la fac, quand les autres me harcelaient pour que je m'inscrive dans des clubs et assiste aux cérémonies officielles des premières années.

C'est ce que je voulais chez Pister. Et d'abord, ils l'ont fait – ils m'ont laissée dans mon coin –, et vous savez quoi ? C'était parfait !

Puis ça a cessé de l'être. Tout est allé à vau-l'eau. Et c'est pour ça que je leur en veux tant.

J'en veux à Topher de m'avoir entraînée là-dedans, de m'avoir chargée de ces actions, un boulet à mon cou.

J'en veux à Eva d'avoir cherché à s'immiscer, constamment, quand elle aurait dû laisser les choses en l'état. Je détestais ses « Comment vas-tu ? » et ses « Je peux faire quelque chose ? » et « On va arranger ça, Liz, je le jure ».

J'en veux à Elliot d'avoir fourré son nez où il n'aurait pas dû, et parce qu'il était bien trop malin.

J'en veux à Rik, juste parce qu'il est l'un d'entre *eux*. Tellement sûr de son bon droit. Tellement mielleux. Il nage parmi les requins, et il n'est jamais blessé, parce qu'il est l'un des leurs. Parce que c'est un homme, qu'il a fait ses études dans des écoles privées chic, parce qu'il est très, très charmant.

Et maintenant, j'en veux aussi à Erin.

Allongée là, avec ses petits ronflements bidon, son demi-sourire, alors que pendant ce temps, elle tirait ses conclusions…

Mais c'est trop tard. Que puis-je faire ? Si seulement j'en avais été certaine plus tôt – il me reste très peu des somnifères d'Eva dans la poche. Ça aurait été possible – pas facile, mais possible – de les glisser dans le cassoulet. J'aurais pu échanger nos assiettes quand Erin avait le dos tourné. Maintenant, c'est trop tard. Même si peut-être, elle y a pensé. Peut-être que c'est ça qu'elle faisait aux toilettes, en fait, quand elle a mis si longtemps et prétexté cette intoxication alimentaire bidon. Peut-être qu'elle s'est forcée à vomir.

Pourrais-je mettre en scène une effraction ? Je pourrais peut-être prétendre qu'Inigo est revenu nous achever ? Ça pourrait marcher ? Sauf si Inigo lui-même a un alibi. Et le problème, c'est que si Inigo a bel et bien un alibi et qu'Erin ne me soupçonne *pas*, je me serai mise en danger pour rien. Ça reviendrait à me tirer une balle dans le pied.

Je dois faire très, très attention. Je ne peux pas me permettre la moindre erreur.

Mais il faut que je sache. Il faut que je sache ce qu'elle sait.

— Erin, je chuchote très doucement.

Le silence est total, mais ce n'est pas le silence de quelqu'un qui dort à poings fermés. C'est plutôt le silence de quelqu'un qui réfléchit. Finalement, Erin pousse un soupir et souffle :

— Oui ?

— Vous ne dormez pas ?

— Je n'y arrive pas. Je n'arrête pas de penser aux autres, de me demander où ils sont.

Ça pourrait être vrai. Mais je repense au reflet dans son œil entrouvert, dans le noir, qui m'examinait. Je ne crois pas que ce soit le cas. Je ne crois pas que ce soit ça qui l'empêche de dormir. Je joue le jeu.

— Vous êtes inquiète pour Danny ?

Il y a encore une longue pause. Je pense qu'elle cherche ce qu'elle doit dire. Elle essaie de déterminer si elle doit faire semblant de soupçonner quelqu'un d'autre.

— Un peu, fait-elle enfin. J'espérais qu'il revienne ce soir, vous savez.

Je m'apprête à dire quelque chose, je ne sais pas trop quoi, un truc insignifiant, comme quoi je suis sûre qu'il va bien, ou ce genre de choses.

Sauf que là, dans le silence, tandis que je cherche mes mots, un double *bip* retentit. Presque imperceptible, venant de là-haut, mais impossible de s'y tromper.

C'est un son qui met mon sang en ébullition avant même que j'aie réalisé de quoi il s'agit.

C'est le signal d'arrivée d'un SMS.

ERIN

Pister ID : TITEMU
Écoute : hors ligne
Abonnés : 10

Je vois immédiatement que Liz a entendu. Tout son corps se raidit, en alerte, et elle se dresse sur un coude, pour tendre l'oreille.

Merde.

— C'était quoi ce bruit ? demande-t-elle.

Mon cœur bat à cent à l'heure. À tous les coups, c'était Danny. Forcément. Le portable d'Elliot est le seul dans cette maison à avoir encore de la batterie. Il a dû se connecter brièvement au réseau – comme quand la notification de Pister est arrivée.

Mais je veille à afficher un visage neutre.

— Je ne sais pas du tout. On aurait dit un portable, non ? Mais ce n'est pas possible.

Liz me dévisage, comme si elle essayait de juger ce qui se passe sous mon expression. Oh mon Dieu, elle *sait*. Elle sait, c'est évident. Elle n'est juste pas assez certaine pour que ses soupçons la poussent à l'action. Il faut que je sois très prudente.

— On aurait dit que ça venait d'en haut, dit Liz.

Elle attrape ses lunettes et sort une jambe du lit.

— Ouais… je chuchote, lentement, tandis que mon cerveau mouline à toute vitesse.

Quoi qu'il en coûte, je ne peux pas la laisser entrer dans la chambre d'Elliot. Si elle voit ce message, je suis vraiment dans la merde. Elle me soupçonne déjà. Ce serait très difficile de trouver une explication.

— Oui, je crois.

Pourrait-elle me tuer ? Je ne sais pas. Son genou est aussi abîmé que ma cheville. Me rattraperait-elle cependant si on en venait à une course-poursuite, entre éclopées ? Je m'efforce de trouver un plan d'action. Est-ce que je pourrais l'attirer à l'extérieur ? La laisser dehors ? Mais je repense à ce qu'a dit Danny, quand il envisageait le retour d'Inigo suppliant qu'on le laisse entrer, et je sais qu'il avait raison. Je ne pourrais jamais laisser un être humain mourir de froid en restant les bras croisés, le regarder agoniser à travers une vitre. Je ne pourrais jamais. Même pas Liz.

Mais je ne peux pas la laisser trouver ce message.

En panique, j'essaie de me rappeler ce que j'ai vu sur l'écran de veille du téléphone d'Elliot avant de l'effacer. Sur certains appareils, les messages apparaissent dans leur intégralité. Sur d'autres, on ne lit que l'identité de l'expéditeur, voire « Vous avez un message ». Qu'en est-il de celui d'Elliot ? Pourquoi n'ai-je pas *vérifié* avant d'effacer les notifications ? Bien sûr, s'il vient à l'idée de Liz de se servir du cadavre d'Elliot pour débloquer le portable comme je l'ai fait, rien de tout cela n'a d'importance.

— Je crois que ça venait de la chambre de Miranda, dis-je, pour essayer de l'envoyer sur une fausse piste.

— Vous croyez ? (Elle a l'air sceptique.) Il me semble que c'était plutôt celle d'Elliot. Ça aurait bien été son genre, d'avoir une batterie qui tient super longtemps.

J'ai un petit haut-le-cœur. Bien sûr. Bien sûr qu'elle a raison. Elle *connaît* ces gens. Et je comprends que je suis coincée. Je ne peux pas suggérer qu'on se sépare et que ce soit *moi* qui aille voir dans la chambre d'Elliot, pas après avoir dit que le son venait de celle de Miranda. Je vais être obligée de me ranger à sa suggestion.

— Vous voulez… qu'on aille voir ? (J'essaie d'avoir l'air dubitative.) Ça me semble un peu… irrespectueux. Peut-être qu'on devrait d'abord éliminer les autres chambres ?

Liz sort l'autre jambe du lit. Elle a l'air décidée.

— Je crois que c'est plus important de trouver le portable pendant qu'il capte encore.

Je ne peux pas trouver d'objection à sa proposition. C'est exactement ce que je dirais aussi, si je n'avais pas envoyé ce foutu SMS.

— Je comprends, si vous ne voulez pas venir, ajoute-t-elle.

J'hésite. C'est tentant. Mais je ne peux pas la laisser monter seule. Ce serait pire. Je peux peut-être trouver le moyen d'atteindre le portable avant elle, d'effacer la réponse de Danny.

— Si, si, dis-je, comme si je me préparais mentalement à faire une chose nécessaire. Bien sûr, vous avez raison, je faisais juste ma délicate. C'est plus important de prévenir les secours. De toute façon, la porte va être fermée, vous allez avoir besoin de ma carte.

— Bien sûr, répète-t-elle, et pendant une seconde, juste une seconde, sa main s'égare au-dessus de sa poche, où le passe clé de Danny devait être caché, dans un geste totalement involontaire qui m'aurait échappé si je ne surveillais pas le moindre de ses gestes.

Elle se reprend avant que sa main ne s'y enfonce, si bien qu'on dirait simplement qu'elle ajuste sa combinaison. Mais je sais ce qui l'a traversée.

Tandis que nous montons, j'ai une impression aiguë, violente de déjà-vu – le nombre de fois où nous avons monté ces escaliers, de jour ou de nuit, pour déboucher sur une découverte atroce. Sauf que cette fois, je sais ce qui nous attend en haut, et c'est moi qui ai peur d'être percée à jour.

La panique me prend quand nous approchons de la porte d'Elliot et, quand je cherche le passe dans ma poche, je m'aperçois que ma main tremble.

— Ça va aller ? demande Liz. Vous n'êtes pas obligée d'entrer, si vous ne le sentez pas.

— Ça va, je réponds entre mes dents.

Puis je glisse la carte dans la serrure et nous voilà à l'intérieur. La puanteur cadavérique semble avoir encore empiré, même si ce n'est pas possible, pas en quelques heures.

Liz s'étrangle et place sa main sur son visage, ce qui me donne une excuse.

Le bloc d'alimentation se trouve derrière le côté du bureau, caché de la porte. Si je peux me débrouiller pour qu'elle se concentre sur l'autre partie de la pièce…

— L'odeur est épouvantable, dis-je. Si vous voulez vous occuper de la partie chambre, je me charge du bureau.

Elle accepte sans hésiter. Je fais de mon mieux pour avoir l'air naturelle, ouvrant les tiroirs, faisant semblant de chercher le téléphone dont je sais pertinemment qu'il se trouve juste derrière, quand j'entends quelque chose.

— Erin…

Je lève les yeux, regarde vers le lit, mais elle n'y est pas. Elle s'est glissée derrière moi. Et elle a trouvé le portable.

Mon cœur bat tellement fort que je suis sûre que Liz va l'entendre.

Fuis, fuis, me hurle une voix à l'oreille. Mais je ne le fais pas. Je reste très silencieuse. Je peux peut-être encore la baratiner. Que dit le message ? Que *dit*-il ?

J'aimerais voir l'écran de veille, mais je ne peux pas. Liz a le téléphone à la main, et tout ce que je peux voir, c'est la lueur de l'appareil qui se reflète dans ses lunettes.

— Ce bruit… dit-elle, très lentement.

Elle lève les yeux, le front plissé derrière ses lunettes.

— C'était bien un message, et il vous est adressé.

LIZ

Pister ID : ANON101
Écoute : hors ligne
Abonnés : 1

Je baisse les yeux sur l'écran, puis regarde le visage sans expression d'Erin.

Ça n'a pas de sens. Ou bien si ?

« Messages » dit l'écran d'accueil. Puis une petite bannière donne un aperçu de la première ligne du SMS. « Merde. Erin, c'est toi ? »

Erin me regarde comme un lapin pris au piège.

Le téléphone d'Elliot fonctionne à la reconnaissance digitale. Ça rend la chose très facile.

Je prends sa main lourde, froide.

— Non ! jappe Erin, et elle tente de me prendre le téléphone, mais c'est trop tard, je suis dedans.

« SOS », je lis, sentant la fureur monter en moi, me rougir les joues. « SOS, vite ! C'EST LIZ. »

De nouveau, je la regarde droit dans les yeux, sentant mon visage se décomposer sous le choc de la trahison.

Quelle salope. Quelle salope absolue.

ERIN

Pister ID : TITEMU
Écoute : hors ligne
Abonnés : 10

Le visage de Liz se transforme quand elle le lit et je sais, instantanément, que je n'ai aucun moyen de trouver une explication pour m'en sortir.

Elle blêmit et reste totalement immobile, mais je ne crois pas que ce soit la peur qui la paralyse. Je crois… je crois que c'est autre chose. Je crois que c'est plutôt la colère.

— Vous ne comprenez pas, je proteste, faiblement, mais ma voix est rauque, et je sais que ça ne sert à rien.

Je ne sais pas comment j'ai pu penser que ce message était ambigu. À voir l'expression de Liz, je comprends parfaitement qu'elle ne peut le saisir que d'une seule façon.

— Vous savez, commence-t-elle, et sa voix à elle est atrocement calme.

J'ai envie qu'elle crie, qu'elle hurle – *n'importe quoi* vaudrait mieux que cette attitude glaciale.

Mais j'éprouve une sorte de soulagement, car je peux arrêter de faire semblant. Je peux arrêter cette danse macabre de *sait-elle que je sais qu'elle sait ?* et affronter la vérité, sans fard.

— Oui, je sais, je réponds calmement.

Puis je recule d'un pas, me laisse tomber sur le lit d'Elliot et me prends la tête dans les mains. En partie parce que ma cheville me fait un mal de chien, et que la douleur commence à me donner la nausée, mais aussi parce que mes jambes tremblent si fort que je ne tiens plus debout.

Elle reste plantée là, à me regarder, le visage sans expression, indéchiffrable sous ses grosses lunettes. La lueur du téléphone éclaire son visage d'un halo inquiétant, par en dessous. Derrière elle, Elliot, l'homme qu'elle a tué, est affalé sur le bureau – rappel affreusement concret de ce qu'elle a fait pour protéger son secret. Secret que je connais désormais. Oh mon Dieu, qu'ai-je fait ? Danny, où es-tu ?

— Putain, il *pue*, s'exclame-t-elle enfin, avec une moue.

Elle fait craquer ses jointures, *clac, clac, clac*, mais ça ne ressemble pas à de la nervosité, à présent. On dirait plutôt qu'elle se prépare à la bagarre.

— Sortons d'ici. Venez en bas, on va parler.

Comme dans un rêve – ou peut-être un cauchemar –, je la suis hors de la chambre. Elle tient le téléphone devant elle comme une bougie, éclairant le couloir, et lorsque que nous arrivons en haut de l'escalier, elle dit :

— Après vous.

J'hésite.

Je ne veux pas la mettre en colère, mais en même temps, il n'est pas question que je descende cet escalier glissant, précaire, avec elle dans mon dos. Il n'en est pas question.

Me voyant atermoyer, Liz pousse un rire sans joie.

— OK, je ne peux pas vous le reprocher. Je vais passer la première. Mais attendez un peu avant de me suivre, d'accord ? Je ne vais pas vous laisser me pousser en bas non plus.

Je hoche la tête. Ça ne me gêne pas de garder mes distances. Ce serait presque aussi facile pour elle de me saisir la cheville par-derrière que ce le serait pour moi de lui donner un coup de pied dans les reins.

Bon Dieu, c'est irréel.

Je la regarde descendre prudemment, tenant la rampe, avec le téléphone qui éclaire la voie comme un feu follet.

En bas, elle se dirige vers le poêle et remet une bûche, qu'elle fait flamber si bien que la pièce s'illumine. Je me dépêche de finir de la rejoindre pendant qu'elle a le dos tourné, pas tranquille tant que je ne touche pas la terre ferme. Puis elle se redresse et referme le poêle.

Je suis seule avec une meurtrière. Je suis seule avec une *meurtrière*. Peut-être que si je continue à me répéter ces mots, ils vont enfin me sembler réels ?

LIZ

Pister ID : ANON101
Écoute : hors ligne
Abonnés : 1

En un sens, c'est un soulagement d'avoir crevé l'abcès. Je voyais bien qu'il y avait un problème, et j'ai toujours détesté lire entre les lignes, douter de mes interprétations, tirer des conclusions d'un froncement de sourcils, d'un regard vide ou d'un silence.

À présent, nous savons toutes les deux où nous en sommes. Et c'est un soulagement. Mais c'est aussi un problème. Parce que j'appréciais Erin. Non, ce n'est pas bien. Je ne devrais pas parler au passé. Pas encore.

Je l'apprécie. Sincèrement, je l'apprécie. Je n'ai pas envie d'être forcée de faire ça. Mais elle s'est montrée vraiment, *vraiment* stupide en envoyant ce message, et à présent je n'ai plus le choix. Elle m'a forcé la main, au fond. C'est *sa* faute, plus qu'autre chose.

Le sentiment d'injustice me fait de nouveau bouillir. C'est *tellement* injuste.

— Je n'ai jamais voulu tout ça, vous savez, lui dis-je tandis qu'elle se laisse tomber sur un des fauteuils et regarde les flammes.

Elle tremble. Je ne sais pas si c'est le froid, ou le choc.

— Quoi ?

Elle lève les yeux. La colère monte en moi, mais je la ravale. M'a-t-elle seulement écoutée ?

— J'ai dit, je n'ai jamais voulu ça.

Je m'assois lourdement sur le fauteuil en face d'elle. Je fixe le feu, sentant sa chaleur sur mon visage.

— Je ne les aurais jamais tués si j'avais pu faire autrement. Aucun. *Je* suis tout aussi victime qu'eux, dans cette situation.

Elle cligne des yeux, et un instant on dirait qu'elle va faire une remarque, mais elle change d'avis.

— Racontez-moi, dit-elle.

Alors je le fais.

ERIN

Pister ID : TITEMU
Écoute : hors ligne
Abonnés : 10

Je suis perdue dans mes pensées quand Liz s'assoit en face de moi, et il me faut quelques instants pour prendre conscience qu'elle parle. Ce qu'elle dit n'a pas de sens – une absurdité, comme quoi c'est *elle* la vraie victime dans tout ça.

Je lève les yeux et croise son regard. Je suis submergée par le besoin de la gifler, de la secouer, de hurler : « *Vous ?* Vous vous foutez de ma gueule ? Et Eva ? Et Elliot ? Et *Ani*, putain, qui n'a jamais fait de mal à une mouche ? »

Mais je me retiens.

Parce que je sais soudain ce que je dois faire, là.

Je dois me prêter au jeu. Je dois la faire parler assez longtemps pour que Danny arrive avec les renforts. Il a lu le message. Il sait ce que ça signifie. Il va faire tout ce qu'il peut pour m'aider. Je ne sais pas quelle heure il est, mais il doit être largement passé minuit. Si j'arrive à faire parler Liz le temps qu'il faut, je vais peut-être survivre. Je parviendrai peut-être même à faire en sorte que justice soit faite pour toutes ses victimes.

Parce que je suis une survivante, c'est ce que Liz ne sait pas à mon sujet. Elle voit une fille de la haute, molle, du même milieu que Topher et Eva, quelqu'un qui n'a jamais été obligé de travailler, de tirer le diable par la queue.

Mais ce n'est pas vrai. Pas dans mon cas. Malgré mon nom de famille, je ne suis *pas* née avec une cuillère en argent dans la bouche, pas comme Topher et Eva. J'ai toujours su que ce n'était pas du tout cuit, pour moi, que j'allais devoir me battre. Je sais ce que c'est de nettoyer derrière les gens pour vivre.

Mais plus que ça, le plus important, chez moi, ce que Liz ne comprendra jamais, ce qu'elle ne *pourrait* pas comprendre, à moins d'être à ma place : j'ai regardé la mort en face, et je l'ai chassée.

Je peux le refaire.

— Racontez-moi.

Ma voix se prend dans ma gorge, et tremble sous l'effort de rester calme, bien que j'éprouve tout le contraire. Liz ne semble pas le remarquer. C'est incroyable, c'est fou ; mais elle sourit.

Et elle se met à parler.

LIZ

Pister ID : ANON101
Écoute : hors ligne
Abonnés : 1

— Vous n'imaginez pas ce que ça a été, de commencer chez Pister, dis-je.

C'est plus facile de ne pas regarder Erin pendant que je lui parle, alors je me tourne de nouveau vers le feu, me remémorant ce premier jour – quand j'ai ouvert la porte du bureau et les ai vus, tous, qui riaient, plaisantaient, tellement cool, naturellement, que c'en était cuisant.

— C'était comme d'entrer dans un autre monde. Je me serais crue dans une série télé. Tout le monde était élégant, beau et intelligent. On aurait dit qu'ils appartenaient à une autre espèce, et j'aurais tellement voulu *être* eux. L'école, l'école… ça a été abominable pour moi. Je ne peux pas l'expliquer. Je savais que je n'étais pas comme les filles de ma classe, je savais qu'elles se moquaient toutes de moi. Mais quelque part, je pensais que quand je commencerais ma vraie vie, ce serait différent. Je pensais que j'étais juste un vilain petit canard, peut-être. Que ça passerait.

Je déglutis. C'est étrange de dire tout ça, de dévoiler des secrets que je garde depuis trois ans.

— Mais quand je suis arrivée chez Pister, j'ai compris que ce n'était pas vrai ; je n'allais pas me transformer en cygne du jour au lendemain, par magie. Eva et Topher, même Elliot et Rik en un sens, ils étaient différents, exceptionnels, beaux depuis le jour de leur naissance. Et pas moi. Je ne deviendrais jamais un cygne. Je devais l'accepter. Par contre, j'étais *douée* pour mon travail. J'assurais à fond. Et Pister marchait bien. Et ça comptait pour moi. Ils comptaient pour moi. Alors quand la boîte a eu du mal à trouver les financements nécessaires, juste avant le lancement, j'ai proposé l'argent de ma grand-mère à Topher et Eva. Je me rappelle encore leur expression médusée quand j'en ai parlé.

Je ris, revoyant la tête de Topher quand j'ai pris la parole lors de cette réunion, comme si sa chaise de bureau avait élevé la voix pour apporter une solution à ses problèmes de trésorerie.

— Je crois qu'ils se sont rendu compte qu'ils m'avaient sous-estimée – la fille qui apportait les cafés et prenait des notes était un être humain à part entière, capable de comprendre un compte de résultats et de déduire que l'entreprise était en danger. C'était comme s'ils me regardaient pour la première fois. Eva a proposé de me rembourser avec des intérêts, à un taux très avantageux. J'aurai récupéré environ 50 % de plus que mon investissement. Mais Topher… Topher m'a prise à part dans son bureau et m'a conseillé de demander des actions et de patienter jusqu'à les avoir obtenues. Je savais que c'était un risque. Rik l'a expliqué très précisément – je ne reverrais pas mon argent avant longtemps, et si l'entreprise se cassait la figure, j'aurais tout perdu. Mais Topher, vous ne savez pas comment il est. Il est hyper charismatique. Il vous donne le sentiment que vous êtes *tout*, qu'il va prendre soin de vous, que votre argent ne pourrait pas se trouver en de meilleures mains. Alors c'est ce que j'ai choisi à cette époque. Je croyais qu'il faisait ça par générosité. Je croyais qu'il me protégeait.

Je fixe les flammes, dont la clarté me brûle les rétines, comme si elle pouvait effacer ces souvenirs que je traîne depuis des années.

— Je ne savais pas ce que je sais maintenant… Il avait compris comment ça se passerait en cas de désaccord, et il estimait qu'il pourrait faire pression sur moi en cas de séparation.

Je m'interromps. Soudain, c'est plus dur que je ne l'aurais cru. Mais ça me soulage de déballer tout ça. Erin sait écouter, en un sens, et c'est comme crever un abcès – faire sortir tout le poison qui s'est accumulé depuis ce soir-là. Mais ça fait mal, aussi. Et quand je déglutis pour chasser la douleur, ma gorge est sèche. La sensation me donne une idée.

— Et si je faisais du thé ?

— Pardon ?

Il y a une note d'incrédulité dans sa voix. Je ne peux pas le lui reprocher – la question doit sembler un peu surréaliste vu le contexte.

— Du thé. Je ne sais pas vous, mais moi, je meurs de soif.

— Du thé ? répète Erin comme si elle parlait dans une langue étrangère, puis elle pousse un petit rire tremblant. Du thé… ce serait super, en fait. C'est exactement ce dont j'ai besoin, là.

Nous nous levons et nous rendons à la cuisine en boitillant. Je trouve deux tasses, tandis qu'Erin attrape la bouilloire et un paquet de sachets de thé.

— Il n'y a pas de lait, je le crains, dit-elle en plaçant la bouilloire dans l'évier. On l'a terminé hier.

Nous attendons que la bouilloire se remplisse, mais l'eau n'arrive pas. Et tout d'un coup, ça me revient. À Erin aussi.

— Les tuyaux, dit-elle, lasse.

— On va chercher de la neige ?

— Je… pourquoi pas ?

Mais je sens à son hésitation qu'elle n'a pas envie d'aller dehors. Là encore, je ne peux pas lui en vouloir. Je n'en ai pas envie non plus. Nous savons toutes les deux que sortir voudrait dire laisser à l'une la possibilité d'enfermer l'autre dehors, qui aurait alors toutes les chances de mourir de froid. Mais il y a un tas de neige contre la porte, donc si on s'y prend bien, on peut rester à l'intérieur.

— Si vous ouvrez la porte, et tenez la bouilloire, je peux casser des petits bouts de neige dans la congère à l'entrée, dis-je.

Elle accepte, et je vois à son expression qu'elle est contente que je me sois attribué le rôle le plus précaire. La congère est si haute qu'il faut monter dessus pour l'enjamber, donc il est peu probable de se faire pousser dehors, mais ce n'est pas tout à fait impossible non plus.

— Merci, répond Erin.

Ensemble, nous nous rendons dans le hall ; Erin déverrouille la porte tordue et je me mets à attaquer la neige durcie avec une cuillère, arrachant des gros morceaux que je mets dans la bouilloire que me tend Erin. À la fin, nous tremblons comme des feuilles, mais la bouilloire est pleine, alors nous fermons la porte et retournons au salon près du feu. Erin pose la bouilloire sur le poêle, et nous nous réchauffons les mains près de la vitre.

— Vous disiez ? m'encourage-t-elle quand la bouilloire se met à siffler. Les actions…

Ses mots me ramènent à notre réalité présente. Je tâte la boîte de somnifères vide dans ma poche. Je pense à la suite.

ERIN

Pister ID : TITEMU
Écoute : hors ligne
Abonnés : 10

Sortir la bouilloire, aller chercher la neige, toutes les petites tâches entourant la préparation du thé m'ont permis de repousser un instant notre situation dans le fond de mon esprit, mais à mesure que le silence se referme sur nous, je sens la peur s'installer comme un poids sur ma nuque. Sans rien dire, le visage inexpressif, Liz tient ses mains au-dessus du feu, et quelque part son silence est plus effrayant que n'importe quelle menace. Je me surprends à essayer de deviner ses pensées : cherche-t-elle un moyen de s'en sortir ? Ou pense-t-elle simplement à ce qu'elle a fait ?

La bouilloire siffle doucement. Liz la fixe, muette, une main près du feu, l'autre dans sa poche, et tout d'un coup je n'en peux plus.

— Vous disiez ? je lâche. Les actions…

Liz lève les yeux. Elle m'évalue d'un regard qui ne me plaît pas. Elle tripote un morceau de plastique dans sa poche. Le bruit résonne dans le silence, et je me dis que si elle ne recommence pas à parler, je vais hurler.

Puis elle déglutit et reprend son récit.

— Les actions. Oui. Donc oui, me voilà, âgée de vingt-deux ans, actionnaire de cette appli prometteuse et, maintenant que j'ai des parts dans l'affaire, Topher et Eva commencent à me traiter comme un être humain. Attention, je n'ai que 2 %. À côté de celles d'Elliot et Rik, ma part est ridicule. Mais je *suis* actionnaire. Et un soir, quelques jours après la signature des papiers, nous nous retrouvons à un cocktail dans un bar londonien tape-à-l'œil – je ne sais plus à quelle occasion, je crois qu'on cherchait un partenariat avec une compagnie de streaming, un échange de bons procédés.

Elle s'interrompt. Quelque chose arrive, je le sens. Je ne sais pas quoi au juste, mais j'ai le sentiment que Liz se met en jambes pour lâcher un gros truc, se forcer à raconter une partie de l'histoire sur laquelle elle préférerait ne pas revenir.

— Ils se sont disputés pour savoir si je devais y aller. Je me souviens que Rik a dit : « Vous croyez que c'est l'image qu'on veut donner ? » Il ne savait pas que j'entendais tout, bien sûr. Ils étaient dans le bureau d'Eva, et j'écoutais par l'intercom. Eva a répondu : « Mais bordel, Rik, ce n'est pas sorcier, je peux la rendre présentable. D'ailleurs, elle est une des nôtres sur le papier, maintenant, grâce à Toph, donc autant lui faire la tête de l'emploi. » Puis elle a fait une pause et ajouté : « En plus, Norland aime bien ce type de filles. Il les aime jeunes. » Donc je savais ce qui se tramait quand Eva m'a fait venir chez elle avant la soirée et m'a proposé de me prêter une robe, sous prétexte qu'elle savait mon budget serré depuis que j'avais investi tout mon argent dans Pister. Quand elle le disait comme ça, ça semblait tout à fait sensé, gentil même, mais je connaissais la vérité. Bon, vous avez vu Eva. Il ne doit pas y avoir plus de trois femmes à Londres qui puissent entrer dans ses jeans. Mais, miraculeusement, on a trouvé quelque chose. Eva m'a maquillée et, quand on est arrivées au bar et qu'on a rencontré les cadres de l'autre boîte, j'ai commencé à avoir le sentiment d'être une vraie membre de Pister. Eva ne m'a pas présentée comme son assistante, elle a dit « Liz, qui est actionnaire minoritaire », alors ils se sont adressés à moi avec respect et, au fil de la soirée, j'ai vraiment commencé à croire que c'était ça, la vie que j'avais toujours attendue. En général, je ne bois pas tellement, mais j'ai bu ce soir-là. J'ai beaucoup bu, beaucoup de cocktails, et…

Liz se tait. La bouilloire siffle, l'eau bout. Elle la prend délicatement par la poignée, remplit les tasses, puis ajoute un sachet de thé dans chacune.

Je prends celle qu'elle me tend et regarde discrètement à l'intérieur. Je ne veux pas me montrer trop méfiante, mais étant donné la façon dont Elliot est mort, ce serait idiot de ne pas vérifier. La neige fondue est un peu trouble, et le thé commence à se diffuser, colorant l'eau chaude, mais je vois encore le fond de la tasse, et il n'y a rien, c'est sûr. Pas de cachets, en tout cas.

— Et ? je l'encourage très doucement, puis quand elle détourne les yeux, j'ajoute : Je suis désolée, je ne veux pas être indiscrète. Si c'est trop douloureux…

— Non, répond-elle à la hâte. Ça va, je vous assure. Ça me fait du bien d'en parler, curieusement. C'est juste que ça fait très longtemps que je n'y ai pas pensé. On a tous énormément bu. Et à un moment – je ne sais plus comment ça s'est passé –, je suis partie avec Eva… et un des cadres de l'autre boîte. On n'était plus que trois. Topher devait venir aussi, je m'en souviens parce qu'il était dans le taxi avec nous, mais à la dernière minute, il a changé d'avis et demandé au chauffeur de le déposer. On est arrivés dans cette maison à Pimlico et, bon sang, c'était fabuleux… tellement beau : le bâtiment géorgien, les plafonds hauts, avec une terrasse au dernier étage qui donnait sur la Tamise…

Elle a les yeux perdus dans le vague, comme si elle regardait quelque chose que je ne peux pas voir.

— Il nous a emmenées en haut, sur la terrasse, il nous a offert du champagne et nous avons bavardé un moment… puis Eva s'est excusée pour aller aux toilettes.

Elle s'interrompt. Ce n'est pas qu'elle se sent incapable de continuer. Pas tout à fait. Elle semble chercher les bons mots pour raconter, les mots justes.

— Il m'a agressée, dit-elle enfin, sans détour. Il a passé les mains sous mon haut, j'ai essayé de le repousser. Et je… je…

Elle se tait, se prend le visage dans les mains.

— Je l'ai poussé. Je l'ai poussé fort. Je l'ai poussé de la terrasse.

— Oh mon Dieu.

Je ne sais pas à quoi je m'attendais, mais pas à ça.

— Liz, je… je compatis, vraiment. Quelle horreur…

Les implications jaillissent dans ma tête, alors même que je bégaie quelques mots pour lui témoigner ma compassion, tellement inadéquats que c'en est pathétique.

Elle a tué un homme.

Mais c'était de la légitime défense.

Liz continue de parler, d'une voix saccadée, comme si elle avait hâte de mettre cette partie du récit derrière elle.

— Quand j'ai réalisé ce que j'avais fait, j'ai craqué. Mais Eva… elle… elle a été formidable. Elle a accouru, et quand elle a compris, elle n'a pas posé de questions ; elle nous a juste tirées de là toutes les deux. Quand le décès s'est ébruité dans les journaux, il était présenté comme un accident tragique. Il y avait de l'alcool et des drogues dans son organisme, et les gens… les gens ont dû croire qu'il était tombé, ou qu'il s'était jeté dans le vide, je suppose. Personne n'a jamais mentionné notre présence, à Eva et à moi. Ça illustre surtout le pouvoir de l'argent, j'imagine.

Elle détourne les yeux, puis baisse le visage vers son thé, si bien que ses lunettes s'embuent.

— Je ne pouvais pas rester après ça, dit-elle très doucement. J'ai quitté Pister, et je n'ai jamais regardé derrière moi. J'ai commencé à travailler dans un lieu complètement différent, un centre d'appels bancaire. C'est devenu comme… un épisode cauchemardesque de ma vie, un chapitre affreux, mais clos. Jusqu'au rachat. Et là, j'ai été de nouveau embarquée dans tout ça.

— Je suis désolée pour vous.

Et c'est vrai, je compatis. J'ai de la peine pour cette pauvre môme entraînée dans un monde qu'elle ne comprenait pas.

Mais je ne comprends pas tout à fait non plus. Elle a été agressée. Elle essayait d'échapper à son agresseur. Même si Liz ne faisait pas confiance à la justice pour la croire sur ce point, et je ne lui donnerais pas tort, pourquoi Eva devait-elle mourir ? Elle avait gardé le secret de Liz.

Puis, dans un flash affreux, aveuglant, je saisis.

Topher avait donné ces actions à Liz, impliquant tacitement qu'elle le soutiendrait si un conflit interne devait advenir. Elle lui devait tout.

Mais Eva savait sur Liz quelque chose qui pouvait la détruire. En tout cas, elle se serait retrouvée prise dans un procès public, avilissant… Peut-être une torture pour une personne aussi effacée que Liz. Au pire, elle aurait risqué une condamnation pour homicide involontaire, et une peine de prison.

Qu'elle l'ait formulé ou non, Eva avait couvert le drame. Les preuves étaient entre ses mains. Et elle avait dû faire peser ce poids sur les épaules de Liz pendant toutes ces années.

Rien de surprenant à ce que Liz n'ait pas eu le courage de donner son opinion sur ce vote.

Elle pouvait trahir son mentor, l'homme qui l'avait engagée, qui l'avait soutenue, qui lui avait permis d'avoir des actions. Ou voter contre la personne qui tenait sa vie entre ses mains ; la personne qui pouvait l'envoyer pourrir en prison.

Quand je prends conscience de tout ça, j'ai soudain un douloureux élan de sympathie envers Liz.

Je pense à cette pauvre jeune fille, juste sortie de la fac, tentant de nager dans des eaux inconnues, bien trop dangereuses pour elles. Parce que Liz a été la victime non pas d'une situation horrible, mais de deux. Eva l'avait tirée d'un cauchemar, mais seulement pour la replonger dans un autre, créé par elle-même – en faisant chanter la fille qu'elle avait prétendu aider.

Bien sûr, Liz a suivi la voie de la raison en promettant à Eva qu'elle voterait pour elle. Mais… et après ? Comment pourrait-elle vivre sa vie, alors qu'Eva pouvait ressortir ce secret à volonté, chaque fois qu'elle voulait obtenir quelque chose d'elle ?

Non. Elle avait besoin de se mettre en sécurité de façon durable. Il fallait se débarrasser de la personne qui avait commencé tout ça, la seule à connaître son secret.

Il fallait tuer Eva.

LIZ

Pister ID : ANON101
Écoute : hors ligne
Abonnés : 1

— Voilà toute l'histoire, dis-je enfin.

Je porte mon thé à mes lèvres un long moment, faisant semblant de boire avidement.

Erin me dévisage, et je n'arrive à pas à déchiffrer son expression. Elle a l'air un peu horrifiée, mais ça pourrait aussi être de la sympathie devant l'horreur de ce que j'ai vécu. Me croit-elle ? Difficile à dire.

Vous ne voulez pas boire votre thé ? ai-je envie de lui demander, mais je ne peux pas. Ce serait suspect. Au lieu de ça, j'approche de nouveau ma tasse de mes lèvres, espérant faire jouer le pouvoir de la suggestion. À ma grande satisfaction, ça fonctionne. Erin prend sa tasse. Je vois les muscles de sa gorge s'activer : elle déglutit.

— Donc vous n'avez pas eu le choix, dit-elle d'une voix faible.

J'essaie d'arborer l'expression qu'elle attend. Une espèce de… regret douloureux. Et c'est vrai, je regrette. Cette nuit-là, plus que tout.

— Je n'ai jamais voulu tout ça. J'ai juste le sentiment d'avoir été aspirée dans une situation atroce, horrible.

Erin secoue la tête. Mais pas pour me condamner moi, a priori. Plutôt les événements qui m'ont menée là. Elle a les yeux baissés sur sa tasse. Je ne vois pas bien son visage. Ça m'inquiète, mais elle boit une autre gorgée, et je commence à me détendre.

Je fais mine de boire à mon tour, pour ne pas éveiller ses soupçons, en faisant attention à ne pas avaler une goutte de liquide.

— J'ai compris ce que vous avez fait, dit Erin en posant sa tasse sur ses genoux.

Je vois d'ici qu'elle est à moitié vide, et je commence à gagner en assurance.

— C'était très bien pensé. Vous aviez la même veste de ski qu'Eva. Vous l'avez retrouvée à l'arrivée de la télécabine…

Elle fait une pause, et je sais pourquoi. Elle s'efforce de ne pas détailler ce que j'ai fait, comme si ça risquait de me choquer, bizarrement. Mais c'est bon. Je dois vivre avec ce qui s'est passé, il est inutile que je cherche à me le cacher.

J'attendais bien en haut quand Eva est descendue de la télécabine, juste à côté de la barrière où, plus tôt, j'avais fait semblant de glisser par mégarde, manquant tomber dans le vide avec Rik. Bien sûr, je n'avais pas du tout perdu le contrôle de mes skis. C'était une glissade délibérée, afin de jeter un coup d'œil sur la falaise.

Je voulais voir si elle était aussi près que dans mon souvenir, si la barrière avait été surélevée depuis ma dernière visite, il y a deux ans.

Rien n'avait changé. C'était parfait.

L'ironie, c'est que je suis excellente skieuse. Mais c'était trop facile de faire croire à Topher, Rik et les autres qu'une fille de Crawley ne savait pas faire la différence entre le haut et le bas de son bâton. La vérité, s'ils avaient pris la peine de me poser la question, c'est que j'adore skier – depuis ma toute première classe de neige, à l'âge de quinze ans. Je n'avais jamais mis le pied sur une piste auparavant, mais je revois la prof en train de me dire, admirative : « Tu as un don, Liz. »

Et c'était le cas. Je ne suis pas très sportive – je n'aime ni courir autour d'une piste, ni les sports collectifs. À l'école, je détestais devenir rouge, en sueur, avec tout qui remuait désagréablement sous mon tee-shirt collant, pendant que les filles me criaient de leur passer la balle – « Non, pas comme ça, bordel, Liz ! » –, si bien que je n'avais qu'une envie, me cacher d'elles.

Mais le ski, c'était différent. Ça se pratique en solo, et c'est une activité stratégique. Il faut réfléchir, être réactif, prendre des décisions éclair, des décisions à même de vous sauver la vie ou de vous expédier au bas d'une pente abrupte à cent kilomètres à l'heure.

J'ai adoré.

J'ai réussi à y retourner en terminale, puis deux fois pendant la fac – les voyages les moins chers que j'ai pu trouver : un charter pour la Bulgarie, où je dormais dans un monolithe de béton de l'ère soviétique ; un Ryanair pour la Roumanie, où j'avais loué sur Airbnb une chambre dans un chalet, avec une soufflerie qui sentait le jambon. Mais ça valait la peine. Ça valait les économies, les longues nuits passées recroquevillée sur mon siège pourri dans des bus *low cost* qui filaient sur les autoroutes allemandes.

Ils ont organisé un séjour au ski pendant que j'étais chez Pister, pour séduire des investisseurs. Bien sûr, ils ne m'ont pas invitée. Mais depuis que j'ai quitté la boîte, depuis que j'ai un salaire fixe, je reviens dans les Alpes tous les ans, parfois deux fois. Et je suis devenue une excellente skieuse. Pas tout à fait aussi bonne qu'Eva, qui fait du ski chaque année depuis sa plus tendre enfance. Mais presque. Et je suis venue deux fois à Saint-Antoine. Je connais très bien La Sorcière, en fait.

Lorsqu'elle est sortie de la télécabine, j'étais à côté de la barrière. Je l'ai appelée, faisant semblant d'être en difficulté, et quand elle est arrivée à ma hauteur, j'ai attendu qu'elle soit juste à côté de moi, se penchant pour examiner mes fixations, et je l'ai poussée violemment, la faisant basculer par-dessus la barrière – presque symbolique – derrière elle.

Celle-ci l'a heurtée à l'arrière du genou et elle est tombée comme une quille, atterrissant dans la neige épaisse, immaculée, juste au bord du précipice, faisant des moulinets en l'air avec ses skis. Pendant un instant, j'ai cru que ça n'avait pas marché. J'ai cru qu'elle allait rester étalée sur cette étroite bande de neige, puis remonter en rampant et me demander à quoi je jouais.

Mais il y a eu un son imperceptible, comme un soupir. La corniche de neige s'est mise à glisser, et une fissure s'est dessinée sur le dessus. Pendant une seconde j'ai vu Eva, pétrifiée d'horreur, qui me regardait, tendant les bras comme si j'allais la sauver. Puis la corniche a cédé et elle a disparu.

J'ai attendu un instant, puis j'ai défait la fermeture éclair de ma combinaison bleu marine et retiré la veste rouge vif que je portais dessous. Je l'ai mise par-dessus, j'ai remonté mon écharpe sur ma nuque et baissé mes lunettes. Puis j'ai tourné mes skis vers la piste, et j'ai descendu La Sorcière.

Je mentirais si je disais que ce n'était pas difficile. Ça l'était. Il y a des zigzags, des précipices, des virages en épingle à vous faire faire une crise cardiaque et des murs de glace verticaux qui ne me permettaient guère que des chutes contrôlées. Si je n'avais pas bien connu la piste, je pense qu'elle m'aurait tuée. Mais je n'ai jamais aussi bien skié que ce jour-là.

Je me suis arrêtée à mi-pente pour reprendre mon souffle et attendre que mes jambes tremblent moins, et c'est là que j'ai vu, bien au-dessus de ma tête, Carl et Ani dans la télécabine. J'ai levé les yeux, confiante, sachant qu'avec mes lunettes et mon bonnet bien enfoncé, personne ne pouvait me reconnaître. J'ai alors agité mon bâton, et Ani m'a vue – enfin, elle a vu Eva – et rendu mon salut.

Pas de chance, elle a vu autre chose aussi : les télécabines vides qui descendaient dans la vallée. Celles qui auraient dû *me* ramener à Saint-Antoine.

J'ai repéré l'éclair dans ses yeux hier soir, quand elle a toqué à ma porte. Je l'ai vue, littéralement, tirer la conclusion qui s'imposait, sur le seuil de ma chambre, sa perplexité qui s'est changée en horreur quand elle a pris congé. Tout d'un coup, elle ne voulait plus me parler. Elle voulait s'échapper – coûte que coûte – et, me voyant mal lui plaquer une main sur la bouche et la tirer dans ma chambre, je n'ai pas trouvé d'alternative. Je l'ai laissée partir.

Je savais ce que j'avais à faire. J'ai remercié ma bonne étoile pour l'insomnie de Tiger, et l'instinct qui m'avait poussée à subtiliser le passe que Danny avait laissé dans la porte un peu plus tôt.

Était-ce vraiment de la chance, en fait ? Foncièrement, je ne suis pas quelqu'un qui a de la chance. C'est vrai que pour Tiger, les choses sont allées dans mon sens – mais il y en a tant d'autres qui sont allées contre moi. Quant au passe, ce n'était pas de la chance. C'était *moi*. Une décision instantanée qui allait visiblement sauver ma peau.

C'est possible que je n'aie pas de chance. Mais niveau réactivité, je suis *forte*. C'est peut-être pour ça que j'aime tant le ski. Cette discipline demande les mêmes capacités, la même adaptabilité, elle apporte le même rush d'adrénaline. Le même coup au cœur quand on s'aperçoit qu'on a fait une erreur. Et la même bouffée d'euphorie quand on réussit à s'en sortir par une nouvelle manœuvre.

— Qu… qu'est-ce que vous avez dit ? demande Erin, et je me rends compte que j'ai dû exprimer une partie de ces pensées tout haut.

Je m'apprête à répondre, mais je la regarde plus attentivement. Elle a l'air presque… saoule. Elle penche d'un côté.

— Rien, ne vous en faites pas. Vous êtes fatiguée ? je demande, en essayant de cacher ma joie.

— Oui, je me sens…

Sa voix est pâteuse, et quand elle cligne des yeux, on dirait que ses muscles faciaux fonctionnent au ralenti.

— Je me sens s-super… b-bizarre.

— Vous devez être épuisée.

Je tente de parler d'une voix apaisante, mais j'ai du mal à contenir mon exaltation. Je pose mon thé intact, je m'essuie la bouche, et regarde l'intérieur de la tasse d'Erin. Elle est quasiment vide.

— Et si vous vous allongiez ?

— Je me sens bizarre… répète-t-elle, mais sa voix reste suspendue.

Elle me laisse l'aider à la coucher sur le canapé. Son corps est lourd. Je ne sais pas du tout combien de cachets elle a pu avaler. Il m'en restait huit que j'ai mis un par un dans la bouilloire pendant que je fourrais la neige dedans, comptant sur sa blancheur pour dissimuler les cachets – blancs eux aussi –, et sur la chaleur pour les dissoudre et sur le goût fort, peu familier, du thé sans lait pour masquer leur éventuelle amertume. Je savais qu'Erin ferait attention à sa tasse, et j'avais raison – elle m'a surveillée comme un faucon quand j'y ai plongé les sachets.

La bouilloire était ma seule chance, même si je ne savais pas si les principes actifs seraient endommagés avec l'eau bouillante. Mais, c'est presque incroyable, on dirait que ça a marché. Erin a vidé sa tasse. Une seule tasse a tué Elliot. Erin est plus petite et plus légère, et elle a bu à peu près la moitié de l'eau, soit approximativement quatre cachets. Ça pourrait suffire. Je vais devoir m'en assurer. Je ne peux pas me fier à son silence. Mais d'abord, j'ai une chose à faire. Une chose très urgente.

Avec un coup d'œil en coin à Erin, affalée sur le canapé, de la salive dégoulinant au coin des lèvres, je quitte le salon. Je cours aussi vite que je peux jusqu'à la chambre d'Elliot. La porte n'est pas verrouillée. J'ouvre de nouveau son téléphone, puis accède à l'application de messagerie, et au message d'Erin à Danny. « SOS, vite ! C'EST LIZ. »

Sa réponse est toujours là. « Merde. Erin, c'est toi ? »

Le précipice est devant moi, mais, avec habileté, je dévie ma course et l'évite.

Je tape : « Non. Je viens de le dire : C'EST LIZ. Erin a tout avoué, et elle parle de se tuer. VENEZ TOUT DE SUITE PAR PITIÉ. »

Et j'appuie sur « Envoyer ».

ERIN

Pister ID : TITEMU
Écoute : hors ligne
Abonnés : 10

Complètement immobile, j'écoute Liz qui regarde dans ma tasse et m'observe, la respiration bruyante. Puis elle semble se décider, et j'entends le frottement léger de ses chaussettes quand elle part dans le hall, et le grincement de l'escalier.

Je reste sans bouger aussi longtemps que je le supporte, puis je me rassois, tressaillant à chaque froissement de tissu, à chaque craquement des ressorts du canapé.

Mon bras et ma cuisse sont trempés de thé, mais, Dieu merci, Liz n'a pas remarqué la tache humide sur le canapé, juste la tasse vide.

Les cachets étaient dans la bouilloire. Je l'ai soupçonné dès la première gorgée – il y avait une âcreté bizarre, chimique, et un très léger goût sucré qui devait venir de l'enrobage. Et quand j'ai vu Liz porter sa tasse à sa bouche, mais faire semblant de boire, j'en ai été certaine. À partir de là, j'ai su ce que je devais faire. Je devais faire semblant de boire, moi aussi, profitant de la pénombre pour renverser le thé le long de mon bras, sur le canapé, chaque fois que Liz tournait la tête.

Ensuite, j'ai dû parier sur son ignorance : elle ne pouvait pas savoir exactement quelle concentration j'en avais ingéré, ni à quelle vitesse les médicaments allaient faire effet. Dix minutes ? Quinze ? Quoi qu'il en soit, elle a eu l'air de gober mon numéro, quand j'ai fait mine de devenir incohérente, puis de m'évanouir.

À présent, tout dépend d'une chose : m'en a-t-elle donné suffisamment pour me tuer ? Si elle croit m'avoir administré une dose fatale, je suis tranquille pour un moment – au moins jusqu'à ce qu'elle revienne et remarque que je respire encore. Mais si elle m'en a juste donné suffisamment pour m'assommer, elle va revenir très bientôt pour m'achever. Est-ce que ce sera un oreiller sur la bouche, comme Ani ? Ou un coup sur la tête, déguisé en chute dans l'escalier ? Ou autre chose encore ?

Dans tous les cas, je n'ai pas envie de le découvrir. Je *dois* m'enfuir, et le plus vite sera le mieux.

Retenant ma respiration, à l'affût du plus petit son venant d'en haut, je traverse le hall en boitillant, aussi rapidement et silencieusement que je le peux, et me dirige vers la porte des vestiaires. Mes affaires sont dans ma chambre, et je ne peux pas prendre le risque de monter, mais mes chaussures et mes skis sont en bas, et il devrait y avoir suffisamment de fringues qui traînent pour que je me fasse une tenue qui me tiendra au moins assez chaud pour skier. Je n'ai pas assez de couches pour survivre une nuit dehors, loin de là, et je ne peux pas marcher avec cette cheville. Je vais devoir descendre à Saint-Antoine. Mais comment ? Les skis sont ma seule option, et je prie le Ciel que ma chaussure maintienne suffisamment ma cheville pour y parvenir.

La porte du vestiaire s'ouvre avec un petit cliquetis ; je me glisse à l'intérieur et la referme avec un soin extrême. Il fait très sombre dans la pièce, la lueur de la lune filtre à peine à travers une fenêtre presque complètement obstruée par la neige. Toutefois mes yeux se sont habitués à l'obscurité, et je parviens à deviner la forme vague des blousons et pantalons de ski accrochés aux patères, les chaussures qui sèchent sur leurs bâtons à poignée chauffante. À toute vitesse, le cœur au bord des lèvres, j'enfile une salopette. Ce n'est qu'en baissant les yeux que je m'en rends compte : c'était celle d'Ani. L'idée que je suis en train d'enfiler les vêtements d'une morte me tord le ventre. Mais je ne peux pas me laisser aller à la sensiblerie. Ani n'est plus là, je ne peux pas la sauver. Mais je peux peut-être m'assurer que sa meurtrière soit jugée.

En enfilant un blouson de ski au hasard, je me rappelle l'auto-apitoiement geignard de Liz quand elle m'a raconté toute l'histoire. Et le pire, c'est que j'aurais *presque* pu y croire. Je ne sais pas trop ce qui s'est passé sur cette terrasse, mais je pouvais croire à cette partie du récit – la fille effrayée, poussant l'homme par désespoir. Et je pouvais croire, aussi, à sa terreur quand elle a découvert qu'elle était coincée, qu'Eva la tenait – puis à sa réaction de survie, dans la panique.

Mais Elliot, non. Et encore moins Ani. Pauvre petite Ani, tuée dans son sommeil pour la seule raison qu'elle avait vu quelque chose que Liz ne voulait pas qu'elle voie.

Quoi que Liz pense d'Eva, de cet investisseur anonyme et peut-être même d'Elliot, Ani, elle, ne méritait *pas* ça. En aucun cas.

Seul un monstre pouvait tuer Ani.

C'est le visage d'Ani que je vois devant moi en enfilant des chaussettes humides et en cherchant des gants.

Le visage d'Ani, constellé de petits points rouges trahissant la fausseté du récit de Liz.

Parce que Liz dit qu'elle n'a jamais voulu la mort d'Ani, mais je sais que c'est faux. Ani a dû se débattre. Elle a dû lutter pour chaque souffle, si fort que ses vaisseaux ont éclaté sous sa peau.

Il faut *vouloir* que quelqu'un meure pour le tuer par étouffement. Il faut le vouloir *impérieusement*.

C'est à Ani que je pense en ouvrant ma chaussure le plus grand possible. À Ani, en fourrant mon pied dedans, serrant les mâchoires pour chasser la douleur qui se fait soudain cuisante.

Ma respiration siffle entre mes dents, des sanglots de douleur montent dans ma gorge quand je force mon pied à passer la courbe de la chaussure, et j'entends mes os grincer de protestation, sens la chair enflée s'écraser contre la coquille en plastique dur. Mais je n'ai pas le choix. Il le *faut*.

Ani. Ani. Ani.

Avec un craquement, mon pied se met en place. Je transpire et tremble de douleur, de la sueur froide coule sur ma lèvre supérieure. Mais mon pied est entré. Et, miraculeusement, quand je tente de me lever, je n'ai pas aussi mal que je le craignais. Le dessus de la chaussure est suffisamment rigide pour que je puisse faire peser une partie de mon poids sur mon mollet, plutôt que ma cheville.

J'ajuste les crochets aussi étroitement que possible, priant pour que le chausson et la coque maintiennent mon articulation en place jusqu'en bas. Si j'ai une fracture, je pourrais bien finir estropiée après un tel traitement – mais ça vaut mieux que morte.

À la hâte, j'enfile l'autre chaussure et la fixe.

Et là, j'entends un bruit venu d'en haut.

J'ai l'impression que je vais faire une crise cardiaque. C'est Liz qui descend l'escalier.

Pendant une seconde, je me fige. J'ai tout ce dont j'ai besoin, mais puis-je sortir par la porte de derrière ? Celle du local à skis donne du même côté que la piscine, elle doit être bloquée par l'avalanche.

Mais elle s'ouvre vers l'intérieur. Du moins… j'en suis presque sûre. Je me masse les tempes, tentant de me souvenir. C'est bien ça ? Si elle s'ouvre vers l'extérieur, je suis foutue, de toute façon. Mais je suis sûre qu'elle s'ouvre vers l'intérieur. La question, c'est si je vais parvenir à me frayer un passage dehors.

Puis mes yeux tombent sur la petite fenêtre étroite au-dessus des casiers. Elle est en forme de boîte à lettres, et même si elle est assez large, elle ne fait que dans les trente centimètres de haut, moins si l'on retire le cadre et les gonds. Mais ça pourrait être ma meilleure chance.

Tressaillant à chaque son, je grimpe sur le banc en bois. De là, je me penche sur les casiers et ouvre. Un souffle glacé me gifle le visage, mais je vois que l'ouverture n'est pas bloquée – la neige qui obturait la vue n'était que des flocons collés à la vitre. Une congère arrive presque à la hauteur des casiers, mais elle amortira ma chute.

Je pousse d'abord mes skis dehors, l'un après l'autre, et je les entends tomber dans la neige avec un bruit mat. Puis mes bâtons. J'enfile les gants d'emprunt et attrape un casque au hasard sur l'étagère. Il me va, Dieu merci, car je n'ai pas le temps d'en essayer plusieurs. Puis je me juche à plat ventre sur le dessus des casiers. Ils vacillent dangereusement, mais seulement un instant.

J'ai les nerfs en pelote. De l'intérieur du chalet, j'entends un cri de surprise, puis : « Erin ?… Erin, où êtes-vous ? »

Liz a découvert mon absence.

Je passe d'abord mes jambes dehors. Je redoute de tomber sur ma cheville blessée, mais l'autre solution consisterait à plonger la tête la première, et cette perspective ne m'enchante pas non plus. OK, je porte un casque, mais je pourrais tout de même me casser le cou, ou, si la congère est assez profonde, y plonger verticalement et m'étouffer avant de pouvoir en ressortir. Les pieds, c'est le moins risqué.

C'est étroit, mais je passe. Une chaussure, en biais, jambe valide d'abord, puis l'autre. Le poids de la chaussure à ma cheville blessée me fait pousser un petit cri étouffé, mais c'est supportable, tout juste.

Là, la porte du vestiaire s'ouvre.

Je ne vois rien d'abord, parce qu'elle tient une lampe – le téléphone d'Elliot, je crois – qui m'aveugle. Mais la silhouette court dans ma direction avec un grondement de colère animal.

Elle tente de saisir mes bras, de tirer, de griffer, je le sens, mais ses ongles ripent sur le tissu épais, lisse, et elle n'a pas de prise. Je glisse mes fesses par l'ouverture étroite, et le poids de mon corps m'entraîne, jusqu'au moment où ça coince, avec une forte secousse.

Pendant un quart de seconde, je ne comprends pas ce qui se passe. Liz a-t-elle fermé la fenêtre ? Empoigné mon casque ? Puis je capte.

Merde. Le casque ne passe pas.

Je suis pendue au niveau du cou, et je commence à m'étrangler. La sangle du casque s'enfonce dans mes mâchoires et ma gorge, et je me tortille comme un poisson pris à l'hameçon. J'attrape la sangle et la tire vers l'avant, m'efforçant désespérément de soulager la pression. Mes pieds se débattent dans la neige meuble, cherchant frénétiquement un appui pour soulager ma gorge.

Mon pied trouve une résistance, la perd, puis la retrouve – juste assez longtemps pour que je défasse la sangle.

Enfin, je tombe, hors d'haleine, prise d'un haut-le-cœur, dans un tas de neige meuble et d'obstacles compacts, qu'au bout d'une minute ou deux je reconnais : mes propres skis et bâtons.

Je n'ai pas le temps de souffler.

Liz tire violemment sur le casque coincé dans l'ouverture, qu'elle tente de dégager afin de me suivre. Je m'attendrais à ce qu'elle hurle, pousse des jurons, mais elle ne le fait pas et, quelque part, c'est encore plus effrayant. Elle ne dit rien – tout ce que j'entends, ce sont ses petits ahanements tandis qu'elle tente de décoincer le casque de la fenêtre. Je *dois* me tirer de là avant qu'elle me rejoigne.

Je réussis à me mettre debout, chancelante, m'enfonçant dans la neige et, avec mes skis en guise de béquilles, je dévale la congère pour rejoindre la neige durcie.

Là, je fais un inventaire minute. Gants : c'est bon. Skis : c'est bon, les deux. Et mes bâtons.

Écharpe : disparue. Elle a dû s'arracher avec le casque. Et pas de bonnet, bien sûr. Je n'en porte jamais – en général, le casque suffit, mais avec le vent froid qui me fouette les joues, je sais que je vais le regretter. Pourtant je ne peux pas revenir en arrière. Je dois atteindre Saint-Antoine.

Et je n'ai pas non plus de kit de survie avalanche.

Merde. *Merde*. Par où dois-je aller ?

Lentement, péniblement, je me traîne, skis en main, de l'autre côté du chalet, et j'examine le terrain.

La longue piste bleue qui descend à Saint-Antoine est en ruine – il n'y a pas d'autre façon de la décrire. J'en ai eu un aperçu quand Danny et moi sommes revenus à grand-peine du funiculaire écrasé. L'avalanche a craché toutes sortes d'obstacles tout du long : énormes rochers, poteaux de remontées mécaniques, troncs d'arbres. Elle n'est pas seulement impossible à skier… elle est impraticable. Et le chemin à travers bois, qui mène à la piste verte, est inaccessible – le petit bosquet a pris l'avalanche de plein fouet et les arbres sont écrabouillés, anéantis, enterrés sous une centaine de tonnes de neige. Mais il existe une autre voie.

Elle s'appelle la « Vallée secrète », ou du moins c'est ainsi que l'appellent les skieurs anglais. Je ne crois pas qu'elle ait un nom, officiellement – ce n'est pas une piste, juste un itinéraire parallèle qu'il est *à peu près* possible d'emprunter à ski si les conditions sont bonnes, que vous êtes très doué et que vous aimez les défis. Il s'agit d'un long couloir entre deux parois rocheuses, formées par une crevasse profonde dans la montagne. Il faut qu'il neige beaucoup pour tapisser les rochers déchiquetés du fond et, même dans des conditions optimales, le chemin est si étroit qu'il ne peut y passer qu'un seul skieur à la fois ; par endroits, on peut toucher les deux côtés en tendant les bras.

Si je parviens jusque-là, je pense que l'itinéraire sera praticable – pas de doute, il a suffisamment neigé pour recouvrir les aspérités les plus saillantes au fond, et le couloir n'était pas sur le trajet de l'avalanche.

Mais c'est moins une piste qu'un terrain de course d'obstacles, un slalom de rochers et de troncs d'arbres, déjà assez difficile à négocier en plein jour… Qu'est-ce que ça va être à la seule lueur de la lune ? En outre, il s'y produit régulièrement des mini avalanches – la neige s'accumule sur les corniches et s'écroule sans prévenir, se répandant comme un déluge sur les skieurs en dessous.

Mais ce n'est pas le pire. Le pire, ce qui me fait hésiter, c'est qu'une fois qu'on est engagé, il n'y a pas d'issue. Les côtés de la crevasse sont de plus en plus hauts à mesure qu'on avance, et il n'y a aucun moyen d'envoyer un hélicoptère ou une civière à une personne coincée là. La seule solution, c'est d'avancer jusqu'à ce que le boyau vous recrache parmi les arbres au-dessus du village.

C'est ma meilleure chance. En outre, Liz ne connaît probablement pas ce chemin. Impossible de le découvrir à moins que quelqu'un vous l'indique.

C'est aussi mon pire cauchemar.

Mais je n'ai pas le choix.

Cramponnée à mes skis, je me mets à marcher vers le haut du passage.

LIZ

Pister ID : ANON101
Écoute : hors ligne
Abonnés : 1

Erin a disparu.

J'ai failli ne pas m'en rendre compte. Quand j'entre dans le salon, je suis tellement certaine qu'elle s'y trouve que ça ne me vient même pas à l'idée de vérifier. Mais je remarque quelque chose du coin de l'œil – il y a un truc qui n'est pas tout à fait comme je l'ai laissé. En me retournant, je vois ce qui a changé : le canapé est vide.

Pendant un instant, je reste médusée, trop perplexe pour m'en faire. S'est-elle réveillée ? Traînée jusqu'aux toilettes ?

— Erin ?

Je retourne dans le hall. Je parcours la pénombre des yeux, promène ma lampe en haut de l'escalier, dans la cuisine.

— Erin, où êtes-vous ?

Elle n'a pas pu aller bien loin. Elle a ingéré suffisamment de somnifères pour s'assommer pendant une semaine.

Ce n'est que quand je retourne au salon que je remarque la tache sombre qui s'étale sur le canapé. Je la touche et renifle mes doigts. Ça sent le *thé*. C'est là que je comprends. Elle n'a pas bu son thé.

Ce n'est pas souvent que je pousse des jurons, mais là, quand je comprends qu'elle s'est payé ma tête, je me lâche.

Je cours. D'abord à la porte d'entrée, mais la neige n'a pas bougé. Elle n'a pas quitté le chalet par là.

Puis à la cuisine ; elle n'y est pas non plus.

Je suis à mi-hauteur de l'escalier, prête à faire un tour dans les chambres, quand j'entends un bruit. Il est très léger, mais on dirait qu'un objet est tombé dans la neige dehors. Le son vient de l'arrière du bâtiment, où se trouve l'entrée du local à skis.

Je redescends, traverse le hall et me dirige vers le vestiaire. Il faut un moment pour que mes yeux s'acclimatent, bien que j'aie un peu de lumière grâce au téléphone d'Elliot, puis je vois quelque chose – ou quelqu'un – bouger à l'autre bout de la pièce. C'est Erin. Elle s'est hissée sur les casiers, et elle est en train de passer par la fenêtre.

Je me précipite vers elle, me juche sur le banc qu'elle a placé pour monter, ignorant les tiraillements dans mon genou, et j'empoigne son casque, qui est sur le point de disparaître.

Et là, je comprends pourquoi elle est encore là. Le casque est trop gros pour l'ouverture. Elle est coincée. Elle est pendue au casque, et sa gorge émet des râles sifflants, affreux. Elle agite frénétiquement les pieds pour chercher un appui lui permettant de se dégager.

Mais avant que je trouve quoi faire, il y a une secousse soudaine, et le poids qui tirait sur le casque cède. La sangle s'est cassée – ou Erin est parvenue à la détacher, je ne sais pas. Pendant une seconde, elle reste allongée dans la neige, hors d'haleine. Elle se relève en chancelant, ramasse ses skis, puis part en boitant vers le chemin qui mène au funiculaire.

Je *dois* la suivre, mais le casque, coincé dans la fenêtre, bloque le passage. Ce n'est qu'au bout de quelques minutes à tirer en vain que je me rends compte que c'est idiot. Erin a pris ses skis. Elle a évidemment l'intention de descendre à Saint-Antoine. Et je dois l'en empêcher.

C'est à skis que je dois la poursuivre.

Délaissant le casque, je me retourne vers le vestiaire. Je suis déjà en combinaison. J'ai juste besoin de chaussures, de skis et de gants. Et *vite*, avant qu'Erin disparaisse.

Deux prises de conscience me rassurent : premièrement, dans la neige meuble, elle ne pourra pas cacher ses traces ; je pourrai voir exactement par où elle est partie. Et deuxièmement, je vais skier plus vite qu'elle. Mon genou tordu est presque guéri, tandis que l'état de sa cheville n'a fait que s'aggraver. Je l'ai vue claudiquer en revenant de la cuisine avec les sachets de thé. Elle ne pouvait quasiment pas prendre appui dessus. Je suis presque sûre qu'elle a une fracture, et elle ne pourra jamais pratiquer un ski offensif dans cet état. Elle sera obligée d'avancer lentement et prudemment, et il va lui falloir un long moment pour enjamber la neige irrégulière en haut de la piste bleue. J'ai vu à quoi ressemblait cette zone après l'avalanche – un champ de débris et de gravats. Il va lui falloir un moment pour traverser ce secteur même si, un peu plus bas, la voie se libère. Je vais pouvoir la rattraper. *Si* j'agis vite.

Je me décide. J'enfile mes chaussures et prends mes skis et mes bâtons dans le support. Mes gants sont dans la poche de ma combinaison. Mais mon casque… *où* est-il ? Il n'est pas dans les casiers et, au bout d'un instant, je comprends : c'est celui qu'a pris Erin, et il est coincé dans la fenêtre.

Je tente une dernière fois de le dégager, en vain ; j'en cherche un autre partout, mais je réalise que je suis en train de perdre du temps. Si Erin prend trop d'avance, même avec sa cheville, je ne la rattraperai pas.

Fourrant le téléphone d'Elliot dans ma poche, je hisse mes skis sur mon épaule et retourne dans le couloir, mes chaussures claquant sur le carrelage. Là, j'ouvre la porte et me glisse dans la nuit en escaladant la congère.

Il fait incroyablement froid, et je me rends compte que, même si le chalet semblait glacial sans chauffage, il nous protégeait plutôt bien contre les éléments.

Je ne sais pas quelle est la température, mais il ne peut pas faire tellement plus de 20 degrés en dessous de zéro. Peut-être même moins. Le ciel est clair, et la lune est auréolée de cet étrange halo de gel qu'on ne voit que par un froid extrême.

Tremblante même dans ma combinaison chaude, je fixe mes chaussures à mes skis et me redresse, cherchant des yeux les traces d'Erin.

Les voilà : de profondes balafres de neige, sombres dans la blancheur du clair de lune.

Sauf qu'elles ne mènent pas en haut de la piste bleue défoncée. Elles partent dans l'autre sens, vers la forêt.

ERIN

Pister ID : TITEMU
Écoute : hors ligne
Abonnés : 10

J'avais oublié le début. Oh mon Dieu, le début. C'est comme un mur de neige épaisse et meuble, entouré d'arbres, parsemé de rochers, qui se rétrécit jusqu'à un sentier étroit, lequel ne fait guère plus d'un mètre de large. Faire le premier pas, en gros, ça revient à sauter d'une falaise en comptant sur la neige pour vous retenir.

Avec deux jambes valides, je pourrais le faire – sans doute pas très élégamment, mais je pourrais. Je suis rouillée, mais j'ai pratiqué suffisamment le hors-piste pour faire confiance à ma technique. Je sais gérer la neige profonde, glissante, négocier les giclées de poudreuse, garder de l'élan et éviter de foncer dans des congères.

En théorie, je sais tout ça. C'est juste que ça fait plus de trois ans que je n'ai pas skié en hors-piste. Et je ne sais pas si je peux mettre tout ça en pratique avec ma cheville cassée.

J'ai le cœur au bord des lèvres. Mais Liz aura vu mes traces dans la neige. Elle va me suivre. Je *dois* y aller.

Ma jambe de devant supportera le plus gros de mon poids. Je fixe mes skis, puis me positionne de façon à ce que ma jambe valide se trouve plus bas sur la pente. Puis, avec un frisson d'angoisse, je m'élance.

Au départ, ça se passe bien. Je pars en schuss, de biais dans la neige fraîche, légère, j'ai l'impression de nager avec une couette autour des jambes. Mais je me dirige rapidement vers les arbres. Je vais devoir tourner… sur ma jambe blessée.

Je parviens maladroitement à effectuer une espèce de virage parallèle, mais j'avais oublié à quel point c'était physique de skier dans les congères épaisses. La neige tire sur mes skis, me faisant presque basculer, mais le vrai problème, c'est le choc lorsque je termine le virage et atterris sur ma jambe meurtrie. Des picotements de douleur me parcourent l'échine, et je me dépêche de virer de nouveau de bord, pour faire passer l'autre jambe devant.

Mais ça ne marche pas, je dois encore négocier un virage pour éviter un arbre qui se profile dans la pénombre, et cette fois mon ski arrière se prend dans une congère, me tordant la cheville avec une force si violente que je hurle ; le bruit se répercute sur les parois abruptes de la vallée. J'atterris lourdement sur ma mauvaise jambe, tente de me rattraper en agitant mon bâton, puis… je ne sais pas ce qui se passe ensuite. Tout ce que je sais, c'est que ma jambe cède, mon bâton s'enfonce dans la neige, et je tombe, je roule dans la neige meuble, les bras autour de la tête pour me protéger des rochers à demi enfouis qui constellent la pente.

Un de mes skis est arraché, mes bâtons me tordent les bras. Brusquement, je me retrouve tête en bas et je glisse, entraînée par mon ski, sur quoi je fais un vol plané, roule sur moi-même, et atterris avec un choc tonitruant contre un rocher au fond du passage.

Pendant une seconde, je ne peux que rester étendue là, hors d'haleine, tentant de ne pas hurler sous le coup de la douleur cuisante dans ma jambe. Mais je dois repartir.

Ma colonne vertébrale produit un bruit de verre brisé quand j'essaie de me redresser, et ma cheville me fait si mal que je suis près de vomir. Mais je vois bien. Je n'ai pas de commotion cérébrale. Du moins, je ne crois pas. Et quand je m'accroupis à grand-peine, la douleur est intense, mais redevient supportable. Tout juste.

Je me relève en m'appuyant sur un bâton et me repose un instant, hors l'haleine ; je me force à prendre des respirations longues et lentes. Ça marche… dans une certaine mesure. Quand je suis suffisamment calme, j'époussette la neige de mes cheveux et de mon col et dresse l'inventaire. J'ai encore un ski, et un de mes bâtons à la main. Le second est incliné contre un rocher de l'autre côté du couloir rocheux. Je vais le chercher en boitillant et le ramasse, les mains toujours tremblantes d'adrénaline. OK. C'est bien.

Mais l'autre ski… où est-il ? Je pourrais continuer avec un seul bâton, mais avec un seul ski, je ne peux rien faire. Si je ne le trouve pas, je suis foutue.

Et je le vois. Le bout dépasse de la neige quelques mètres au-dessus de l'endroit de ma chute. Je soupire, défais le ski qui me reste et remonte en rampant la façade glissante, meuble, de la crevasse pour tenter de le récupérer. Mais il est enterré trop profondément. Les fixations sont coincées, et je commence à creuser, sans retirer mes gants. Et tout d'un coup, sans crier gare, je suis frappée par un flash-back perçant, brutal – le plus vivace que j'aie eu depuis les premiers jours où je me réveillais chaque matin en sueur après avoir revécu ce cauchemar.

Creuser. Creuser dans la neige. Les cheveux de Will. L'extrémité de son ski. Son visage froid, cireux...

La nausée monte dans ma gorge.

Je la repousse.

Je gratte la neige avec mes doigts.

La neige dans ses cils. Le bout de son nez, gelé.

J'ai envie de fondre en sanglots, mais je ne peux pas. Je ne peux pas me permettre de faire encore du bruit. Liz pourrait être tout près.

Le bord de son écharpe, déchiré. Ses lèvres bleues.

Puis j'ai le ski. Les fixations sont dégagées, et je peux extraire le reste du trou.

Je tremble de tout mon corps en me laissant glisser jusqu'à l'autre ski. Je claque des dents, je parviens à peine à passer les mains dans les sangles de mes bâtons, et je dois m'y reprendre à six ou sept fois pour caler mes chaussures, avant d'entendre enfin le déclic et de sentir la fermeté de l'attache.

Quand j'ai terminé, je reste immobile un moment, m'appuyant sur mes bâtons pour laisser à mes pauvres muscles un instant de répit. Je ne sais même plus si c'est la douleur, la fatigue ou le souvenir de la mort de Will et Alex qui m'atteint le plus. Peut-être les trois. Mais je ne peux pas m'autoriser à me détendre. Je ne *peux pas*.

Il y a un bruit plus haut sur la pente. Ça pourrait être une marmotte, ou juste la neige que j'ai dérangée qui tombe sur mon passage, mais je ne peux pas me permettre d'attendre pour savoir de quoi il s'agit.

Je pousse sur mes bâtons, et j'entre prudemment dans la bouche du passage.

LIZ

Pister ID : ANON101
Écoute : hors ligne
Abonnés : 1

Me suis-je trompée ? Les traces d'Erin s'arrêtent au sommet de ce qui ressemble à une falaise donnant dans une ravine. La ravine elle-même est plongée dans le noir, et je ne vois pas le fond. Il peut y avoir n'importe quoi – rochers acérés, torrent de montagne, précipice de trois cents mètres…

Pourtant, en regardant plus en détail, je devine des marques dans la neige. Quelque chose – ou peut-être quelqu'un – est descendu là. À part une chèvre sauvage, je ne vois pas comment une créature pourrait arriver en bas de cette pente en un seul morceau, mais quand mes yeux s'adaptent à la pénombre, je remarque deux sillons profonds dans la neige : on dirait que quelqu'un s'est assis sur ses skis avant de prendre le virage.

J'hésite. Erin n'a pas pu descendre là avec une cheville cassée ? Même pour une personne expérimentée, ça ressemble à un suicide.

Mais ses traces mènent bien là. Et elles s'arrêtent bien là. Est-elle descendue en rappel ? Non. La personne en question portait des skis. Est-elle *tombée* ? Si c'est le cas, mon problème est résolu.

À moins que ce soit un piège sophistiqué ?

Je regarde en haut et en bas de la vallée, mais je ne vois pas comment ça pourrait être une ruse. Il n'y a que deux séries de traces menant au rebord de cette falaise. Celles d'Erin et les miennes, aucune autre qui en reparte. Et elle n'avait pas le temps de faire un coup à la Sherlock Holmes. Si elle était revenue en arrière en suivant ses propres empreintes pour créer une fausse piste, je l'aurais certainement croisée.

Ça *doit* être un itinéraire qui mène à Saint-Antoine. Et Dieu sait comment, Erin a réussi à descendre.

Eh bien, si elle peut le faire, moi aussi.

Il n'est pas question que je descende à ski. Je m'en fiche si Erin l'a fait – je n'ai pas assez d'expérience en hors-piste pour me faire confiance sur une pente aussi raide. Je détache mes skis, les prends dans une main, m'assois au bord de la falaise, et me laisse glisser sur la neige meuble, en tentant de descendre la paroi du précipice à pied.

Je comprends immédiatement que c'était une erreur. En l'absence de skis pour répartir mon poids, je m'enfonce très profondément dans la poudreuse. Je me redresse tant bien que mal, cherchant un appui, me servant de mes skis pour me soutenir, mais pendant ce temps, la neige se met à couler sous moi. Tout à coup, elle cède, et nous dérapons vers le bas de la pente à une vitesse affolante – moi, mes skis, et une masse de neige. Après un instant de frayeur, je reprends courage.

Je réussis à rester droite, je vois où je vais, parviens à éviter les arbres et à ralentir ma descente. Mais là, ma chaussure se prend dans un rocher. Je ne peux pas m'arrêter. Le poids de la neige dans mon dos est trop grand, je bascule en avant. Mes skis s'échappent. Je tombe… je tombe dans un méli-mélo effrayant de neige, de rochers et de skis.

J'ai protégé ma tête avec mes bras. Je sens quelque chose me heurter la joue, et mon épaule s'écrase violemment contre un obstacle. Je crois que je hurle. Je pense être en train de mourir. Ce n'est pas comme ça que je voyais ma mort.

Puis il y a un énorme bruit mat, et je me rends compte que je ne bouge plus.

Je suis allongée sur le dos, la tête vers le bas de la pente, et du sang chaud coule sur ma joue. Une douleur lancinante me vrille l'épaule. Possible que je me sois cassé la clavicule.

J'essaie de me hisser en position assise, mais la neige se déplace traîtreusement derrière moi, et je retiens un hurlement, me voyant tomber de nouveau. Le glissement s'arrête au bout d'un petit mètre, et me voilà de nouveau gisante, haletant et sanglotant d'effroi, jusqu'au moment où je me rends compte que cette dernière coulée de neige m'a presque amenée au bas de la pente. Il y a un chemin un ou deux mètres au-dessous de moi. Un de mes skis est tombé en travers.

À grand-peine, je pivote de façon à placer mes chaussures sur le bas de la pente, et me laisse glisser sur les quelques dizaines de centimètres restants.

Je suis en bas.

Je suis allongée sur le plancher du ravin, et je pleure presque de soulagement.

J'ai mal partout. J'ai du sang dans la bouche. Mais je suis en bas. Et maintenant, dans la pénombre, je vois que j'avais raison. Cette prise de conscience me donne un petit frisson d'excitation qui me distrait un peu de mon épaule douloureuse.

Car je perçois des traces de skis dans la neige, en direction de la vallée, de Saint-Antoine. Une série de traces, bien profondes, avec des petites mottes de neige de chaque côté, là où la skieuse s'est aidée avec ses bâtons.

Erin *est passée* par là. Et si je me dépêche, je peux la rattraper.

ERIN

Pister ID : TITEMU
Écoute : hors ligne
Abonnés : 10

C'est plus dur que je n'aurais jamais pu l'imaginer. Je me rappelle avoir emprunté cet itinéraire en plein jour – le soleil étincelait dans les arbres givrés tout en haut, se reflétant dans la neige d'un blanc éclatant à nos pieds. Je me revois faire des zigzags, des contorsions, des virages périlleux, je me revois rire en sautant par-dessus des rochers à demi enfouis et en contournant des bosses *in extremis*.

Je ne vois rien de tout ça à présent. Les pièges surgissent des ténèbres : branches d'arbres qui me fouettent le visage, projections de cailloux tranchants qui jaillissent sans prévenir si bien que je dois faire des embardées brusques, avec une force terrible tirant sur ma cheville qui me fait chaque fois hurler de douleur.

En un sens, le fait que le ravin soit tapissé d'une épaisse couche de neige fraîche est un point positif. Elle rend la glisse lente et ardue, car je n'ai pas de repères pour me guider, mais au moins je ne suis pas forcée de ralentir constamment. La dernière fois que je suis passée par là, la neige était durcie par le passage de skieurs avant moi. Je pouvais voir où ils avaient fait des virages délicats, où ils avaient fait une erreur d'appréciation sur un angle et s'étaient pris un arbre sorti de nulle part ou enfoncés dans une congère qu'ils n'avaient pas vu venir. Mais en même temps, sur la neige tassée, la glisse était rapide et frénétique et, avec une piste bien trop étroite pour effectuer des virages dans les règles de l'art, je devais consacrer la plus grande partie de mon attention à me freiner pour éviter les risques inconsidérés d'une vitesse excessive.

Grâce à la neige épaisse, ce n'est plus tellement un problème. Mais ça en crée un autre, non moins pressant : Liz va arriver à ski, elle aura suivi mes traces, et j'ai déjà tassé considérablement la neige. Donc elle ira beaucoup plus vite. Et elle saura exactement où elle va.

Je *dois* accélérer. Mais si je le fais, je risque bien de me tuer.

Je pousse sur mes bâtons, négocie un virage à angle aigu, malgré les protestations cuisantes de ma cheville, puis je heurte violemment un monticule dissimulé sous la neige. Le choc qui parcourt ma jambe me fait pousser un petit cri, je chancèle et tombe dans un grand fracas sur le côté du sentier qui est hérissé de rochers. Pendant quelques minutes, je reste vautrée là, des larmes brûlantes dégoulinant sur mes joues. La douleur est inconcevable. Je n'ose pas ouvrir ma chaussure pour voir l'état de ma cheville, mais mon pouls cogne douloureusement dans toute ma jambe. Je ne sais pas si je vais réussir à skier après ça. Je ne sais même pas si je vais pouvoir *remarcher*.

Mais Liz a déjà tué trois personnes. Il faut que je reparte.

Je respire profondément, puis tente de me relever à l'aide de mes bâtons. Mais je n'y parviens pas. Mes muscles tremblent si fort que je ne peux pas m'y résoudre – je n'arrive pas à appuyer de nouveau mon poids sur ma jambe, je perds le contrôle de tout mon corps rien que d'y penser.

Puis, un peu plus haut dans le ravin, j'entends des bruits. Il y a un petit cri – quelqu'un qui vient de se prendre une branche dans la figure, peut-être –, suivi par le raclement de skis poussés en mode chasse-neige d'urgence.

Liz arrive. Et elle est très près.

Je dois le faire. Je *dois* le faire.

J'enfonce mon bâton dans la neige, me mets debout, en sueur, tremblant comme une feuille.

Et je repars.

LIZ

Pister ID : ANON101
Écoute : hors ligne
Abonnés : 1

Où est-elle ?

Où est-elle ?

Ces mots ne cessent de se répéter dans ma tête tandis que je négocie les virages, suivant obstinément les traces d'Erin. Elle ne peut pas avoir pris tant d'avance que ça. Sa cheville est en bien pire état que mon genou. Je devrais l'avoir déjà rattrapée. Mais non. Et… ce n'est pas exactement que ça m'inquiète. Je n'en suis pas encore à ce stade. Mais ça m'agace, oui.

Une partie de l'agacement vient de la difficulté de skier sur ce passage, plus ardu que je ne l'aurais cru. Même une fois mes yeux habitués à la pénombre du fond de la crevasse à peine éclairée par la lune, je n'y vois pas grand-chose, à l'exception des traces d'Erin, et je n'ai d'autre choix que les suivre aveuglément, aussi vite que je peux, espérant que si elle n'a pas déconné, si elle ne s'est pas vautrée, je vais m'en sortir aussi.

Une longue portion toute droite se profile devant moi, alors je donne une poussée avec mes bâtons et me courbe en avant pour gagner en aérodynamisme. Je sens le vent dans mon visage, puis je heurte violemment une petite bosse, invisible dans la pénombre. Pendant un instant, je sens de l'air sous mes skis, puis je retombe brusquement, et tout mon poids se porte sur mon genou blessé, si fort que j'en ai le souffle coupé. Je devrais ralentir, reprendre mon équilibre, mais avant que j'aie le temps de le faire, une branche d'arbre jaillit de nulle part et me fouette le visage. Je laisse échapper un petit cri.

Instantanément, par réflexe, je passe en mode chasse-neige. La neige chuinte sous mes skis, mon cœur s'emballe et je m'arrête dans une embardée.

C'était vraiment moins une. Si je ne portais pas de lunettes, cette branche aurait pu me rendre aveugle. En l'état, elle a aggravé l'estafilade sur ma joue. Un filet de sang chaud coule sur mon menton.

Mais je ne peux pas me permettre de faire une pause. Il faut juste que je sois plus prudente. D'une poussée, je me relance, scrutant les ténèbres, yeux plissés. Je ne dois plus être très loin. C'est *sûr*.

Puis, à une petite centaine de mètres, j'entends un bruit – le sifflement de skis sur la neige. Quelqu'un devant moi négocie un virage étroit, faisant valser la poudreuse avec l'arrière de ses skis.

Mon pouls devient plus rapide, tout comme mon allure.

ERIN

Pister ID : TITEMU
Écoute : hors ligne
Abonnés : 10

Il fait très sombre à présent. Les parois rocheuses sont si hautes à cet endroit que la lune n'atteint pas le fond du couloir de neige, et en haut de la falaise, de grands sapins poussent penchés sur le vide, la canopée cachant le ciel. Mais je n'ose pas ralentir.

C'est la partie du passage dont je me souviens le mieux. Juste avant que celui-ci débouche sur le village. Je dois être presque arrivée. Voilà le long virage glissant qui mène tout au bout du couloir rocheux, entre deux arbustes chétifs. Je me propulse entre eux, tentant d'ignorer les élancements de ma cheville et les montées d'adrénaline qui m'envahissent et me débordent.

Puis je vire à droite.

Et là… Oh *merde*.

Je suis presque déjà dessus quand ça me revient. Ça ressemble à un mur abrupt, avec un virage à gauche extrêmement dangereux, sur un passage si étroit qu'il est quasiment impossible de ralentir.

La forme noire se découpe, opaque, dans la pénombre, et je me lance dans un virage désespéré, mes skis projetant une giclée de cristaux étincelant autour de moi dans un sifflement sonore. L'un des deux accroche un rocher et je manque perdre le contrôle. Ma cheville est en feu, mais je ne peux pas renoncer à ma tentative de freiner coûte que coûte… Si je prends le virage à cette vitesse, je ne vais pas simplement me gameller. Sans casque, je vais y passer.

Je tourne, je tourne, mes skis presque perpendiculaires à la pente, puis je prends le virage, et presque aussitôt, je heurte une racine, ma cheville cède. Cette fois, je me casse la figure et pars dans un tonneau ; skis et neige volent dans tous les sens autour de moi.

Je dois me relever. Liz est tout près désormais. J'entends de mieux en mieux le chuintement de ses skis qui s'approchent, amplifié par l'étroitesse du couloir. Je *dois* me relever, il le faut. Seulement, c'est impossible. Ma cheville refuse de porter mon poids, cette fois. J'essaie, mais mon genou se dérobe. J'insiste, secouée de sanglots à présent, ne tentant même plus de ne pas faire de bruit. Je m'effondre dans la neige, en larmes, et je pousse des jurons de désespoir.

Elle est presque là. Elle arrive, et elle va *vite*.

LIZ

Pister ID : ANON101
Écoute : hors ligne
Abonnés : 1

Je suis tout près d'Erin à présent… quand je l'entends. Un cri, juste un peu plus loin, et le fracas de skis qui s'entrechoquent. *Génial !* Elle est tombée.

Une bouffée triomphale monte en moi et me donne la force d'accélérer. Tout va bien se passer. Je vais la rattraper ! Je ne pense pas à ce qui va se passer à ce moment-là. J'aurai le temps tout à l'heure.

Je me courbe de nouveau. Le vent me gifle le visage. C'est ça. Je vais y arriver.

Je saute un monticule, et j'éprouve la même exaltation que lorsque j'ai descendu la piste noire, en mieux. Je skie purement à l'instinct à présent, comme un oiseau entraîné par le sillage d'un avion. J'avance, je tourne avec grâce, sans effort. C'est presque…

Mais tout d'un coup, la catastrophe.

Un mur de pierres qui jaillit des ténèbres.

Je crois que je hurle – je ne sais pas –, quelqu'un hurle.

J'essaie, désespérément, de faire du chasse-neige – mais le sentier est trop étroit. Je ne ralentis pas. Pas du tout. Je…

ERIN

Pister ID : TITEMU
Écoute : hors ligne
Abonnés : 10

Quand elle heurte la roche, un bruit retentit, un bruit que je n'ai jamais entendu auparavant.

C'est le bruit de skis qui s'entrechoquent et d'os qui se brisent. C'est le bruit de la chair qui s'écrase contre quelque chose de dur.

Un son mouillé, meuble, et à la fois dur comme la pierre.

Avait-elle mis un casque ? *Portait-elle un casque ?*

Il y a un silence. Un silence total, absolu.

— Liz ? je lance d'une voix tremblante, mais il n'y a pas de réponse, pas même un gémissement.

J'essaie de me lever, mais n'y parviens toujours pas. La douleur irradie dans toute ma jambe, et ma cheville, une fois de plus, cède.

Je me roule en boule, sur le flanc, tentant de ne pas vomir.

Je sais que je devrais la laisser. Mais je ne peux pas faire ça non plus.

Je repense aux paroles de Danny avant son départ. « Je te connais… T'amuse pas à jouer les bonnes samaritaines. Pense à toi d'abord. »

Et je sais qu'il avait raison. Mais je ne peux pas faire ça. Je ne peux pas la laisser mourir de froid comme Alex, comme Will, seule dans la neige.

Je retire mes mains des sangles de mes bâtons. Je défais les fixations de mes chaussures, je me mets à genoux et, à quatre pattes, je grimpe vers le virage.

LIZ

Pister ID : ANON101
Écoute : hors ligne
Abonnés : 1

ERIN

Pister ID : TITEMU
Écoute : hors ligne
Abonnés : 10

Quand j'arrive à sa hauteur, il n'y a pas un bruit.

Liz gît, sur le flanc, au pied de la falaise, masse informe de rouge, blanc et bleu. Le bleu, c'est sa combinaison, le blanc, c'est la neige et le rouge… le rouge est *partout*.

Elle a perdu beaucoup de sang, mais elle ne saigne plus. Dans le temps qu'il m'a fallu pour remonter à quatre pattes les quelque six mètres qui me séparaient du virage, Liz est morte. Il n'y a pas d'haleine sortant de ses lèvres gercées. Quand je pose mes doigts sur son cou, la peau est chaude et poisseuse de sang, mais je ne sens pas l'ombre d'un pouls.

Pendant un instant, j'envisage de tenter l'impossible – massage cardiaque, bouche-à-bouche… Mais quand je la place très délicatement sur le dos, le spectacle me fait basculer en arrière, horrifiée. La partie gauche de son crâne a éclaté comme un œuf, et des bouts de cervelle se répandent sur la neige.

Je me sens prise de faiblesse, une puissante vague de dégoût et de nausée qui me laisse pantelante ; je me balance d'avant en arrière, mes genoux entre mes bras. J'entends un bruit déchirant de sanglots. Je sais qu'ils viennent de ma propre gorge, mais j'ai l'impression qu'ils émanent de quelqu'un d'autre.

Je ne sais pas combien de temps s'écoule. Je sais seulement que deux choses me tirent de ma catatonie.

La première, c'est que le soleil commence à se lever. Le ravin est trop profond pour que les rayons y descendent, mais de faibles stries de lumière rose infiltrent peu à peu les nuages.

Et la seconde… la seconde, c'est que j'entends quelque chose qui vibre.

D'abord, je ne comprends pas ce que c'est. On dirait un téléphone, mais je n'en ai pas – le mien est des kilomètres plus haut, dans le chalet Perce-Neige, et sa batterie est aussi morte que tous les corps que Liz a laissés derrière elle.

La vibration s'arrête, puis recommence. Et cette fois, je comprends. Liz. Le son vient de la poche de Liz.

Sa combinaison est imbibée de sang gelé, mais je n'ai pas le choix. Le bras raidi par le froid, j'avance ma main vers sa hanche. Je descends la fermeture éclair, les doigts ankylosés et maladroits, et un objet glisse dans la neige, un objet qui brille comme un diamant, avec un son métallique qui me fait monter les larmes aux yeux.

C'est le téléphone d'Elliot.

Il sonne.

C'est Danny qui appelle.

ERIN

Pister ID : TITEMU
Écoute : hors ligne
Abonnés : 10

Je ne sais pas combien de temps je suis restée allongée là, juste à côté de Liz, dans la flaque visqueuse de son sang qui n'a pas tardé à geler. Je sais seulement que lorsque les secours sont arrivés en haut de la gorge, avec leurs civières, j'étais au bord de l'hypothermie, et je n'ai pas pu répondre à leurs questions.

C'est Danny qui m'a permis de tenir pendant ces longues heures – sa voix dans mon oreille. Il n'a pas cessé de parler, m'assurant qu'ils étaient en route, que je devais juste tenir, ne pas lâcher. Mais lorsqu'ils sont enfin arrivés, lorsqu'ils ont extrait le portable de mon gant gelé, recouvert d'une pellicule de glace rosâtre, il n'a pas pu leur dire non plus ce qui s'était passé.

Il a fallu attendre deux jours avant que je puisse finalement rapporter l'enchaînement des événements – expliquer l'abandon du chalet, les textos cryptiques, la fuite précipitée par le passage périlleux. Mais même moi, je ne pouvais pas tout expliquer. Car comment expliquer quelqu'un comme Liz ?

Expliquer, c'est donner une raison, attribuer un sens à un comportement, et en un sens, le justifier.

Or je ne peux pas justifier ce qu'a fait Liz. Je m'y *refuse*.

Je ne suis restée que quelques jours à l'hôpital, mais je ne peux pas rentrer chez mes parents. En partie parce que je ne veux pas – j'ai vingt-deux ans, je ne tiens pas à retourner dans ma chambre d'enfant ornée de posters de groupes que j'ai oubliés depuis longtemps, et de photos de Will et Alex, tels des fantômes permanents ne quittant jamais mon champ de vision.

Mais de toute façon, je ne *peux pas*, littéralement. L'analyse de la scène de crime qu'est devenu Perce-Neige est toujours en cours, et toutes les personnes concernées doivent rester dans le secteur, au moins le temps de l'enquête préliminaire. Nous ne sommes pas suspects – enfin, je ne pense pas –, donc légalement, il n'y a rien qui nous retienne de rentrer en Angleterre. Mais ça ferait très mauvais effet de ne pas collaborer avec la police, et tout le monde le sait.

De toute évidence, on ne peut pas retourner au chalet tant que c'est une scène de crime, donc j'accepte, un peu soulagée, l'offre des enquêteurs d'emménager provisoirement dans un hôtel de Saint-Antoine-le-Lac. C'est seulement quand j'arrive avec mon sac plastique plein d'affaires que je prends conscience de ce que signifie cette proposition.

C'est là qu'ils ont logé *tout le monde.* Topher. Rik. Miranda. Danny. Carl. Tiger. Et même Inigo.

D'ailleurs, c'est lui que je vois en premier quand je passe la porte de la réception, et j'en reste bouche bée.

— Inigo !

Je retire mes écouteurs, et il se retourne. Au guichet, il est maladroitement en train de négocier un accès à Internet avec la réceptionniste strictement francophone. En me voyant, il rougit violemment, à tel point que ses joues deviennent presque violettes. Ça ne lui va pas, et ça atténue un peu sa beauté extraordinaire, le ramenant presque au niveau du commun des mortels.

— Hum, *excusez-moi** s'il vous plaît, dit-il à la fille du guichet, gêné. *Un moment. Je...** Je veux dire... je dois... mon Dieu, Erin, vous devez... laissez-moi prendre votre sac.

Il désigne mes béquilles, ma cheville dans son plâtre et prend le sac plastique que je tiens dans ma main libre.

— Ça va, je réponds en riant, bien que la situation n'ait rien de très drôle. Ma cheville va bien. Enfin, non, elle est cassée, mais je peux marcher grâce aux béquilles.

— Non, mais quand même, dit-il, piteux.

Il me guide jusqu'au canapé en laine des années 1970 dans le coin de la réception et nous nous asseyons l'un en face de l'autre, comme les invités d'un talk-show, mal à l'aise. Pour la première fois, je remarque qu'il a un pansement au front, et les deux yeux au beurre noir. S'est-il battu ?

— Erin, vous avez dû croire... vous devez penser... je veux dire, mon Dieu, j'ai agi comme un imbécile total. Je suis désolé, vraiment. Je suis désolé.

— Désolé pour quoi ? je demande, déconcertée.

— D'être parti comme ça, en vous abandonnant tous ! Je ne savais pas du tout que Liz… qu'elle… Mais *si*. Enfin pas Liz… mais si je n'avais pas été si con avec l'appel téléphonique, Ani pourrait être encore, elle pourrait être…

Il s'interrompt et je vois qu'il est au bord des larmes, faisant tout son possible pour se maîtriser. Par contre, je ne vois pas du tout de quoi il parle. À vrai dire, je ne sais pas ce qui s'est passé avec Inigo. Qu'est-ce qu'il y a eu, de fait, avec cet appel ? Pourquoi s'est-il enfui ?

— Inigo, je ne sais pas du tout de quoi vous parlez, dis-je, plus délicatement. Qu'est-ce qui s'est passé ? Vous avez *vraiment* fait semblant de téléphoner, en fait ? Pourquoi ?

— Quoi ?

C'est à son tour d'avoir l'air déconcerté.

— Non ! Jamais de la vie ! Comment pouvez-vous imaginer une chose pareille ?

— Alors pourquoi s'enfuir ?

— Je vous l'ai dit ! J'ai laissé un mot… parce que j'ai commis une terrible erreur.

Je réprime un soupir d'agacement. Je me demande, et ce n'est pas la première fois, si Inigo est si doué que ça pour la com', à la base. Comment Topher a-t-il pu le supporter ?

— Oui, mais vous n'avez jamais expliqué ce que c'était, cette erreur. On a tous pensé…

Et je m'interromps. Inigo rougit de nouveau, encore plus, mais cette fois il dresse le menton.

— Je sais. Vous avez tous cru que c'était moi. C'est pour ça que je devais partir et tenter d'arranger les choses. L'erreur… bon Dieu, j'ai été tellement con. J'ai dit à la police qu'on était au chalet Blanche Neige.

Pendant un instant, je ne comprends pas. Puis j'ouvre la bouche, hébétée. J'ai un flash-back soudain, très net, d'Inigo au téléphone avec la police. « Oui… OK… Chalet Blanche Neige. »

Blanche Neige. Perce-Neige. Erreur facile à faire pour quelqu'un qui ne parle pas français. Mais qui s'est révélée fatale pour Ani. Oh Inigo, espèce *d'imbécile*.

— Je connais le chalet Blanche Neige, dis-je lentement. Il se trouve à environ quinze kilomètres, de l'autre côté de la vallée. Bien sûr. *Bien sûr*. C'est pour ça que la police n'est jamais venue. Vous leur avez indiqué le mauvais endroit.

Il confirme d'un hochement de tête pitoyable.

— C'était une erreur débile, putain. Et le lendemain, quand j'ai compris ce que j'avais fait, je n'ai pas arrêté d'essayer de rappeler pour leur expliquer, mais il n'y avait plus du tout de réseau, dit-il d'une voix brisée. Alors, je savais que la seule chose que je pouvais faire, c'était descendre en ville à ski, tout raconter aux flics et leur expliquer notre situation. C'est pour ça que je suis parti. Je sais que c'était idiot, mais j'avais tellement, tellement honte, et je voulais réparer ma connerie. Je savais que si je parlais de mon plan, les autres allaient insister pour venir et je ne voulais pas, je ne voulais mettre personne en danger à cause de mon erreur. Mais au lieu de ça…

Il s'étrangle, et je vois des larmes perler dans ses yeux. Je sais qu'il pense, comme moi, à Elliot et à Ani, qui pourraient encore être en vie si les secours étaient venus cet après-midi-là, s'ils avaient su où chercher.

— Au lieu de ça, je me suis perdu, je me suis pris un arbre, et je me suis réveillé à l'hôpital.

Il touche le pansement que j'ai remarqué tout à l'heure. Pour la première fois, je remarque que la peau de ses joues et de ses doigts est râpée, que l'extrémité de ses oreilles est noire d'engelures.

— Si seulement je n'avais pas… Si je n'avais pas…

Sa voix se brise.

— Inigo, vous ne pouviez pas savoir, dis-je doucement. C'était une erreur, une terrible erreur, c'est tout.

Ce sont les mots qu'on m'a répétés pendant des mois, des années à présent. « Tu ne pouvais pas savoir ce qui allait se passer quand tu as suggéré de faire du hors-piste. C'était juste une erreur, une terrible erreur, c'est tout. »

Ce sont des phrases qui m'ont toujours paru insignifiantes. À présent, tout d'un coup, il est vital qu'Inigo y croie.

— *Ce n'est pas votre faute*, j'ajoute d'une voix pressante, mettant dans mes paroles toute la conviction que je peux rassembler.

J'avance une main pour toucher la sienne, presser ses doigts rugueux, cloqués. Inigo tressaille, mais lève les yeux vers moi. Il esquisse un faible sourire. Je ne sais pas s'il me croit. Peut-être que oui. Peut-être que non.

Ani et Elliot pourraient être encore vivants si Inigo avait donné le nom du bon chalet. Mais il ne l'a pas fait.

Peut-être apprendra-t-il à vivre avec ce qui s'est passé, comme je l'ai fait. Comme je le fais.

ERIN

Pister ID : TITEMU
Écoute : hors ligne
Abonnés : 160

Je ne vois pas les autres avant le dîner, où l'hôtel sert un repas copieux, vraiment pas conçu pour les végétariens, à 19 heures pile. Il n'y a pas de réservation, pas de menu, pas de choix de plats ou d'horaires. C'est familial : vous passez à table quand le cuisinier l'a décidé et vous mangez le *plat du jour**, ou rien. C'est très reposant.

Je suis recroquevillée dans mon lit, plus qu'à moitié assoupie, quand la cloche du dîner sonne. Je me lève à grand-peine, sentant les douleurs et courbatures des derniers jours jusque dans mes os. Je frotte ma joue ridée par l'oreiller. Puis je sors de ma chambre.

Je me rends vers l'escalier en boitillant quand une porte s'ouvre. Un autre occupant sort brusquement, manquant me renverser. Je laisse échapper mes béquilles et me penche pour la ramasser, avec une douleur cuisante dans ma cheville, et quand je me redresse, je m'apprête à faire une remarque désagréable, mais là, je vois de qui il s'agit. Figé sur place, il me regarde.

— Danny !

Je jette mes bras à son cou, mais il reste d'abord sans réaction. Puis, comme de la glace qui fond, il se détend et s'agrippe fermement à moi, dans une étreinte d'abord délicate, puis ferme, puis beaucoup trop forte, comme s'il avait besoin de se persuader que je suis là, en chair et en os.

— Je ne l'ai jamais cru, dit-il enfin, sa grosse voix me parvenant presque autant par sa poitrine, contre laquelle se presse mon visage, que par sa bouche. Je ne l'ai jamais cru. Ce message… J'ai bien vu que quelque chose clochait. Je suis parti tout de suite – je n'ai jamais marché aussi vite de ma vie –, mais tu n'étais déjà plus au chalet. J'ai cru que tu étais morte. J'ai cru… j'ai cru…

Mais il ne peut pas finir. Il sanglote, et enfouit son visage dans mes cheveux. Je sens ses larmes humides sur mon crâne.

— J'aurais jamais dû partir, putain ! dit-il, et il me serre encore plus fort. Je savais que tu n'étais pas en sécurité toute seule. Je t'avais dit de pas faire de connerie. Et qu'est-ce qui se passe ? Tu fais du hors-piste avec la cheville cassée ? T'es pas Jason Bourne, bordel !

Je secoue la tête, et le serre plus fort à mon tour. J'enfouis mon visage dans son épaule pour essayer de cacher mes sanglots convulsifs. Je l'adore – j'adore qu'il essaie de détendre l'atmosphère avec une plaisanterie, mais je ne peux même pas faire semblant de rire. Tout ce que je peux faire, c'est m'accrocher à lui et pleurer, pleurer, pleurer pour tout.

— Putain de merde, dit-il, sa voix rugueuse et douce dans mon oreille, tandis qu'il me berce. Tu t'en es sortie, Erin. Tout va bien, mon petit chat.

Et j'ai envie de le croire. Mais je ne suis pas sûre que ce soit vrai.

— T'as une sale gueule, il ajoute enfin, reculant pour me regarder des pieds à la tête.

J'ai presque envie d'entrer dans le jeu, de répondre : *tu devrais voir l'état de l'autre*. J'ai la riposte sur le bout de la langue. Mais Liz est morte, et ce n'est pas drôle. Je me contente de hausser les épaules, quand Danny retrousse les lèvres en une grimace de rage.

— Quelle foutue garce.

— Dis pas ça. Dis pas ça… Tu sais pas ce qu'elle…

Mais je suis interrompue par le tintamarre de la cloche du dîner qui résonne pour la seconde fois, et Danny lève les yeux au ciel.

— On ferait mieux de descendre. T'es prête ?

— Pas vraiment. Et toi ?

— Moi ça va, ma vieille. T'es la seule à avoir fait un coup à la Bear Grylls[1], que je sache.

Je ris, mais j'ai toujours les nerfs à vif en descendant cahin-caha l'escalier étroit, béquille coincée sous un bras, tandis que je me cramponne à la rampe branlante.

Quand j'entre dans la salle à manger, ils sont tous là – tous ceux qui restent, du moins –, installés autour de la longue table. Topher, Tiger, Rik, Inigo, Miranda et Carl. Je ne sais pas trop à quel accueil m'attendre. Ils reprennent leur respiration, en chœur et, à ma grande surprise, Topher brise le silence en applaudissant

1. Célèbre alpiniste britannique. *(N.d.T.)*

lentement, imité par Inigo puis Rik, Miranda et les autres.

— Oh putain, fait Carl, se levant d'un bond pour m'aider à m'asseoir. Vous avez une encore plus sale tête qu'Inigo, et c'est pas peu dire.

J'ai pris place à côté de Tiger, qui passe un bras autour de mes épaules lorsque Carl approche ma chaise de la table. Elle m'étreint chaleureusement.

— Erin, dit-elle, est-ce que ça va ? Ça a dû être effrayant. Je regrette tellement… On n'aurait jamais dû vous laisser.

— C'est pas grave, je parviens à répondre.

Mes yeux se remplissent de larmes. Je ne sais pas du tout quoi dire. Ma cheville, sous le plâtre, m'élance douloureusement et tous les regards sont sur moi. C'est une distraction bienvenue lorsque Danny tire sa chaise et se laisse tomber dessus avec un soupir.

— Ça sent encore le cassoulet, bordel, dit-il d'un air morose. Il était dégueulasse, la dernière fois.

Son irritation brise miraculeusement la glace, et Inigo sourit, les larmes aux yeux.

— Répète, mais un peu plus fort, fait Carl tandis que la jeune serveuse – la même fille qu'à l'accueil – entre avec trois assiettes de ragoût épais et pâle sur un plateau, qu'elle porte précautionneusement en faisant le tour de la table. Faudrait pas qu'elle crache dans la mauvaise assiette.

— Vu ce qu'ils ont servi hier soir, la salive ne pourrait que l'améliorer, fait Rik entre ses dents.

— Chut, siffle sévèrement Miranda.

Rik sourit et lui caresse la nuque avec une intimité évidente qui me laisse à penser que, quelle que soit leur situation de départ, ces deux-là ne joueront plus aux simples collègues de retour en Angleterre. Quelque chose a changé entre eux, c'est incontestable, et Rik a l'air plus fort, plus décidé que l'homme que j'ai rencontré il y a quelques jours à peine.

Topher, à l'inverse, a tout l'air d'une version blême, amoindrie de l'homme charismatique qui est descendu du funiculaire. Ce n'est pas étonnant, en un sens : il a perdu la cofondatrice de la boîte puis son meilleur ami, un prix terrible à payer pour regagner la mainmise sur son entreprise, c'est certain. Ce prix semble l'avoir vieilli et privé d'une partie de son assurance et de son éclat. Il est quand même assis en bout de table et, une fois que tout le monde est servi, il tapote son verre avec sa fourchette et s'éclaircit la gorge tandis que nous levons tous les yeux.

— Euh… ça ne sera pas long, dit-il.

Puis il s'interrompt et se passe une main lasse sur le front, comme s'il avait perdu le fil de sa pensée.

— Mais je… eh bien, j'ai deux annonces à faire. Je pensais que vous méritiez de savoir dès que possible.

Il boit une longue gorgée de son verre de vin rouge, fait la grimace et s'essuie la bouche. Je ne pense pas que ce soit le genre de cru auquel il est habitué.

— La première chose, eh bien, c'est difficile, donc je n'irai pas par quatre chemins. (Il déglutit péniblement.) La… l'offre de rachat a été retirée.

Il y a un murmure à la ronde. C'est un mélange de choc et d'inquiétude, mais les autres n'ont pas l'air trop surpris. Rik et Miranda échangent un regard.

— Qu'est-ce que ça signifie pour l'évaluation de la compagnie si tu la fais entrer en bourse ? demande Carl de but en blanc.

Topher ne répond pas. Rik croise les bras, les lèvres pincées.

— Aux chiottes, pas vrai ? T'as pas besoin de nous baratiner, Topher. Tu ne cherches pas d'investisseurs. Ce n'est pas étonnant, si ? Massacre à grande échelle pendant un voyage d'entreprise, une des associées morte, sans doute celle que préféraient les investisseurs…

— Rik !

C'est Tiger. Elle se lève, faisant crisser sa chaise, le visage tordu par une grimace, sa sérénité totalement disparue.

— *Rik*, pour l'amour du Ciel ! Quelle importance, maintenant ? Eva est morte. Elliot est mort. Ani est *morte*. (Sa voix se brise sur le dernier mot.) Comment tu peux te soucier de l'évaluation des actions, putain ?

Elle a raison, et Rik le sait. Il se renfonce dans son siège et hausse les épaules, faiblement.

— C'est un fait, dit-il, mais pas pour la contredire, plutôt pour justifier son moment d'insensibilité. C'est tout ce que je disais.

Il a raison aussi. *C'est* un fait, et un fait important pour les gens qui perdent leur argent, et les employés qui pourraient bien perdre leur job si la bulle Pister éclate. Mais Tiger n'en est pas moins dans le vrai. Ce fait semble insignifiant au regard du décès de leurs collègues.

— Et la deuxième chose, c'était quoi ? demande Miranda.

Son intervention, dans le silence gêné suivant l'éclat de Tiger, est inattendue, et Topher semble perplexe un instant.

— Tu as dit deux annonces, insiste-t-elle. L'autre, c'est quoi ?

— Oh.

Topher a l'air… je ne sais pas. Écœuré, presque. Il se frotte le visage.

— J'ai reçu une lettre. Enfin un mail. D'Arnaud.

Arnaud ? Danny me regarde, sourcils froncés, et ça me revient. « Le mari d'Eva », je chuchote, et l'expression de Danny se transforme en compréhension gênée.

— Il est au courant ? demande Rik, qui a l'air un peu malade.

Topher acquiesce.

— La police l'a appelé, mais ne lui a pas tout raconté, simplement qu'elle avait succombé à un accident de ski. Bref, il m'a envoyé un dossier.

— Un dossier ?

Miranda a l'air déroutée. Elle n'est pas la seule.

— Sur Eva ?

— Un dossier, oui. Sur beaucoup de gens. Des lettres. Des photos. Des vidéos. Eva lui a demandé de tout m'envoyer si elle disparaissait. Arnaud ne l'a pas ouvert, c'était protégé par un mot de passe auquel j'étais seul à avoir accès, mais je l'ai parcouru et… il y a une vidéo…

Il passe sa main dans ses cheveux blonds en pétard, les ébouriffe, mais ils n'ont plus du tout l'air d'avoir été soigneusement décoiffés, ils partent dans tous les sens.

— Je ne sais pas quoi foutre de ça, vous comprenez ? Eva m'a refilé le bébé, et le reste craint déjà pas mal, mais ça – ce truc –, je crois que c'est trop pour un seul homme.

Il a l'air… le mot me vient. Il a l'air perdu.

— Tu veux qu'on le regarde aussi ? Tous ? demande Rik.

Son regard passe sur moi et Danny. Il ne le dit pas, mais l'implication est claire – s'agit-il d'une affaire interne à Pister ? Mais à ma grande surprise, Topher hoche la tête.

— Tous. Ça concerne toutes les personnes présentes.

À côté de moi, Danny fait la grimace, et je sais ce qu'il éprouve. On s'apprête à nous lâcher un scud en pleine figure – et je ne comprends pas de quoi il s'agit. Quel est le rapport avec Danny et moi ? Eva a-t-elle envoyé quelque chose à son mari avant de mourir ?

Topher ouvre son MacBook, clique sur un lien et entre un mot de passe. Puis il dirige l'écran vers la table, et, après un coup d'œil pour s'assurer que la serveuse n'est pas dans le coin, il appuie sur « Lecture ».

Pendant une seconde, j'ai du mal à distinguer ce que je vois. On dirait que ça a été filmé au téléphone portable, mais de nuit, et la résolution est granuleuse, l'image de mauvaise qualité. On dirait un jardin… ou non, une terrasse, parce que je vois des toits. Un homme et une femme se tiennent là, ils bavardent, mais si j'entends la respiration de la personne qui filme, je n'entends pas les voix des gens sur la terrasse. Ils ont dû être filmés de l'intérieur, à travers une vitre.

La femme est appuyée contre le mur opposé. Son visage étant dans l'ombre, il est impossible de savoir de qui il s'agit, mais il y a quelque chose dans sa posture qui est à la fois familier, et visiblement plus qu'un peu pompette. Elle se retient au mur d'une main, et lorsque l'homme se penche vers elle pour lui servir encore du champagne, le moins qu'on puisse dire, c'est qu'elle ne tient pas fermement son verre.

L'homme, je ne le reconnais pas. J'en suis certaine. Il a le dos contre le garde-corps, si bien que je ne vois que son profil. Il est beau, un physique classique, et il y a quelque chose d'un peu condescendant dans son expression, comme s'il prenait plaisir de sa supériorité sur la jeune femme devant lui, se délectait de son admiration. Il porte son verre à ses lèvres et le vide, puis dit quelque chose à la femme.

Elle secoue la tête. Elle semble vouloir s'écarter, mais l'homme met un bras sur le mur au-dessus de sa tête, et lui bloque le passage. Elle est coincée par le corps de l'homme d'un côté, et le mur de la maison de l'autre. Je commence à souffrir pour elle. Je sais ce qu'il se passe. J'ai été cette femme. Je connais sa panique. Je sais avec quelle urgence elle va vouloir s'échapper.

Là, très délibérément, il place la main sur son sein.

Intérieurement, je hurle à la jeune femme de lui donner un coup de pied dans les mollets, un coup de genou dans les couilles, de se *barrer*.

Mais je viens de comprendre, avec un coup au cœur, que je connais cette femme. Et je sais ce qu'elle s'apprête à faire.

Elle se tortille pour tenter de se dégager de la prise de l'homme, mais de nouveau, il la bloque de son autre main et se penche sur elle, trop pour que je puisse voir ce qu'il fait, mais je peux l'imaginer. Je ne l'imagine que trop bien.

Mon cœur bat à toute vitesse à présent, à m'en rendre malade. Pourquoi la personne qui tient le téléphone ne court-elle pas à son aide ?

Quand elle pousse, ce n'est pas une surprise pour moi, même si la personne qui filme a un petit cri étranglé, ainsi que plusieurs des spectateurs dans la salle à manger.

À l'écran, l'homme titube en arrière contre la petite rambarde de la terrasse, le souffle coupé. La suite se déroule si vite que j'arrive à peine à distinguer ce qui se passe.

La femme s'avance vers lui, et pendant un quart de seconde, je crois qu'elle va l'aider à se relever. Mais non. Elle le pousse de nouveau. Et cette fois, ses jambes quittent le sol, son verre lui tombe des mains, il fait des moulinets avec les bras et… disparaît.

Ce n'est que lorsque la femme se retourne, prête à quitter les lieux, que nous voyons son visage.

Un visage parfaitement calme.

Et bien sûr, c'est Liz.

ERIN

Pister ID : TITEMU
Écoute : hors ligne
Abonnés : 160

C'est le silence complet autour de la table lorsque Topher referme son ordinateur et le range. Carl est le premier à parler.

— C'était quoi, ça, putain ?

— Je crois… je crois qu'on vient de voir Liz assassiner quelqu'un, répond Miranda, très lentement, le visage blême.

— C'est pour ça qu'Eva a été tuée, dit Topher, la voix rauque. Ça doit être pour ça, non ? Liz devait savoir qu'elle savait.

— Mais… ça n'a pas de sens, fait Miranda, perplexe. Pourquoi tuer Eva puisque Liz savait qu'elle avait une vidéo en sécurité quelque part ?

— Elle ne devait pas savoir qu'elle avait cette vidéo.

Topher a l'air exténué, au-delà de toute description ; le visage plissé, on dirait qu'il a pris dix ans.

— Elle ne savait pas, non.

Mes mots tombent dans le silence comme des cailloux dans un puits, et tout le monde se tourne vers moi, stupéfait.

— Vous étiez au courant ? demande Miranda et, bien malgré moi, je confirme d'un hochement de tête.

— Oui, je savais. Liz me l'a avoué, avant…

Je m'interromps. Je ne peux me résoudre à raconter ce qui s'est passé, même si je l'ai déjà fait avec les enquêteurs : cette nuit interminable, les cachets dans la bouilloire, la poursuite cauchemardesque dans la forêt, l'horreur de sa mort solitaire.

— Avant que je m'enfuie, dis-je sans conviction.

— Elle a tué un homme de sang-froid, putain, fait Carl, la voix exsangue.

— Il l'avait agressée, réplique Miranda, sèchement.

Mais je n'écoute pas la discussion qui suit. Je suis trop occupée à me poser une autre question.

Qui a filmé ? Et *pourquoi* ?

Il n'y a qu'une seule explication possible : ça devait être Eva. À en croire Liz, c'était la seule autre personne présente ce soir-là. C'était sûrement elle dans la maison qui filmait à travers la fenêtre fermée. C'est la seule explication logique, et ça correspond à la chronologie du récit de Liz : Eva s'est excusée pour aller aux toilettes juste avant que ça se produise.

Mais… je tire lentement des conclusions tandis que la discussion fait rage autour de moi – les protestations perçantes de Miranda couvrent la voix de basse de Carl. Pourquoi Eva aurait-elle filmé ? À moins de savoir, ou du moins de se douter fortement que Liz allait être agressée.

Puis je me rappelle ce que m'a dit Liz, les propos d'Eva qu'elle m'a rapportés : « En plus, Norland aime bien ce type de filles. Il les aime jeunes. »

Est-ce que… Eva a-t-elle *envoyé* Liz au front, sachant que Norland allait forcément tenter quelque chose, que Liz le repousserait et que… et que quoi ?

Les pièces du puzzle se mettent en place, irrévocablement. Et ce n'est pas joli.

De cette façon, Eva allait disposer d'une vidéo d'un investisseur potentiel en train d'agresser sexuellement son employée.

Elle pourrait faire de lui ce qu'elle voudrait.

Eva pratiquait le chantage – je le savais déjà. Mais quelque part, ce piège cruel, ce calcul immonde est infiniment pire que tout ce que j'avais imaginé.

Elle a envoyé Liz à ce type comme un agneau à l'abattoir. Ce qu'elle ne savait pas, c'était que Liz n'était pas un agneau.

Ce qu'elle m'a dit n'était pas faux : tout le monde la sous-estimait chez Pister.

Eh bien tout le monde se trompait. Et l'erreur d'Eva l'a tuée. Elle a tué Norland aussi. Et maintenant, elle a tué Liz.

— Elle savait.

Je le dis tout bas. D'abord, ils ne m'entendent pas, poursuivant leur dispute sans prêter attention à moi, mais tout d'un coup, Tiger demande :

— Qu'est-ce que vous avez dit, Erin ?

— Elle savait.

Quand je répète ces mots, les autres se sont tus, si bien que les mots éclatent comme de petites bombes dans le silence soudain.

— Qui ? Liz ?

— Eva. Elle *savait* que ce type allait sans doute vouloir abuser de Liz. C'est pour ça qu'elle filmait. Elle vous l'a dit, Rik, vous vous rappelez ? « Norland aime bien ce type de filles. Il les aime jeunes. »

Rik ne répond rien, mais son expression en dit plus long que n'importe quel discours. Il s'en souvient. Il s'en souvient parfaitement. Et il comprend. Néanmoins, je développe, pour les autres.

— Elle a habillé et maquillé Liz, puis elle l'a emmenée dans cette maison, sachant qu'il était plus que probable que Norland tente quelque chose avec elle, et que Liz panique. Et Eva aurait une vidéo de la scène.

— Putaiiiin ! s'exclame Carl, le visage blafard. Elle me l'a dit une fois, quand je lui ai demandé comment elle était devenue si douée pour persuader les investisseurs. Elle a dit : « Tout le monde a un levier, il suffit de le trouver, et ensuite, il faut tirer dessus de toutes ses forces, même si ça les fait gémir. »

— Cette vidéo était censée être ce levier, dis-je. Sauf que ça ne s'est pas passé comme elle l'avait prévu.

— Et pendant tout ce temps, fait observer Tiger, lentement, pendant tout ce temps, elle a tenu ça comme une épée de Damoclès au-dessus de la tête de Liz. Qu'est-ce qu'on *fait* ?

— Qu'est-ce qu'on *peut* faire ? rectifie Topher, qui se lève et se passe une main dans les cheveux. Merde, c'est l'horreur, ce putain de fichier. Et il n'y a pas que Liz. Elle avait des dossiers sur toutes sortes de gens. C'est comme une foutue bombe à retardement.

— Tu as finalement dit à Arnaud ce que contenait le dossier ? demande Rik.

Topher secoue la tête.

— Non, et si ça s'ébruite, ça va *détruire* Pister. Qu'est-ce qu'on fait ? Une boîte qui s'est construite en faisant chanter les investisseurs ? On pouvait survivre à la mort d'Eva, même aux révélations sur Liz. Mais si ça, ça s'ébruite, on va couler direct.

Il regarde Rik, de l'autre côté de la table.

— Je veux dire couler *littéralement*. Genre, toi et moi, on pourrait aller en prison. Comment faire pour prouver qu'on n'était pas au courant ?

— On ne peut pas enterrer ça ! réagit Tiger, qui semble horrifiée. Topher, qu'est-ce que tu suggères ? Tu voudrais qu'on fasse comme si on n'avait jamais vu ça ?

— Je dis seulement…

Il parle avec désespoir. Il passe de nouveau la main dans ses cheveux filasses. Il a l'air à moitié fou.

— Je dis simplement… à quoi ça servirait de révéler tout ça maintenant ? Eva est morte. Liz est morte. Norland est mort. Personne ne peut être jugé. Tout ce qu'on ferait, ce serait nuire à Arnaud et Radisson.

— Et à *Pister*, réplique Tiger, d'une voix accusatrice. C'est à ça que tu penses vraiment, pas vrai ? Ça n'a rien à voir avec Arnaud. Tu veux protéger tes fesses, voilà tout.

Sa voix, en général égale, est montée dans les aigus sous l'effet de la colère et de la détresse.

— Et Liz ?

— Liz est une meurtrière ! s'écrie Topher.

— C'est une victime !

— C'est une foutue psychopathe, intervient Carl, d'une voix neutre. C'était… je veux dire.

Il y a un silence, pendant que nous réfléchissons à tout ça.

Parce que le problème, c'est que Liz *était* une victime. Et comme elle le disait, elle n'avait jamais voulu tout ça. Elle n'était qu'une gamine pauvre, un peu perdue, qui s'était retrouvée au mauvais endroit au mauvais moment. Mais je ne peux pas oublier ce moment où elle pousse cet homme pour la seconde fois, la fois de trop. Et je ne peux pas oublier Ani, la petite Ani, si confiante. Peut-être qu'ils ont *tous* raison. Peut-être que Liz était les deux.

ERIN

Pister ID : TITEMU
Écoute : The Verve/« Bittersweet Symphony »
Pisteurs : 43
Abonnés : 164

La question n'est pas résolue lorsque le dîner s'achève, et je monte lentement l'escalier raide qui mène à ma chambre, laissant derrière moi les éclats de voix des autres, toujours pris dans leurs discussions échauffées et controverses qui tournent en rond. C'est même un soulagement de mettre mes écouteurs et de me laisser aller sur le lit, la cheville surélevée, sans penser à rien si ce n'est à la musique dans ma tête.

J'entends à peine le coup à la porte, mais quelque chose me pousse à retirer un écouteur, et ça frappe de nouveau, un *toc toc* bien net.

Avec un soupir, je me traîne jusqu'à la porte.

C'est Danny. Une béquille à la main.

— T'as oublié ça, ma vieille.

— Ah, oui, bien sûr, dis-je en me cognant le front du plat de la main. Je suis trop con. Merci.

Il me la passe et il y a un bref silence gêné.

— Tu veux entrer ? je propose, montrant ma chambre un peu spartiate. C'est pas franchement le Ritz, mais je crois pas avoir la force d'affronter les autres pour le moment.

Danny secoue la tête, ce qui m'étonne un peu.

— Nan… je… je vais sortir, en fait. Aller boire un verre.

— Avec qui ?

Là, je suis surprise. Et encore plus en le voyant rougir.

— Éric. Le fils de la proprio. Il tient le bar au bout de la rue, tu sais, celui avec le comptoir en zinc, *Le Petit Coin* ? Il a dit… tu sais… viens boire un coup après le dîner.

— Danny !

Je n'arrive pas à retenir un sourire.

— C'est super. Il est… ?

Il lève un sourcil, laissant s'étirer son silence, me faisant rougir à mon tour, puis me met à l'aise.

— Si tu veux savoir s'il aime les piña coladas, apparemment oui, à en croire mes sources.

— Ah. Eh bien. Bonne chance.

— Tu es sûre ? Je veux dire… Tu peux venir…

Il laisse sa phrase en suspens.

— Non, non merci. Pas de piña colada pour moi. Je vais me coucher tôt.

— OK. Bon plan, Batman.

Il fait une pause, mais ne s'en va pas. Il reste planté là, l'air gêné, suivant un motif de la moquette criarde du bout du pied.

— C'était chelou, hein ?

— La vidéo et tout ? Ouais, tu m'étonnes. Tu crois qu'ils vont faire quoi ?

— Aucune idée. Je me demandais si on devrait pas aller à la police, nous, mais je sais pas si ça rime à grand-chose.

Je me suis posé la même question, mais je n'ai pas non plus la réponse. Je hausse les épaules.

Danny me tourne le dos, comme s'il s'apprêtait à partir, et je commence à fermer la porte lorsqu'il fait volte-face, comme s'il s'était ravisé. Il se penche vers moi, et je crois qu'il va me chuchoter quelque chose à l'oreille, mais au lieu de ça, il me donne un baiser sur la joue, tout doucement. Ses lèvres sont pleines et douces.

— Je t'adore, tu sais.

Je le serre dans mes bras, brièvement.

— Moi aussi, Danny. Vas-y, maintenant. Ta piña colada t'attend.

ERIN

Pister ID : TITEMU
Écoute : Carole King/« Tapestry »
Pisteurs : 28
Abonnés : 345

Un peu plus de trois semaines se sont écoulées, et je suis assise devant le feu au chalet, regardant par la porte-fenêtre qui donne sur la vallée. J'écoute de la musique et je ne pense à rien de particulier.

Ça me fait encore bizarre d'être au chalet sans travailler. Danny et moi, nous sommes toujours employés, techniquement, mais je ne sais pas combien de temps ça peut durer. Depuis que Perce-Neige a été déclaré scène de crime, sa photo est passée dans les journaux d'une demi-douzaine de pays, et il est devenu très clair qu'il n'allait plus être possible d'en faire une destination de vacances, du moins pour cette saison.

Les réservations restantes ont été soit annulées soit transférées sur d'autres propriétés que possède la boîte, et à présent, avec Danny, nous attendons juste de voir ce qui va se passer, arpentant les chambres vides ;

nous regardons le fauteuil où Ani s'est assise pour la dernière fois, nous voyons le fantôme d'Elliot, que nous nourrissons de ragoût, nous entendons le *clic clic* des talons d'Eva sur le parquet, et la porte de Liz qui claque.

Je ne peux pas rester là. Je le sais, désormais. Mais je ne peux pas continuer à fuir.

Les odeurs de la cuisine me font gargouiller l'estomac, et je me prépare mentalement à m'extirper de mon fauteuil pour aller demander à Danny à quelle heure on mange, lorsque mon *stream* sur Pister s'interrompt. Pendant un instant, je ne sais pas ce qui se passe. Je n'étais pas en train de pister un autre utilisateur, donc ça ne devrait pas couper comme ça. C'était *ma* musique.

Je consulte mon écran, et c'est là que je remarque. Un mail. De Kate. Le sujet est : « Nouvelles difficiles ». J'ai un petit frisson d'angoisse.

— Danny ! je crie par-dessus le son des casseroles et des poêles.

Il ne répond pas, et je m'apprête à aller le trouver pour lui montrer la notification lorsqu'il apparaît sur le pas de la porte, brandissant son propre portable.

— Tu l'as reçu aussi ? demande-t-il.

— Ouais, je crois qu'on est en copie tous les deux. Ça dit quoi ?

— Ouvre-le, tu verras.

Je me sens un peu malade en parcourant le mail. « Décision difficile… pas réaliste de rouvrir… finir par vendre… arrêt maladie… primes de licenciement généreuses… quatre semaines de préavis. »

— Ils ferment le chalet.

Je lève les yeux. Danny hoche solennellement la tête.

— Ouaip. C'est ça, en gros. Cela dit, je ne suis pas trop surpris. Quel cinglé voudrait prendre des vacances dans un lieu où quatre clients ont été assassinés ? C'est pas franchement accueillant, sans même parler de la piscine défoncée. Qu'est-ce que tu vas faire ?

— Ce que je vais faire ?

Je le regarde fixement. C'est idiot, car j'ai eu trois semaines pour y penser, mais je ne suis pas plus avancée. Allais-je reprendre le travail ? En avais-je envie ? Et maintenant, cette question ne se pose même plus.

— Je ne sais pas, dis-je enfin. Et toi ?

— On pourrait les attaquer en justice, tu sais, fait Danny sur le ton de la conversation. Franchement, les primes de licenciement généreuses, entre guillemets, c'est bien gentil, mais tu es passée à ça de te faire assassiner sur ton temps de travail. J'estime que ça mérite un petit peu plus que quelques semaines de salaire et une putain de boîte de chocolats.

— Je ne veux pas les attaquer, dis-je sans même réfléchir, mais dès que les mots quittent ma bouche, je suis certaine de leur justesse.

Je n'en ai pas envie. Tout ce qu'on a vécu a déjà été suffisamment difficile. Il est hors de question que je m'inflige de revivre ce cauchemar dans un tribunal, et je n'y traînerais sûrement pas Topher, Tiger, Rik et les autres pour témoigner.

— Nan, moi non plus, en fait, soupire Danny, baissant les yeux sur l'écran. J'aurais pas craché sur le fric, cela dit. Enfin, comme dirait ma vieille mère : « Avec des si, on referait le monde… »

Il soupire de nouveau et reprend :

— Je sers le déjeuner ? Soupe de courge butternut avec gremolata de noix et fougasse au feu de bois.

J'esquisse un sourire.

— Ça a l'air délicieux. J'ai hâte.

ERIN

Pister ID : TITEMU
Écoute :
Pisteurs :
Abonnés :

Après le déjeuner, nous nous installons devant la télé et je sors mon téléphone. Je suis devenue un peu accro au spectacle de mes abonnés sur Pister qui monte en flèche. Rien de tel que manquer se faire tuer pour faire monter sa cote de popularité. Et j'aime bien regarder le compte de Topher, Rik et les autres. Rik se fait appeler Rikshaw, et il est loin d'avoir autant de Pisteurs que Topher, mais je préfère nettement ses goûts musicaux. Il écoutait du rap cubain incroyable, l'autre jour.

Mais quand j'ouvre l'appli, rien ne s'affiche, juste une page d'accueil vierge.

Pendant un instant, je crois m'être déconnectée par erreur, mais non – ma photo de profil est encore en haut à droite, Titemu, des Moumines, qui fait la grimace. Mais il n'y a rien dans ma liste d'écoutes récentes, pas de suggestion de Pisteurs à suivre, pas de liste d'abonnés – en fait, même mes chiffres ont disparu. Est-ce qu'Internet déconne encore ? Mais lors de la dernière coupure, ce n'était pas comme ça. Est-ce que j'ai été *bloquée* ?

— Danny.

Il est en train de consulter le catalogue Netflix. Il répond sans lever les yeux.

— C'est mon prénom. N'en abuse pas.

— Danny, Pister marche, sur ton téléphone ?

— Ouais. Pourquoi ?

Il ouvre l'appli pour vérifier.

— Non, attends, quoi ? J'ai perdu tous mes abonnements et tous mes favoris. C'est quoi, ce bordel ?

— Je sais pas. C'est déjà arrivé ? On a été bloqués ?

— Non… dit Danny en explorant les menus. Non, je ne crois pas… Il n'y a pas de raison d'exclure les gens, sur Pister… Ce n'est pas comme Twitter, où tu peux poster des saloperies d'extrême droite. Tu peux rien faire à part suivre les autres, là-dessus. Je crois… Je crois que si, c'est arrivé une fois, à leurs tout débuts, quand ils manquaient de serveurs. Il y a eu quelques jours où l'appli a complètement crashé, l'écran était comme ça. Vierge. Peut-être qu'ils ont des problèmes de serveur ?

— Peut-être.

Je lance Google, cherche « Panne Pister ».

Les articles affluent. « FLASH, dit le premier. La start-up britannique Pister se déclare insolvable. »

Et un autre : « Les utilisateurs de Pister ont reçu un rude choc quand ils se sont connectés à leur appli favorite aujourd'hui : ils ont été accueillis par un écran vierge, la compagnie ayant fermé ses serveurs suivant une déclaration de faillite par le fondateur et P-DG Topher St Clair-Bridges. »

— Merde.

Je vois à son regard que Danny vient de faire la même recherche que moi, avec le même résultat – ou équivalent.

— Merde, ils ont fait faillite. Rik avait raison.

Je laisse échapper un long soupir, et une tension que j'avais accumulée sans m'en rendre compte s'échappe de moi. Ce n'est pas que je sois contente de la faillite de Pister, loin de là. L'idée que Tiger, Inigo, Carl et les autres se retrouvent sans emploi, sans parler de tous ceux que je n'ai jamais rencontrés, ne me fait vraiment pas plaisir. Au moins, ça répond à la question qui me taraude depuis trois semaines : que faire de la vidéo d'Eva ?

Car c'est bien la question que nous n'avons pas résolue avant que l'équipe de Pister quitte Saint-Antoine. D'un côté, il y avait les protestations vigoureuses de Topher, affirmant que dire la vérité n'aiderait personne, mais entraînerait la perte irrémédiable de Pister, coûtant sans doute leur poste à des dizaines d'innocents. De l'autre, cette équation était précisément ce qui rendait le secret si lourd à porter. Nous ne faisions pas ce qui était *juste*, nous faisions ce qui était *rentable*, un fait que Tiger a souligné encore et encore au cours des disputes de plus en plus acrimonieuses qui ont ponctué leurs dernières soirées à l'hôtel.

— Tu es en train de me dire, tempêtait Topher, que s'il n'y avait pas Pister, tu infligerais ce calvaire à la famille d'Eva ? Que tu ajouterais délibérément un cadavre à l'actif de Liz, que tu rouvrirais les vieilles blessures de la famille de ce pauvre homme qui a fait la paix avec sa mort il y a des années, et que tu torturerais Arnaud avec une chose qu'il n'a pas besoin de savoir ? Est-ce que tout ça mérite vraiment d'être sacrifié à la vérité quand toutes les personnes impliquées sont déjà mortes ?

— Non ! s'écriait Tiger. Mais c'est ça, le problème. On ne met pas *tout ça* dans la balance face à la vérité, on met *Pister* dans la balance face à la vérité. C'est ça qui rend la chose tellement choquante ! Topher, tu ne peux pas passer ta vie à t'attendre à ce que tout le monde sacrifie ses principes pour l'avenir de ta compagnie, ce n'est pas comme ça que ça marche. Quand tu parles de cette façon, tu as juste l'air d'un mec arrogant, qui croit que tout lui est…

— Que tout lui est dû, mais oui ! J'en ai tellement marre de ce cliché de merde ! C'est vraiment la tarte à la crème que se prennent tous les hommes blancs. C'est une mode. La vérité, c'est si quelque chose t'est *dû*, c'est parce que tu le *mérites*, légalement. Penses-y la prochaine fois que tu emploies ce cliché à la con, Tiger. Tout le monde a des choses qui lui sont *dues*.

Puis il est parti en claquant la porte.

À présent, trois semaines après, j'y pense. À ce qui fait qu'une chose nous est *due*. Au fait que la famille de l'homme d'affaires dont je ne connais pas le nom *mérite* la vérité sur son fils et frère. Au fait que la petite fille innocente d'Eva *mérite* de grandir sans l'ombre des méfaits de sa mère au-dessus d'elle pour la plomber. Et je pense au fait que les morts *méritent* qu'on les laisse tranquilles.

Topher croit que *tout* lui est dû, c'est vrai. Tiger avait raison. Il a avancé dans la vie en prenant, en prenant, en prenant, tout comme Eva. Ils ont utilisé les gens comme des pions à leur disposition dans une partie d'échecs. Employés, investisseurs, amis, relations… ils ont pris, à tout le monde. Par contre, ils n'ont jamais pris leurs responsabilités face au mal qu'ils avaient causé.

Je pense à ce que signifie la responsabilité.

Je pense à la culpabilité.

Je pense à tourner la page.

ERIN

Je prépare mes cartons dans ma chambre quand le mail arrive. Je ne sais pas à quoi je m'attendais – Kate, peut-être, avec quelques détails de dernière minute sur nos primes de licenciement, ou les ressources humaines avec encore des clauses de non-responsabilité à signer. Ce n'est ni l'un ni l'autre. Et je ne reconnais pas l'adresse.

Mais la ligne d'objet annonce : « Désolé », alors je l'ouvre.

> Chère Erin,
> Je suppose que vous avez lu dans les journaux que Pister a coulé. Foutus vautours capitalistes. Quand vous avez le vent en poupe, ils se battent pour vous cirer les pompes, et quand vous avez besoin d'eux, c'est comme si vous aviez la lèpre.
> Si Eva était là, je pense qu'elle me dirait : « Je t'avais prévenu », mais elle n'est pas là, donc je ne peux même pas lui accorder cette mince satisfaction.
> J'ai trouvé votre adresse dans la base de données de l'appli avant qu'on ferme tout. Je sais. Ne me

balancez pas. Mais écoutez, je voulais vous dire… oh et puis merde. Je ne sais pas. Je suis désolé, une connerie comme ça. Je suis désolé pour tout ce qui vous est arrivé, mais surtout, je suis désolé de m'être comporté comme un connard quand il a été question d'Alex et Will. Je n'arrête pas de repenser à cet après-midi, au chalet, où j'ai compris qui vous étiez et… Écoutez, je ne peux pas reprendre ce que j'ai dit, mais je ne vous ai jamais présenté mes excuses, et c'est ce que je veux faire ici.

Je ne suis pas très doué pour demander pardon. Je n'ai pas beaucoup d'entraînement, pour tout dire, alors je vais le faire simplement. Désolé. Alex et Will, c'étaient des mecs bien. Ils ne méritaient pas ce qui leur est arrivé, et vous non plus. Et je suis totalement consterné d'avoir fait ces insinuations – je ne sais pas ce que vous avez entendu, vous étiez sortie de la pièce, mais j'ai vraiment dit des horreurs dans mon emportement, et je n'en suis pas fier.

Une chose est sûre, maintenant que les choses se sont tassées, et que j'ai eu le temps d'encaisser tout ça, je comprends. Je comprends ce que ça fait de perdre des gens de cette façon. Eva, Elliot, ils ne faisaient pas partie de ma famille, techniquement, mais ça revenait quasiment au même. Elliot et moi, on a fait toute notre scolarité ensemble, et Eva… je ne sais pas. C'est dur à expliquer. Même après notre séparation, on n'avait jamais rompu ce lien.

Alors je comprends, maintenant. Je comprends pourquoi vous ne nous en aviez pas parlé. Je comprends pourquoi vous ne pouviez pas partir du chalet.

Je pense à eux tout le temps. À Elliot, qui s'est fait autopsier dans une morgue française. À Eva, qui est toujours quelque part, congelée dans un ravin comme la Belle au bois dormant. Et à Ani aussi, je crois. Putain.

Enfin voilà, c'est tout, au fond. Je voulais juste le dire une dernière fois.

Désolé.

Amitiés,

Topher

P-S : Je voulais juste vous dire, ce dossier, je l'ai confié à la police, intégralement. En définitive, j'ai eu le sentiment qu'il le fallait. Et pour info, je ne l'ai fait que la semaine dernière. Avant tout ça. Ce n'est pas pour cette raison que Pister a coulé – j'aimerais dire que oui, pourtant ce n'est pas le cas.

Quand je lève les yeux de l'écran, je me rends compte avec surprise que mes joues sont mouillées. Et même si je ne sais pas quoi dire, j'appuie sur « Répondre », et reste sans rien écrire, un long moment, les doigts hésitant au-dessus des touches. Puis je tape. Juste six mots. Et j'espère vraiment, sincèrement qu'ils sont vrais.

Cher Topher, ça va s'arranger.

ERIN

— Ah, ma vieille.

Les bras de Danny sont autour de mon cou, son visage enfoui dans mon épaule.

— Tu vas me manquer, saleté.

— Tu vas me manquer aussi.

Je lui rends son étreinte, sentant ses épaules puissantes, dures sous son blouson en duvet, et l'odeur de cuisine française qui ne le quitte jamais – un fumet de ragoût au vin longuement mijoté, de beurre fondu, d'ail sauté… que des bonnes choses.

— Ça va aller, toi ?

Je fais oui de la tête. Parce que pour la première fois depuis bien longtemps… je crois que c'est le cas.

— Je dois rentrer chez moi.

Et cette fois, je le pense. Pas chez moi à Saint-Antoine, mais chez moi en Angleterre, où les parents de Will et ma propre famille ont attendu patiemment que je fasse la paix avec mes fantômes.

Je suis seule avec eux depuis si longtemps… À écouter les Will et Alex qui parlent dans ma tête ; à tenter d'accepter ce qui s'est passé, ce que j'ai fait ;

à tenter d'accepter la responsabilité de ces cinq petits mots – *Allons faire du hors-piste.*

Allongée dans la neige avec Liz, sentant son sang s'écouler, j'ai compris une chose : je ne peux pas continuer à fuir. Et peut-être que c'est bien comme ça.

— Et toi, ça va aller ?

Au loin, le car arrive. J'entends le bruit des pneus neige sur la route déblayée.

— Qu'est-ce que tu vas faire ? Chercher un boulot dans un autre chalet ?

— Oh… fait Danny.

À ma grande surprise, il rougit un peu. Ses oreilles, à peine visibles sous son bonnet, se teintent de rose.

— Oh, eh bien, en fait, j'ai une place qui m'attend.

— Ah bon ?

— Oui, toussote-t-il. Euh, tu te rappelles l'auberge où on nous avait installés ?

— Avec le cassoulet dégueulasse ? Bien sûr que je me rappelle !

— Ouais, eh bien, ils ont viré leur cuisinier et… euh… un pote m'a recommandé.

— Un pote ? je fais avec un grand sourire. Un *pote* ? Est-ce que par hasard, ce pote serait Eric, le fils sexy de la proprio ? Monsieur piña colada du *Petit Coin* ?

Danny rougit si fort que je ne peux pas m'empêcher de lui donner une pichenette dans les côtes. Ça le fait rire.

— Oh, Danny, qu'est-ce que tu as fait pour mériter ça ?

— Dis, c'est pas tes affaires.

Il a les joues luisantes, et son expression est mi-sévère, mi-amusée, mais je vois la joie qui irradie de lui.

— Un peu de népotisme, ça n'a jamais fait de mal à personne.

— Je doute fort qu'il soit question de népotisme. Une bouchée de *ton* cassoulet et Eric aurait été fou de ne pas sauter sur l'occasion.

Je veux en savoir plus. Je veux tout savoir, mais le car est arrivé, et nous n'avons pas le temps. J'embrasse Danny sur la joue et il soulève mon autre valise. Il la passe au type qui se charge de les mettre dans la soute.

— Prenez bien soin d'elle, dit-il au chauffeur, en français, tandis que je monte prudemment.

Je n'ai plus besoin de béquille, mais je porte encore mon attelle.

— Elle n'est pas aussi coriace qu'elle en a l'air.

— *Bien sûr**, répond le chauffeur en me faisant un clin d'œil.

Je me glisse dans mon siège et j'entends Danny crier quelque chose à travers la vitre épaisse. J'ouvre le petit vasistas en haut de la fenêtre et me hisse sur mes genoux pour mieux le voir.

— Qu'est-ce qu'il y a ?

— J'ai oublié de te dire… Télécharge Choon !

— Choon ?

— C'est le nouveau Pister, ma vieille. En mieux. C, H, deux O, N.

— Choon. OK.

Le car se met en route et je referme la fenêtre. Tandis que nous prenons de la vitesse, je fais des signes à Danny, qui me répond, et m'envoie des baisers, et je sens une larme couler sur ma joue.

Il crie encore quelque chose, mais je n'entends pas.

— Je ne t'entends pas ! je crie.

Mon visage est tout chiffonné. J'essuie mes larmes, sentant le pli de ma cicatrice qui s'estompe, lisse, sous mes doigts.

— Je t'adore !

Mais nous sommes trop loin, et je sais qu'il n'entend pas non plus.

Je me renfonce dans mon siège, submergée de nostalgie pour tous ceux que j'ai perdus, tous ceux que je laisse derrière moi dans la montagne. Une autre larme coule sur ma joue, et pendant une seconde, j'ai l'impression que je ne vais pas pouvoir me retenir… Je vais fondre en sanglots, que je le veuille ou non, et brailler comme un bébé dans ce bus. Mais là, mon téléphone émet un signal bref.

C'est un message. De Danny.

« CHOON, ma vieille. Oh ! et mon ID, c'est Dannyboi. Baisers <3 »

ERIN

Choon ID : Titemu
Abonnés : 1

Remerciements

L'écriture d'un roman est surtout une activité solitaire et égoïste, mais je ne soulignerai jamais assez combien l'édition est un effort collectif – les infatigables équipes d'éditeurs, attachés de presse, commerciaux, graphistes, représentants, spécialistes des droits d'auteurs, correcteurs, et tous ceux qui travaillent en coulisse sont secrètement les héros du monde du livre, avec les libraires et bibliothécaires qui prennent en charge nos travaux une fois qu'ils ont quitté les portes de la maison d'édition. Si ce livre a pu sortir de ma tête pour parvenir entre mes mains, c'est grâce à leurs efforts, et je ne les remercierai jamais assez.

Pour Alison, Liz, Jade, Sara, Maggie, Noor, Meagan, Sydney, Aimee, Bethan, Catherine, Nita, Kevin, Richard, Faye, Jessica, Rachel, Sophie, Mackenzie, Christian, Chloe, Anabel, Abby, Mikaela, Tom, Sarah, David, Christina, Jane, Sophie, Jennifer, Chelsea, Kathy, Carolyn et toute l'équipe de Simon & Schuster & PRH, ma plus sincère gratitude. Et aux libraires, bibliothécaires, bloggueurs, lecteurs et critiques… je ne peux pas tous vous citer, mais c'est grâce à vous que je peux continuer à écrire, et je vous en remercie chaque jour.

Si les personnages et les situations décrites dans ce livre sont tous de mon invention, je n'ai pas hésité à demander de l'aide et des conseils pour créer Pister : alors merci à Joe, James et James pour m'avoir conseillée sur tous ses aspects, des playlists aux conventions d'actionnaires.

À Eve et Ludo, je ne pourrais littéralement pas écrire de cette façon sans vous.

À Carmen Sane et mes formidables amis auteurs et autrices, vous êtes tous et toutes des personnes drôles, sages, magnifiques et tordues… Je travaillerais bien plus vite sans vous, mais je m'amuserais beaucoup moins.

À Jilly, Ali et Mark – merci d'avoir été les meilleurs compagnons de ski et de boisson, assistants médias et attachés de presse. Et bien sûr, merci de m'avoir emmenée skier dans la Vallée secrète (pas la nuit, toutefois.)

Et *last but not least*, remerciements éternels à ma chère famille, pour tout.

Composition et mise en pages
Nord Compo à Villeneuve-d'Ascq

Imprimé en France par

MAURY IMPRIMEUR
à Malesherbes (Loiret)
en janvier 2024

Pour plus d'information :

#lisez! engagé
www.lisez.com
Imprimé sur du papier issu de forêts gérées durablement.

POCKET – 92, avenue de France, 75013 Paris

N° d imprimeur : 275384
S33988/01